牛浪湖畔

时光里的章庄

曾纪鑫　杨先金　胡祖义 /主编

哈尔滨出版社
HARBIN PUBLISHING HOUSE

图书在版编目（CIP）数据

牛浪湖畔：时光里的章庄 / 曾纪鑫，杨先金，胡祖义主编 . — 哈尔滨：哈尔滨出版社，2022.9
ISBN 978-7-5484-6611-6

Ⅰ . ①牛… Ⅱ . ①曾… ②杨… ③胡… Ⅲ . ①散文集 – 中国 – 当代 Ⅳ . ① I267

中国版本图书馆 CIP 数据核字 (2022) 第 132704 号

书　　名：牛浪湖畔 ： 时光里的章庄
NIULANG HU PAN：SHIGUANG LI DE ZHANGZHUANG

作　者：曾纪鑫　杨先金　胡祖义　主编
责任编辑：孙　迪
特约编辑：李　路
封面题字：伍法勋
封面摄影：谷少海

出版发行：哈尔滨出版社（Harbin Publishing House）
社　　址：哈尔滨市香坊区泰山路 82-9 号　邮编：150090
经　　销：全国新华书店
印　　刷：三河市元兴印务有限公司
网　　址：www.hrbcbs.com
E-mail：hrbcbs@yeah.net
编辑版权热线：（0451）87900271　87900272
销售热线：（0451）87900202　87900203

开　本：710mm×1000mm　1/16　印张：19　字数：400 千字
版　次：2022 年 9 月第 1 版
印　次：2022 年 9 月第 1 次印刷
书　号：ISBN 978-7-5484-6611-6
定　价：98.00 元

凡购本社图书发现印装错误，请与本社印制部联系调换。
服务热线：（0451）87900279

△ 日暮鸟归迟

图书编委会

主编	副主编	顾问	
曾纪鑫	潘官钧	万治红	刘成喜
杨先金	黑丰	李 平	王 政
胡祖义		齐家银	刘士悛
		侯 丽	谭维帖
		刘经卡	郭 森

①
②

1. 湖畔渔舟 伍晓艳/摄影
2. 乡村七月

1. 卷桥水库
2. 凤凰茶山
3. 松西河

①
②

1. 备战龙舟赛　毛泽海/摄影
2. 牛浪湖之秋

① ② ③

1. 橘乡
2. 橘园
3. 葡萄熟了

1. 郑公渡街　万端银／摄影
2. 邹文盛墓石人石马

①	
②	③

1. 玉虚阁"官厅"（内有袁中郎墓碑）
2. 字迹漫漶的袁中郎墓碑
3. "公安派"领袖袁中郎画像

1. 郑公作家书屋作品展示
2. 郑公作家书屋会议室

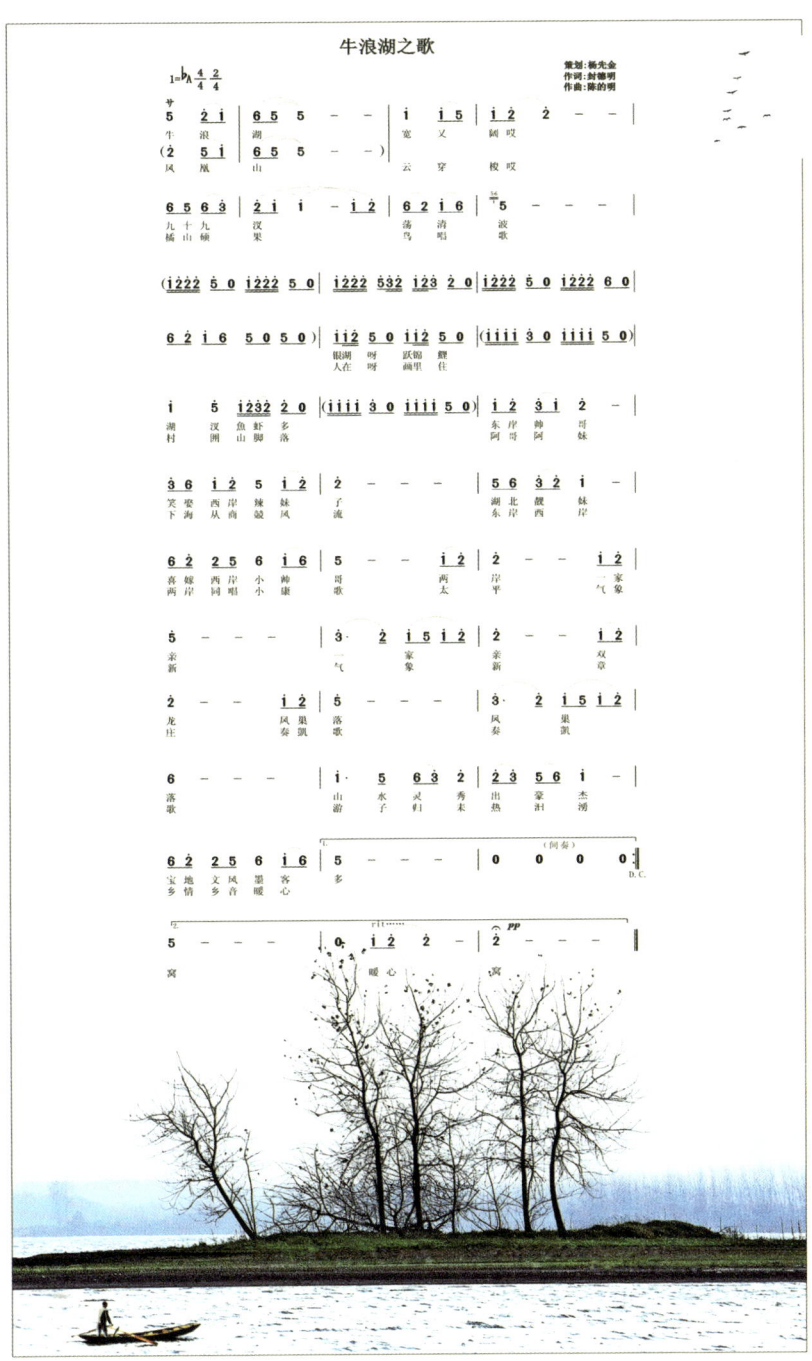

《牛浪湖之歌》 杨先金/策划 封德明/作词 陈的明/作曲

序：关注这一方水土

樊星

得知来自公安章庄铺镇的一批作家已经编好了一本写故乡的文集《牛浪湖畔》，其中有我多年的朋友潘宜钧、曾纪鑫、胡祖义的大作。朋友们希望我写个序，我感到非常荣幸。

四十五年前，我高中毕业，插队的地方就在离公安县城只有八里地的曾埠头附近（当时叫杨厂公社荆江大队三八生产队）。在那里劳动、挣工分、生活，直到高考突然恢复后的1977年底，在杨厂中学参加高考后，才离开那片土地。在那里度过了一年零七个月的时光。因此，对与公安县有关的一切事都特别留意。我也有幸回去几次，一次是在县城给华师函授班上课，两次是参加文学活动（参加过诗人邹平的作品研讨会，还有一次是"黄山头"酒厂的文化活动）。每次去，我都会在当年拉板车爬过的杨公堤、老邮局门前的阅报栏，还有赶过船的码头一带怀旧，凭吊青春。一直到今天，每当我在课堂上给学生们讲周作人的《中国新文学的源流》一书（此书将中国新文学的源头上溯到"独抒性灵"的"公安派"），或者当我遇到来自公安的老友（包括作家陈应松、潘宜钧、曾纪鑫、胡祖义、侯丽），收到他们的赠书，甚至，每当我在武汉街头看到"公安牛肉鱼杂""公安锅盔"的招牌，心中都会涌起一股特别的情感：我在那片土地上生活过。

而今，二十多位公安章庄籍作家将各自写故乡、赞美故乡的诗文汇成一册《牛浪湖畔》，凝聚了他们（亦称"郑公作家群"）共同的故乡记忆，也成为章庄人宣传家乡的一张别致的名片，可喜可贺！这本书的出版，增添了章庄人的自豪感、自信心，对于宣传章庄、宣传公安，立了一块里程碑。

我注意到，章庄作家们的故乡记忆常常不约而同地汇聚在对那里的神秘文化、神奇感觉的渲染上——从杨先金的《揭秘牛浪湖》对故乡"风水好、出人才"的点染，对郑公渡水文化的深情回望，到曾纪鑫的《故乡新港》中有关"桥、水、鱼，是我童年的三个重要符号"的真切回忆，还有杨传向的《漫说牛浪湖》中有关"古道旁，牛浪湖边，那神秘的兵器堆总是诱惑着后人钩沉拾遗的奇想"以及"楚辞里充溢着屈宋离骚、九歌、天问、招魂、高唐赋、神女赋等等情愫的涔阳风物，如兰芷、杜若、荇荷、蒲苇、薜荔、辛夷等等，此地最盛"的妙笔，连同潘宜钧在《樊家嘴》中对故乡苦涩往事的追怀，尤其是对于那里回荡的"凄楚的丧歌，古远的调子"的咏叹，以及郭业友在《经山历水话章庄》中那句"水的不尚浮华，以'敦兮其若朴，旷兮其若谷'的谦卑滋养着这里的文明"，卢成用在《展翅凤凰鸣春风》中有关在风雪交加之夜驾一叶扁舟游湖的浪漫回忆，乃至胡祖义在《今古积淀 旅游大镇》中关于"郑公渡"来历的动人讲述，谭维帖《童年记忆，牛浪湖畔郑公渡》中关于"一千多年来，只要是文人墨客吟咏公安的诗篇，无不对公安的水感慨系之，赞叹不已"的回眸，都令人浮想联翩：遥想楚风的神秘、历史的厚重、水乡的苍茫，思接民间无数神奇的传说、文学经典中那些传达神秘体验的篇章（从《楚辞》《洛神赋》到《聊斋志异》），还有沈从文的名文《我的写作与水的关系》，连同"上善若水"的古老智慧，以及陈应松作品中对公安水乡神秘文化的渲染，连同我在公安感受过的民间楚风遗存（例如"跳丧"）……甚至，关于牛浪湖的得名，各位作家也有不同的记载：或说湖水似琼浆，故名"牛奶湖"；或说得名于"巨浪如牛"，很富有神思异彩，都凝聚了令人感慨的想象！湖北是楚文化的故乡，楚文化的一大特色正是神秘、神奇（鲁迅论《楚辞》便有"其思甚幻"一语，见《汉文学史纲要》）。章庄的作家们在冥冥中以生花妙笔渲染故乡的神奇历史、神秘民俗，使得他们的故乡记忆平添了一层瑰丽的异彩。由此可见，此地楚风之得天独厚、源远流长，这是本书的一大看点。

另一大看点，便是对于故乡生活气息的描摹——黑丰的《宁静的小杨叶》中对于"在火坑烤红薯、烤土豆、烤糍粑。在火坑坐上一个陶罐，炖红枣、莲子、藕、腊肉、灌肠、猪蹄什么的"温暖追忆，李开梅的《郑东街》中"大年三十晚上，郑东街家家户户会在火塘里烧上一个大树蔸来守岁"的温馨场景，胡祖义《贺新年的民间艺人》中关于"过去农村过年时，能看见许多孩子走乡串户打三棒鼓"

的深刻印象，杨先金的《"美人蕉"的传说》中记录的婆婆有关古人以脚小为美，所以粽子也包得如"美人脚"般玲珑的浓浓乡情，连同那些怀念荷香、橘香、藕香、稻香、野菜香、茶香的美文（如潘宜钧的《庚子春疫十记》，杨先金的《游子恋橘》，伍业琼的《家乡的莲》，胡祖义的《难以忘却的乡间美食》，曾纪鑫的《我生命中的水稻》，谭兴龙、李良文的《十里飘香紫金茶》等，都散发出公安水乡特有的气息——朴素、温馨、清新、醇厚。这一切，与关于历史风云（如刘成喜的《青山秀水章庄铺》）、历代名人（如杨先金的《揭秘牛浪湖》、胡祖义的《沉淀的历史和传说》等文）的讲述形成了鲜明的对比，使人看到水乡淳朴民风的另一面：像牛浪湖一样激荡的峥嵘往事，惹人遐想，那一方水乡，孕育了丰厚的物产、灿烂的文化，也经历过天灾人祸、艰难困苦的一次次考验，砥砺出既温馨浪漫又刚强坚韧的民气，也因此才成就许多传说，凝聚在一起，升腾出感人至深也气势冲天的浩荡云阵。

读罢掩卷，感慨良多。在各地争相抢占宣传本土文化高地的新浪潮中，杨先金大校深谋远虑，呕心沥血，带领章庄作家走在了时代的前列。我读过不少展示各地文化特色的"大散文"（从胡平写江西文化的《千年沉重》到马丽华写西藏文化的《藏北游历》《西行阿里》，从陆文夫的《老苏州》、贾平凹的《老西安》、叶兆言的《老南京》、流沙河的《老成都》、于坚的《老昆明》、池莉的《老武汉》到汤世杰写丽江的《殉情之都》、叶广芩写周至的《老县城》等），都是当代作家书写地域文化的厚重收获。我也知道各地都有一批作家在梳理本土的风土人情、历史传说方面下了大功夫，为研究、宣传本乡本土的文化写出了许多佳作。然而，像章庄作家群这样齐心协力为故乡小镇谱写文学新篇的群体行动，似不多见。这本书，是章庄文化建设的硕果，也是一个标杆：由有关领导干部积极支持，作家们踊跃参与写作，亮出"章庄作家群"（亦名"郑公作家群"）的身份，以创作的实力来继承、发扬"公安派"的精神，打造当代公安文化的新品牌。

匆匆草就，难免挂一漏万；言不尽意，此情灼然可感。

感谢那片热土！也期待那片迷人的水乡涌现出更多的文学新人，产生出更多、更厚重的佳作！

2021年10月9日于武昌南湖

作者简介：

樊星，中国当代著名文学评论家，中国新文学学会副会长，湖北省作家协会副主席，武汉大学文学院教授、博士生导师。

CONTENTS 目 录

第一辑 001 　章庄今昔　　　　　　　　　　　　　　+ 001

青山秀水章庄铺 / 刘成喜 /003

揭秘牛浪湖（外一篇）/ 杨先金 /009

牛浪湖秋韵 / 杨先金 /021

故乡新港 / 曾纪鑫 /025

樊家嘴 / 潘宜钧 /036

杨氹子上的遐想 / 潘宜钧 /042

绿水青山醉卷桥（外一篇）/ 胡祖义 /045

漫说牛浪湖 / 杨传向 /052

岁月舞动蓝飘带——记治理牛浪湖水利工程 / 卢成用 /056

凤凰山庄凤凰鸣 / 卢成用 /066

爷爷的石桥 / 张艾梅 /071

难忘石马潭 / 李开梅 /075

乡恋（外一篇）/ 伍业琼 /082

回家的路 / 曾纪鑫 /085

第二辑 089 历史章庄 ÷089

今古积淀　旅游大镇 / 胡祖义 /091　　故乡何日梦成真 / 沈继勇 /143
袁桷笔下的支家口 / 郭业友 /116　　沉淀的历史和传说 / 胡祖义 /148
童年记忆，牛浪湖畔郑公渡 / 谭维帖 /121
经山历水话章庄 / 郭业友 /128
郑东街（外一篇）/ 李开梅 /134
老家的老房子 / 蒋亚蒋 /138

第三辑 155 文化章庄 ＋155

贺新年的民间艺人 / 胡祖义 / 157
故乡的年味 / 杨先金 / 162

第四辑 167 章庄物产 ＋167

游子恋橘（外两篇）/ 杨先金 / 169
乡镇企业的一颗璀璨明珠 / 卢成用 / 176
难以忘却的乡间美食 / 胡祖义 / 182
青黄不接野菜香 / 潘宜钧 / 194
宁静的小杨叶 / 黑丰 / 196
家乡的莲（外一篇）/ 伍业琼 / 201
十里飘香紫金茶 / 谭兴龙　李良文 / 204
我生命中的水稻 / 曾纪鑫 / 207

第五辑 章庄人物 · 211

梵音唱彻声清远——袁宏道及其墓地寻访记 / 曾纪鑫 /213
最后一个手艺人走了 / 潘宜钧 /224
父亲 / 黑丰 /226
遗书 / 卢贤发 /230
洄游郑公的"美洲鲑鱼" / 刘青方 /236
牛浪湖畔多俊杰 / 胡祖义 /240
工人英雄陈炳德 / 黎雨潭 /248

第六辑 章庄放歌 · 251

怀念家乡 感恩母校 / 江荣基 /253
走进章庄（组诗）/ 刘青方 /270
故乡行吟 （七首）/ 马华 /274
歌咏章庄 / 封德明 /280
牛浪湖吟（外一首）/ 卢成用 /283
新农村 （外两首）/ 江荣基 /285
牛浪湖早春（外两首）/ 宋良泽 /287

291 后记：有志者事竟成 / 杨先金 · 291

目录　3

———— 牛浪湖畔 ————

01

第一辑

章庄今昔

古人云：万物得其本者生，
百事得其道者成

青山秀水章庄铺

/ 刘成喜

　　自从盘古开天地,两湖一带混沌初开,湖河沼泽莽莽苍苍。日月轮回,春秋代序,茫茫云梦泽谦虚地给万里长江让出一条通道,于是,江汉平原生成千余个湖泊,造就闻名于世的千湖之省——湖北。不知在什么时代,长江在两湖地区开了个大玩笑,她悄悄地一拐弯,把一片平原湖区忽略,形成现在的公安县。有一天,七仙女降临孝感,按落云头之前,偷偷地往江南撒下一把珍珠,有几颗珍珠正好溅落在现在的松西河西岸,从此,百湖之县西南隅的章庄铺借助湖泊和河网水道闻名遐迩。

　　你若乘直升机从章庄铺镇西端松林村起飞,向松西河与沲水河交汇处汪家汊飞行,你就发现,章庄铺镇地势西高东低,机翼下的章庄铺镇中有南干渠纵贯,北有沲水河伴流,东有松西河兜底,而在她的南面,如同玉树琼枝一般的牛浪湖,在湘鄂交界处摇曳多姿、婀娜秀丽。这时,你不得不从内心深处发出赞叹,这真是一块宝地——这里山青水秀,钟灵毓秀,势必化为章庄铺人民的一座座金山银山!

　　朋友,正当橘黄茶绿、稻沉鱼肥之时,请你放慢行色匆匆的脚步,在素有"鄂南第一门"美誉的公安县章庄铺镇停留片刻,这里物产丰饶,生态环境灵秀,蓬勃的发展后劲,一定会给你留下极其深刻的印象,我怕你来时勉勉强强,去时一定柔情缱绻,流连忘返。

　　知道这是什么原因吗?

　　在回答这个问题之前,我再问你个问题,你知道章庄铺镇还有一项桂冠——湖北省重点口子镇吗?请你先查一查"口子"的含义,在汉语词典里,"口子"

一词有十多个义项，其中第七条解释为"有容积的器物的通外面的地方"。《尚书·君陈》曰："有容，德乃大。"清人林则徐曰："海纳百川，有容乃大。"近年来，章庄铺镇党委、镇政府突出党建引领，因地制宜、因地施策，各行各业齐头并进，并以人居环境整治为突破口，以便民惠民利民为目标，不断提升美丽乡村的"气质"，致力激活乡村振兴这"一池春水"，在实践探索中走出一条"党建强、环境美、产业兴、民生惠、乡风淳"的乡村振兴之路。这个昔日的穷乡僻壤，一改过去没有见过世面的村姑形象，经由牛浪湖畔，掬一捧松西河水以洗面，然后大大方方地站在207国道旁，笑迎南来北往的客商。章庄铺镇，南纳湘北赀财，北融长江之水，是不是还可以这样理解——南起雷州半岛，北至二连浩特甚至首都北京的财富，都可以纳入这个湘鄂交界的口子镇？果真如此，章庄铺镇想不富起来都不行啊，想不美起来也不可能啊！

朋友，您是否愿意在一位村姑的引领下，来看看我们章庄铺镇党委、镇政府带领章庄人民全力打造的鄂南生态小镇？

2021年是中国共产党建党100周年，章庄铺镇的党员一直就没闲着，他们以学党史为契机，精心策划，注重实效，创新载体，高标准、高质量开展党史学习教育，不断激发乡村振兴的内生驱动力，为创建秀美鄂南生态小镇奉献自己的青春。

章庄铺镇有着丰富的红色资源。1927年，中共公安县委（成立之初称"支部"）第一任书记、湘鄂川边游击队总司令覃济川同志在镇西松林村齐家花园洋房因叛徒出卖，被湖南澧县挨户团主任熊伯范谋杀。镇党委、镇政府动员全镇干部传承红色基因，牢记初心使命；激励年轻干部从百年党史中汲取奋斗力量。外请作家进校园，充分发挥线上学习培训优势，开设"鄂南生态旅游小镇章庄铺"微信公众号"党史百年学习"专栏，利用"学习强国"等平台，开展"党史百年天天读""党史故事100讲"等专题学习活动。章庄铺籍部分作家创作的诗歌《百年大庆颂党恩》系列共十八首，先后在中国共产党中央委员会宣传部"学习强国"平台和湖北省"阅读时代"平台发布推送，为歌颂章庄，建设"鄂南生态旅游小镇章庄铺"起到了一定的宣传推动作用。

美丽的鄂南生态小镇更注重发展产业。恩格斯说："人们首先必须吃、喝、住、穿，然后才能从事政治、科学、艺术、宗教等等。"没有经济作为基础，"鄂南生态旅游小镇"的建设岂不是一句空话？

我们的重头戏就是打造荆南柑橘之乡，种植柑橘，带领全镇人民走向幸福的致富路。

　　章庄铺镇地处公安县西南部的湘鄂交界处，作为湖北省重点口子镇，我镇原以水稻、棉花种植为主体，现在以柑橘种植、水产特色养殖等为主线。几十年来，柑橘种植已经具有相当规模，全镇人民坚持"阳光""绿色"的生产理念，逐步实现物产的自然回归。在产业兴旺方面，我镇持续推进东河片区柑橘园改造升级、韦厂片区高标准农田建设、郑公片区特色养殖发展。去年，全镇柑橘总产量达 13 万吨，销售总值近 1.8 亿元，创收近 5000 万元。

　　东河片区的柑橘生产主要集中在松林、卷桥、白云、荆东、三星、紫金等村，这里不仅规划了集散中心，还计划注册商标，通过网上、线下销售相结合的方式，提高果农的经济效益。

　　季春四月，你若来到章庄铺镇西区，这里漫山遍野都是郁郁葱葱的柑橘林，忽如一夜春风来，千树万树"橘花"开，那馥郁的清香，香得人飘飘欲仙。古人有"暖风吹得游人醉"佳句，此时的你，若在章庄镇的柑橘林里漫步，扑面而来的橘香让你沉醉；金秋十月，这里的山山岭岭，硕果挂满枝头，古人"满城尽带黄金甲"的肃杀氛围，已被"满山挂满黄金果"的景象取代，映入眼帘的是一派丰收的喜悦。

　　每年，章庄铺镇都要举办"荆南橘乡·灵秀章庄"系列活动，它以橘花和橘果为主体展开。每当这项活动开展时，章庄铺镇这片钟灵毓秀的人文热土便迸发出勃勃生机，镇党委、镇政府不仅为产销对接搭建优质平台，还为地方文化传承发展畅通渠道。你若是一位行家，就分得清这些黄金果中既有宫川橘、国庆橘、大浦橘、兴津橘，又有朋娜橙、纽荷尔橙、红心柚、苹果柚，这些名优特产橘柚早已走出国门。楚国大诗人宋玉若地下有知，是否会携带那架独特的古筝，在松林村山头弹奏一首属于章庄铺镇的新《橘颂》：

　　　　后皇嘉树，橘徕服兮。受命不迁，生章庄兮。深固难徙，更壹志兮。绿叶素荣，纷其可喜兮。曾枝剡棘，圆果抟兮。青黄杂糅，文章烂兮……（注）

　　宋玉歌罢，定会用十根手指在琴上一抚，弹奏出犹如长江波涛、松西河水、牛浪湖涟漪的美妙乐音；还会忍不住走进橘林，品尝松林山上香甜的纽荷尔橙和红心柚。即便他有坐怀不乱的"定力"，面对如此美橘，哪里还守得住这份"贞洁"？

章庄铺镇党委、镇政府当然不止于推广柑橘生产，你若走进欣荣村，就会发现，这里的农民早就不再是以家庭为单位的生产模式，他们以合股形式带田加入农业合作社，成立了"欣荣村金盛劳务合作社"；而凤凰村整合既有资源，引进市场主体，依托"章庄人家"，采用"公司＋农户＋主体"的三结合方式，流转一千余亩农田，生产优质再生稻，带动一百余人在家门口就业，传统的农业观念也已发生天翻地覆的变化。

与此同时，章庄铺镇围绕强产业、增实力、补短板，继续加大招商引资力度，开展以商招商，以资源招商，以"走出去，请进来"的形式进行招商引资。章庄铺镇坚持质量与数量并优，坚持社会、生态效益与经济效益并重，坚持已有产业与引进产业互补，紧盯实力强、前景好、环保优的项目，进行重点突破，未来前景如锦绣般灿烂。

而今的章庄铺镇，不仅有公安县农业、果业、茶业和渔业名优品牌，还在工业方面有着深层次布局。公安县铜套厂被誉为"中国汽车衬套大王"，它生产的汽车衬套、软轴软管等系列产品畅销全国各地。位于我镇的湖北庄盛肥业有限公司，年生产力高达10万吨，现在年销售3万吨，产值6000万元，年利税可达60万元。

有农业和工业做基础，章庄人民就能甩开膀子、迈开大步，投入建设江南美丽乡村的伟大事业中。还是请一位美丽的村姑当向导吧，先请走进凤凰村。你瞧，凤凰村里，柏油马路宽广整洁，行道树整齐划一，路灯温暖而明亮，沟渠清澈见底，文化体育广场上的活动丰富多彩，茶园峰峦叠翠，与蓝天白云、湖面交相辉映，一幅业兴、村净、景美、人和的农村生活画卷向你徐徐展开，不由你不被这里的景色吸引，不相信你不驻足，忘记归路！

村富、民富，是美丽乡村的硬件，而秀美乡村的建设当为软件；硬件是基础，软件是新农村深层次发展的必备条件。近年来，镇党委、镇政府高度重视环境保护和生态建设，坚持把农村人居环境整治作为实施乡村振兴战略的第一场硬仗，以"抓巩固、强管理、重长效"为重点，实施村容村貌提升行动。

我们的口号之一是：打造章庄的碧水蓝天，让美丽章庄更加绿色环保。我们一定要践行"绿水青山就是金山银山"的理念，聚焦环境保护攻坚战。近年来，松西河、沧水河、牛浪湖等重点水域已经实行"十年禁捕"，渔民经动员已上岸转产，封存渔船，禁捕退捕巡查进入常态化。在湖区，我们的具体措施是打捞"三草"，清沟除障，做到水清岸绿，让生态回归自然。

我们的口号之二是：健全长效机制，让靓丽章庄更宜居。

我们的口号之三是：厘清历史遗留，全力惠及民生。乡村美、农业强、农民富的宜居章庄一定要逐步形成。

我们的口号之四是：加快项目落地，推进全域旅游。我镇境内人文历史景观荟萃，有袁宏道墓、邹文盛墓、刘璋王墓、兵器堆等文物古迹，还有松林山覃济川革命烈士墓园和"三省桥"等爱国主义教育基地，更有波谲云诡的牛浪湖和风光旖旎的卷桥水库风景区等等，这都是我镇值得大力开发的旅游景点。当你繁忙地工作一周之后，驱车前往被誉为"公安北戴河"的卷桥水库去放松一下，该是多么惬意呀！

我们的口号之五是：着力城乡治理，提升城镇品位。目前，我镇正在加快推进集镇精细化管理和农村人居环境治理，启动"擦亮小城镇"项目建设，改善集镇面貌环境，提升城镇品味，打造两省交界重要节点，推进生态旅游小镇建设；让全面小康社会成果惠及全镇人民，构建幸福和谐章庄。

村里的环境变好了，人们心里也亮堂了。吃完饭，一家人在村里散散步，完全是一种人在画中游的体验。美丽乡村建设让章庄铺镇的村容村貌焕然一新，群众的满意度越来越高，幸福感越来越强，村落处处青枝绿叶、鸟语花香，大棚里劳作的农民喜笑颜开，宛如一幅声色俱佳的美丽乡村画卷……

七仙女若再次惠顾章庄铺镇，必携一篮篮鲜花，播撒在章庄大地，灵秀章庄全域。届时，章庄铺镇的山山岭岭、田头地角，定将百花齐放，成为一座大花园、大乐园！

（注）文言新《橘颂》译文：橘啊，你这天地间的嘉美之树，生下来就适应这方水土。禀受了不再迁徙的使命，永远生长在南楚章庄。根深蒂固难以迁移，那是由于你专一的意志啊！叶儿碧绿花儿素洁，意态何其缤纷可喜。层层树叶间虽然有刺，果实却结得如此圆美。青的黄的错杂相映，色彩简直灿若霞辉。

说明：本文写作，参照了荆州日报社记者佘海燕、通讯员马彩云采写的《党建引领"口子镇"山清水秀橘飘香——公安县章庄铺镇发展纪实》，特此致谢！

作者简介：

刘成喜，大学学历，湖北省公安县人。1975年9月出生，1995年9月参加工作，曾在公安县藕池镇教育组工作，后在公安县直机关休干所工作，历任老干部局办事员、老干部局办公室主任、老干部局党组成员、副局长，公安县杨家厂镇党委副书记，公安县经济开发区管委会党工委副书记、镇长，现任公安县章庄铺镇党委书记。

揭秘牛浪湖（外一篇）

/ 杨先金

湘鄂交界的牛浪湖，自古以来就有各种神秘传说。在20世纪80年代公安县的五百名高原汽车兵中，出人头地冒出12名团职军官，其中就有我、李昌明、罗运华、胡训祖、夏德新这五名郑公人，于是民间传说郑公风水好、出人才。从那时起，我就关注起郑公"风水"。今夏入"郑公作家群"，方知郑公作家荟萃，文气"熏天"，于是，试图用我浅薄之识，揭开牛浪湖一些神秘面纱。

在300万年前，喜马拉雅山强烈的造山运动遂使西部抬高隆起，滚滚洪流击穿巫山，将东西两段古长江之水注入东海，形成一条长6300千米、落差5360米的巨龙——长江。

长江洪水裹挟着金沙江的金沙、天府之国的沃土，历经百万年的冲刷淤积，铺垫起广袤肥沃的江汉平原，在出海口淤积出一个上海滩。

牛浪湖就是在这历史的长河中淤积形成的。洪荒之时本无湖，此处仅是武陵山脉东端断带的一个深渊，由于流沙淤积，逐渐填平荆江两岸，神差鬼使地在断带留下缝隙。在经过治理松西河、修筑永和大堤后，将长江水彻底隔离形成湖泊。湖水储长江之水为原浆，汲松西河水为酵母，藏澧州山水为甘露，把这容积三千多万立方米的湖水酿成了牛奶琼浆。故此，牛浪湖又名"牛奶湖"。

一

牛浪湖背枕武陵山脉，面朝江汉平原，由湖南澧县的双龙、如东、复兴，湖北公安县的章庄铺四个乡镇环抱，形成瑞气凝聚的风水宝地。

壬辰龙年，我降生在这块宝地上。

大凡风水之地，或因山、因水、因物、因地名而生出奇闻怪诞。牛浪湖处于两省交界，边民视物有距、吹牛有加，民间传说就有了各种版本。

湖汊九十九。牛浪湖畔有座黄藤寺（位于双龙双台村），因有根碗口粗的黄藤作桥渡人，当地建寺而得名。相传寺里有百名和尚，分管百个湖汊，寺主数汊忘数自己管的一汊，终为九十九汊。时遇牛浪湖暴发洪水，冲毁寺庙，唯有簸箕大寺钟浮水不沉，飘至新庙汊，百姓视为神钟，遂在新庙汊新建来神庙。1958年大炼钢铁，由曾氏族人曾昭霞之舅李章金老师毁钟卖铁建校。湖泊汊口，上吞众水而下哺绿洲，民之福也。

白布精与青布精。传说很早以前，夫妻两人在牛浪湖边浣洗青白两色布纱，骤然风起浪腾，连人带纱卷入湖水，日久成精。每当狂风暴雨之时，可见青白两精现身，以寻找替死鬼。儿时，夏天夜晚在队屋乘凉，老倌子会别有用心胡编妖精故事，吓得一些伢儿不敢回家，只好与老倌子一起守夜。参军前因工作需要时常过渡牛浪湖，每遇风浪之时，湖面便腾起一道道白泛泛的浪花，远看似"白布精"，实为阳光照射下的一种光波相映的物理现象。

2017年为写《牛浪湖秋韵》，采访在曾家嘴打了几十年鱼的表舅爷，问他看到过"青布精"吗？他讲哪有什么精，只是四五十年前牛浪湖鱼多得不得了，鱼在高温缺氧时，"拢坨"黑乎乎占了半个湖面，渔民称作"走悄"。有次在湖里捕鱼遇见鱼"走悄"，吓得打了一场"鱼摆子"，猜想这就是"青布精"了。

1978年冬天，牛浪湖采用拖尾登坡大网捕鱼，一网鱼获十二万斤，湖区百姓见到了吓人的"青布精"。

神秘脉气湾。脉气湾位于207国道旁的荆红村，是我1966年就读东岳庙农业中学的必经之地。脉气湾背靠砖桥陡坡，坡处有一经销香烟、甘蔗、姜糖的老倌。每行至此，老倌留脚，递得一瓢水喝。一日，他讲起"脉气湾"来历。相传明末年间，闯王败走湘北，一路梅雨相送，苦不堪言。当行至此，暮云骤散，雨过天晴，闯王大呼此处脉气凝聚，百姓称此地为"脉气湾"。后来怕脉气游散，经高人指点，在杨家垱南的山岗上挖壕断脉，就有了"挖断岗"。不信请看，右手方向两匹石马守护着明朝大官邹文盛坟墓，近处肖家嘴还埋有文豪袁宏道呢。若无脉气，哪有大官葬此！据乡友王福学撰文，"文革"中毁邹文盛墓，见得尸身未腐，颜如当初，老百姓皆说脉气所为。

三说双龙岗。当我成为双龙岗的乘龙快婿，漫步在青石板街道，脑海里就浮现出"龙"的图腾。

一说双龙乡枫祥村有棵千年枫香树，树内两蛇修炼成精。一日狂风大作，雷电交加，几道闪电升空，从树洞飞出两条巨龙。双蛇化龙，双龙岗由此得名。为考证，我两次进村，果然在蚂蟥堰边见得一棵裂膛秃冠、挂有1200年树王胸牌的枫香树。树主名叫谢朝银，其子在山东某部任职，听得我是军人，热情有加。我嘱之护好古树，后人必有福报。

二说解放前双龙岗有何波龙、胡宏岩两大地主，田土万顷，妻妾成群，建有何家祠堂、胡家祠堂，被百姓畏称"双龙"，"双龙岗"由此得名。何、胡两人均在土改时被镇压，祠堂改为小学。我妻子在胡家祠堂发蒙，"文革"破"四旧"，两祠堂拆毁无痕。

三是我说。1999年夏，双龙乡党委刘书记趁我探亲之机，接我咨询双龙无籽西瓜与新疆西瓜品种改良之事，随行还有一位常德书法战友。酒过三巡，刘书记求字，我要战友书写："百汊澧水汇西湖，十岭青山万物秀。谁人育得山水美，双龙岗上两条龙。"刘书记见字面露愠色，疑我暗喻何、胡二龙。我解释道：一龙指刘书记领导的党员队伍，一龙指庹乡长领导的群众队伍，二龙腾飞，双龙振兴。众友喝彩，敬我一杯敞口大曲。

兵器堆之谜。2020年12月8日，战友邀我游卷桥水库，当即成行，故地重游。"兵器堆"位于水库东岸，占地半亩，是个松林环绕的土堆。西面紧挨墓群，树木旺而阴气重，给人以阴森恐惧之感。

相传"兵器堆"埋有古代兵器，不可探掘，掘之遭致雷击而灾祸降临。因此人迹稀少，茅草丛生，成为我们学生收割烧柴的去处。

半个世纪过去了，当年泥塑在库底的脚印早已被碧波荡涤，在"兵器堆"留下的刀痕也被绿草覆盖，只有这座"兵器堆"静静地躺在岁月里。堆里埋存的是兵器，还是骨骸，抑或一堆黄土？只有天知道！

据说章庄铺镇域内还有刘璋墓、袁宏道墓、三省桥和覃济川革命烈士墓园等遗迹，因未涉足考察而不敢注墨。

二

蜿蜒一百八十多公里的荆江大堤及其堤防"始于晋、扩于明、固于今"，永和大堤查无始筑年代，但有"郑公渡镇在明、清属谷升里"的记载。永和大堤竣工,将石子滩至杨家垱境内"过水丘"断水而沥,形成宜居之地,便有以湘人为主体的五杂百姓迁徙而至,我祖上就是百年前由澧县北民湖迁徙而来。异乡黎民,远族结缘,基因优化,民俗融合,在这插根筷子都能发芽的沃土上,生长出一茬茬精英。

四十多年前,有位在新港桥头讲《水浒传》故事的壮志少年曾纪鑫,学在苦海,埋头书山。而今,他出版了三十多部著作,其中自成一体的文化历史散文,融文学、历史、哲学于一体,阐述远古至今的中华文明。

我从他的作品《历史的张力》《历史的刀锋》《凭海说书》中采撷的串串珍珠,与君分享。

评王昭君、文成公主和亲:"为了国家、民族的和平,她们远赴异域和亲,以女人独特的行走方式,不惜牺牲个体,传播华夏文明,做出了仅凭军事与武力难以达到的一切。"我击掌叫好,今天新疆已安定,民汉和亲,民汉同食渐行,必将加速民族团结与同化进程。

叙诸葛亮:"整个世界,包括中国在内,正悄悄地发生着一场深刻的权力转移——由做官到金钱而知识。"慧眼识珠,坚信知识的力量。

论郑和七下西洋:"禁海几亡,开海当盛,背海而衰,向海则兴,谁拥有海洋谁就拥有未来。"一语中的,真理放光。

写林则徐:"一生最为辉煌的业绩是禁烟,而他影响最为深远、留给后人最为珍贵的遗产,却是作为近代中国睁眼看世界的第一人那种对西方资本主义的客观认识,以及永远坚守着寻求富国强兵之路的崇高信念。"历史证明,强国必须强军,军强才能国安。

纪鑫鉴古启今、心忧天下的家国情怀,当是中国文人之范。我为军人,读来心潮澎湃且力挺万钧。

捧读纪鑫之书,就像捧着一盏灯,引领读者在曲折的历史深巷中行走,用深刻明智的思辨,撩开厚重的大幕,让世人见得一段段历史真相。

我在十天时间里,每天用三分之一的时间,读完骆忠安《玩好三分之一的人生》。掩书思文,在末页空白处写出如下体会:

忠安先生作品犹如公安小吃,几十种美味佳肴上桌,让人闻香流涎。又像一个"万花筒",转换角度,五彩斑斓而百宝纷呈。又是一部百科全书,文学、音乐、舞蹈、辞赋、集邮、棋牌等史料俱全。他品文学、音乐、戏剧、网络、体育、爱情,品出了三分之一的精彩人生。

骆忠安先生近年来勤奋创作，先后发表《留命察看》《经典昭示正直和善良》等中、短篇小说，受到读者喜爱。

2019年10月中旬，初寒料峭，我在边城与王迅相会。接机前，我弟先宝问认识王迅不，要不打个牌子？我说乡人自有香味，不必要的。果然，王迅一出大厅，我闻"香"而迎，两双手紧紧地握在一起。

与王迅结缘源自祖上，我家与他祖父、外公两家就一呼之距。我"闷胎"降生，婆婆一声呼叫，王迅外婆李妈妈跑步助产，将我接到人间。解放时垸乡人户稀少，左邻右舍胜于亲戚。

王迅父母年长于我，参军前记得他们去荆门教书，王业精老师并有作品发表，在家乡蛮有名气。这次问及家父大名，似是与我同"金"，他说家父为求平淡，日有小米加青菜即可，便舍"金"求"精"。"业精于勤"，文化人的讲究。只是其母，相夫教子而痛失教籍。

王迅秉承衣钵，成为人民教师，站在三尺讲台论经传道，为教育事业奉献青春年华。

山不在高，有仙则名。白云深处有仙诗云："石子滩上一石头，捡到城里砌高楼。瓦刀一抿无踪影，藏在深处观锦绣。"此诗幽默、浪漫、谦卑、深邃。唯有大仙境界，方能纵观锦绣。卢贤发君是湖北省戏剧家协会会员，著有《卢老倌子故事集》，是名冠荆楚的故事大王，过着神仙般的日子，讲着神话般的故事。

生于仙境、长于福地的游记大师胡祖义，先立讲台育桃李，后有《醉眼看世界》。

祖义君一生如醉如痴行走在祖国山川大地，用"醉眼"欣赏世界。以精美的文字将涉足之处的历史典故、人文景观、特色美食、市场价值等用神来之笔，多种文体荟萃成典，令读者身临其境而击掌称绝。读《大西北的壮美》，听见壶口瀑布的怒吼涛声；把读者引进灼热的"火焰山"，又用"坎儿井"的涓涓暗流凉却涔汗；写《三亚湾的海浪》，见得乌云与蓝天搏斗而翻江倒海；在《夕阳的诱惑》里，那些熠熠闪光的贝壳，椰树林中刺眼的火球，让人顿感夕阳灿烂而心醉；章庄田野上绿茵茵的油菜，捏在手里就成了一捧香油；还有那些"狗不理"包子，"二嫂子"煎饼，"驴打滚儿"美食，不仅教人制作工艺和营养价值，更是馋得我涎水直淌……

我敬佩胡祖义见物写情、见景写趣的匠心独运，在他行云流水的文字中忽而珠玑串串，忽而睿智闪烁，忽而诗词点缀，忽而抒发情怀。他笔下的奇山秀水，看醉了读者的双眼。

如果说明代地理学家徐霞客的游记是地质风貌的开山之作，那么胡祖义的旅游散文便是当代游记的后起之秀。

章庄山水秀，松林深处幽。诗人苏以吉生长在诗意般的青山绿水间，灵毓的风水孕育出诗人的精气神。诗集《心语飞扬》，抒展着诗人胸怀，那诗句韵律似山川逶迤，又如浪花飞扬。

仙境生美女。天生丽质的伍业琼老师博学多才，课余时间创作诗歌散文，将浪漫优美的一百七十多首爱情诗，汇集成《万物生》诗集。她用优美的歌声、朗诵声占据舞台，成为县朗诵协会会长。

水不在深，有龙则灵。牛浪湖畔的云龙村似有两龙。

一龙为潘宜钧先生，一龙为王福学先生。二龙腾云，谓之云龙。如此命名的地名，真乃上苍的眷顾。

我与潘宜钧先生相会一面，见其职位经历，政绩文采，在我脑海里就浮现出龙的形象。

宜钧是荆州市文坛领军人物，在深耕文联、作家协会的几十年里政绩斐然，荣获中国电视剧"飞天奖"和湖北省"五个一工程奖"，任《中华传奇》杂志社社长和《阅读时代》主编期间，废寝忘食地撰文立说，培养文学新秀而德高望重。宜钧在江湖浸淫中看破红尘，用老道的笔力为他文点睛，用包容的胸襟温暖人心。退休后仍耕耘文坛，常自诩为"卵总"。在"卵总"成灾（把讨米佬称"乞总"）的今天，我也身在其中，解甲后受乡人委托，组建荆州、黄陂两商会，至今仍有乡人称我为"杨总"，我也曾如此作答。

幽默者，启智于人，延年于己。

生于壬辰龙年的福学君，博学多才。他从教书到做官，到从文，到书法摄影是门门精彩。我读过他的几部著作，拜托他为荆州商会创作《凤凰赋》，他来疆一游，拍下西域美景，一册《王福学摄影作品配诗词》出版。近日新作《王福学诗词联语书法拾零》问世，荆楚又现龙腾。

我不谙书法，但对福学君凭深厚的文学功底以意造字的艺术魅力尤为感叹，他为荆州商会凤凰舞天山的会标泼墨一幅，"凤飞西域开新境，凰立天山铸楚魂"的作品倾倒多人。我俩游南闸，张丽萍处长向他求字，他挥毫"南开虎渡，万顷江汉皆春色；闸挽狂澜，八百洞庭享太平"。一开一挽，把南闸的波澜壮阔展现给世人。尤为精彩是为曾经鱼贩子今日企业家帅修武题字:"帅君自小弄鱼虾,修业齐家两不差。武步中原称魁首,肩挑日月走天涯。"一首诗,将其名、其业、其绩、其苦淋漓尽致地跃然纸上,"肩挑日月走天涯",完全是对天下打工者、我等军人、尔等游子的真实写照。为此,我专程到帅总办公室欣赏墨宝,为其喝彩。

成长于五首旗丰厚黑土的著名诗人、后现代作家、《北京文学》资深编辑黑丰,著有《空孕》《灰烬之上》《人在半地》等多部文学作品,被译成英、法、罗马尼亚语多种文字而享誉文坛,曾获罗马尼亚"历史首都诗人奖""杜甫诗歌创作奖"。他以一丁丰硕成果,行走在世界文学之林。

古人云:万物得其本者生,百事得其道者成。灵毓的垸乡水土,生养出一群咬文嚼字、舞文弄墨的"郑公作家",使得江荣基的诗词脍炙人口而独步诗坛,他任县诗词协会会长时,为公安县的词赋文化推陈出新做出了贡献。

诗词、散文作家卢成用,满腹经纶且宝刀不老,笔耕不辍出版新著《蓝天诗草》而受人敬仰。创作的古体诗,承楚辞遗风,藏"六义"之魂。

鲁迅弃医从文旨在以文救国,昌武精医弄文旨在救民。退休后的彭昌武以医之德,以笔为器,仍在望、闻、问、切把脉病患。"呈现在人们面前的是一片残破的卫生院,与国家的卫生事业发展方向是多么格格不入,与斋公渡这一方土地上的老百姓对防病的需求又相差多远啊!"

昌武先生怀揣梦想,"梦见整齐的楼房里挤满了不同科室和现代化的医疗设备,门前挂起了斋公渡卫生院的招牌。"

庶民无恙,万众所盼。昌武或能圆梦。

诗歌是一种抒情言志的文学载体,更是高度凝练的语言艺术,县作家协会主席谭维帖出版了《依依星光》《石潭短诗选》(中英对照)《已作丰熟》(合集)等多册诗集,用灵动形象的意境,丰富的情感反映了社会生活的真、善、美,成为《流派》栏目主编,《大河》签约诗人。

有着军人历练的作家马华,从小习文写诗,尤以"田园诗"和"军旅诗词"独具风格,多次在《中华诗词》等刊获奖。在1979年对越自卫反击战中,他冒着生命危险,在战斗间隙写下《渡红河》《战友啊,你在哪里》等悲壮山河的诗篇。在马华诗中,闻得到泥土芳香,见得一行行军旅脚步,听得见《春醉大地》的优美韵律。

梅花般含蓄矜持的文化站长李开梅,在县作家协会秘书长的职位上硕果颇丰,她擅长抒写意境深邃的叙事散文,以形散神聚的优美文字感动读者。

书法家封德明先生,字如其人。隶书饱含温文尔雅、雄浑古朴的中庸内涵。集雅、俗、奇、古于毫端的隶书作品,被多家藏馆珍藏;且辞赋华章,律古韵长。

二胡琴师龙继海先生,一根琴杆立天地,两根琴弦奏人生,在阴阳的融合中演绎着人间绝唱。

"心凝形释,文诗融通。"县作家协会副主席刘青方,深谙诗文精髓,著有《人在旅途》诗集,《西南偏南》等散文。在他的作品中能感悟出松西河水赋予其创作灵感,山岗田野赐予其创作源泉。

"万里长江,险在荆江。"我常唏嘘,千百年来饱受水患的公安县,却没有一部与水抗争的史记。长叹之时,读到郭业友四十多万字的巨著《荆江丰碑》。郭业友作为荆江分洪工程管理局的领导,是分洪工程建设的参与者、建设者、管理者之一。他以厚实的史料,精彩的文笔,全景式的记录,扣人心弦的故事,创作出感动天地的《荆江丰碑》。

著丰碑者,亦是"丰碑"。

山林孕锦绣,湖水育精英。在章庄这块土地上,还培养出北京大学法学院教授、国际知识产权研究中心主任易继明,去年走进中南海,为中央领导专题解读"国家知识产权保护"的相关法理。

俄罗斯自然科学院院士、国际地质工程与环境保护协会秘书长伍法权,在地质研究领域成绩斐然。

上海交大物理系教授唐坤发,在固体物理领域贡献卓越,其研究成果被国际物理学会命名为"唐坤发定理"。

中国现代著名雕塑家聂承兴,斩获多项国际雕塑大奖,其铜雕《盛中国》《孙中山》蜚声海内外。

国家著名版画家、书法家伍法勋,在中国版画、书法界享有盛名。

神秘的湘鄂交界,藏龙卧虎,名家辈出。就连取名湘鄂、鄂湘者,不是文学大家,便是国家栋梁。

三

永和大堤截江流,郑公垸乡变绿洲。我立于大堤,注目流淌不息的松西河水,发思古之幽情。

东晋永和元年（345年），穆帝司马聃治水，始修荆江大堤，在此后一千六百多年里，历朝历代，接力筑堤，展现出一幕幕与洪水搏斗的悲壮画卷。

江水泱泱，水患殃殃。据史料记载，1380年至1939年，荆江大堤就频发水患101次，溺者无数。湖广总督毕沅用"饥鼠伏仓争腐粟，乱鱼吹浪逐浮尸"形容其惨状。

治理水患使公安县成为"百湖之县"，湖与湖的交通全靠摆渡。传说很久以前，郑公渡口有位郑姓船公，以渡口为家，长年累月在此摆渡。船公心地善良，在渡口搭有雨棚，免费茶水，有钱无钱皆可过河。久而久之，两岸渡客渐忘了船公名号，遂以郑公相称，如此传开，便有"郑公渡"之名。

郑公渡因水而生，靠渡而名，在湘鄂交界的水运中形成码头。

明清以来，沙市码头成为湘鄂川物资集散地，上起宝塔河，下至玉和坪，人称"九码头"。"九码头"除三座客运渡口外，又分类为六座货运码头。即棉码头、谷码头、炭码头、瓷器码头、川盐码头和水果码头。这些码头管辖各个"帮口"，收取船头费和红利钱。如"荆宜帮口""河南帮口""川楚八帮""湖南十八帮"和"渡划渔船帮"，各帮按辖区航道又分设多个小帮，各帮分挂帮旗，易于识别显威。

郑公渡是沅水、澧水货船往返于沙市码头的必经之地，成为湘鄂交界的商品集散码头。为修补船篷，恢复体力，自然成为"湖南十八帮""渡划渔船帮"下辖的小帮口。

在码头上，船夫集聚，游民涌入，五花八门行道开业。东街上建起了戏院子（传说建戏院部分资金来自帮口捐助）、茶馆、旅馆、饭馆、面馆、澡堂，打骨牌、撮牌的，打渔鼓筒、三棒鼓的，算命抽彩头的，搬运挑脚的，看戏听书吃花酒的游荡于市；西街上铁匠、篾匠、漆匠、刮刮匠、补锅佬、郎中、道士、熬糖打豆腐做千张的生意兴隆；猪行鱼行，卖竹器卖草鞋，卖肉卖蔬菜卖油盐柴米的吆喝声此起彼落。南北人流的交会，给码头带来兴旺，郑公渡在这一吆一喝、一觞一咏间，形成了蕴含湖湘文化的历史韵味，铺垫起小镇的文化底色。时至解放初期，发展成为管辖松桃、郑东、郑西、天兴、韦厂、章庄、东河七个人民公社的行政区公所，主导着政治、经济与文化的综合功能。

自我记事起，郑公渡先后有杨老、陈老两位老红军来此成家定居。两位老人一胖一瘦、一动一静地在街上受人敬仰。因治食道癌而名噪一时的郑公卫生院，靠一方紫硇砂剂轰动京城，医院护士周尚萍沾治癌之光与我们同时参军，开启建国以来特招女兵之先例，在小镇上荡起一波涟漪。

百业兴盛，码头煌煌。

身背"两袋水"（松西河水、牛浪湖水）的郑公人亦如此。据老人讲，郑公渡邮局堤坡下南北两口深潭是个"倒口"，由对岸拖船埠洪峰直击大堤所为。"倒口"洪水像条黄龙直冲牛浪湖，形成五中至支家口一条入湖水道。水退泥淤，在电排站至杨家垱段形成淤积，便称"淤角"。有周姓大户在"淤角"筑台围垸，将南至牛栏架，西至丁堤口，北至汪家铺筑堤一圈，见松西河水波涛汹涌，取"松""涛"二字谐音，雅称"松桃垸"，其实垸内既无松林，也无桃园。1958年立社，名为"松桃人民公社"。

松桃垸南是"桃须垸"，此垸为牛浪湖毛虾尾至杨家垱排水至洞庭湖水道，因取直拓宽为"新港"。新港上架东西两桥，东为"双福桥"，西为"新港桥"，皆为两省通道。"新港桥"为曾纪鑫出生福地。

人们在与水的长期抗争中，形成独特的"水"文化。"水"文化浸润在文字、民俗、饮食、地名等诸多方面。

表现在文字上的有"垸""企图""河东河西"形容词。围土完整即为"垸"，为湘鄂湖区专用名字。郑公最完整垸落有"松桃垸""天心垸"。

将河堤加宽外延形成"矶头"，"企图"改变洪峰流向，冲击对岸，保护己堤。松西河两岸曾经"矶头"相望，各怀"企图"。"企图"或许因"矶头"而造字。

因"矶头"导流作用，导致松西河两岸堤防"三十年河东，三十年河西"的轮番塌陷与强固，加之地名方位，似乎就是"郑东""郑西"的由来。

因水造字还有"湖""港""河""汊""堰""池""塘""氹"等等，皆郑公名片。

荟集八方风味，以湘味饮食在郑公独具特色。一盆用大米或是红苕熬制的糖稀，能做出几十种香甜酥脆的糖块；一只莲藕做成十几道佳肴；将鱼去皮剔刺精制成"鱼糕"，与"乌龟王八蛋，排骨莲藕汤"齐誉荆楚；把各种水产、蔬菜秋储冬吃，经过腌、酱、鲊、晒、泡后成为喷香的家常食材。饮食文化催生传统文化的继承发展，成为春节、端午节、中秋节等节日舌尖上的美味佳肴。

"水"文化体现在民俗的方方面面，融汇在人们的日常生活中，听那"呔也嗬、嗨也嗬"的打硪号子、纤夫号子、车水号子及渔鼓筒、道琴、三棒鼓、南路点子；看那筑堤工具、耕种农具、捕鱼渔具，地上树木，水中生灵，乃至文化名人的网名（蓝海洋、水田禾、长江水），全都隐藏着"水"的密码，蕴含着"水"的元素。我虽名不汲水,但与水结缘。20世纪70年代,垸里来了一位盲人,会算命,俺妻找其算命,报得我生庚八字,算出此人是条旱龙,因与水结缘而发迹在西。乡亲们喝彩算得准,遂向妻子讨赏两条"沅水"香烟。

经千年积淀的"水"文化,其核心价值是与水抗争的"不屈不挠、无私奉献"的伟大精神,是公安文化之根,公安精神之魂。

秋风萧瑟,我寻魂到大堤,北瞰长江,南眺洞庭,脑海里翻腾着历史风云。

东晋永和元年,穆帝始治荆江,千年后"永和大堤"成名。"永和"是历史的巧合,还是先帝的圣明?烟云中,我看见万众劳工为求"永和"衣衫褴褛,咬紧牙关肩挑箕土,挪步在高陡堤坡,看见了暴殁堤基的堆堆白骨,流产于茅坑的团团婴血……

我听见万众劳工震天动地的呐喊:长江不竭,我们不死!

巍巍江堤,魂兮归来。

四

章庄人杰地灵,是块福地,我却换位为地灵人杰。水生万物,万物而生灵性,灵性生人杰,人杰生性灵,性灵生美文,美文方集群(郑公作家群)。江堤上一棵摇曳的狗尾巴草,在江莽笔下就是一首优美长诗,而突兀的大漠流沙,在诗人王维笔下只能生长出"孤烟"。即使"三袁"兄弟在江西,或许因灵性而成为师爷,迁徙公安得水而性灵生,抒写出不拘格套的传世美文。

地灵加勤奋,方出人杰。

王迅在《地域文化与作家集群的关系》中推论:"山的野性,水的柔性,是产生集群作家的土壤。"章庄是也。

每次回郑公,必在街上闲逛,抚摸东街那百年青砖残壁,顺道寻找参军体检的卫生院,挤破脑壳买猪下水的食品公司,看过龙船的船码头,上过舞台的戏院子,发我薪水的财管所和那梦寐以求的五中学府……

转着转着头就懵了,朦胧中似乎觉得"魂"还在,只是难以安心了。

物以类聚,人以群分。牛浪湖以"厚德载物"而类聚,郑公作家以文学爱好而群分。鄙人才疏学浅,实为文学爱好者,妄称作家有损其名。诗云:"立在西域一面盾,坐在屠陵一学生。"好在赋闲后在故乡寻得一方强骨健身的沃土,相聚一群博学守义的高士,此生足矣。

让我们勠力同心，感恩章庄，聚集起萤火之光，照亮故乡寂静的夜空。

源远流长的湘鄂风韵，滚烫赤诚的家国情怀，流年似水的人间烟火，触手可及的缕缕乡愁……

一湖水——收藏着牛浪湖的神秘；

一支笔——写不尽章庄旖旎芳华。

作者简介：

杨先金，公安县章庄铺镇双星村人，1952年出生。1970年参军，历任区队长、营教导员、团政委、新疆军区原企业管理局副政委兼政治部主任、吐鲁番军分区副政委、新疆军区总医院副政委兼政治部主任，大校军衔，2008年离职退休。现为新疆维吾尔自治区作家协会会员，军旅作家。在《解放军报》《人民军队报》《新疆日报》《厦门文艺》《荆州日报》等报刊发表作品近百篇，出版散文集《难忘岔子沟》《铺在云端的路》，曾获兰州军区第三届"昆仑文艺奖"。

牛浪湖秋韵

/ 杨先金

又一个中秋，我走进故乡，走进这座"气白而藏万物"的湖泊——牛浪湖。

这座面积为二十多平方公里，蓄水三千多万立方米的袖珍湖泊，恰似上帝撒下的一颗耀眼珍珠，亮晶晶地镶嵌在湘鄂交界处的澧县与公安县交界处，肩负着排涝防旱、用"奶水"滋养湖区十万生灵的使命。每当秋至，这湖就似一个镶着金边的果盘，装满着沉甸甸的硕果，奉献给这丰收的季节。

秋水如镜

湖泊，上吞众水而下哺江河，大气磅礴以波动日月。上百年前，一道永和大堤将江水隔离，从此，失去母系的长江水与澧北的溪水相聚，汇合在黄土高岗与低凹的流沙之间形成湖泊，湖水在漫长的熏蒸过程中，就净化成了质如牛奶的湖水，加之湖形又似那牛乳模样，也就有了一个令人垂涎的美名——牛浪湖（又名牛奶湖）。

湖水在接收春天百溪之水的涌入与荡漾之后，呈现出容纳万物而不争的境界，将那些水中的生命、岸边的精灵滋养得水灵而舒展。进入秋季，湖水则一如平镜般地躺在大地上，静静地欣赏自己创造的美景。

这景色美得极致。水下，鱼儿追逐嬉游；水上，荷花、菱花、芦花在秋色中绽放；鹤鸟漫游湖面，鸭鹅拨波吟唱；朝霞升起，漫无边际的稻菽在秋风中腾起金色的千重浪；夕阳下，红透的柑橘、柚子，像绣球、像灯笼似的挂满山林，在余晖的照映下，染红了西边的那些山岗。落日时升起袅袅炊烟，餐桌上就摆满了鱼、蟹、鹅、鸭、莲藕、茭瓜……这些美味佳肴，全是来自湖水的恩赐。

上善若水，水泽四方。在这里，天旱不着，水涝不着，没有地震，没有瘟疫，连鸟儿都不感冒，全仰仗这湖水的庇佑。

秋水如镜。来到湖边，用那清澈的湖水照映身影，兴许会洗涤心灵的尘埃；掬一捧"奶水"，就会感知水的甘甜……

秋鱼肥硕

好水养好鱼，这"牛奶湖"的水，是鱼儿生长的天堂。

秋水渐凉，那些害怕感冒的鱼儿纷纷游离深潭，来到湖汊浅滩晒太阳，一汊汊一弯弯的鲫鱼、鳊鱼、鲩鱼……就像那蜷缩在墙角下晒太阳的老汉，一动不动地歇在那里。当突遇鸬鹚和水鸟来袭，只听见"哗哗"的击水声，只看见翻涌的波浪，只觉得湖泊在颤抖，吓得人打起了"鱼摆子"。

在这个季节里，渔民们开始下湖捕鱼，数十种渔具，十八般武艺，在湖水中各显神通。一天下来，满载而归。没有渔具的人，在湖边用棒槌砸，用竹篮网，也能获得一桌的鱼味。1978年冬天，牛浪湖采用"拖尾式登坡大网"（由146片架子网组成，全长2190米），一次捕鱼11.25万斤。渔民们以打鱼为乐，把酒祭天，沉浸在丰收的喜悦之中。

八月十五中秋节，走丈人的后生们挑着沉甸甸的担子，一头装着月饼和美酒，一头挂着比幼儿还长的两条红尾巴鲤鱼，划船过渡，好不热闹。

秋菱鲜美

"身上穿件红衣裳，两头尖尖白肉香。"小时候，我的婆婆就教我猜这样的谜语。孟秋时节，湖水上的菱叶泛黄，小不点的白色菱花已渐凋零，采菱姑娘双手如桨，划着腰盆，小手翻开菱藤，将大把大把的菱角摘入盆舱，手一扬，撩起了刘海儿，露出红润润的脸蛋，好似出水的红菱。翌日清晨，姑娘们拎着筐子来到早市，那满筐的菱角换回的是满心的喜悦。

菱角有家菱、野菱之分，家菱个大体红，壳薄肉嫩，可当水果食用。《红楼梦》三十七回中有表述，袭人听说，便端过两个小掐丝盒子来，先揭开一个，里面装的是红菱和鸡头两样鲜果。看来，美人是爱红菱的，当掰开壳儿，将那白嫩如玉的果肉放入皓齿，就有了人间甜蜜的味儿。

野菱个小壳硬，且长有四只角儿，煮熟吃极佳。这看似丑陋、壳硬扎嘴的东西，却有着香糯无比的味道。

世上之事就是如此的神奇。浮在水面不香不艳的小花，却能结出鲜甜怡人的果实。我养的那盆昙花，花朵硕大，可开一日即香消玉殒，没有了影儿。

秋藕丝长

"交流四水抱成斜，散作千溪遍万家。深处种菱浅种稻，不深不浅种荷花。"我不清楚清人阮元到没到过牛浪湖，他却把湖光景色及务农的规矩，表述得淋漓尽致。

在牛浪湖的不深不浅处，到处种着莲藕，这藕就盘根错节地伸展在秀水沃泥中，架起一座座通往两湖的地下桥梁。秋水中，荷叶褪去了翠绿，耷拉下华冠，荷梗关闭了通向莲藕的气道，使莲藕在深睡中保持着充足的养分。这时的莲藕，最嫩最甜且藕丝最长，是"藕断丝连"的最佳时期，开春失水后的莲藕，藕丝不长且易断了。

杜甫诗云："公子调冰水，佳人雪藕丝。"莲藕是吉祥之物，定亲结婚一般都会选择八月十五、十六这两个吉日来"联（莲）姻"，"偶思"（藕丝）也最长。宴席上，凉拌藕片、爆炒藕片藕丁、清蒸灌藕、炸藕鸡腿、炸藕丸子、排骨炖莲藕，让人大饱口福。一只莲藕，可以做出十来道佳肴。

一支残荷，一只莲藕，朝上的是灵魂，朝下的是肉体。灵魂与肉体是不能分离的，即使分离，也会藕断丝连。

秋云野鹤

"秋云野鹤"是秋之神韵。移动在秋天的云朵，没有了"黑云压城城欲摧"的气势，锐减了"行云流水"的速度，在蔚蓝的苍穹，展现出一副天高云淡的"闲"景。被视为"湖泊王子"的白鹤，舒展着舞姿踱步在岸边田间，觅见鱼虾，长嘴一啄，胃囊就隆起一个包包，填饱了肚子，濯净了双腿，几声鹤唳，两扇宽长的翅膀缓缓鼓动，后伸的长腿就像飞机尾翼，倏地腾飞云天，一番长空舞蹈后，吟哦而来，凤凰山的树桠上就歇满了凤凰，白鹤村的原野里就有了移动的白云。

野鹤之美，淡如秋水，远如秋山，高如秋云，是很难捕捉的一种高雅与飘洒，当得起一个十足的"逸"字。"闲"与"逸"，正是秋之本色。

会欣赏这本色的人，就能松鹤延年而鹤立鸡群了。

秋之乡情

久居城市，生命的淳朴之美随着钢筋水泥的混合而消减，食用的那些不安全食品，又让人忧心忡忡。于是，高傲的现代人向往起"东篱"的田园生活，想回归先祖临水而居的生活方式了。于是，那些农家乐、采菱乐、观荷乐、垂钓乐、踩藕乐、采橘乐就应运而生。

一日，表弟带我去了湖边一家专营螃蟹的"流水山庄"，只见溪水潺潺而流，螃蟹横行其间，红焖大蟹的浓郁香味溢满山庄，"有朋友自远方来，不亦乐乎"。亲戚朋友一大围桌，说着家乡话，叙着故乡情，品着家乡味，久久凝聚的"故乡情结"，在此瞬间爆发，顺着这溢香的美味，飘逸在原野……

"秋天月又满，城阙夜千重。还作江南会，翻疑梦里逢。"三杯敞口大曲下肚，我就吟出了这首唐诗。

人的一生就是一次精神之旅，每一步都在寻找最终的故乡，所有朝圣者的疲惫，都会被故乡秋天的烟火除去。

故乡新港

/ 曾纪鑫

  我们的生命,不过是一个偶然的集合体,偶然孕育,偶然来到世上,然后开始了一连串偶然的人生。但又有着某种宿命与必然,一个人无法选择故乡,无法超越故乡的风物,无法逃避故乡的浸染。故乡,是冥冥之中的"上帝"安排,是无可更改的先天"决定",故乡的"胎记"往往伴随个体的一生。

  小时候,我环视周围的一切,望着棉絮般的白云在蔚蓝的天空飘移,常不解地问自己:这是什么地方?我怎么就到这儿来了?长大后,反而没有这样的疑问了。后来,知道了人类最原始、最本质的哲学命题"我是谁,我从哪里来,要到哪里去",就得意地想,原来俺儿时就有了本能的哲学思想啊。是的,人生的开端、萌芽与所有的故事,都是从故乡开始的。

  我的故乡叫新港。其实叫"新港"的地方不少,最有名的是天津新港。20世纪80年代爱上文学,偶然见到一本《新港》杂志,不觉备感亲切。这本杂志仍在,不过更名为《天津文学》了。

  故乡新港村位于湘鄂交界之处,北承江汉平原之余绪——坦荡而辽阔的平地上,河流、沟渠、田埂纵横交错,堰塘湖泊点缀其间;西有烟波浩渺之牛浪湖,波光粼粼,渔舟点点,桨声欸乃,一股灵气与飘逸弥漫其间;南是洞庭湖平原西北部的澧阳平原,丘陵连绵,盆地镶嵌;松西河位于村东,当地人称之为外河,河水湍急,流向洞庭湖汇入万里长江;一条清澈亮丽的内河——新港穿村而过……村庄不大不小,有山有水,土地肥沃,物产丰富,实乃典型的江南鱼米之乡。

  新港名副其实,20世纪50年代初,这里人工开挖了一条河道,原本平坦的田地，突然出现一条长长的"飘带"，从毛虾尾到八方沟，与之前的自然河流汇合，流向杨家垱，将西边的牛浪湖与东面的松西河连在一起。

牛浪湖又名"牛奶湖"，面积二十多平方公里，为湖北公安县、湖南澧县共有，大部属公安。牛浪湖周边地区，北部多为平原，南面多为丘陵——双龙岗、凤凰山、戈家山、罗家山等，都是牛浪湖畔的山名。山皆不高，海拔四五十米，如馒头般连绵起伏。晴天碧空，牛浪湖微波荡漾，温柔平静。一旦风暴来临，则波涛汹涌，水牛般大小的巨浪翻卷，仿佛可以吞噬一切，牛浪湖也因此而得名。而称之为"牛奶湖"也名不虚传，掬一捧清亮的牛浪湖水，无论洗漱，还是饮用，都如奶水般滋润，有着淡淡的蜜甜与回甘。"牛奶"与"牛浪"，一湖两面，清澈的湖水灌溉着周边的田土，养育着这里的生灵。夏日洪水滔滔，或风暴肆虐，牛浪湖便露出暴戾的一面，内溃成灾，舟倾船覆，堤毁坝溃，殃及周边百姓，房屋倒塌，田地绝收。

因此，不得不修建工程，变水患为水利。对牛浪湖进行围垦，筑高堤坝，修建了郑公渡、杨家垱电排站，实行排灌双利，以达旱涝保收之效。为配合两座泵站，疏通、开挖了相应的电排沟渠，使牛浪湖水顺利流经两道闸门，流入松西外河。

从牛浪湖到杨家垱电排站，原有一条自然水道，经支家口、野猫塔、丁堤口、八方沟、双福桥，流向横跨湖北、湖南的小集镇杨家垱，迂回曲折，水流不畅，也不易行船。于是，直接从牛浪湖东的西湖口，开挖一条一公里多长的人工渠道，经毛虾尾，在八方沟与原水道汇合，变曲为直，将以前的距离缩短了好几公里。最关键的是，新开的渠道深且直，适于船只航行，为当地百姓提供了诸多便利。特别是牛浪湖南岸百姓，驾船经新港从八方沟北上，可达牛浪湖畔最繁华的集镇郑公渡。

开挖的河道与自然河道有着明显区别，笔直，自西向东，坡度平缓适中，虽只一公里多长，但对当地影响巨大，村子也由"胡家坪"更名为"新港"。胡家坪原是一个自然村庄，经过两次合并，一次将东面的双玉村并入，杨家垱电排站就此成了新港地界；再一次是几年前将北面的支家口村并入，支家口原名团结村，由巨浪、新民两个自然村合并而成。由此可见，如今的新港村由四个自然村组成，面积是以前的四五倍，人口近三千，但村名仍叫"新港"。20世纪八九十年代，村名"回归"，一度改为"胡家坪"，不久，"新港"又"王者归来"，地位难以撼动。

新港，对不少村民而言，也许只是一个名字与符号，但对我来说，具体、实在、生动，只要提到新港，我的眼前就会浮现出一条清亮的小河——这里，是我生命的原点，我真正的故乡！

在没有河港之前，我爷爷、婆婆就从湖南澧县迁移至此。据父亲讲，那是20世纪40年代初的事了，爷爷一头挑着我父亲，一头挑着锅碗盆瓢，裹了小脚的婆婆跟在他们身后，一家三口逃荒离开了澧县界湖村。先在湖北公安县新堰暂住，几年后才落脚于此。父亲三世单传，不承想这一住就是几辈子，养育了我们一大家子。

当年人烟稀少，爷爷挑选住址时，还是颇有几分眼光的，他在一条南来北往的小路边搭了个遮风蔽雨的茅草棚，就算是家了。可不要小看这条细长的小路，它是连接湖南、湖北的交通要道，东至杨家垱，南到湖南小集镇张家场，西通牛浪湖，北达郑公渡。几年后，人工河开挖，新港与小路构成一个坐标系，我家就在这个坐标点上。颇有意思的是，小河将生产队（今称组）一分为二，村民多住港北，港南只住了我们一家，后来的邻居大爷一家也是从我家分出去的——爷爷收养了失去父母的两个表外甥，并为他们娶亲完婚。原本畅通无阻的土路，被一条仿佛从天而降的人工河变成"天堑"，将两岸村民和南来北往的行人强行隔开，大家感到极为不便。我爷爷却在这不便中捕捉到了一份"商机"，他不知从哪儿弄来一条小船，开始在河上摆渡。在湖南老家界湖时，爷爷以种田为生，农闲时节下湖打鱼。如今，他重操旧业，将捕鱼的技能几乎发挥到了极致，撒网、扳罾、放卡子等方式都用上了。捕来的鱼，大多供家人食用，或送给乡邻，鱼获甚多时，也会拿到集镇卖钱。

儿时的我，印象最深、影响最大的就是屋后这条小河。

我记事时，河上修了一座水泥桥。由爷爷的渡船，到简陋的木桥，再到水泥桥，历经周折。新港桥修得挺高，便于桥下船舶通行。哪怕河水暴涨，那些扯了船帆、桅杆，装满货物的船只也能顺利通过。等到冬天的枯水时节，我和小伙伴们走下河堤，来到桥底，抬头仰望，打量一根根高大的桥柱和严实厚重的桥面。

桥、水、鱼，是我童年的三个重要符号。

我家住在南岸河堤，房前一左一右，有两口堰塘，左边的一口后来填了，成为新港小学操场。学校合并迁走，操场改为稻田。右边的池塘至今仍在，不过小小的一汪静水。而当年在我眼里，它就是一个丰富的世界。坡陡水深，水边长着芦苇、蒿芭（又称茭白），夏天满池都是碧绿的荷叶，不时有荷花探出头来，花瓣散落，那初露的嫩黄莲蓬，便成了我密切关注的对象，靠岸近的往往成了腹中之物。塘中央那些"幸免于难"的莲蓬，冬天一到，荷梗枯萎，弯下腰来，莲蓬由绿转褐，饱满的黑色莲米嵌在莲蓬之中，粒粒可数，成为一道诱人的景观。池塘边搭一个桥板，用于清洗衣物（俗称摆衣）。常见婆婆、妈妈将衣裤、被单等放在桥板上，手握一支棒槌，高高扬起，用力向下捶打，将衣服洗得干干净净。而吃饭用水，很少用池塘的，多用屋后港中清亮而流动的河水，一桶一桶地挑入厨房，倒入大大的水缸。

  港中的流水源于牛浪湖，村中大大小小的湖泊、堰塘几十个，都是自然雨水。天旱时节，便用湖泊、堰塘之水，利用纵横的沟渠，将股股细流输入干涸的田地。

  水给我及小伙伴们带来的恩惠，除了饮用，还可游泳、垂钓。

  天气转暖，我们就泡在了堰塘及新港的水中。稍长，便觉堰塘小了，且长有水草及其他杂物，游动不畅，大多时候选择河港游泳。大家在河岸站成一排，然后喊"一二三"，一齐扑入水中，游向对岸，最先游到的自然就是冠军了。最有趣的是站在桥头，桥两边是窄窄的栏杆，大家一个个比赛似的走上栏杆，摇摇晃晃地从南走到北，又从北走到南。稍有不慎，身体失衡，就会掉入河中，而事实上从来没有哪个伙伴掉下去过。夏日黄昏，太阳开始落山，热气渐消，河水转凉，这时，小伙伴们三五相邀，来到桥中心，开始下饺子般一个个跃入水中。左脚向上一抬，踏在桥栏杆顶部，用劲一蹬，与此同时，右腿腾空踏上栏杆。定定神，平衡前后摇晃的身子，双腿站稳，低头望向河水漫涨的水面，纵身一跃，跳入河中。身子沉入深水，双手使劲往上划，不一会儿就露出水面，喘着气游向河岸。跳水最刺激，常有村民观看。而这时，大家跳得更有劲儿了，恨不得使出浑身解数。跳时发一声喊增加音效，落入水中后长时间潜水，憋一口长气使劲往前划。一次，一位水平最高的小伙伴玩出了"花样"，他从桥上跳下后溅起一阵水花，然后就消失不见了。围观的村民急了，担心他是不是被渔网、水草绊住了。刚开始，小伙伴们心中有数，但好长时间不见浮出，也有点急了，不禁大声叫他的名字，有人慌慌张张地去喊村中最会玩水的高手前来搭救。就在这时，他从老远的河中突然冒出头来，还不忘伸出右手向大家挥动……

  跳水一次不过瘾，往往还来二次、三次。记得一天兴起，我跳下跑上，往返十多次。为了吸引观众，更是为了自我娱乐，我们三四个小伙伴并排站在栏杆上，同时发一声喊，然后扑通扑通跳入河中。当然，这样"壮观"的场面只搞过两次，不过就这两次，也够我记忆一辈子的。

十多年前，旧桥拆了，建起一座更为宽敞的新桥。交通越来越发达，水路逐渐被淘汰，新港已不再行船，因此，新桥高度较以前有所降低。以前，两岸桥头各有一道六七十度的斜坡，三轮车、手扶拖拉机、"东方红"拖拉机经过时，须爬坡才上得了桥面，有时马力不足，村民们便跟在车厢后面帮着使劲往上推。如今的桥面，几乎与公路等高，显得十分平坦。

环境的逼迫，使我攻破了游泳中的两个难关——踩水、扎猛子。我可以仰面躺在水中手脚不动也不沉，可以双手伸出水面拿物前游，可以憋一口长气从小河南岸一个猛子扎到北岸。利用这些本事，就可以在湖泊、堰塘抓鱼，摘菱角，采莲藕（特别是刚成形的白嫩藕条），抠鸡头苞米等。

水中之鱼，更是我们的向往。那时物质匮乏，生活艰难，虽属鱼米之乡，要交公粮，吃不饱肚子，更是难有鱼肉下锅。垂钓不仅有趣，还能满足口腹之欲。钓鱼的地点，除村中几个堰塘外，多在新港。池塘的鱼，个头相对来说要大一些，多属鲫鱼；河中的鱼很杂，有刁子、鳑鲏等小鱼，也有鲫鱼、草鱼等大点的"家伙"。一次，我在河里钓得一条约一斤重的草鱼；另一次，在豌豆堰钓了一只二三斤重的甲鱼。钓来的鱼可以改善生活，却舍不得吃那只甲鱼，放在桶中养了几天后，拿到街上卖了钱。

垂钓捕鱼纯属"雕虫小技"，村民们捕鱼常用渔网、扳罾、鱼叉、卡子等。最期待的就是年末，生产队将几个鱼塘的水抽干，捞的鱼放在队屋门口，按每家人口平均分配。

如果没有这条人工开挖的小河，我的童年不仅失去许多亮色，并且我的性格趣味、人生发展也许不同于今天。智者乐水，仁者乐山。每天清晨打开我家大门，对面就是一道山岭，所谓"开门见山"是也；屋后新港之水对我的滋养，自是不言而喻。

我常常想，哪怕新港同村出生的人，人生的"胎记"也会有所不同。山顶、岭下、湖畔、堰边、路旁、田头……这些原点，才是你真正的故乡，它们像磁场，不仅吸附着你，而且影响着你的人生格局。

1977年高中毕业回乡务农，更是一段刻骨铭心的日子。

当年的我，还不到十五岁，长得单薄、矮小、瘦弱，算不上正式劳力。于是，生产队长便给我安排轻省一些的活儿，当然，工分记得也少。先是跟妇女们一块儿锄草、插秧、割谷、拣棉花,然后是使牛——耙田、打蒲滚等。

拣棉花特别值得一记。

棉花的收获与稻谷、高粱、大豆、麦子、豌豆等其他农作物不同,它们的收获都是一次性的,而棉花因其棉桃绽放的时间有先有后、有早有迟,收获便成了一种时段较长、次数较多的操作性行为。

棉桃分布在错落有致的棉梗枝桠上,绽开得这里一朵,那里一片,零星地分布着,远远望去,蔚成一片雪白。收获时,棉农只有站在茂密的棉田,将一团团白色棉朵从褐色的棉壳中剥出。这一特点,在当时决定了棉花的收获不可采用大规模机械操作,只能是手工采摘。胸前系一块包袱,包袱扎成口袋状,将采摘的棉花,一把一把地塞入其中。不一会儿,胸前就会变得鼓鼓囊囊的。此时,解开满满当当的包袱,将柔软的棉花倒入箩筐、麻袋等更大的容器中,然后继续轻装上阵。

刚开始,我采摘棉花的速度非常慢。左手捏住棉桃,右手掰开棉壳,将里面的棉絮一点点地拉扯而出。后来,我学会了村里妇女们那灵巧的技艺:两手左右开弓,把握好力度,将棉壳里的棉花成朵扯出。有时,免不了粘上棉桃的枯叶碎片,或是将棉絮扯不干净的部分留在壳中。慢慢地就变得熟练起来,可以自如地、干净地将一朵朵棉花撮入手中。全神贯注地采集,两手飞快地舞动着,雪白的团团很快便撑鼓了胸前的包袱。劳累之余,我挺直腰杆,站在一望无际的田野,仿佛置身蓝天云海中。

傍晚时分,将采摘的棉花送到队屋过秤,根据重量计算当日工分。一次,我拣来的棉花重量超过了生产队所有妇女们,位居第一,这使我得意了一阵子,并引为骄傲的资本。

1978年,村办小学一位教师考学离开新港,我接替了他的岗位。新港村原来有三所学校,我先在南校(也称双玉小学)任教半年,接着在二队的林场小学教复式班,然后在北校(也称新港小学)任教,直到1981年9月考学离开。

因为有这段经历,我认识大多村民,因家访和义务教育普查,我对村里的土地、田亩大多很熟悉。村中除新港桥外,还有一座双福桥,也是水泥桥,离我最初任教的学校挺近。我读小学五年级时,上的是南校。南校最初在九队的一块平地上,后迁至七队山坡。上学在原址,须经过双福桥,它比我家旁的桥更小,四周没有人家,来往行人也不多。双福桥保留至今,我念书时,两边的栏杆就已垮掉,如今更是衰朽不堪。或许哪天,一座新的双福桥就"横空出世"了。

1979年分田到户,我家分得十来亩水田旱地。我家属"半边户",父亲是郑公卫生院的医生,我三岁时爷爷便去世了,婆婆裹了小脚一直在家为我们洗衣做饭,于是,种田的任务便落在了我和母亲身上。好在新港小学就在我家屋前不到半里地,教书、务农可以二者兼顾。

两年后,我考入公安县师范学校。一个东方欲晓的早晨,我离开新港,踏上新的人生旅程。那是一个多么难忘的时刻啊!打开家门,一股秋凉迎面扑来,我不禁打了个寒战。父亲一般在家过夜,第二天早早地赶去卫生院上班。他用一辆独轮车(又称鸡公车)将我的行李——一个木箱、两床棉絮先行推走。我后一步出发,步行到郑公渡,然后乘客车前往县城斗湖堤。

出了家门,走了几步,我的脚步渐渐放慢,心情显得格外沉重。说实话,置身偏远的故乡,我心中一个最大的念头,就是逃离乡村,改变身份,吃上商品粮,做一名城里人。记得接到入学通知书的那天,村里不少人羡慕地对我说:"你这辈子,再也不用打赤脚,不必摸泥巴坨子了。" 新港村水田居多,下田干活就得打赤脚,而打赤脚差不多就是一种受罪,夏天的高温,冬天的寒冷,脏兮兮的泥水,水中的蚂蟥、钉螺、虫豸,还有砖头、瓦片、玻璃碴、长刺的植物等,一双可怜的脚板都得默默承受。

我曾在一篇随笔中写道:"有一种躁动的生命潜流,无时无刻不在我内心深处涌动。我时常独自一人望着凸凹不平的土路,弯弯曲曲地伸向远方,如一根细线消失在模糊的地平线。我呆愣着出神,任想象的翅膀在那视不可见的地平线后扑扇。星光闪烁的夜晚,长长的汽笛隐隐传来,一声声牵动着我的心,在那无从体验的空间流浪漂泊。天空一阵轰鸣,我仰首观望,飞机展开宽大的羽翼,划过一道白线,钻入深邃的湛蓝色的天空。我追寻着飞机的轨迹飘然欲仙,进入梦幻般的仙境……"

真不明白,我是那么急切地希望早日离开这块闭塞的土地,夙愿终于实现,又为何如此难舍难分?

我走上桥头,回望老屋,环顾即将离别的故乡——啊!我似乎第一次发现,故乡是那么美丽动人!连绵起伏的丘陵,翠绿茁壮的稻谷,褐色的棉田泛着朵朵白棉花,河港、溪流、湖泊、堰塘、树林、竹丛、房舍等一一映入眼帘。此前,我似乎从未如此全方位、长镜头般地欣赏过故乡。抬头望天,西边,未落的月亮放着柔光;中天,铺展着一幅广阔无边的碧蓝绸缎,几颗星儿眨巴着眼睛即将隐去;东方出现了一丝鱼肚白、一抹玫瑰红,它们在慢慢扩展,仿佛一支无形的彩色巨笔在涂抹。晨风吹拂，缠绕树间、笼罩河面的乳白色薄雾缓缓飘散。我深深地吸了一口气，一股潮润、凉爽与芬芳涌入心田。此时，耳边传来蟋蟀的弹奏、青蛙的鼓噪以及麻雀、斑鸠、喜鹊、八哥、布谷鸟、金丝雀的婉转鸣唱……突然间，一首宏大的交响乐仿佛自天边飘来，有二胡的喁喁，笛声的激越，板胡的尖厉，唢呐的高昂，鼓声的咚咚，铙钹的清脆；还有高亢的山歌，咏叹的小调，悠扬的车水歌，雄壮的劳动号子……哦，这就是新港，我曾经厌倦且时刻盼望着离开的故乡吗？

一时间，往昔的我一幕幕呈现：光着屁股的我，骑在牛背上的我，背着书包上学的我，扛着竹篮寻猪菜的我，伸着竹竿垂钓的我，弯腰在田垄劳作的我，挑着担子走在田埂的我，在油灯下埋头苦学的我，站立在讲台旁的我……

我深情地望着故乡，热泪盈眶地与它告别——别了，过去的我；别了，我的家人；别了，我的乡亲……

无论何种情形，我们认可的故乡，是相对于异乡的原乡。一个人如果一辈子待在故乡，对他而言，也就没有原乡与异乡之分。故乡，只对那些离开过的人，才会有深切的感受与明晰的概念。

无论在哪儿漂泊、安顿，故乡于我而言，都具有开端性、起源性与规定性，这里有我的根系、我的源泉、我的宿命，也有我的超越。

德国著名哲学家马丁·海德格尔曾经说过："诗人的天职是返乡，唯有通过返乡，故乡才作为达乎本源的切近国度而得到准备。"

于是，在城市谋生的我，一有机会，就回到故乡。走在故乡的田埂，满眼都是亲切与熟悉。庄稼一年年地生长，都是我所熟悉的叫得上名字的作物，包括各种野生的植物。那一块块田亩，三斗丘、七斗丘、沙岭等，不仅叫得出名字，且都留下了我劳作的身影；那一个个堰塘湖汊，连五堰、雷汉子、豌豆堰、胡家汊等，我在那里游泳、钓鱼、挖藕……那逝去的一幕幕，如电影般生动地浮现在眼前。

刚离开故乡时，我回家最重要的事情就是呼呼大睡。在异乡，在城市，那种激烈的竞争与拼搏的氛围，常使你处于一种高度的警觉状态，睡觉时会莫名其妙地惊醒，诚惶诚恐地打量四周，直至觉得周遭平安，什么也没有发生，什么也不会发生，这才躺下重回梦乡。而回到故乡就不一样了，这里是你的起点，是摇篮，是港湾，周围是父母、弟妹、乡亲，故乡的一切实在是太熟悉、太安全了，你不必有任何担忧，倒头就睡，一直睡到你不想再睡为止。不仅睡得好，吃得也香。外地也有故乡的口味，但哪有家中地道？这种踏实与舒坦，真是一种难得的享受。回一趟故乡犹如充电，离开时会显得朝气蓬勃、精神饱满。

不同的时间返乡，有着不同的情境与感受。

城镇化风暴席卷农村，我再次回到新港时，青壮年几乎都外出打工了，家里的留守人员，就是人们常说的"386199部队"——妇女、儿童、老人。田地撂荒，合作化时的热闹变得沉寂与萧条。有一年回家，牛浪湖因富水养鱼，整个流域水质全部被污染，新港变成了一条长满浮萍及各种水草的黑港。为此，我特地给时任县委书记、县长写信，他们非常重视，县长亲自到牛浪湖现场办公。经过一番整治，水质有所改善，牛浪湖不断回归自然与清澈。

我生在这里，长在这里，故乡的美与丑、善与恶，我都得坦然面对。故乡的美好是我的骄傲，它的不足与缺点，我既不会贬损，更不必悲观。

一方水土养一方人，家乡出将军、豪杰、君子，也会出土匪、恶霸、小人，各地皆然，不足为怪。身在异乡，为何见到老乡格外亲切？只因生活习惯、语言爱好、性格气质等相似或相近，才会"老乡见老乡，两眼泪汪汪"啊！

一晃，我离开故乡整整四十年了！近年返乡，感受又不一样。青壮年仍在外地打工，他们的户籍仍在新港，却为城镇化建设出力。他们打工换回的资金，对故乡又何尝不是一种贡献？有了本钱，不少人在章庄铺、南平、斗湖堤、沙市乃至更远的城市买房子，但留守家乡的村民，种田已是机械化操作，连耕牛也全部淘汰了；每天傍晚，妇女们聚在一起，跳起了广场舞；通信交通、快递物流等构建的立体网络，特别是互联网的全面覆盖，彻底改变了农村，改变了新港……

如今的新港村民，过的是城镇化生活，享受的是现代化成果，没有城市的污染与喧嚣，却有新鲜的空气与绿色的果蔬，这种变化所带来的农村新气象，在我离开家乡时简直无法想象。

故乡是原点，理想、情怀、知识、阅历就是半径。半径多长，画出的圆圈就有多大。这个圆，与圆圆的地球有着异曲同工之妙。任何人都逃不脱故乡的烙印，它是原点与起点，你走向哪儿，能走多远，终点又在哪里，全靠自己去努力、去丈量。

牛浪湖，是我的生命之源。我隐隐觉得，我的生命之水经新港流向松西河，注入长江，然后归于大海。四十年来，我几乎走遍中国大地，到过埃及、印度、日本、约旦、俄罗斯、以色列及东南亚等国家和地区,但我的学习、工作、生活之地,有着一条可寻的踪迹,从故乡新港,到小镇郑公渡,然后是县城斗湖堤、工业重镇黄石、省会武汉,再到开放特区、海岛厦门。我的人生,由此形成了自己的"三环"——新港是原点,一环是牛浪湖流域;二环是郑公渡、斗湖堤、武汉、黄石,再经岳阳、华容、石首及公安的藕池、闸口、甘厂、孟溪、杨家垱而返回故乡;三环由郑公渡、斗湖堤、荆州、武汉、黄石、南昌、莆田、泉州、厦门,再由厦门到长沙、常德、澧县,回到公安章庄。

对我来说,每次回乡,都是一次接收"地气"的过程,搜集不少新的素材,产生新的感受,涌出新的灵感,催生新的构思。直到今天,我写得最好的小说,还是农村题材,比如长篇小说《世纪末的诱惑》《楚庄纪事》《风流的驼哥》《豹子山》,中篇小说《年关》《恍惚人生》,短篇小说《迷阵》《拉长的日子》《难以走出的岁月》等。城市题材也写了不少,但我以为,那是些光怪陆离的斑驳生活,呈平面化、零散化、碎片化状态,我无法从整体把握。而乡村则不同了,从细节到局部乃至整体,我再熟悉不过了。故乡的每一种农活,每一种动物、植物、每一寸土地,包括那些弥漫村庄上空随季节更替不断变幻的云彩、空气、氛围等,仿佛都在我的"掌控"中,可谓成竹在胸,可以一一细数,娓娓道来。

近来年,我对故乡的关注,主要集中在牛浪湖及其流域。我不仅阅读了《津市志》《澧县志》《公安县志》《安乡县志》《〈澧记〉校注》《清同治直隶澧州志校注》等地方资料,也对澧县、石门、安乡、南县、津市、公安、松滋、石首等与牛浪湖流域相关的周边县市不断"走读"。我希望在一次次的返乡、阅读、走读、构思中,创作一部以广大农村为背景,以牛浪湖及其流域为内容的长篇小说,不仅描摹变迁的乡村画卷及外在表象,更能刻画出故乡的"骨感"与内在本质……

作者简介：

曾纪鑫，公安县章庄铺镇新港村人，1963年出生，1977年毕业于郑公中学。国家一级作家，《厦门文艺》主编，中国作家协会会员，福建省传记文学学会副会长，厦门市作家协会副主席。出版专著三十多部，代表作有《千秋家国梦》《历史的刀锋》《千古大变局》《楚庄纪事》《晚明风骨·袁宏道传》等。作品多次获国家、省市级奖项，进入全国热书排行榜，被报刊、图书广为选载、连载并入选《大学语文》教材，全国媒体广泛关注、评论。享有实力派作家、学者型作家之称。

樊家嘴

/ 潘宜钧

　　谨以此文纪念故里那些已被遗忘的老地名：马家祠、烂泥龙、仙女庙、打鼓台……

——作者题记

　　圩子睡着了，带着劳作的疲乏，没了众生的嘈杂，水乡的仲夏夜，如少妇安祥的梦。

　　空夜，寥廓得叫人惆怅。弯月悬浮其中，如孤行的帆，向西，但没有岸。清冷的月辉，划出幽蓝的轮廓；微漾的湖水，闪着金色的光波，呓语梦中诉不完的故事。

　　哇——夜宿的小鸟受了什么惊吓，扑愣愣飞起，旋即消失于浓重而神秘的夜幕；酣眠的野物，极不情愿地伸伸脖颈，继续其浑噩的享受。圩子又是一片死寂。

　　　　咚，咚咚，咚咚，咚，
　　　　咚，咚咚，咚咚，咚——

　　静谧复被打破。是圩子熟悉的节奏，却又为这声响所疑惑。不是鼓，却似覆扣于地的大瓦盆。只要这沉闷而忧郁的节奏敲响，圩子就要有数日不安的叹息，添几分莫名的怅惘——又有人归天了！

打从呃盘古开天地呀（咚），

黎民呃有生也有死呀（咚咚），

丧歌呗苦海把帆张（咚），

送哥哟阴灵上天堂……

这凄楚的丧歌哟，古远的调子，似一缕看不见的游丝，串连起圩子岁月的沧桑，延伸无尽的将来。圩子是这样熟悉它，以致它一抚人们心底的那根弦，立时便有伤感的轰鸣。

丧歌又是听不厌的。一笼一笼的暗影里，茅檐下伸出张张怆然的脸，睡眼朦胧的目光，越过幽幽的湖面和坟山杂立的乱葬岗，在那黑森森的古槐下聚合。丧歌就是从这儿飘出来的，无疑是樊爷殁了。

圩子惊奇的是，樊婆竟会唱丧歌，且唱得那么好。有板有眼，凄婉悠扬，比文瞎子唱得还好。仙女庙的文瞎子唱了几十年，出村拜过师，但比不过樊婆。亏她想得出，用大瓦盆替代了牛皮鼓。云龙村也只文瞎子有鼓。樊婆不会请他，他唱一夜要五升小麦。文瞎子也不会去。樊家嘴和圩子是隔绝的，仿佛两个世界，其间有不敢走的坟场和越不过的荆棘篱笆。

人是呃浮萍本无根呀（咚），

风吹呃雨打苦飘零（咚咚）……

他们不是村里的人，来自何方，姓甚名谁，无人知晓。有人说是从马家祠堂来的，也有说是从烂泥龙来的，问了，都说不是。这圩子是有名的水盆子，人之惧水，有如猛兽。圩心是个湖，叫杨氽子，似个大葫芦，百多茅舍就撒布在湖四周。怪的是有条土脊，如根巨钉从西岸钉向湖中，又如条大蟒游向湖心，不动了。乙亥年涨大水，圩子满了罐，秋末水退后人们回村，发现脊嘴的那棵古槐下，添了个茅草棚，尖尖的顶。棚里住有一男一女，两人一只眼，男的双眼皆不见。挨近，男女便同声咆哮，欲拼命。半年后那女的才进村，再往郑公渡换了点盐，并不与人答话。圩子以为她是哑巴。因有了烟火，圩子才想起了那地方是樊家嘴，又因这名才叫他们樊男樊女。樊家嘴是老名，只有上了年纪的人才知道。至于为什么叫樊家嘴则无人知晓，也从没有人追究。村里人都姓杨。二年春上，嘴尖生出一蓬荆棘，密匝匝的不透风，而后夹成了篱笆，年复一年，便缠绕如铁壁一般,把嘴尖与村子截然阻断。

数年后,一游方郎中到此,闲聊时讲,湖南澧县石龟山合村被土匪报了"金娃娃",其中两家出不起赎金,过了土匪指定的期限,两个孩子都被戳瞎了眼。据此,圩子便编出许多悲惨的故事,也对樊男樊女生出无限的怜悯。先前有几个不信邪的,也不再去扰其安宁。

哥哥哥哥你忒狠心呀(咚),
撇下妹妹我一人(咚咚),
阎王老爷你不睁眼(咚),
单单拆走我的伴……

这悲切寥哝之声,于湖上回荡不绝,摇撼了一村老少的心。杨奶奶一瘪嘴,滚下两颗苍凉苦涩的泪珠。老伴就站在旁边,赤裸着枯柴似的身架,纹丝不动。她无端地生出一丝依恋,于黑暗中小心地向他靠了靠,直至感觉得到老伴体热的温馨。杨老汉没觉到,他眯糊着老眼,为该不该喊几人去帮忙而犹豫不决。

他们也是怪僻的,孤僻得过了分。杨老汉吃过苦头,"土改"时他是一村之长,他没忘记这对苦命人。那乱葬岗该埋下多少冤魂,大白天都鬼气森森,怎么能住人?杨村长带了几个人去,终不敢钻过篱笆,便站在一个大坟山上喊话,告诉他们天地变了。约一袋烟功夫,樊男樊女出了窝棚。男的手握一柄缺齿渔叉,女的持一根烧火棍,脸面都木然无情。杨村长想凑近,二人同声嚎起,撞开篱笆一条口子,疯狂地朝他扑来。村长想说什么,见同来的人已仓皇退阵,也只好拔脚后退。女的追一段跑不动了。怪的是男的,竟如明眼人一般,寻着他的脚步穷追不舍。村长这才有些慌乱,刚要加快步伐,便觉后面有东西嗖地飞来,暗想不好,脚跟已被渔叉刺着。

几年后他是支书,上面来了政策,无后的孤老可享受"五保"。杨书记又带了人去,依旧站在那坟山上,依旧亲自喊话。七月天,暑气蒸人,几人被烤得炙热难耐。女的出来了,只穿一条短裤衩。男的随其后,竟是精赤条条,如一尾直立的黑鱼。脸上凹陷的两个洞,越发深了。樊女那只独眼里,闪射出一股强烈的仇恨,让他们不寒而栗。同样的一声尖嚎,疯狂的追赶。这次杨书记跑得快,几个同来的年轻人全被抛在后面……

命里呃只有八合米呀（咚），

走遍呃天下没饭吃呀（咚）……

樊婆的嗓子已微微有些沙哑，却越发凄恻、哀怨。夜空渐趋灰暗，空洞充实了些，又显得沉重和压抑。一片乌云飞过，遮盖了月亮苍白的窄脸。纺织娘和着樊婆的丧歌，嘘那支总也嘘不完的古歌。湖面上不时有鱼的嗟叹，水鸟已不能寐眠，三五只挤一块儿，恓恓惶惶地鸣。

我在母亲怀里，依偎得更紧了。我们已感到了夏夜的寒意。我双眼死盯着那蓬古槐的剪影，脑子却漫无边际地遐想……

对孩子们来说，樊家嘴是神奇的湖岛。老人们讲，古时候这里属八百里云梦泽，而后化为星罗棋布的湖泊，坦荡肥沃的平原。这垸子是一条大蟒的巢，连着不远的牛浪湖，它在这修炼了千年，成器了，要飞去荆州府作孽，观世音不允，一指拂尘，便化为一条土脊，这就是樊家嘴。那棵冠盖如云的古槐下，还有一个洞，居着那蟒的儿子，如今还在那儿修炼，成精了，就会借助狂风大雨飞上天去。

这传说村子里的人似信非信，而眼前的樊家嘴，更令人神往。满世界的小生灵，仿佛都聚到了这里。樊家嘴是它们的乐园，或者说避难地。到处的树都被伐光了，草也被锄尽了。暮春的清晨，淡淡的晨雾笼罩着，嘹亮的雉声此呼彼应，想象得到它们的雄姿，却见不到它们华丽的羽毛。夏日的黄昏，暮霭渐浓时，樊家嘴百鸟齐鸣，群禽翩飞。光那一棵老槐上，就总有百多个鸟窝，我们曾数过大概。好不容易盼来一场大雪，捕兔的兴致正浓，而狡兔偏往篱笆里躲，娃儿们只好望兔兴叹。大人们叮嘱过，那里是绝对去不得的。嘴尖上的瓜果也比村子里长得大而香，且从不生虫。那年村子里的庄稼被蝗虫吃个精光，樊家嘴不施药，居然格外茂盛。老辈说是菩萨保佑，在马家祠那黑瓦灰墙的老房子上了几天学的说那叫什么"生态平衡"。长辈们很鄙视城里下放来的那个老师发明的这个新词。

樊家嘴实在太诱人，然而他们不能去。一逢樊婆进村去换盐，孩子们便把蓄了一年的怨恨，一齐泄出。我领着一群光屁股娃，在樊婆后面边拍手边唱道："樊瞎子，偷靴婆，贪人便宜烂双脚……"樊婆偷过杨二嫂的雨靴，那是她在城里工作的表哥送的。那时垸里都穿木屐，橡胶雨靴是稀罕物，没有人不羡慕。杨二嫂心疼得哭了好几场，却又不敢越过篱笆去要回。而樊婆出了篱笆，便如离了家的狗,况且因实在抵不住好东西的诱惑,做下了一件亏心事,哪里还敢作声?只好怯怯地来,匆匆地去。

> 不怨呃天来不怨地呀(咚),
> 不求今生求来世(咚咚),
> 今生呃做了苦行僧(咚),
> 来世呃当官耀门庭(咚咚咚咚咚)……

四更天了,跟前的丧歌,已无什么悲意,不过是必哼的老形式。听者有些乏味,同时也烦燥起来,因为天气突然变了。圩子像瓮,架在烈火中炙烤,空气膨胀欲裂。人在其中憋闷得发晕,张着嘴急骤地喘息,用手捶胸,狠不得抓出五脏六腑来去湖里浸一阵。湖面上鱼儿泼剌泼剌地跳,圩中的鸡咯咯地叫,几近淹去樊婆嘶哑的干嚎。

乌云突然拥上来,其势汹涌,眨眼便弥漫了夜空。黑黝黝的樊家嘴不见了,杨丕子也不见了。一道电光闪耀,如金蛇掠空,撕开天庭一条缝,露出狰狞的怪影。冷不丁一个霹雳炸响,人们晃了晃,便见热雨如破堤一般泻下。

随即狂风大作,惊恐的圩子在风雨中飘摇。雷电在震颤,樊婆的丧歌被完全淹没了。

风雨来得迅疾,去得齐崭。舒贴了的人们打开门,东方已熹微。天宇洗得湛蓝,万木碧绿发亮。湖面却浑浊一片,浩荡得令村子认不出,樊家嘴则如一片芦叶,于黄汤之上飘荡、颠簸。更叫人惊奇的是,小山似的古槐不见了。

圩子的人不约而同地齐集在篱笆旁。古槐被雷电从正中劈开,一半压倒了樊爷樊婆的茅草棚。倾倒的茅棚半浸在浊水里,樊家嘴嘴尖已淹了半尺水。半天不见动静,杨老汉才领头涉水进了篱笆。欢跃的鲫鱼四处逃窜,而过世的樊爷和唱了一夜丧歌的樊婆,却都不见了踪影……

作者简介：

潘宜钧，笔名水田禾，公安县章庄铺镇荣龙村人，1956年出生，1974年毕业于郑公中学。曾任荆州市作家协会常务副主席、荆州市文联主席，湖北省文联、省作家协会四、五、六届全委会委员，现任《中华传奇》杂志社社长总编辑、《阅读时代》杂志执行主编。1982年开始文学创作，发表中短篇小说二十余篇（部）、小小说五十余篇、报告文学十余部、散文随笔一百余篇，另创作电视剧三部。中篇小说《择错了的吉日》获《传奇文学选刊》优秀作品奖，散文《青竹园》获《长江丛刊》"青峰奖"，电视剧《好大一个家》获湖北省"五个一工程奖"和中国电视剧"飞天奖"，1999年入选湖北省优秀青年文艺人才库。

杨氽子上的遐想

/ 潘宜钧

今天回老家刚好满一月。因侄女出嫁请假,适逢老母亲身体欠安,无法返程,便滞留在乡下。百无聊赖之时,只好去杨氽子,待坐小木舟上,每次都数小时。九旬老母居然以为我得了癔症,几次三番泪眼婆娑地劝慰我。我反复解释,她仍是将信将疑,让我自己也怀疑是否真的得了病。

杨氽子四十年前就有两千亩,但在百湖之县的公安仍是小湖。氽子本意水坑,这里是说比堰塘小一点的水面。其实杨氽子不小,呈葫芦状,东面是红卫村,北面是新堰村,西南面就是我们云龙村的一字排列的三个小队了,细长的把子连着千米开外的牛浪湖。葫芦的卡腰处有一方土堆,过去叫樊家嘴。氽子二十年前已完全干涸,通往牛浪湖的沟渠也断了流,每次回家看了心酸痛惜,于是写过《盼不回来的圣湖》一文。近年政府开展环境治理行动,通过退田还湖,已恢复近千亩,但被分割成数个方块承包给村民养虾种藕。出家门望去,无边的残荷和枯苇,一片萧索死寂。湖边一棵高大的孤杨插入湛蓝的天空,树顶有个鹊窝,树旁一小棚,棚边有一小木船。忽然就想起上大学时看卢梭《忏悔录》的那封面——沙滩上一个孤独的人,沉思着走向远方的大海,后面留下一串"之"字形脚印。极简洁的木刻震撼我的心灵,以致让我终生难忘。

田埂旁有地米菜、车钱草、灰灰菜、水芹,稀稀疏疏的,算是显露一丝生命的气息。上了小舟,划拉离岸,好清澈的水,掬一口甜沁肺腑,仿佛回到了童年。再就任舟漂移,坐了呆着,一动不动。湖是晒过准备养虾的,所以连任何鱼的影子都没有。半小时过去,先是一两声,而后四五声,接着就是一片,是湖岸冬眠将要出洞的蛙鸣。幂鸡子唱起来了,野鸭、秧鸡在枯苇间喧闹嬉戏,鹬伸着长喙在浅滩乱嚼,一副忙得不可开交的样子。一对喜鹊衔枝从我头顶飞向那棵孤树,又一对野鸡欢叫掠过,一只翠鸟飞来绕着我盘旋,欲歇在我头上。翅膀急速扇动将我的头发掀起,第一次如此近的看这些漂亮可爱的动物,那感觉好得无以言表。我屏息静气,纹丝不动,祈望它停在我头上。但精明的翠鸟可能觉得不太对劲,惊恐地嘹叫一声,像箭一般飞远。其他的水鸟立即警觉地盯着我,稍顷,似有人发了号令,一齐扑楞楞尖叫着起飞。几只野鸭以我为中心,沿着湖岸飞了数圈,终于觉得危险,消失在蓝天尽头。湖区又恢复了先前的静寂。原来,这里尽管是寒冬,但仍是生机勃勃的。我的闯入打扰了它们。这些小东西如此害怕我们人类!其实不管什么动物都一样,在它们眼里,人是凶恶的天敌,遗传记忆已持续了数十万年。

大自然不需要我们人类。即使没有人,稍待时日,这里一定是一片葱茏繁盛。绿荷田田,花枝招展,鱼翔碧水,百鸟和鸣。我们却须臾离不开大自然。大自然给我们水、空气、动植物和矿藏,慷慨地供我们繁衍生息。人类却不知好歹,不会感恩,为了更好的享乐,疯狂地掠夺、挥霍、摧残甚至毁灭大自然。我们误以为人是天地的主宰,万物皆备于我。人类忘记了地球已存在45亿年,它曾孕育过比我们强大得多的生物。寒武纪、侏罗纪、白垩纪,上古近古,地球曾经历过五次生物大灭绝,最近的一次离今已1.5亿年。世界生物多样化组织的结论是:每小时就有一种生物消失,但不包括像澳洲这样的森林大火,他们预计大火将造成千余种生物永久消失。或大水,或寒冷,或一颗流星撞击彗星路过,都可能让所有地球生命瞬间毁灭。在庞大威武的恐龙、猛犸象、剑齿虎面前,人类不如一只蚂蚁。人类统治地球不过百十万年,而且偶然。考古学家认定,二百万年前地球上有种动物叫恐猫,专吃人类的祖先南方古猿,就像我们现在捕食一只鸡那么容易,所不同的是恐猫食猿是整个吞噬,连骨头都不吐。一群古猿逃到东非的一个海岛上,才侥幸躲过了彻底覆灭的命运,也才有了类人猿,有了智人,有了现在的人类。一万年前"文明"发源了,于是我们进步的脚步越来越快,三百年前有了"工业革命",工业革命催生了"科技革命","知识"呈爆炸式增长。人类欣喜地发现,原来我们这么聪明,具有如此惊人的想象力和创造力!我们可以创造奇迹,理所应当地过上美好的生活。

但大自然对人类的肆无忌惮似乎有了一点儿意见,想提醒我们,来点气候变暖、冰川融化,来点厄尔尼诺,来点地震、海啸、龙卷风,来点你们人类看不见摸不着的病毒。我真切地听到大自然不屑地说,你们人类再伟大,创造的精神与物质文明再辉煌，终有一天也会消失殆尽，最后销解的将是塑料瓶，而唯一能保存下来的只有你们用天然石头垒就的建筑物。人类历史上所谓的古代八大奇迹证明了这一点，但不要忘记，石头本来就是我们大自然的！即使你们人类一齐醒悟，改弦易辙——这好像很难——学会与我们大自然友好相处，再生存个百十万年，在地球历史的记载簿上，也只能有短短的一行字！

生命的长短可能只是一种错觉，或者说人类的认识有限，自认为有长寿和短命。宇宙的137亿年、地球的45亿年、人的百年和蜉蝣的一天，没什么区别。蜉蝣清晨出生，有欢乐的童年，有热恋，结婚生子哺育下一代；穿漂亮的衣服，跳优美的舞蹈，在黄昏仙逝。我们常叹惜它的生命太短暂，但也一定有个"主宰"看着我们狂妄自大的人类，就像我们看蜉蝣一样，不时摇头，"这群奇怪的东西太可怜了"！

绿水青山醉卷桥（外一篇）

/ 胡祖义

　　十多年前，我回过一次故乡。回城那天早上，堂弟接我们到卷桥水库管理处小酌。

　　汽车把我们带到一个幽静的庭院。一踏进院子，我们就被院里优美的景色迷住了。映入眼帘的是满眼葱绿，满院的参天大树掩映着几幢现代化建筑，从枝叶的间隙可以看到院子里闪眼的白墙红瓦。院中有个池塘，池塘里满是荷叶和荷花，一阵微风，送过阵阵沁人心脾的清香，院外是白茫茫的库水，还有彼岸的青山。

　　这是一座中型水库，在湖北省分县地图上，能看到它标注在207国道的湘鄂边界上。我生于斯，长于斯，曾经为它美丽的风景走笔著文，也曾向旅游界的朋友们推荐过它。从20世纪60年代初这座水库蓄水开始，这里便成了省市县各级林业和水利部门开会的首选之地。

　　20世纪六七十年代，市场上的物资还十分匮乏，那些在城里待久了的干部职工，会时不时光顾卷桥水库。这里有迤逦的自然风光，还有可口的饭菜蔬果，他们开了会，还可以带点儿土特产回城去，让那些不曾来卷桥水库的同僚们眼馋。

　　你若问这里有些什么好东西？嘿，好东西太多了！不过最值得一提的，当数水库里的鱼，最好吃的是那些黄板鲷，它们被水库的微生物喂得圆滚滚的，大的常常可以长到一两斤。鲜活的鲷子鱼刚从水库捞上来，放到烧着柴火的铁锅里去煎，基本上不用放油，只放点儿辣椒，撒点儿葱花，嗨，味道美极了！比起城里用五花八门的佐料烧出来的鱼，不知要好吃多少倍！

还有水果呢！在卷桥库区，几乎一年四季都有水果。当年，管理处负责人老杨是学林学的，光是管理处院子里就种着许多果树，不用说桃子、李子，也不必说樱桃、枇杷，更不用说现在漫山遍野的无核蜜橘，只说说那一山一山的板栗果，就足够你解馋的。初看上去，它们神似微缩的小刺猬。秋天里，人们用竹篙把它们打下来，砸开那些长满尖刺的果皮，一颗颗闪耀着褐色光晕的板栗籽儿便露了出来，把它们放到装了瓜米石的锅里一炒，再浇点儿糖稀，那种又香又甜又面的感觉，会让你一辈子忘不了。

更令人赏心悦目的是卷桥水库的风景，卷桥水库素有"公安北戴河"之称，这里的风景，美得令人窒息！

年轻的时候，我曾经驾一叶扁舟，游弋于卷桥库区的湖光山色中，那库水，真的很绿，绿得发蓝。小时候，我读白居易"春来江水绿如蓝"的诗句时，很有些诧异，后来在大学里，听讲授古典文学的教授赏析这"绿如蓝"的江水时，才把我泛舟卷桥水库的印象从记忆深处调出来，方悟出白居易或许如我一样，在一个风和日丽的春日里，游历过如我家乡般美丽的卷桥水库，否则，他不会有如此生动的描述。

卷桥水库是湘鄂边界 207 国道边的一个风景区，自蓄水之日起，水库径流区域内就封了山，水库周围的树林便日渐繁密起来。那天，我驾着一叶扁舟，在水面上轻轻地摇荡，湖面上便起了"欸乃"的桨声，水库四周满是郁郁葱葱的松树和杉树，库水里便有了一抹抹黛绿。白鹭是不会少的，还有成群的野鸭，当然，野鸭出现时，时令已是深秋了。

卷桥水库分为两个库区，由一条绿化堤将它们连为一体。当初，为了扩大库容，人们将一座山拦腰挖断，把两个山冲的水面连成一体，两山之间修成一条笔直的水渠。水渠两岸的防护林，几十年来沐浴着阳光和雨露，已经长成参天大树。当年，我驾着小船穿过绿化堤时，是下午四五点钟，西边山上的树木早就把水渠遮得严严实实，悠悠的南风从背后吹来，掀动我的衣角，抚摸着我的后颈，我只觉得浑身凉爽。渠道两边的树林里，小鸟儿啁啾个不停，白色的鸥鹭在黛色绿林的背景下翩翩起舞，加上清风推送着小船，让我有一种置身仙境的感觉。

当我把小船划到绿化堤中段的时候，我的心旌开始摇荡，现在我所处的位置应该是这座水库最美丽的地方。在这里，两边的山林夹着一条狭窄的水渠，水渠中间，有一座凌空飞架的拱桥，形成卷桥库区一道美丽的风景线。拱桥上面是一座公路桥，公路桥下的圆拱正好横跨在水渠之上，很像一位高明画家的取景框，把水渠另一端的景物尽收于半圆的框框内，它取下近处的堤岸和防护林，取下另一库区的一角，还取下那个库区用于泄洪的闸楼。

我的小船从主库区划进水渠的时候，水渠外面还闪耀着灼人的阳光，当两岸的树木遮护着水渠的时候，我只能从树林的间隙看见太阳把树梢染成鲜亮的绿色，从树林里传出来的鸟叫，是音乐家为我的巡游奏响的美妙乐曲吧，从石拱桥的孔洞里，我看见一位农民驾着小划子，赶着一群鸭，多像潇洒的画家随意点染的远景。

小船悠然穿过拱桥。忽然，我依稀记起童年的一幕——那时，我跟随修建水库的父母，到建设工地玩耍，困了时，就躺在半山腰的一个土坎下，听着工地上欢快的劳动号子酣然睡去。那时候，我梦见过这么美丽的绿化堤没有？我是不是变成一个精灵，飞到库区上空？像一位出色的画家，把自己幻想出来的迷人风景描摹在库区的山水之间！

南干渠与蒋家坳渡槽

站在蒋家坳渡槽南端，只见渡槽呈一条笔直的白线，若是南干渠正在放水，白色的渡槽夹着绿色的渠水，看上去很养眼。站在山坡上看蒋家坳，山坡上的树林郁郁葱葱，渡槽的立柱呈几何线朝对面的魏家垸子延伸过去。近处长，远处短，产生一种震撼的视觉效果。

20世纪六七十年代，公安县和松滋县联手，在湘鄂边界丘陵地带建成著名的水利枢纽工程，工程自松滋县洈水水库取水，渠水哗啦啦向南奔流，因而取名"南干渠"。途中分出无数如毛细血管般的小支渠，为公安县西南大地送去甘甜的"乳汁"。

当南干渠流经松滋县台山坪渡槽蜿蜒南下，穿过崇山峻岭，来到公安县松林大队的山区与山间小平原蒋家坳交会点，渠道与平原底部的落差超过20米，而蒋家坳对面的大片丘陵山地和平原，正张开大嘴，渴望渠水的滋润。如果沿水平方向修渠，必须绕到湖北公安县与湖南澧县交界处的分水岭，那将是一项浩繁的工程，耗时费工不说，还必定毁坏大量农田，破坏大量植被。于是，南干渠工程指挥部想出一个绝妙的办法，在蒋家坳中架设一条钢筋混凝土渡槽，把渠水乖乖地引向大坳南面。

我曾到山区旅行，见山民为了引水，从山里砍来楠竹，剔去竹节，在山腰架起绵延的竹管，清澈的泉水就会源源不断地流到农家院子。蒋家坳渡槽正是借用山民导引泉水的原理，不过，工程技术人员换用水泥管，仍然像山民的楠竹管那样，管道横截面呈U形，U的三个面拉长十五米，每节管道上方拉出一根根"竹节"，这些"竹节"拉住U形渡槽两侧，以防水泥管道变形开裂。

修建蒋家坳渡槽时，人们先在松滋县架设过台山坪渡槽。蒋家坳渡槽长一千多米，渡槽与地面最大落差二十多米。那个年代，修建水利工程大多用原始工具和方法，鹅卵石和河沙都是民工从五六里外的石子滩大河用锄头和铁锹挖，再用鸡公车运到工地；石子滩到蒋家坳的路曲曲折折，运送沙石料的鸡公车像一条蜿蜒的长龙，前不见队伍的头，后不见队伍的尾。中途，福港小河上架设着青石板桥，桥面离河水四五米，桥面宽约两尺，没有护栏，鸡公车推上去，推车人腿肚子直打颤。浇灌混凝土的碎石，都是民工用手工小锤一下一下砸出来的。

当年，起重设备十分落后，起吊渡槽，靠两部人工绞盘机，十六个人一部绞车，大家用双手扳动绞盘，旋转钢缆，借用的还是明代宋应星《天工开物》中的杠杆原理，只不过杠杆的支架变成钢铁，再增加一个绞盘。起吊渡槽时，起重机放下钢缆和吊钩，勾住绑扎好的渡槽，渡槽缓缓提升，几十个工人戴着柳条帽，仰起头，在地面用缆绳调整渡槽方位，将水泥渡槽分毫不差地放到预先立起的水泥支架上。用这样复杂的工序架设一节渡槽，往往要好几个小时。

蒋家坳渡槽进水口在松林大队的魏家垸子，渡槽出水口在双星大队的孟家屋场，这个孟家屋场，现在属于白云村，当年是双星大队的地盘。孟家屋场前面原来是一座低矮的山冈。孟家屋场与蒋家坳渡槽出水口有一二十米落差，南干渠水要想流往下游，就必须挖断孟家屋场前面的山冈。

写到这里，我忽然想起小时候在语文课本上读到的一首陕西民歌：

　　天上没有玉皇，
　　地上没有龙王。
　　我就是玉皇，
　　我就是龙王。
　　喝令三山五岳开道，
　　我来了！

多么宏大的气势！南干渠从洈水水库远道而来，经由松林通向双星，再向下游流去，真像这首民歌中描写的那样，逢山劈山，遇坳搭渡槽，还在特殊地段埋设倒吸虹管道……你看孟家屋场前，挖开的山冈长达五百多米，劈山高度十四米，从蒋家坳渡槽出口看去，孟家屋场前，原来平缓的山冈被挖成一个巨大的V形豁口，豁口底部被截成平底。南干渠主渠穿过孟家屋场前的V形豁口，流入现在白云村腹地，在聋哑巴湾建起一座跌水闸，渠水下跌十米，之后拐几个S形大弯，流向五筒坳渡槽。

顾名思义，五筒坳渡槽很小，只有五截，再往前，南干渠穿过指南大队、群利大队，到达三星，三星东边是章庄铺平原，渠水要灌溉平原上的农田，只好再建一座跌水闸，让渠水从三星跌水闸飞落直下，流入雷家坪、韦家厂……

南干渠另一分流支渠流经双星大队，经过卷桥水库泄洪渠时，又遇到障碍——1959年，卷桥水库的修建者为了打通大坝库区和紫金库区，把大坝库区和紫金库区之间的山冈挖断，修成导流明渠。为了让南干支渠顺利地通过卷桥水库导流明渠，工程技术人员采用倒吸虹模式，在导流明渠的U形山坡上浇铸出一根水泥管道，卷桥人称这根水泥管为"压水管"。压水管进水口高，出水口低，渠水注入水管，发出轰轰的吼声；出水口却颇为安静，只有翻起的浪花汩汩地吟唱，像是在倒吸虹管道里受委屈之后终于挣脱束缚的尽情享受。

如果你有时间，又有闲情，不妨从松滋境内的洈水水库出发，沿南干渠而下，经台山坪渡槽、蒋家坳渡槽，直达章庄铺平原。沿途只见清澈的渠水在山岭和田野间盘旋，从洈水水库到蒋家坳，直线距离只有几十里。可是渠道蜿蜒曲折，经过蒋家坳，穿过当时的东河公社、支苏公社，一直通向章庄铺东边的韦厂和郑西，便有一百八十多里之遥了。

毫无疑问，南干渠的第一功能是抗旱、灌溉农田。当初，南干渠的设计灌溉面积高达十万亩，实际灌溉面积约八万亩，这在看老天爷眼色吃饭的农耕时代，意义十分重大。在那个时代，人们基本没有旅游的概念，在我们青少年眼里，南干渠就成了我们不可多得的风景。

南干渠建成后，好几次我们到台山坪或松林小学去，都沿着南干渠走，即使多走许多路也心甘情愿。南干渠大多沿着山脚呈水平线开挖，它左一个弯，右一个弯，每一道弯都是一条优美的弧线；有时候，它借用原有的水道，比如一个水荡，一个堰塘，渠水流到这里，就成为一面明亮的镜子，白亮亮一片。

从双星大队到松林大队去，我们特别喜欢穿越渡槽。夏天，南干渠放大水，渠水汩汩滔滔地流过蒋家坳渡槽，当渠水快要平齐渡槽边沿时，谁也不敢从渡槽里游过去，它水流太急，你永远无法前行，还担心脑袋碰到渡槽横梁。只有不放水的时候，渡槽下游约三分之一处有小半槽积水，我们打着赤脚片，先淌过积水的渡槽，再往前走，渡槽底部变得干爽，我们就撒开脚丫子在渡槽里奔跑。

有胆大的同伴，在夏天放大水时也敢走渡槽边沿，张开两臂以保持平衡，像杂技团走钢丝的演员。有平衡能力更好的，索性把双手插进裤兜，目视前方，大步流星，不一会儿就走到渡槽另一端。如果走蒋家坳地面，先下山坡，经曲曲折折的田塍，再爬上对面魏家垸子的山坡，所费时间大约是走渡槽的三倍。

最有趣的是夏季停止放水后经过渡槽，淌在渡槽南端三分之一的水槽里，脚背上时不时碰到惊慌失措的鱼群。我们先派一个人走渡槽边沿，到渡槽末端后下水，把鱼往北边赶，一赶到浅水处，我们就能抓到很多鱼。

有时候，我们走到渡槽中段，特意爬到渡槽边沿，站在两截渡槽衔接处，看蒋家坳周围的风景。如果是晴天，在渡槽东边，可以隐约看见石子滩古镇鳞次栉比的房屋；而渡槽西边，是湖南和湖北交界处的大桥铺，大桥铺笼罩在淡淡的烟霭中，烟霭下是茂密的树林。蒋家坳中央，一条小河从渡槽下穿过，自西向东，流过原来的福港大队，再流向石子滩，与淹水河汇合，奔向王家大湖。

旱情缓解时，南干渠的余水便注入卷桥水库。一俟需要，卷桥库水通过紫金闸流出，紫金闸下的渠道，人们称它低干渠，低干渠流经紫金大队和指南大队结合部，从古代水利工程古堤垱边经过，现代水利工程和古代水利工程相映成趣，构成一道美丽的风景线。

1970年，我到双星小学当民办老师，南干渠从蒋家坳流过来，从双星小学后经过。下午放学后，我们从南干渠挑水浇菜园，这是南干渠哺育我们的见证；南干渠下游，八万亩农田得到沃灌，才是重头戏。近年，卷桥柑橘、章庄铺柑橘在全国都有了名气，南干渠功不可没。

我亲自在南干渠工地参加过劳动，我们家乡因南干渠的开挖，做到了旱涝保收，真是粮满仓、鱼满塘。我记得，家乡的卷桥水库从1959年开始修建；南干渠始建于1966年，它们的修建，解决了公安县南部丘陵地带严重缺水的难题，公安县虎西地区——今章庄铺镇的老百姓很引以为自豪，他们中流传着这样一句顺口溜："河南有红旗渠，湖北有南干渠。"

20世纪六七十年代，党和政府十分重视农田水利基本建设，那个时代留给我们的水利遗产，至今我们还在受益，不仅是灌溉农田，比如章庄铺镇的饮用水，大都是卷桥水库水厂出来的,而现在卷桥村、白云村、松林村、紫金村村民的自来水,也出自卷桥水库。汉代蜀郡太守李冰父子修建都江堰,被颂为泽被万代;公安县南干渠的修建,不说泽被万代,造福百世是毫不夸张的。

南干渠的修建,南干渠子工程蒋家坳渡槽、五筒坳渡槽和卷桥水库压水管子、松滋境内的台山坪渡槽等工程的建设,是广大修渠大军辛勤劳动的成果,是广大工程技术人员智慧的结晶,还是在那个生产力很低的时代,劳动人民与自然灾害的顽强抗争。更重要的是,它体现了党和政府对章庄人民的无比关怀。半个多世纪过去了,当我们的山川、田野、果园仍然受南干渠水滋润的时候,我们是不是应该在心里为南干渠以及南干渠的建设者立一块丰碑!

作者简介:

胡祖义,公安县章庄铺镇卷桥人,1954年出生。枝江一中高级教师,湖北省作家协会会员,湖北省三峡文化研究会会员,原中国船舶公司国营第404厂子弟中学校长,曾任枝江市作家协会副主席。出版教学专著《高中语文教材教参指南》《中学生作文津梁》;长篇小说《马殇》《梦断云水》《探月奇遇记》《玉帛》;散文集《消逝的彩虹》《醉眼看世界》等。曾获湖北省文学奖、"红袖添香"科幻大赛最佳科普提名奖、全国散文征文一等奖、湖北省书香筑梦二等奖、新疆《党员之友》建党百年征文三等奖。

漫说牛浪湖

/ 杨传向

牛浪湖是长江逸出的一支血脉。作为公安县的大湖，它虽然不见名于山海经、禹贡、水经等史册经典之记，看起来似乎是流浪在外的孩子，然而从其背景、条件及其走近时代的特点来看，是独具特色和亮点的。

牛浪湖的出现，有其造化之力，亦有人文之为，它珍藏着岁月的经典，尘封着万古长江的秘密档案。

打开当今著名学者、中国历史地理学科主要奠基人和开拓者谭其骧先生主编的《中国历史地理集》，我们可以联想到一些想探索的问题。九曲回肠的长江荆江段，以江陵南岸的斗湖堤为顶点，南沿虎渡河经安乡至澧水，西北沿长江往宜昌上行，西南向松滋、澧州地域呈扇面展开，是以平原为主体，间以丘冈、坡地的三角地带。

长江自西而东的重要影响，是上游水流日夜不息地把自崇山峻岭、盆地高原的大量泥沙冲积到凹陷的云梦泽，再加上湖盆上抬的地质变化，于是云梦泽逐步解体，江北江南大泽之内的洲滩、平原出现，北之沔阳、潜江，南之巴陵、华容、安乡、龙阳等，成陆建制入治，再加上平湖区大量筑堤堵水、围湖垦田，于是水涨季节，洪流在九曲回肠里冲撞激荡，荆江吐水压力增大。自春秋起，随着时代的后移，长江段的压力越来越大。特别是清同治九年（1870年），历史上又一次罕见的特大洪水使荆江南岸松滋溃口；由于当年堵复不牢，同治十三年（1874年）再溃，洪水冲出一条松滋河，部分汇入牛浪湖。

牛浪湖抱璧怀宝，关联着人类万古文明。在中国历史上，牛浪湖未出世时的这块稳定的古陆地，叠积着人类的脚印，沉淀着岁月风云演绎的历史故事。

这块陆地所在，已有的文字明确在春秋战国时起称"涔阳"。由于整个涔阳大地气候宜人，水流丰沛，土地平旷，生态兴旺，很早就有人类活动，多处可见旧石器和新石器时期的遗址。

公安昔称"七省孔道"，为贯串大江南北的"皇华驿道"要冲。皇华驿道的江南涔阳段又称"涔阳古道"。此道由澧县境内兰江驿经合同铺过涔水走宋鲁湖，过顺林驿、界溪桥，至公安县孙黄驿，然后经过牛浪湖卧地，由章庄铺、郑公渡、斗湖堤过江后（名"皇华驿道"）接江陵、通襄阳而继续北去，如今的207国道走向与之大致吻合。可以说，昔日的涔阳古道从牛浪湖开始，在公安县之名由于历史的多种原因而改来改去，其治所也随着忽南忽北、忽东忽西的漫长岁月里，虬枝盘曲在这方土地，即涔阳腹地的大动脉。只是随着雏形于西汉、成势于明清的沱水，特别是季清的松滋河出现，瓜分了涔水的流域，再加上生活在这块土地的生民，多为移民，故而涔阳古道被渐渐淡化。

这条驿道在悠悠岁月里，来往的人知多少？走过路过的有黄帝征蚩尤、马援南征、诸葛亮讨伐云贵的大军；有黄巢、杨幺、钟相、李自成拉反旗的阵营。演绎着各个朝代拉锯扯锯、拔插王旗的悲壮，以及铁马金戈、血火纷飞的故事。还有屈原、宋玉求索流离的身影；李白、杜甫等几乎所有唐代诗家的行踪。这里还是刘璋、袁宏道、邹文盛、李守约、马士良等王侯将相、仁士贤达的灵寝之地。古道旁，牛浪湖边，那神秘的兵器堆总是诱惑着后人钩沉拾遗的奇想。

索古怀思，此可谓人杰之地也。然其古代人脉及其深厚文化，激扬着牛浪湖的琼浆玉液，滋养着"行可以为仪表，智足以决嫌疑，信可以守约，廉可以使分财，作事可法，出言可道"的当代俊彦。像杨先金、曾纪鑫、潘宜钧、黑丰、王迅、胡祖义等等，喝牛浪湖区域之水、食牛浪湖区域之物而成长为家邦栋梁的文武俊才，如高山悬泉绵绵以淌，似地河之出盈盈以涌。

牛浪湖又得地灵。地灵者谓土地山川的灵秀之养之貌与风水气数、气韵。欧阳修"地灵草木得余润，郁郁古柏含苍烟"的诗句，对牛浪湖来说，无不宜之，犹不及也。总观牛浪湖之形，在乎丘冈与平谷之间，一体九十九汊，如奶牛乳头四张，气润蓬蓬勃勃生机，膏滋林林总总茂盛。以故繁覆树木、艳鲜花草、丰硕果蔬、肥衍鱼类、翔集百鸟。昔日，楚辞里充溢着屈宋离骚、九歌、天问、招魂、高唐赋、神女赋等等情愫的涔阳风物，如兰芷、杜若、荇荷、蒲苇、薜荔、辛夷等等，此地最盛。

最得天独厚的当是牛浪湖水中摇曳生姿，水上闹花事；一物带它物，生态链循环；优势相互作，平台筑共享。莲藕、莲子、菱角、芡实、荸荠甚丰；草鱼、鲫鱼、红鲤、白鲢、鳜鱼堪繁；河蟹、河虾、银鱼、甲鱼、乌龟弥足珍贵。水草关联猪鹅，芦苇飘浮粽香。蒌蒿、菖蒲、白茅、艾叶、苍耳、益母、商陆、荆芥等等，则覆道夹路，叩问人类健康如何。可以说，牛浪湖区之丘冈，冈冈诱惑观光；湖之九十九汊，汊汊集散商贾。水之叠叠层浪，浪浪皆为富气。自古以来，这方山水平原，乃鱼米之乡、柑橘之乡、风景胜地，富庶甲天下。

牛浪湖又是个多梦多情的地方。置身山水间，任性观自在；杰楼凭仰俯，思绪由信马。莫说心骛八极、神游万仞而感慨天下，就撩发人生之七情六欲，也接之无暇、收而不够。譬如清风徐徐，碧波漾纹，狂风乍起，惊涛拍岸；云起云飞，阴晴晦明；细雨慰温，蓑笠不归；暴雨骤至，水涨船高；鸥鹭翩翩，一鹤冲天；岸树倒影，落花戏水；红日飘萍，朗月乱银；桨橹摇歌，渔樵悟对；炊烟四起，百鸟巢宁；酒风散香，夜灯摇醉；村姑浣纱，牧笛吹悠……如此般般，对于人之性情，曰陶冶，曰醉迷，曰恣肆，无以言其不可也。所以便生"路漫漫其修远兮，吾将上下而求索"之心；"先天下之忧而忧，后天下之乐而乐"之怀；"犹记碧桃影里，誓三生"之愿。此借"独抒性灵"的石公先生言之，即得乎自然的"情至之语，自能感人"也。由此顺推先生当年为何选址湖畔白鹤山卧灵，定是大宽之诗肠、大阔之诗眼无以尽"无一日不游，无一游不乐，无一刻不谈，无一谈不畅"的心念的缘故。

有道是，牛浪湖畔多牛郎，每将织女挽家乡。沿湖湖南、湖北十里八乡的人家，多少不是以湖为姻缘红线和儿女亲家的平台呢？渔歌和唱、采莲摘菱，晶莹玉洁的一湖水，摇动冰心，皱起心旌，抽出莲藕丝丝，便是易安豆蔻梢头难安、靖逸红杏枝头不靖了。至于"常记溪亭日暮，沉醉不知归路。兴尽晚回舟，误入藕花深处"，以至"人未能无心，终为阴阳所缚"，而"命由我作，福自己求"，求而有求，那就是造化所弄，性情所为。

去岁仲秋，章庄铺书屋开基庆典，我有幸应邀受教，结识众友，乃知多是两湖人，澧县、公安并未为辖治之界所拘。难怪一湖两县共管，原来鸡犬之声相闻，隔壁是邻居，同饮是家人。

由此，人言此湖"牛浪"，我却从感情上愿意称其"流浪""牛奶""牛郎"。

作者简介：

杨传向，湖南澧县北民湖人，退休教师。湖南省作家协会会员，中华辞赋会员，《西部散文选刊》《中华文学》等刊签约作家。有作品见于《中华辞赋》《牡丹》《散文百家》《阅读时代》《西部散文选刊》《中华文学》《文学教育》《湖南文旅》《湖南日报》《当代教育论坛》《中国教育报》等报刊，编著、出版教育科研专题集、散文集、《城头山稻作文化拾遗》等八部作品。

岁月舞动蓝飘带
——记治理牛浪湖水利工程
/ 卢成用

轻飘飘的旧时光就这么偷偷地溜走，一回首，已经匆匆五十余年。

1968年秋，我高中毕业，响应"农村是一个广阔的天地，在那里是可以大有作为的"和"知识青年到农村去，接受贫下中农再教育，很有必要"的号召，回到生我养我的地方——牛浪湖畔仙女庙嘴，即公安县郑公区韦厂公社新堰大队第二生产队。万千往事惊回首，多少沉浮弹指间。忆往昔，我相继参与了卷桥水库铺坦、脊家塔挽外河堤、王家大湖围垦，沙市长江战备大堤修筑等大大小小好几个水利建设工程，唯有治理牛浪湖那段经历，至今记忆犹新，难以忘却。

牛浪湖又名"牛奶湖"，水域面积二十多平方公里，根据上湖新垱、下湖杨家垱西湖、三汊港、黄桶铺、竹筒港五大支流中心走向测定结果，绝大部分属于公安县。其形成过程有断裂、堰塞、冲击三种说法，我比较认同长江发大水冲破松滋县后，洪峰以雷霆万钧之势，从高向低由松西河东下，经法华寺、丁堤拐、汪家汊奔向永和大垸，冲击并流到最底处，不能外泄，遂成湖泊。

松西河河床日益抬高，牛浪湖水相应地逐年增加，遇到雨量充沛的年份，湖水内渍成灾，以致"十年九涝"。牛浪湖水患严重威胁到沿岸人民的生命财产安全，1943年，连日降雨如瓢泼，密集且时间长，湖水肆无忌惮地一个劲儿猛涨，牛浪湖边柴山上的芦苇，半截身子在波浪中挣扎，像天上舞动的蓝飘带，倒映在湖水中。一眼望不到边的绿色植被下面，隐藏着千千万万逃难的百姓。日寇打过长江，占领公安县城南平，划东门为"军事管制区"，南门为"难民区"，每日清剿扫荡，实行野蛮的"三光"政策，烧杀掳掠，奸淫妇女，无恶不作。老百姓携家带口，备以干粮，有步行的、划船的、骑马的、坐轿的，他们陆续来到牛浪湖畔，藏在芦苇丛中，以躲避日军。

福无双降，祸不单行。沿岸遭受洪水肆虐的老百姓，也纷纷来到这里躲灾。无论人祸，还是水患，这道天然屏障都成为逃难百姓的栖身之地。日寇无道，牛浪湖有情；洪水无情，芦苇有意。此刻，牛浪湖柴山的博大胸怀，确实安抚了无数百姓受伤的心，既躲了灾，又救了命。

1954年，连续暴雨，牛浪湖雨苍苍，水茫茫。岸边芦苇被南阳风一吹，随波浪上下摆动，含苞待放的芦花只能委屈地待在母亲怀中，内渍水与外河水交汇猛涨，以致大堤溃口，造成家毁人亡，田地绝收。幸有党和政府救急，人民才在灾后重生。洪水退后，逃难百姓回到被毁坏的家，只见一片狼藉，他们砍来芦苇，糊上泥巴当作壁子，搭建房屋，遮风挡雨。又用芦苇生火做饭，取暖御寒，度过那苦不堪言的艰辛岁月。

1959年，禾苗插到田里，三个多月没下雨，史称"百日大旱"。多数田地绝收，稻子变成枯草，用火一点可以燎原。堰枯塘裂，连饮水都相当困难，只能到很远的牛浪湖去挑。

1959年到1961年连续三年粮食减产，党和国家高度重视，决定解决靠天吃饭的问题，而且要迅速解决。

战天斗地中的金鱼嘴围堤

1970年农历正月初三，时任公社党委副书记、包队干部周高奇来到仙女庙，按照干部同吃、同住、同劳动的"三同"原则，联系群众，抓革命，促生产。他来了一年，除参加会议外，都和劳动人民打成一片，受到群众高度称赞。他不仅是个好干部，而且"耕田使牛、栽秧割谷、堆笋码草、抛粮撒籽"，所谓农活"八把椅子"都能坐遍，是个地道的庄稼好把式。他住在我父亲家，用白纸画了一张表贴在墙上，吃一餐饭画个圈，参加一天劳动画个钩，月末汇总统计，按一餐四两粮票、二角钱交伙食费。这是政策规定，不打任何折扣。

久违的太阳终于一扫新年的雾霾，清除寒冬阴冷气息，迎来了"鞭炮声声辞旧岁，桃符处处迎新春"。周书记看我有文化，且成分好，提议我当民兵排长。正月初五，在他的带领下，大队集合所有男劳力，挑着筑箕扁担，扛着锄头、铁锹，来到牛浪湖畔金鱼嘴，在所划分段面开工，从此拉开了治理牛浪湖的序幕。

那时候，周书记四十出头，中等身材，头戴蓝色旧绒帽，脖子上系一条浅黄色围巾，穿一件仿解放军四个兜兜的青色棉袄，面带微笑，穿一双黄色解放鞋，走起路来爽快麻利，根本看不出与老百姓的区别。所不同的是他身先士卒，干活卖力气，这就是当时共产党干部在群众中所展示的形象。

金鱼嘴，位于牛浪湖东南隅，北起栗林湖，南止西湖，长约四公里，宽二公里，呈半圆弧形延伸至牛浪湖中心，形状如一条鱼，其头以饮水姿势伸向栗林湖，其尾以跳动姿态荡漾西湖口。每到夏末秋初，柴山上芦苇与芦茅由青变黄，风一吹，波浪起伏，宛若成千上万条金鱼浪卷浪舒，金鱼嘴由此得名。人们从中间断开一条沟汊称为大港，大港经毛虾尾、支家口到郑公渡，在陆路交通不畅的情况下，沿湖人民产品置换，都是驾船走这条水道，因此，这条汊沟给当时的郑公渡集镇带来经贸繁荣与市场稳定。还有一条因冲击而形成的沟汊，从汪家汊、王家垱、杨家垱、前湖、王家湖、窑垱、沉湖到牛浪湖，七个湖连成一串，又叫"七星望月"，也是一条水上交通要道，1970年所筑围堤就从这里开始。初步规划堤长二公里，堤高三点二米，堤脚宽三米，堤面宽一点五米，这就是牛浪湖围堤的最初雏形。

春光明媚的金鱼嘴，充分展现出牛浪湖宽广美丽的胸怀。1969年，杨家垱低水闸打开后，把湖水都放进了松西河，使之南下洞庭湖进入长江。这片古老的柴山，所占滩坡面积本来就大，水一退，湖岸逐步延展，乍一看，宽广得一览无余。春风姗姗来迟，春雷随之相伴，春雨及时赶来。那条被横断开的"七星望月"沟汊，在春风春雨驱动下，从上而下七个湖泊之水，日夜不停地向牛浪湖流淌。各种各样的鱼，经不住潺潺流水的诱惑，待夜幕降临时浮游而上，黑压压的塞满整个沟壑。晚饭后，修堤人来这里守株待兔，拿着手电筒与捕鱼工具，往往是空手而来，满载而归。

经过漫长寒冬而出栏的耕牛，此时也结伴来到这里，饱吃青草，交配繁衍。老少牧童们在湖滩上游玩，嬉戏追逐。惊蛰后芦笋拔地而出，蝴蝶翩翩起舞，蜻蜓轻轻点水，紫云英竞相开放。放鸭人搬迁高处，打渔者划向纵深。这里呈现出的是四季轮换，万物复苏，一湖碧水风和日丽，两岸青山燕舞莺歌。

做堤民工大多是附近农民，日出而作，日落而息，工地上洋溢着一派祥和气氛。经过两春一冬的建设，湖堤终于初具规模，去迎接洪水的考验。1972年6月，盛夏骄阳似火，西南风早起晚歇，中午得志更猖狂，把牛浪湖水旋出几尺高的浪涛，一阵接一阵冲击围堤。"新堤危急，大堤告急！"郑公区委下达命令，一定要保住堤坝，做到人在堤在。于是松桃、郑西、韦厂三个公社的党委书记坐镇，抽调基干民兵和青壮年劳动力上堤抢险防汛。我是民兵排长，接到通知，马上带人挑着树枝、树桩等防汛器材，来到大堤上，只见风啸啸，水滔滔。周书记已是公社党委一把手，见到我高兴地说："你组织人下水，每人抱一捆树枝，横在堤口浪尖，手牵手并排站。"我立即跳下去，筑起一道人墙，波浪以排山倒海之势撞击，溅起的水花浇满了头，连眼睛都睁不开。这时来了两辆自行车，一个东北口音的人看情况十分危险，大声喊道："肖文健，快下水！"说着推倒自行车，抱了一捆树枝跳下来，站在人墙队伍中。我悄悄问拉住我手的周书记："这是什么人？"周书记一脸严肃地说："这是县委书记张明春同志，另一位是区长肖文健同志。"我听后为之一震，不由自主地投去敬佩的目光。

一缕血色晚霞落在大堤上，西南风掀起的波涛慢慢失去威力，悄悄消失在人墙中。我不顾疲劳从水中爬起，又饥又渴地走上回家之路。前面的周书记戴着一顶发黑的麦草帽，穿着一件破汗衫和一条五短裤，浑身湿淋淋的，打着赤脚，走路显得疲劳困乏，但踏出了深深的脚印。他高大的形象，让跟在后面的我感到十分踏实。

惊天动地的仙女庙嘴大坝

防汛形势严峻，给广大人民群众造成了恐惧心理，住在危险区域的百姓忐忑不安，他们把小孩、粮食、生活用品紧急转移，送到洪水淹不到的地方。同时又把家中东西收拾好，一旦堤破，立即逃命。严酷现实给县、区、公社三级领导敲响警钟。特别是县委书记张明春同志，他亲身参与了防汛抢险，深知围垦湖泊的重要性。此时，中央依据"工业学大庆，农业学大寨，全国学人民解放军"的指示，开山凿坡，围堤造田，让高山低头，要湖水让路，造福人民。于是，牛浪湖改造很快纳入县委县政府议事日程，列入湖泊围垦重点工作之一。区委制订计划报县委批准，与湖南澧县接洽后立即实施。全区动用天兴、郑东、松桃、郑西、韦厂、支苏、东河七个公社劳动力两万余人，按部队建制，区为团设指挥部，公社为营，大队为连，小队为排，并相应成立了生产、技术、宣传、后勤四个办公室，发扬愚公移山精神，掀起填湖筑坝高潮，争取一冬一春完成这一具有战略意义的任务。区指挥部就设在我土生土长的仙女庙嘴。

仙女庙的正前方是鸵子嘴，荷花水涨时是一个美丽的小岛，各种鸟栖息在这里。它伸向牛浪湖正中五花心，左边是栗林湖汊，右边是刘家嘴汊，方圆滩地面积约三百多亩，成为此次填湖的主战场。

牛浪湖九十九个汊，汊汊有神话。传说牛浪湖仙雾缭绕，湖水清澈透明、气味飘香，巡天大神发现后报告玉帝，被王母娘娘七个女儿听在心里，私自下凡，游山玩水，沐浴浣纱，十分开心，乐不思蜀。王母娘娘知道后急令返回，女儿们慌乱之中丢下两件裙子，就匆匆上天。老百姓为感恩她们带来的仙气，修建庙宇祭祀，让其享受人间烟火，降瑞于民，遂名"仙女庙"。后来，仙女的裙子受日月风化，变成青布精与白布精，每当风和日丽之时，就出来随波逐浪，但从不兴风作浪。这里有一匹御马镇守，马个头不高，石质坚硬，色泽润滑，我多次爬上去玩过。听当地老人讲，还有石人石兽相伴，只是年代久远，去向无法考证。但这些美丽的神话，在牛浪湖经久流传，老少皆知。

1974年，冬天来得特别早，秋天飒影刚宣告结束，紧跟而来的就是北风怒号。干冷的水面风既冷又涩，人们早早就穿上了棉衣。工地上的民工，无论用镢头挖土、铁锹铲土，还是用独轮车推土，穿上衣服就流汗，脱下衣服又寒冷，这就叫冷热一张皮，九月不好穿衣。工地附近的百姓家里住满了外地民工，我家就住着郑东公社滨湖一个小队十多人。他们把稻草垫在地上，棉絮一铺，人挤人并排睡下，一会儿就进入梦乡。两个炊事员负责一日三餐，早晨稀饭、咸菜，中午将白菜萝卜水煮，用盐拌两大盆，与筷子、碗、木甑饭一齐送往工地，晚上回住地食宿。这种生活看起来艰辛苦涩，实际上乐观充实，因为人人平等，干群一样，大家从不闹情绪，也不发牢骚。

周书记天一亮就去工地，天黑才回来，只见他眉头紧锁，心里显得焦躁不安，是修筑堤坝遇到困难让他操心，是自然条件恶劣让他揪心，还是筑坝进度缓慢让他担忧？

填湖筑坝，部署十分周密，任务十分艰巨，特别是湖中三条大坝连成一体，犹如水上长龙，从几米、十几米水中用泥土筑起来，宛如牛浪湖水中跃起的一道彩虹，绚丽夺目，光彩迷人。

呙罗大坝西端，由东河公社、支苏公社的三兴、杉林、联兴、群兴等共十四个大队从罗家山推土，主攻三汊港填湖筑坝。呙罗大坝东端，由支苏公社的新桥、章兴、章庄，韦厂公社的太平、幸福、凤凰、白合、三合共八个大队，从呙家山推土，助攻三汊港填湖筑坝。

新垱大坝南端，由韦厂公社的城壁、红桥、韦厂、民主、欣荣、新堰及郑东公社的十个大队，从鸵子嘴仙女庙嘴推土，主攻新垱大坝。北端由天兴公社的七个大队从凤凰山推土，助攻新垱大坝。

栗林湖大坝，由郑西公社五个大队分别从金鱼嘴、刘家嘴双向推土，南北相对填湖筑坝。金鱼嘴围堤，由松桃公社七个大队负责，堤面加宽到三米，堤高达到海拔三十七米，堤长达到二点五公里，与栗林湖大坝连接。

工地上人人鼓足干劲，个个力争上游。两个月后，栗林湖大坝率先合垅。呙罗大坝筑在两山一水间，是牛浪湖的最深处，直线距离约五百米。由于开合面大，坝上人多，运土又近，两边同时施工，所以于年底合龙。新垱坝难度很大，水面长度约一千五百米，北线地理位置狭窄，人员不能上太多，南线运土距离远，单线作业面狭窄。这里自然条件相当恶劣，迎着水面风，先一天推出十几米，第二天就被水吞没，并排几个车装的土同时倒下去，咕咚一声就被浪卷没了。西北风掀起浪花，溅得推土人一身湿，因此施工进度缓慢。春节来临之际，距离大坝合龙还有约五百米，团部通知，民工放假，春节后完成任务。

周书记住在东河公社指南大队，距离此处约三十里路，人虽在家过年，但心在大坝上。年假未到，他就风尘仆仆赶来，到新垱坝一看大吃一惊，年前约五百米距离，现在成了八百米。已经合龙的呙罗大坝、栗林湖大坝，坝面均有开裂崩塌。他立即将情况向指挥部反映，建议加派劳力，集中力量打歼灭战。

指挥部接到报告，立即决定由支苏公社、郑西公社加固大坝，各大队组织打硪队，土层全部用石硪夯实。裂口崩塌处用树桩固定，迎水面用麻袋装土填充，用竹子织笼子装土镶边。东河、韦厂、郑东、天兴四个公社集中劳动力，全力以赴，完成新垱坝合龙。

正月初六，干部群众在仙女庙嘴召开誓师大会，各公社表决心。区委书记杨先沛传达县委指示，区长肖文健宣布竣工时间，县委督察组同志也发表了讲话。会场上红旗招展，台下面锣鼓喧天，口号声此起彼伏："抓革命，促生产，备战备荒为人民，大干一个月，向党把礼献！"会后，各大队组织突击队、先锋队、铁姑娘队……

红桥大队长马朝海已步入花甲之年，依然精神矍铄，带头上坝推土。只见他把头上的白色围巾扎成羊角，对襟蓝色棉袄叉开，两只裤管微卷，沉着稳键。真是小车不倒只管推，何愁大坝不合龙。

新堰十队队长邱登万，在别人都去吃午饭时，他给空车上土，只是为了让吃完饭的人一来就将车直接推走。可在挖最后一锹时，土层突然塌方压在他身上。经全力抢救，邱登万虽然保住了一条命，却锯掉了一条腿，只能永远杵着拐棍走路。

经过五天奋斗，原坍塌部分已经突出水面，合龙距离在缩短，五百米、三百米、一百米、五十米、三十米、十米……1975年农历二月初八，肖文健吹响口哨，挥动旗子，大声喊道："合龙！"近二百台推土车装满土，从南北两个方向依次倒出，鞭炮声、锣鼓声、口号声交相呼应，人们脸上终于露出了笑容……

周书记参加完合龙仪式后，晚上参加生产队举行庆功宴"打牙祭"，他举起酒杯说："同志们，大家辛苦了！"这是我见到他异常轻松的时刻。

仙女庙嘴所属几百亩山地，而今已夷为平地，全部贡献给了三个大坝，成为牛浪湖汪洋中的一部分。凤凰山、呙盖山、罗家山的山头推平后种植绿茶。当年人们怎么也不会想到，曾是狗獾子、猪獾子成群的不毛之地，现在已是茶香袅袅，游客络绎不绝。

改天换地的泥巴嘴排水沟

1976年冬，县委县政府发出号召，牛浪湖围垦不仅要保境安民，更重要的是排灌双利、旱涝保收。周书记已经接到调令，去区水利指挥部报到。他辞行时告诉我："今冬明春郑公渡电排站要装机，呙罗大坝、新垱大坝、栗林湖大坝要建三个节制闸，呙罗大坝到郑公渡电排沟渠全部疏通，这是整个牛浪湖工程重点。"他拿了行李，结清生活费用，笑着跟我父母亲道别。此刻，我心里好像有种失落感，毕竟六年时间，彼此都建立了感情，看他挺高兴的样子，我一边为他骄傲，一边又依依不舍。

在修建大堤过程中，金鱼嘴被分割成两大部分，堤内广袤面积变成良田，堤外泥土被推去筑坝成堤。这段工程主要是与稀泥巴作战，民工们只能用水桶把稀泥一担一担往上挑，用铁锹把稀泥一锹一锹往上摆，用筲箕把稀泥一只一只往上吊。堆积如山的稀泥巴，既是劳动人民用汗水和意志浇铸出的标志，又是用无声语言凝聚的象征，泥巴嘴由此得名。旁边是通往湖南澧县双龙冈唯一的水上交通要道——西湖，渡口竖立一块石碑，碑面阴文雕刻，油漆描红三个行书大字——牛浪湖。

这时公社通知，要安排人修建三个排水闸，其余劳动力挖电排沟，特别强调共产党员要上，白天挖沟，晚上办学习班，进行思想工作作风整顿。此时的我，已经是大队学校的一位民办教师，因为学习班需要写材料，我只得服从命令，又一次来到金鱼嘴。

朔风呼呼初冬至，月影朦胧夜色寒。金鱼嘴围堤边陆续打了一些木桩，用石灰画下白迹，这是排水沟的开口线。民工们用芦苇搭起窝棚，炊烟袅袅，饭香扑鼻。民工们将芦苇捆绑好当床，铺上棉絮后很软和。劳顿的人们每到夜晚，就坐在床铺上吸着长烟袋吧哒吧哒，看着天上明月伴着星星眨眼，看着茫茫牛浪湖空旷寂寥，看着马灯光夹杂在渔火中时隐时现。经过一整天的忙碌，颇感疲乏的人们很快就进入梦乡。鼾声和风声交织在一起，大家为这块金色土地付出辛勤汗水，为早晨升起那轮红日，憧憬着无限希望和美好的未来。

几度芦花飞又返，一空蔚蓝睡无眠。砍柴的民工带上生活用品，也用芦苇搭上篷子住宿，每到夜晚，总是生几堆篝火取暖，把整个湖滩都照得红彤彤的。他们把在小沟小汊里摸来的鱼虾，用芦苇一穿放在火上烤，泥巴、烟灰糊在手上也不觉得脏，只是把这份香喷喷的乐趣吃进了肚里。

大自然精心妆扮，把一望无际的芦叶和芦花尽情雕饰，经过砍伐后的场地内，芦苇根部留下几寸长的芦尖。人们来到这里，要格外小心脚下，恐被"暗箭"所伤。

放鸭人来了，他们搭起鸭棚和鸭圈，清晨把鸭子赶到牛浪湖中，鸭群时而呼叫，时而追浪，时而潜水。当夜暮降临时，鸭师傅喊几声"嘎嘎嘎"，鸭子就乖乖回来，只等第二天把鸭蛋装进箩筐。

猎鸟人来了，南来北往各种候鸟，栖息在牛浪湖中。当太阳收起湖面上那层薄薄的寒雾时，飞累的大雁、野鸭、野鸡、八啄子、三爪子等等，黑压压一大片挤在湖中，觅食游弋。可芦苇丛中隐藏着无数支猎枪，枪口正偷偷瞄准，待扳机一扣，这些来自千里之遥的生灵，就会命断湖水。当狂风暴雪封锁牛浪湖时，湖面逐渐缩小，直到被冰雪全部封冻，湖中的鸟没有水面生活与生存的空间，乖乖跑上金鱼嘴湖滩，躲避寒潮袭击。在这里挖沟砍柴的民工，不费力气就能把冻僵的鸟抓回去大饱口福。

打鱼人也来了，有几十人拉大网的，有十来人拉小网的，有四人打划钩的，有二人打丝网的，有罩麻罩的，有赶鸬鹚的，有放卡子的。还有一种摸糊子，把棉袄捆绑在身上，卧在船头伸出臂膀，用两只手在冰冷的水中摸鱼。还有踩脚坑的，就是人在浅滩的泥巴中，用脚踩一个坑，让鱼游进坑里然后去摸。所有捕鱼行业，以摸糊子和踩脚坑最为艰辛，手和脚在冰冷的水下与冻泥打交道，出来时都变成紫红色。

捕鱼工具五花八门，人员组合纷乱杂陈，只要哪个地方开湖，哪里就充满希望和收获。开完湖，渔民来到金鱼嘴湖滩歇息，一边捡芦苇生火，御寒烧饭，一边卖鱼。鱼贩子讨价还价，大量收购上色鱼，如鳊鱼、鲫鱼、草鱼、鳜鱼、翘口刁子鱼等，把一些下色鱼如鲤鱼、鲢鱼、花鱼、黑鱼等打包从渔民手中买走，然后拿到郑公渡市场卖高价。

民工天一亮就起床，用冰冻毛巾在装满热水的大盆里一摆，拿起来擦脸，然后打一碗稀饭，夹点咸菜酱萝卜，狼吞虎咽。吃完后穿上长统靴子，拿上工具去劳动。地面开口下五十公分内可以用箢箕挑，五十公分下面就开始渗水，只能用铁锹向上摆，然后把摆起来的泥巴挑走。越往下挖越困难，黑色的泥巴相当黏，人们叫"渗浆泥"，脚站在上面容易陷进去，时间越长陷得越深，移动一下相当费力。年龄偏大和体弱者根本不能下沟，只能在上面转移泥巴。晚上，"党员整风学习"更是触目惊心，本着"斗私不怕丑"，背靠背、面对面批评与自我批评，揭发问题，不讲面子，不挂牌子，不打棍子。整顿思想争锋相对，纯洁队伍严肃认真，提高觉悟人人平等。那间稻草屋中的气氛相当紧张，油灯下的字迹越写越模糊，烟雾中的批评语言时而发冷，时而发烫。现在想起那些材料纸上发怵的文字，我的脑海中就浮现那些难以理解的面孔，最终只能用"纯朴"二字去解释。

郑公渡电排站与泵站，建于松西河右岸堤旁的闸西大队，属主体排涝工程，于1974年11月动工，1976年11月完成。泵站采用闸站结合式拍门挡水，装机四台，受益面积可达一百万亩。电排沟渠于1975年动工，1978年完成。它从栗林湖到郑公渡，全长八点二公里，底高三十米，底宽五米至三十米，排水面积达九十平方公里，受益农田九万亩。电排沟渠完工，保证了原郑公区五个公社旱涝保收，变害为利，造福于民。

牛浪湖围堤于1970年动工，1977年产生效益，1985全部完成。呙罗坝水流入新挡坝，所建节制闸叫一控闸；新挡坝水流入栗林湖，所建节制闸叫二控闸；栗林湖水贯通电排沟，所建节制闸叫三控闸。这三个闸分别控制了三汊港、新挡、栗林湖电排沟水位高度，有利于郑公渡泵站运行调节，有利于不同区域抗旱排涝。

绿水青山是首歌，千人领唱万人和。公安、澧县两县交会的最大湖泊牛浪湖，经历了几百年的历史沉浮，终被征服利用。沿湖大堤、排水沟渠、电站泵站三个项目彻底竣工,开创了亘古未有的人间奇迹,它向章庄铺镇八万人民庄严宣告,牛浪湖治理改造工程,已经取得全面胜利,"靠天吃饭"的日子一去不复返了——它像一条长龙蜿蜒在牛浪湖上,两旁迎水坡面全部用水泥预制块铺就,任凭风吹浪打,依旧稳如磐石;宽阔平坦的路面,用砼浇筑夯实基础并刷黑,车来人往,胜似闲庭信步;大堤内侧环湖沟渠,可确保水流畅通无阻,纵横交错的分汊能收集储备沿湖的水流容量,利用电站、泵站排涝抗旱……

牛浪湖水利工程是郑公区英雄儿女用汗水和鲜血浇灌出的生命之堤、胜利之堤。天蓝蓝,水蓝蓝,这条因湖而生的具有无限生命力的蓝飘带,是水利工程的伟大胜利,是时代舞动河山变迁的伟大见证,是岁月改变历史的伟大创举!

作者简介:

卢成用,公安县章庄铺镇欣荣村人,1949 年 6 月出生。郑公渡小学原校长,郑公中学原工会主席,中华诗词学会会员,湖北省诗词学会会员,公安县诗词学会理事。多次在《湖北诗词》《荆州诗词》等刊物发表诗词作品,有作品收入公安县《改革开放四十年》一书,2019 年 9 月出版诗集《蓝天诗草》。

凤凰山庄凤凰鸣

/ 卢成用

　　湖光翠，山色清澄。缕缕轻风摇妩媚，网撒鱼翔浪花醉。鸟语云飞，荷蛙垂柳，尽是春滋味。

　　怀着对家乡无比眷恋和浓浓乡情，怀着儿时养成对山水的依赖与好奇，我又情不自禁来到牛浪湖畔的凤凰山庄。我被这里的绿水青山陶醉，被陌生而又熟悉的环境触动，我知道这就是乡情。

　　乡情是什么？乡情是李白笔下"仍怜故乡水，万里送行舟"；遗憾是什么？遗憾是杜甫诗中"浮云终日行，游子久不至"；怀念是什么？怀念是"厄磴层层上太华，白云深处有人家"。华夏民族是具有五千年文明史的伟大民族，中华儿女爱乡恋土，是孝悌文化的发扬者。这里有我的根！

　　凤凰，经过火的洗礼可以重生，这就是凤凰涅槃。凤凰为百鸟之王，雄者为"凤"，雌者为"凰"。它是荆楚大地顶礼膜拜的图腾，是远古历史文化传承的象征，是华夏大地民风民俗强悍的标志。而牛浪湖畔的凤凰山人民，正是凤凰涅槃的代表，其不屈不挠的意志，美轮美奂的形象，勤劳勇敢的风范，体现出凤凰的独有品格。

　　凤凰山属于武陵山脉朝北走向之残丘高地，其海拔与崇山峻岭相比，确实微不足道，但在平原地区可是当之无愧的群丘翘楚。

　　凤凰山左首是东方韦家厂，水系区块链包括凤凰、白合、三合、欣荣、新堰等村。雨水汇集到新挡坝，就像游子反哺，又回到母亲牛浪湖的怀抱。凤凰山右首是西方章庄铺，水系区块链包括联兴、群兴、三兴、章兴、章庄、石门嘴等村。雨水流量聚集到三汊港，像孩子一样，调皮地爬上父亲牛浪湖的肩膀，欢乐于两岸青山，游曳于一湖碧波，带来了春天的美丽，秋天的硕果。

凤凰山背枕北方支苏堡饶钹山，山上原有一木质凉亭，五根红色松木做柱，黛瓦盖顶，五角挑檐，斗拱悬梁。站在亭子上向四周眺望，可将章庄铺方圆几十里包括牛浪湖大部尽收眼底。凉亭质朴典雅，晚明所建，建国前所毁。亭子山属阳，而北属水为阴，阴阳相克相生。从这里经过的茶马古道早已废弃，宽阔的207国道应运而生，不仅带来了交通便利，而且让这块肥沃土地物产丰富、市场繁荣、人丁兴旺。曾经的章庄公社粮管所、采购站，现在的章庄铺镇财管所、税务所、卫生院、农电站、水厂都建在这里。一条马路直达凤凰山顶，车辆南来北往，人流络绎不绝。由此，亭子山这个本不陌生的名字，依然口口相传，熠熠生辉。

凤凰山怀抱湘鄂两省交界最大的淡水湖泊——牛浪湖，甘甜透明之水，像乳汁一样滋润、养育着沿岸千万儿女。其地属亚热带季风气候，雨量充沛，霜期短，空气湿度均衡，日照时间长，气温温差变化不大，春夏秋冬四季分明。其土质以黄带赤，黏性与沙性柔和，略呈酸性。这里三面环水，一面临山，是个得天独厚的绿色半岛。不仅适合农作物生长，而且适宜人类居住，远望一排排白墙红瓦楼房，时隐时现在云雾缭绕之中，犹如大自然赐予的又一处仙境。

地理位置独特，有利也有弊。民国三十五年（1946年）至新中国建立，这里土匪横行，山头林立，官匪沆瀣一气。当时流传一个词叫"遍地开花"，也就是适者生存，不投顺者死路一条。土匪头子们仰仗凤凰山、冏盖山、罗嘎山进可攻、退可守，加之水上交通险隘，纷纷在此安营扎寨，祸国殃民，无恶不作。新中国成立后，开展清匪反霸运动，老百姓才过上安稳日子。

厚重的历史文化，记录着这里的时代变迁。这里有明朝中叶太子少保、户部尚书邹文盛墓，按国葬礼仪发丧，葬在牛浪湖畔新田驿。从风水学角度看，所葬之处左青龙，右白虎，前朱雀，后玄武，前朱雀所指就是凤凰山。大明开国金吾大将军，当朝国舅司马福，皇上赐京畿御葬，太师刘伯温主葬，其墓就在饶钹山上。如果凤凰山是凤头，那饶钹山就是凤尾，福人泽地，凤凰展翅，一鸣惊人。凤凰山右侧二三里地，有座修建于明洪武年间的白云庵，传说此庵阴可吞云吐月，阳时也能呼风唤雨，面向东南方，气照花鱼潭。还有章阁寺、汪公祠、仙女庙、刘家榨房、支苏堡等等，这些历史文化的积淀，从不同时期、不同角度，渗透了历史文化的内涵，点缀着凤凰山的多彩多姿。

我出生在牛浪湖畔，从小就受到水的变化无形、山的挺拔高大的潜移默化。

记得1954年夏天发大水,风激浪卷,田毁屋淹,父亲用船把一家老小运到罗家山躲水。我第一次体会到水的凶恶残暴,山的博大可亲。二十年后的1974年冬天,一个风雪交加的夜晚,寒风和大雪封锁了整个牛浪湖地区。天苍苍,地茫茫,我向父亲借了麻罩托篙等捕鱼工具,划着小船绕牛浪湖边的凤凰山、呙盖山、罗家山、曾家嘴、仙女庙等水域,使我领略到了水的宽阔胸怀。三十年后的1984年秋天,我骑着自行车,沿着围湖造田所筑沟渠,从郑公渡出发,经电排闸、泥巴嘴、三孔闸、二孔闸、呙罗大坝,再上罗家山。我看到了改造自然与天斗、与地斗其乐无穷的时代力量。当时,全区人民用肩挑、用手推、用锹摆,终于挖平了凤凰山、呙盖山、罗家山上的高突部分,把土填到了牛浪湖最深处的三汊港,筑起了纵横二十多公里的围堤,开挖近百公里长的排灌沟渠,让沿湖渠水畅流无阻,农作物旱涝保收。

我喜欢这里朴实无华、善良豁达的劳动人民。凤凰山、呙盖山原属韦厂公社凤凰村,而罗家山则属支苏公社联兴村,水系之分,隔岸相望。魏家渡口的渡船,作为当时唯一的交通工具,运送两地人们东来西往,互相交流,置换剩余产品。无论刮风下雨、酷暑严寒,也无论兵荒马乱、天干水涝,那条渡船奔波于两山一水间,直至"寿终正寝"。呙罗大坝完工之日,也是陆上交通连接之时,就此结束了渡船年代。从土路到砖渣路,从砖渣路到水泥路,从水泥路到柏油路——路由无到有,由差到好,这一质的飞跃,让居住在这儿的人们,见证了一个伟大时代的历史变迁。从此,呙盖山和罗家山这两个名字,逐渐退出人们的记忆,而凤凰山的名字却越来越响亮。

交通条件改善,地理条件优越,带来了经济发展契机。20世纪末,知天命之年的城里人侯家英女士看中了这块风水宝地。她知道,这里地贫人稀,信息闭塞,好多年轻人南下北上到城里打工,却把老人小孩留在家里,这些人丧失了劳动力,无力耕种土地,使之弃田抛荒。侯家英曾任公安县铜套厂党支部书记,来到这穷乡僻壤,开始她人生中的第二次创业——施展其雄心壮志,履行其建设绿水青山的承诺,兑现其将余生奉献给这片土地的誓言。

当我见到她时,不禁十分惊讶,这和十多年前的侯支书有区别吗?握住她纤瘦白皙的双手时,她还是那样平易近人、和蔼可亲。一阵寒暄后,仿佛回到过去与她交往时的热情与真诚,让人产生信任与依赖,这就是一个成熟女性的独特人格魅力。

侯家英女士对经济十分了解,很快就让牛浪湖水伴随春风涌动,滋润着凤凰山这片热土，使这里散发出梦幻般的春天气息。百亩临湖茶园绿叶葱茏，覆盖着呙盖山、罗家山大小丘冈；制作的凤凰绿茶，配上牛浪湖水，馥郁芬芳，唇齿留香，堪比西湖龙井、黄山猴魁、洞庭碧螺春、峨眉竹叶青等名牌茶茗。

光亮背后总是平淡，回味甜蜜免不了品味苦涩。侯家英带领凤凰山人，刻苦勤勉，这里的一草一木都留下了她辛劳的汗水。

看！那片竹海中的楠竹、桂竹、金竹、箭竹等苍翠欲滴，虽高矮粗细不一，却虚怀若谷，在轻风吹拂中摇曳。

听！那两排夹道相迎的塔柏、龙柏、五针松、罗汉松等青翠挺拔，清风吹拂，摇影婆娑。小径蜿蜒，令游客神清气爽。朝露凝枝，晚霞映水，草动蛙惊，风鸣鹤起，让观光者游兴欣然，流连忘返。

园中种植的梅、樱、桃、李、蔷薇等，按时令次第开放。冬去春来，雨打风吹，花开花落，每一时辰，呈现不同的美色。

赤橙黄绿青蓝紫，谁持彩练当空舞？不负使命的五颜六色，装点着春天的妩媚、夏天的妖娆、秋天的丰富、冬天的冷艳。宋代诗人苏轼在《题西林壁》中写道："横看成岭侧成峰，远近高低各不同。不识庐山真面目，只缘身在此山中。"如果苏轼来到凤凰山庄，可能就在此饮茶醉酒，吟诗会友，采菊东篱下，享受纯天然。

侯家英女士以茶山为基础，渔湖为支柱，办起了养猪、养羊、养鸡、养鸭、养鹅等养殖业；以旱地柑橘为主导，种植了葡萄、蜜柚、黄桃、甜柿、杏李等优质鲜果；以水生莲藕为突破口，种养了荸荠、茭白、菱角、薏米等当地特产；加上无公害各种时令蔬菜，这些纯天然食品上市，不仅满足了人们的生活，而且改善了环境，美化了大自然。这些项目的开发经营与管理，为中小学生提供了校外实验基地和实验科目，给文艺家提供了优美的创作环境，为旅游爱好者提供了休闲观赏景点与摄影园地，给美食家提供了绿色食材……

十年前，侯家英带着诚意和信心，与当地政府签订了承包牛浪湖养殖合同。为打造原生态，改造牛浪湖，她改革陈习陋规，进行生态科学养殖，改变了追求经济利益、破坏自然资源、污染生态环境的状况。她坚定信念，一定要还原一湖碧水，还原一片蓝天，还原大自然和谐，还原凤凰山一方净土。当政府按中央政策收回承包权时，她毫无怨言地说："我一定要把一个水可饮、鱼可食、景可游的牛浪湖交给国家，把湖灵水碧、岸绿景新还给人民。"

当我问到凤凰山在职员工的生活状况及收入时，她告诉我，这里现有员工一百多位，大部分是本地人，少数外地人以他们的亲戚为主，年收入人均五万元左右。她的工作思路与理念，就是以纯朴感情做纽带，搭建诚信与道德的桥梁，让员工们有饭吃、有事做、有钱拿，思想平衡，工作稳定。

当我问她今后有什么打算时，她说："利用现有资源，坚持把目前产业做大做强，向旅游、休闲、娱乐方面发展，为人民造福，实现有生之年的愿望。"凤凰山给了我绿色思维，当我看到窗明几净的餐厅，躺在休息室的摇椅上产生联想，坐在阅览室博览群书，品味丰盛可口的野生美食时，不禁乐不思蜀，产生了不舍与留恋……

爷爷的石桥

/ 张艾梅

　　有关爷爷的记忆，除了家乡人民赖以生存的沃野田畴、山岗湖泊，最具代表性的就是新港河上的"双福桥"。

　　"新港"像一抹飘带，连接着牛浪湖与松西河，从我家门前蜿蜒流淌。

　　牛浪湖位于公安县西南边陲，湖南澧县、湖北公安县所共有，面积二十多平方公里，是公安县第三大湖泊。20世纪50年代，对湖泊进行综合治理，修筑湖堤，疏浚河道，初步实现田湖分家，形成排灌体系。"新港"这条长约一公里的人工河，从牛浪湖西湖口经毛虾尾、八方沟，然后与旧河道汇合，流经双福桥，流向横跨湖南、湖北的小集镇杨家垱。

　　依堤而兴的小集镇杨家垱附近的松西河堤上，有座闸名叫"解放闸"，1949年兴建，1951年我爸妈出生那年建成。为了建好这座闸，据说还请来了当时的苏联专家。建闸所用的石头从现在的章庄铺肖家嘴村运来，有人说是从袁宏道的墓地挖来的。前些年，解放闸进行了重新翻修，想来也不会有人关心里面的石头是否来自袁宏道墓，它们永远地埋在了水闸下面。

　　解放闸的建设应该是县级工程。我外婆说，在那个年代，建闸的人们不分白天黑夜，抢晴抓早，人声鼎沸，硪歌嘹亮。那时我妈刚出生，每天夜晚对着工地的大灯泡哭闹不止。我外婆就整夜抱着我妈，念叨"天晃晃，地晃晃，我家有个夜哭郎……"

　　新港河的开挖晚于解放闸。为了提高解放闸的排灌效率，于20世纪50年代末开始修建，这些水利工程是公安人民变水患为水利的一个缩影。

　　牛浪湖周边湖区人民饱受水患之苦，农业生产基本靠天收。新港河的前身，是牛浪湖以漫流的形态向外延伸的一条自然水流通道。郑公区举全区之力，组织六个公社劳力近二万人次，历时两个冬春，对这条沟渠进行裁湾取直、拓宽加深。每当雨季来临，牛浪湖水位升高，威胁周边农田安全时，牛浪湖水便通过这新港河、解放闸，直接流入松西河。干旱时，松西河水又可通过解放闸、新港河流入牛浪湖，使牛浪湖周边二十万亩农田旱涝保收。

开挖新港河正值我国粮食减产时期，郑公区的灾荒是公安县最严重的地方。家乡人们勒紧裤带、忍饥挨饿，发挥聪明才智，改进劳动工具，提高工作效率，在极其简陋的条件下，如期完成这条人工河的疏浚，解决了当地人们生产、生活诸多问题。

爷爷是孤儿，由湖南张家场流浪到双玉大队。不久，双玉大队并入隔壁的新港大队。新中国成立前，爷爷给地主打长工活命。建国后，穷苦农民翻身做了主人，长工爷爷强烈地感受到新旧社会两重天，追随共产党，当上了新港大队党支部书记。

新港河的开挖，爷爷是参与者、建设者；双福桥的落成，则是爷爷的心愿。

听老人们讲，新港河上的"双福桥"，之前是独木桥，尔后是拉拉桥，最后才是石头钢筋水泥建成的"双福桥"。所谓"拉拉桥"，就是河两岸分别钉一根木桩，绑上绳子，河面上放竹筏或木筏，过河的人手拉绳子带动竹筏或木筏渡到对岸。

原双玉大队的人们居住在新港河两岸，田地、学校、油厂分布在河东、河西两侧，独木桥、拉拉桥已经不适应拓宽加深后的新港河了。于是，修建钢筋水泥桥已成当地民生与发展的最大福祉。爷爷决心顺应时代要求，克服重重困难建好这座桥。他召开干部党员群众动员大会，统一思想鼓干劲，凡事身先士卒，带领群众干，干给群众看。群众亲切地叫他"张班头"，他欣然接受这一"美誉"，总是声叫声应。爷爷找时任松桃公社书记王良松特批了三吨钢材，要来水利技术员庹进富负责水利技术工作，连长杨天荣负责统计物质、用工和工程进度。从1963年到1964年，历经两年时间，终于建成了这座给当地民众带来福利与福气的石桥。

那时物质极其匮乏，建一座石桥何其不易！钢材、水泥要计划，建桥用的石头从大老远运来，费时长，路况不好，交通工具十分简陋。当时没有高标水泥，粗砂卵石必须清洗干净才能与水泥浇铸。爷爷发动男女老少没日没夜地淘洗砂石。我的母亲父亲——一群十多岁的孩子也加入了洗砂大军。人们站在冰冷的水里，用竹篮、箩筐清洗砂石，肩挑手提，以最原始的方式建成了这座生产桥、便民桥、安心桥。

新港大队地处湘鄂交界，这座桥迎来送往，满足着两省方圆五十平方公里的人们出行需求，因此，爷爷将此石桥命名为"双福桥"。"双福桥"建成，使得新港大队名声大振。我爷爷受到领导夸奖、群众点赞，他不骄不躁，信仰更加坚定。爷爷当了十年支部书记，虽然不识字，但传达精神不走样，安排工作不漏项，多次被评为红旗党支部书记。

石桥呈拱形横跨新港河两岸，为保证桥下行船，拱桥跨度较大，桥面由四个桥墩支撑；靠近岸边的桥墩由石头用水泥砌成，中间两个桥墩由粗砂卵石钢筋水泥浇铸而成，四个桥墩稳稳地支撑着桥面；桥两侧用水泥做成简易栏杆。在爷爷眼里，石桥就是一件艺术品，他站在我们家的高台上，无数次凝望这座桥、这条河……河面上船帆点点，河两岸绿树成荫；朝阳中，孩子们背着书包在桥面上嬉戏奔跑；夕阳西下，结束了一天劳作的人们匆忙过桥……在爷爷的心中，这就是最美的画卷！他久久地站着，远远地眺望，在我眼里，仿佛一座高大的雕塑。

从我记事起，爷爷每天早上要到双福桥下的新港河里挑三担水，挑满一水缸，以供日用。扁担挑着水桶，发出吱吱呀呀欢快的声音。遇到乡民招呼一声"张班头"，爷爷一脸的惬意，心中满满的成就感。每当脑海里涌现出当年奋斗的画面时，我便想，如果爷爷今天还健在，当他看到新港村百姓用上了来自四公里之外的郑公渡水厂的自来水，一定会更欣慰。

我渐渐长大成人，从这座石桥走出去，又无数次地走回来。

每次回乡见到双福桥，我既感到亲切，又有一丝隐忧。斑驳的桥面，剥蚀的桥墩，失去护栏的石桥光秃秃地耸立河面，犹如风烛残年的老人，向世人诉说着六十年的岁月沧桑。如今，这座石桥仍然承载着原双玉大队两岸人们的出行需求，摩托车、农用车、自行车一如既往地在它身上碾压，缓缓驶过……

双福桥，承载着一个甲子的春夏秋冬、风霜雨雪、历史风云，顽强不屈地"走"到今天，也算得上一件"古董"了，在具有实用功能的同时，其文物价值不可估量。父亲年轻时立下志愿，有朝一日也要像爷爷一样，重修这座石桥。在无数次的唠叨中，父亲慢慢变老了，这辈子可能无法实现这一夙愿了。

长江后浪推前浪，年轻的一代在成长，人们期盼"双福桥"重新焕发盎然生机！

作者简介：

张艾梅，公安县章庄铺镇新港村人，生于20世纪70年代，现任公安县政协文化文史和学习委员会主任，《性灵公安》主编。十多年来致力于公安县文史资料的收集整理，曾在《湖北文史》上发表文章多篇，主编《从公安走出的院士与将军》《公安县情读本》《科学家的故事》《用生命守护生命》等多部著作。

难忘石马潭

/ 李开梅

石马潭，离郑公渡四五里地，是一个宁静温暖的小乡村，这里四季分明，绚丽多彩，是珍藏于我心底的一幅十里画卷，有着无尽的风景和宝藏。画卷里有山川，有河流，逶迤绝尘，奔腾不息。在夜里，在梦里，在我无数次的描摹与思念中，画卷里渐渐长出了筋络和血脉，嵌入我的灵魂深处，让我在数不清的牵挂里日夜流连，无限怅惘。

石马潭的秋日暖阳

石马潭的秋天，阳光温馨、恬静，有如孩童的手，轻柔和煦，只需着一抹淡淡的秋意，便会温暖如沐三月的春风。

小时候最喜欢的一个季节，便是石马潭的秋天了，在大地，在田野，在墙角旮旯，一片叶子，一朵黄菊，总能带给我一份意想不到的欣喜。

这个秋天，我与儿时的伙伴相邀，来到了石马潭。

蓝天下，白云挥洒着飘逸的长袖，变幻着色彩，大自然像一位挥毫泼墨的书法家，在广袤无垠的田野里，尽情书写出满地的金黄。

置身于寂静的田野，泥土正散发出幽幽清香。沐浴着洁净的秋阳，洗净满身的尘埃，荡涤纷繁的心灵。闭上眼睛，伸出双手，感受阳光拥抱的无限温暖。变幻莫测的天空、形态各异的云彩，它好像越来越高远，我的心情，也越来越空灵。我，静静地感悟，似乎喧嚣的城市、纷杂的人世，也因这心底的宁静而渐渐离我远去。

极目远眺，这片熟悉的土地，如此丰饶而多情，处处呈现出一片丰收的景象。那白的是棉，黄的是柑橘，金灿灿的是稻谷，红的是丛丛盛开的美人蕉。

石马潭的秋天，还是如此饱满，凝重，奢华。它对春天的姹紫嫣红交出了最完美的答卷，完成了对骄阳似火的夏日最虔诚的洗礼，并为迎接萧瑟冷酷的严冬做好了充足的准备。就连那娇弱的蒲公英，一朵，两朵，从嫩黄的绽放，到成熟的随风远逝，无不演绎着春蚕到死丝方尽的惬意人生。

我凝望，静听，感悟，捕捉秋天点滴的变幻带给我的无限欣喜，感受着秋天丰硕的成果带给人类收获的喜悦，惋惜着秋天稍纵即逝的美丽带给我的无限惆怅。

我多么想把石马潭的秋天留住，留住了秋天，将永远是丰硕的盛世，没有饥饿，没有疾病，永远都是风柔水静，安逸美好。

只可惜，我只是你这里一名匆匆的过客，风抚过头顶，我终会静默离去。

石马潭的皑皑大雪

小时候，我还不懂得期盼是怎么一回事。雪，总是在一夜之间悄无生息地落下，带给我们一份意想不到的惊喜。

清晨醒来，窗外是一片明晃晃的白。心里欢喜得快要飞起来，跳起来跑到窗外，但凡双眼所及之地，皆呈现一片耀眼的白，是如此幽雅恬静而又晶莹剔透，也不管那胳膊腿是如何寒气袭人了，三两下穿上衣服跑出门去，便迫不急待地踩出初雪的第一串脚印。

早起的父母早已将门前的积雪清理干净，只有橘园里的雪还是完整如初的好，一树树，一团团，甜蜜地依偎在一起窃窃私语。穿上雨鞋，大踏步踩上去，一下，两下，积雪发出"噗噗"的厚实而有质感的声音，心里有一份欣喜。

落雪后的石马潭，比往日安静了许多，人们可以借助落雪多赖一会儿床，鸟儿的鸣啾就觉得高亢起来。雪，是大自然送给孩子们最开心的礼物，也是大人们的一场盛宴。

小伙伴们纷纷来到白雪覆盖的田野，女生的花格子围巾在凛冽的寒风中飘扬如帜。挑一块积雪最厚最松软的地方勇敢地扑下去，就看到一个大字的人形印在雪地里，那边的男生早就开始打起雪仗，欢笑声、喊叫声响彻田野。

如大雪遇上寒风吹上一夜，早起的时候，屋檐上便会悬挂着一根根晶莹的冰柱子，门前的堰塘里也结着厚厚的冰块，捞起一块，用嘴巴在冰块上面吹出一个圆洞，用稻草吊起来提溜着玩耍，时不时地啃上一口嚼得嘎嘣脆响。熏火钵、老树兜、黑茶壶——粉墨登场，家人或邻居们围坐在一起烤糍粑，纳鞋底，织毛衣，孩子们欢叫着穿行其间，大人会强行拉着我们冻得通红的小手放在火钵上来烤……

太阳出来的时候，雪就开始融化了，滴滴答答的。我从小就是一个极爱干净、追求完美的孩子，只是那点心思不会用语言和文字来描述和表达，雪花易逝，想留也留不住。看到雪融化时满地的泥泞，四处一片狼藉，小小的我心中竟然有了几分惆怅与伤感。

二十来岁的时候，心底有了与雪有关的约定与梦想，只是属于青涩年华里一个人的秘密。于是，每一场雪的到来，都会撩拨起那些未了的夙愿。年龄渐长，那些与雪有关的梦想已经不再那么鲜明。那些光阴浸染的情怀，终是停留在记忆深处，明媚了岁月，芬芳了生命。人生长河，多少梦想终究只是一场梦而已，永远也没有实现的那一天，不是不想，而是我们尚在等待的时候，那种梦想就已经无疾而终、不了了之。

今天，虽然也期望一场雪的到来，却没有了"半壁山房待明月，一盏清茗酬知音"的感觉，希望一切都安静下来才好。只是多少淡定，终不敌光阴荏苒中的韶华易逝，于是，有了几分伤感，几分无措，还有几分恍惚。

石马潭的老屋

离开老屋，感觉只是一个转身的距离，却成了一辈子的想念。

今年清明节，我回家为父亲扫墓，特意去了一趟老屋。其实，老屋已经坍塌，只剩下一堆断瓦残垣。荒草几乎浸淫了它全身，再也没有昔日的热闹与欢笑。那些曾经繁茂的花草和树木，因为无人打理，也在垂死的边缘挣扎，那盛开过大朵洁白的广玉兰，枯萎的枝叶随风飘荡。

我在这里出生、成长，老屋见证了我的童年、少年、青年。堂屋、厢房、花坛、杉树林、酸甜的菇娘果、水沟边的野芹菜……闭上眼睛，我都能清晰地记得它们的姿态，它们无数次出现在我的梦境里，从来不曾远去。

老屋门前的花坛里，常年盛开五颜六色的花。

我和父亲都喜欢种花。花坛里有桂花、栀子、月季、枯枝梅、迎春花、指甲花等，品种繁多，我会用花配上竹枝、红果子、红枫叶及一些说不出名字的绿色植物，妆点我的闺房。指甲花的颜色五彩缤纷，红的白的粉的，花籽包裹在一层壳里，一串串的挂在花杆上，等到成熟的时候，用手轻轻一捏，那层壳就爆裂了，一颗颗黑的籽蹦出来，好玩得很。

　　老屋门口的菜园是我的世外桃源。

　　韭菜、黄瓜、辣椒、洋芋、莴苣、萝卜、白菜、眉豆、刀豆、四季豆、茄子、茼蒿、菠菜……但凡市面上有的蔬菜，妈妈都会种。我喜欢看这些红的辣椒、紫的茄子一个个充满朝气地挂在那里。我会非常仔细地观察那些碧绿的蔬菜在四季交替中，一天变换出一个模样，那顽强与执着的生命力常常会带给我一份欣喜与向上的力量。

　　老屋的水沟那里，有一片杉树林，这里是涤荡和净化我心灵的一方乐土。

　　只要稍有空闲，我都会到那片树林驻足，看春天里遮天蔽日浓密的树枝桠，看树下不知名的小花小草及阔叶的爬藤植物，看干枯了叶子却依然挺立的毛辣杆，看爬来爬去忙碌不停的蚂蚁……小时候，无论受了多大的委屈，只要在这里待上一会儿，心里便会变得干净通透起来。闭上眼睛，静静的什么事情也不去想，听鸟儿的啁啾，听风吹过树梢的声音，会让我忘掉所有的烦恼，置身其中，真的是无比安宁。

　　"幺丫头，吃饭啦！"恍惚间，似乎听到了父亲的呼唤。

　　我兴高采烈地迎过去，跑过去！

　　一片叶子打在我头上，我下意识地闭了一下眼睛，再睁开，怎么一个人影都看不到了，原来那只是一些幻影，我急匆匆地寻过去，只看到那扇锈迹斑斑的铁门，空荡荡的没有一个人影。

　　我来了，离老屋如此近，可为什么感觉是那么遥远？那熟悉的一草一木，一砖一瓦，再也没有了生命的活力与气息。那些曾经的欢歌笑语，嬉闹追逐，已经遗落在遥远的天边。

　　我伸出双手，想再一次拥抱老屋，可它却用沉默的身躯与冰冷的面容拒绝了我。这里，再也不属于我，它成了青春岁月里永恒的记忆。

　　老屋，就让我在心里想象你，在回忆里抚摸你，在梦境里拥抱你吧！

石马潭的五月

石马潭的五月，因为有了端午节，便觉得五月是记忆中最好的日子。阳光薄醉，风儿轻柔，温和而不疏淡，热烈但不拘束，江南水乡特有的那种韵味，让生于斯长于斯的我陶醉其间，流连忘返。

石马潭的五月，有粽子飘香的儿时记忆

包粽子、吃粽子是端午节必不可少的重头戏。

粽子好吃，但制作过程比较复杂。通常是节前的一个星期，父亲会去郑东街的集市上买回新鲜的粽叶，母亲用锅将粽叶煮得泛黄，然后用一个大盆装满清水浸泡，泡上三至五天，待粽叶有了韧性，然后出水，剪去头尾多余的枝叶，一片一片刷洗干净，再将粽叶一片片分出大小，大的包成枕头型，小的包成美人脚。看母亲包得又快又漂亮，我总忍不住手痒，拿出三两片粽叶，照着母亲的样子七折八叠，却总难成型，勉强叠成三角形，塞下一把糯米，形状难看极了，只好作罢。

每年的端午节，家里都会包上几百个粽子，母亲会将包好的粽子放入一口大锅里一并煮，先用大火煮一个小时左右，再用小火慢焖，在焖的过程中，妈妈不时揭开锅盖，用手捏捏粽子是否变软，每次揭开锅盖的时候，阵阵香气飘过来，引得人垂涎欲滴。

我不喜欢吃甜食，也就不喜欢吃粽子。每年，我只在母亲的极力劝说和诱惑下，象征性地尝上一口，但是我非常喜欢制作粽子的过程。这个过程是对节日的一种期待，满满的幸福感都倾注在泡粽叶、包粽子、煮粽子的过程中了。

现在，孩子们各据一方，一家人总是难得聚在一起，好多人家早就不包粽子了。每年的三月，菜市场就开始卖粽子，有红豆馅的、鸡丁馅的、绿豆馅的，琳琅满目，却总是少了那份对节日的期待。

石马潭的五月，有栀子盛开的初夏味道

栀子花是上天送给端午节最好的礼物，明明素净淡雅，却又如此热烈灿烂。因为有了栀子，一天的节日，用整个五月来铺垫、来渲染。栀子，这凡间的精灵，

将五月熏染成了一道浓墨重彩的风景。

　　石马潭人对栀子的喜爱，没有性别，不分老幼，可以人手一朵，或把玩，或轻嗅，或戴于发间，或别于衣襟，男人闻它不觉别扭，老太太戴它不觉俗气，自有一种浑然天成之感。各家各户的门前，都会种几棵栀子树，种得多的，还会扎成小束，放在竹编的篮子里，清晨的时候拿到郑东街的集市上去卖。只要有栀子花盛开的地方，偷花不算窃，主人家会给予你宽容与厚爱，会慷慨地摘一把送给你，看到你闻着花香满足地离去，一种共享的幸福感油然而生。

　　端午节这天，父亲会早早地去郑东街的集市，买回艾叶、肉包子、糖包子、馒头、油条、鱼肉豆腐香干之类，一定会为我带上一大把栀子花。在那时的乡下，买花算得上比较奢侈和文艺的行为了，这是父亲给他小女儿一个人的意外惊喜。我还在赖床呢，父亲拿着花，放在我的鼻子底下，我一跃而起，迫不及待地去找玻璃瓶子用清水泡着，花瓣发黄后，我又将它小心地压在书里风干。

　　而斜倚在门侧的艾叶，正散发出一种淡淡的药香，和了栀子花的清香，粽子的醇香，饭菜的浓香，这就是节日的味道，会让年幼的我感觉到异常欣喜，艾叶会连续放在门口多日，直至风干收藏，生疖长疮时，母亲会拿它来给我们洗澡，效果极好。

石马潭的五月，有情窦初开的美好情怀

　　端午节"走丈母娘"，是农村的一件大事加喜事。

　　正是"和羞走，倚门回首，却把青梅嗅"的年龄，看到邻家的哥哥姐姐们欲语还羞、兴奋渴望的表情，我内心也会泛起一丝涟漪。小孩子过端午节想的是吃粽子，姑娘小伙子们盼望的是走丈母娘。端午节这天，毛脚女婿们会备上丰厚的礼品，粽子、咸蛋、皮蛋、点心、烟酒是必不可少的。姑娘们会穿上好看的新衣服，等着心上人的到来。

　　20世纪七八十年代，石马潭的年轻人自由恋爱的不多。男女的婚恋，大多需要媒人的撮合，平常见面的机会也不多，而端午节、中秋节、春节这样的大型节日，便成了他们非常渴望到来的重要日子，过了春节，姑娘小伙子们便开始掰着手指头盼端午节呢。虽然在大人的眼皮子底下，但仍可眉目传情，或聊解相思之苦，或交谈加深了解。若丈母娘对这个毛脚女婿特别满意，会留在家里过上一夜，或者姑娘会随小伙子一起去男方家玩上一天，这种情况一般都是

快要到了谈婚论嫁的时候,否则,丈母娘绝对不会答应的。

  我们这些青涩的少年派,断然不会和村里那些大胆的青年男女一样,去别人家里明目张胆地看新女婿和新媳妇,只会倚着门框,偷偷地看那些一前一后在村里扭捏走过的姑娘和小伙子,还要拼命压制住内心的那份羡慕,不能让大人看出半点端倪,然后会痴痴地幻想,什么时候也能与心上人一起,携手相依,伴走天涯,执子之手,与子携老。

  时光荏苒,一晃,我们已人到中年,离开石马潭已三十多年。石马潭的五月,似一坛千年醇香的老酒,散发着历久的醇香。时过境迁,曾经的习俗渐行渐远。但石马潭的五月从未变色,总是带着生命的温度,镌刻在我的心底,鲜活而热烈,澄澈又温暖。

作者简介:

  李开梅,公安县原郑公石马村人,出生于20世纪70年代。现任公安县杨家厂镇文化站站长,湖北省作家协会会员。曾在《芳草》《中国当代散文诗精选》《湖北企业文化》《荆州文学》等报刊发表小说、诗歌、散文等作品,出版中短篇小说集《一夜盛开如芙蓉》(北京现代出版社2015年出版)。

乡恋（外一篇）

/ 伍业琼

每个人心中，都有两段梦想，一个在远方，一个在故乡。而松林，这个美丽的名字，就在这梦想之间，如一枚青杏抵在舌尖，酸酸甜甜，让人欲罢不能！

我曾经将填满思念的文字改了又删，删了又写，也曾经在看不到一颗星星的城市的夜色里静静发呆。

然后天真地希望，还能随时间逆流而上，在交错的田埂上穿行，寻找不知愁滋味的少年时光。

还记得稻田里被麻雀惊起的欢笑，记得荷塘里鲜嫩的菱角；还记得被桑葚染红了的衣袋，记得橘园里顺手摘下的甜香；还记得被父亲举在肩头的傲娇，记得母亲托炊烟传来的呼唤……

又忆起赤脚在稻床上踢谷子的情节，温暖的阳光透过稻谷滑下脚背，再变成脚心经久不去的酥麻的感觉。天边的晚霞总是那么美，而我再一次地浮想联翩，将那一片云彩裁做衣裙，该是多么绚烂的颜色。

而今的松林村，已不再是往昔的模样。从精准扶贫到乡村振兴，从生态修复到绿色发展，一双双长满老茧的手，还有那坚毅的眼神，正不断地探索着破解新时代新农村的新途径。纵横的乡村公路一直通向你想去的地方，稻田里也变成收割机的主场。这一片曾承载了我多少幸福的美丽的丘陵啊，这一片曾荡漾了我多少欢乐的温柔的绿水！你已变成我心中曾梦想过千百次的模样！

唯一不变的，是那挂满金黄的橘园里，一张张洋溢着丰收喜悦的笑脸，正诉说着家乡人对这土地深沉的爱！

今夕何夕，青草离离。

故乡的月夜，依旧温柔如初，请伸手接住一片星光，这是夜幕下的村庄，赠与她的孩子们，睡梦中的微笑。

童年

记得年少时，我曾很自豪地跟朋友们说，童年时代在农村度过，是最幸福的！

八岁前，我都是待在章庄铺镇紫金村，虽然长大后多年在外，但对那里的一切都有着深切的怀念。

那是一个异常美丽的地方，那样深远湛蓝的天空，那样洁白柔软的云朵，傍晚的时候会有满天的红霞，那时候我会傻傻地看着那一片炫丽的色彩，想扯一段下来裁成一条火红的长裙，那应该是世界上最美丽的裙子吧！

老屋所依的那座小山是我儿时的乐园。不论春夏秋冬，我们总能在里面搜寻到无穷的乐趣！满山叫不出名的野花固然让人心动，那酸酸甜甜的罐叶，剥开皮就可大嚼的多浆的鸡腿梗则更让人回味无穷。而让我至今还百思不解的是一种我们叫作"芽痄"的植物，它长得没什么特别，矮矮细细的，头上挂着一串穗子。小伙伴们把它的穗子捋下来排列在一张纸上，然后叫它的名字，这大概是种子一样的小东西会循着你的声音慢慢地移动，就好像长了脚似的。

到了冬天遍地盖上厚厚的白雪时，孩子们打雪仗、堆雪人的嬉闹声让这座因冬天的到来而显得孤寂了许多的小山村霎时变活泼了。那时的雪下起来可不是今天能比的，一脚踩上去便直没了膝盖。我们穿上厚厚的冬衣，手拉着手翻过那道陡坡去走亲戚，一不小心摔倒了，沾了满身的雪，怎么挣扎也爬不起来，大伙儿便开心地哈哈大笑起来。屋檐下挂的冰柱子有的一尺来长，孩子们拿棍子敲下来当玩具，有的直接就塞嘴里去嘎嘣嘎嘣嚼得开心。

那时的日子，是多么纯净啊！我们家下方靠近大队水塘的水田，也撒下我不少的欢笑。父亲在田里撒种的时候，才五六岁的我很喜欢跟在他后面摇摇晃晃地蹚泥水，走着走着一屁股坐到泥田里，便嚎啕大哭起来，父亲把我从泥泞中拉起来，还开玩笑说："看，把我的地坐坏了！"我边哭边斜眼一瞄，果然，那一片种子都被我坐到泥里去了。看着自己的"杰作"，我不由得破涕为笑。

靠近小山的那块水田旁有个山洞，很矮，却足以让在田里劳动的我们全家人在里面避雨。有一次大雨漫了水塘，水塘里的鱼被冲出来，游到我们的水田里，等雨停了,大家便拎着桶去抓鱼,眼看着哥哥姐姐都抓到不少,只有我没有收获,急得不行,就在田里乱摸一气,"抓到了,抓到了!"我大叫着举起双手,一条小泥鳅在我手里挣扎着。爸妈和哥哥姐姐都笑弯了腰……

那时节,我们农村孩子并没有什么好吃的零嘴,炒一把黄豆装在兜里,已经是最奢侈的了。鸡蛋则是攒起来卖钱的,轻易不给孩子们吃。记得有一次妈妈要出门走亲戚,人称赶路佬加爱哭鬼的我哭得惊天动地不肯让她走,无奈之下妈妈拿出一枚小巧玲珑的鸡蛋塞给我。我立马喜笑颜开,心里乐开了花!谁知我妈还没走出弯道,我的鸡蛋就掉在地上摔了一地蛋花,还没开心上呢,就挨了一顿揍。

馋得太久的嘴巴一直等到金桂飘香的季节,终于盼到橘园的清香,偷偷地摘下一枚,哪管他橘红橘绿,迫不及待地就剥开橘皮,掰开一瓣放进嘴里,酸甜酸甜的感觉遍布舌尖,这是我永远都喜爱的味道。

上小学后没两年,我们就搬家来到镇上,从此再也没有机会去那片熟悉的天地。那样简单快乐的日子已经一去不复返,但是它永远鲜明地存在于我的记忆中,不会因为任何原因而改变。

夕阳之所以有让人无限眷恋的能力,就因为它即将消逝吧,我看着它从眼前慢慢消失,却无能为力。虽然明天还会有日出,但毕竟已不再是昨日的阳光。

不管怎样,过去的终将过去,也许未来的不一定是美好的,但只要我们努力地去走,总能走出灿烂的明天吧!

作者简介:

伍业琼,笔名阿琼,公安县章庄铺镇亭子山人,1978年12月出生。现在夹竹园中学任教,公安县作家协会副秘书长,公安县诗词学会副会长,公安县朗诵协会会长,《中国诗》签约诗人。曾在《厦门文艺》《火花》《休斯敦诗苑》等刊物发表作品,有诗歌收入《中国实力诗人诗选》。

回家的路

/ 曾纪鑫

十八岁那年，我考学将户口从故乡迁出，严格说来，就不是那里的一员了。

一晃，离开老家已经三四十个春秋，尽管早已在外成家立业，可在我心中，唯有生我养我的故乡，才是真正意义上的家。而不管我什么时候回到故乡，邻里乡亲见面后的第一句话，总是"你回来啦"。是的，无论我离开多久，走出多远，在他们心中，唯有故乡，才是我的"家"。

那是一个位于湘鄂交界之处名叫"新港"的偏僻村庄，由四个自然村合并而成。

新港不仅是我生命的起点，也是我生命的源泉，生命的根系。每隔一段时间，我就要回到故乡，感受农村生活的变化与人事的沧桑，从中吸取养分，滋润我的生命与创作。我的不少作品，比如长篇小说《楚庄纪事》《风流的驼哥》《世界末的诱惑》《豹子山》，还有中篇小说《年关》《人鼠之战》《恍惚人生》《青雾缭绕的岁月》等，就是以故乡为背景创作而成。

我离开故乡，先是在湖北省公安县城斗湖堤镇落脚，再到黄石、武汉工作，2003年举家迁至厦门。随着学习、工作环境的不断变迁，就空间距离而言，离故乡是越来越远了，而回家的路，自然是越来越长了。可无论多长多远，我心中的故乡之路，总是一段从老屋门口到集镇郑公渡那弯曲绵延约十里长的土路。

"晴天一把刀，下雨一包糟。"正如当地农民所形容的那样，这是一条典型的黄泥巴土路。自1975年上高中开始，我就开始了在这条路上不断行走的艰辛历程。无论往返，我最担心的就是刮风下雨。晴天、阴天还好，走路也就个把小时，骑自行车则更快。一旦遇雨，路面便是稀泥与水坑。这时的我，只好穿上雨靴（俗称套鞋），或干脆脱掉鞋袜赤脚蹚着泥水回家。若遇呼啸而来毫无遮拦的长风，吹得人摇摇晃晃，那简直就是遭罪。十来里的小路，带着大包小裹，走走停停，停停走走，累得气喘吁吁，浑身不是被雨淋湿，就是溅满星星点点的泥浆。

巧合的是，我几乎每次回家，都有风雨迎送。2007年11月，第八届中国艺术节在湖北武汉举行，我想借出差之机回家看看父母，启程前挂了个电话。父亲听说我要回家，当即在电话里高兴地嚷道："你快点回来吧，家里有两个多月没下雨了，田地干得不行，只要你一回来，肯定就会下雨的。"我闻言一笑，只当是晚年的父亲变得有点幽默了，便回道："每次回家都下雨，哪有这么凑巧的事呀！"可是，待我一周后返家之时，一直阳光普照的天空，就真的变得阴云密布了。车过县城，飘起了毛毛细雨，尔后越下越大，等到抵达郑公渡集镇时，已是大雨如注……

于是，难行的土路"搁"我心中，成了长期的"隐痛"，一个难以解开的"疙瘩"。有时便想，等哪天有了钱，我要做的第一件善事，就是将故乡的道路修好。然而，这不过是典型的"异想天开"而已，作为一介书生的我，哪来几百万元的修路资金？

所谓心诚则灵，机缘说来就来！当然不是我发了什么"横财"，而是"村村通公路"的政策，终于落实到了故乡这一仿佛被遗忘的角落。当时的情形，政府拨下一笔款，村里还得自筹一部分。时任村长的同学魏运国给我打电话告知此事，我问："需要我捐多少？"估计我是工薪族，魏村长说："一万元怎么样？"当然没有问题啦，第二天，我便将现金汇入指定账号。父老乡亲一直视我为"村民"，只要能将公路修好，尽点微薄之力理所当然。

没多久，一条蜿蜒细长的水泥公路终于修成，从郑公渡集镇一直通到我家门口。于是，一段祖祖辈辈走了不知多少个岁月的黄泥巴土路，变成一条望着让人心里熨贴舒坦的灰色水泥公路，一小时的行程，缩短为近十分钟的车程。最关键的是，我再也不必为回家刮风下雨而忧心忡忡了。

科技的发展与现代化建设，固然给社会、环境或多或少带来一定的负面效应，而于我的返乡之途而言，我却能充分享受现代科技文明的硕果。随着江河桥梁、高速公路网络的形成及"村村通公路"政策的实施，我早晨乘机从海滨之城厦门飞抵武汉，再转乘汽车，中午即可到达公安县城。而20世纪90年代，我从本省的黄石、武汉返乡，虽有一条国道贯通，也得花上一整天时间。当故乡的十里土路变成公路之后，县城的朋友安排小车送我，约一小时就能回到新港。可 20 世纪 80 年代，我从县城乘车转车过轮渡，然后用脚步丈量那段故乡的土路，得花上半天时间。

离家的游子，犹如一只放飞的风筝，心总是系念着故乡，归心似箭。回到宁静的村庄，置身翠绿的田野，仰望蔚蓝的天空，躁动的心自然而然地涌出一股难以言说的踏实。然而，在故乡待得久了，又感平淡与单调，心灵无法抑制地飞向外面广阔的天空。于是，身与心就在这离乡、回家的亢奋与冲动中辗转往复。

离乡，归家；再离乡，返家……这大概是个体生命的一种本能，一种无法平衡的两极吧？终其一生，我们将陷入这种复杂的情愫与不断的纠结中无法自拔。如今，长年在外的我，每每念及故乡之时，心头便生出一股少有的安宁与踏实：只要愿意，我可以随时回家，再也不必像过去那样，历经长时间的路途颠簸了。

离家愈远，返乡的路程愈长，而回家的时间却少于从前，心中的距离也随之缩短。如今，荆州不仅有了火车站，还兴建了飞机场，207 国道穿越公安县，荆东高速公路、省道红东公里在章庄铺镇交会，每个村庄都有公路相连，故乡新港正在建设环村公路，刚修不久的新港桥又得拓宽重建……从现代化特区厦门回到我偏僻的内陆故乡新港，自清晨到中午即可抵达。短短的半天时间，就能强烈地感受到农耕文明与现代文明两种不同文明的天地。

02

第二辑
历史章庄

古人云：万物得其本者生，
百事得其道者成

今古积淀　旅游大镇

/ 胡祖义

　　半个世纪以前，哪位干部若是被派到湖北省公安县西南角的章庄铺镇工作，一定会感到委屈。放眼一望，这里山荒岭野，地广人稀。没想到近年来，章庄铺镇大力发展柑橘种植，有的村渐渐富裕起来，成了远近闻名的富裕之乡。更重要的是，章庄铺镇旅游资源丰富，使得这个偏僻的小镇蕴藏着巨大的发展潜力。谁敢说，章庄铺镇借助旅游资源，不会一炮打响，红遍大江南北？

　　当前，外地人只在每年5月柑橘花盛开时前来章庄铺镇参加橘花节，每年10月前来章庄铺镇参加金橘节，才渐渐熟悉章庄铺镇。说起旅游，人们只知道章庄铺镇有牛浪湖、卷桥水库，鲜有人知道，章庄铺镇还有邹文盛墓、袁宏道墓、三省桥、覃济川烈士墓园、兵器堆，更有被埋没达近两千年的刘璋故居、刘璋墓和古堤荡等具有重大开发价值的文物古迹。

　　牛浪湖自不用说，那是章庄铺镇最大的湖泊，百湖之县的公安，其中一湖就是牛浪湖。这是湖北省公安县与湖南省澧县共管的湖泊，如果看航拍效果，牛浪湖很像一棵古老而屈曲盘旋的老树，湖水最深处可达四点六米。水深能藏大鱼，牛浪湖现有水面面积达二十多平方公里，水域宽，则鱼多，且牛浪湖里的鱼都是野生的，你若想吃到纯正的野生鱼，来到牛浪湖，决不会落空。牛浪湖边有著名的凤凰山庄，凤凰山庄的厨师做出来的鱼，保管你吃了回味无穷。

　　牛浪湖边，原章庄铺老街尾巴上，有一座邹文盛墓。小时候，我到章庄铺去玩，还爬到墓地的石人石马上去玩过，可惜，20世纪后期，邹文盛墓圮毁殆尽。邹文盛何许人也？乃明朝户部尚书。明朝初期，中书省为中央最高行政机构，相当于现在的国务院。明太祖朱元璋为加强皇权，于洪武二十八年（1395年）撤销中书省，原中书省所辖的吏、户、礼、兵、刑、工六部直接对皇帝负责，六部尚书实际上成为朝廷的最高行政长官，其品位为正二品。明朝的六部尚书相当于现在的国务院副总理，户部尚书比现在的公安部还大，这么一比，你就知道，邹文盛的官有多大了。

沲水河边还有明朝著名文学流派公安派首要人物袁宏道墓。

卷桥水库自不必说，那可是镶嵌在湘鄂边界的一颗璀璨明珠。那里青山绿水，有花果鱼虾，有长桥卧波，还有在水上高速行驶的游艇。再说，章庄铺镇的柑橘，就是从卷桥林场诞生并向周边扩展开来的，到卷桥水库，能吃到正宗的卷桥蜜橘，省内外大有美名的章庄铺柑橘，在卷桥水库能品出意想不到的甜香。

卷桥水库边上有个古迹兵器堆，过去，堆前有公安县政府立的石碑，属于县级重点文物。这个蔚然隆起的土堆高出地面两三米，从我们记事起一直圆溜溜的，不料前几年回乡，看见兵器堆一侧被盗挖一个大洞，也不知盗挖者挖出什么兵器没有。

离兵器堆不远的紫金村和荆红村之间有个古堤荡，小时候听老辈人说，那个古堤荡跟武则天有关。其实，武则天时代离现在才一千三百多年，如果人们知道古堤荡边曾经是东汉末年西蜀王刘璋故居，刘璋去世后，就埋在刘家庄园，大家就不会再把古堤荡误以为是武则天时代的遗物了。

刘璋被贬到公安后，鼓励当地老百姓积极从事农业生产，古堤荡当为刘璋被贬到公安之后兴修的水利工程，这个水利工程沃灌周边几千亩良田。荆红村与毛家大坪相交处有个"车港坳"，可能是严重干旱时古堤荡缺水，刘璋安排许多水车，从松滋河提水灌古堤荡的古代水利工程遗迹。

据传说，刘璋死后，就埋在他庄园后面的山上。史书记载，刘璋墓前有一块石碑，墓里有一块红铜墓志铭。两千多年过去了，有多少盗贼觊觎埋在地下的宝藏，那么这块红铜墓志铭究竟到哪里去了呢？很难说得清。

沿着刘璋故居附近的东红公路往北，经石子滩，西去松林村，松林村的一座山头上有覃济川烈士墓。覃济川是公安县共产党早期领导人，又是公安县农民自卫军负责人，参与指挥过著名的江陵县弥陀寺战斗。1927年10月12日，覃济川和公安县委书记胡竹铭等人率领一百多名骨干来到湘鄂交界的松林村，由于内部出现叛徒，叛徒勾结湖南澧县挨户团进行突然袭击，覃济川和胡竹铭等人不幸遇害，覃济川牺牲时年仅二十七岁。

要知道，中共中央十分重视公安县这支农民武装队伍，曾经打算派刘伯承担任这支军队的总指挥，刘伯承当时因为有其他任务没来，便任命覃济川为湘鄂川边游击队总司令。如果不是叛徒告密，这支部队也许会发展成为像大别山中的红四方面军那样一支革命武装队伍。

我们从东红公路转入207国道，回到牛浪湖边的章兴村，这是一座位于湖北省公安县与湖南省澧县交界的小村庄，这里有一座由三个省籍的居民集资修筑的"三省桥"。1943年11月，日军发起"常德战役"。12月初，日军从常德战场向北溃退。一股日军逃窜到章庄铺和石门咀，烧杀掳抢，奸淫妇女，无恶不作，12月7日，愤怒的村民杀死了一个日军小头目和一名士兵，触发令人发指的"三省桥惨案"。

章庄铺镇的旅游资源大致可分以下四类：

一、农林产业。一进入章庄铺镇，平原地区的稻粮、莲藕、菱角、棉花，构成第一道风景线；一进入丘陵地带，漫山遍野的橘林，构成章庄铺镇第二道美丽的风景，这里一年四季郁郁葱葱，五月的橘花、十月的金橘，把人们带进如梦如幻的画卷中。五十年前，卷桥水库曾经是满山杉树，长高的杉树被风一吹，奏出"呜——呜——唔——唔——"的美妙乐章，充满诗情画意。

二、自然风光。卷桥水库的风景精致，牛浪湖的风景呈原生态，如果加快退湖还田，湖边形成一条五百米左右的绿化带，牛浪湖的风景将更加迷人。

三、红色旅游。以松林村覃济川烈士墓园和章兴村三省桥为中心的爱国主义教育基地，对国人均有很强的教育影响。

四、文物古迹。以邹文盛墓、袁宏道墓和刘璋墓为主的文物古迹，尤其是刘璋故里，是值得大力开发的考古项目。我在荆州参观过楚国文化公园，楚国文化公园气势恢宏，吸引了海内外千千万万的游客。刘璋在天府之国也是个诸侯王，他的故居规模和名气仅次于楚国故园。当刘备兵临城下时，他考虑的不是自己的王位，而是希望老百姓免受荼毒，被贬到南郡后，刘璋安心过着自己的布衣生活，奖励农耕，大兴农田水利基本建设，他这一招，一定是在蜀郡受都江堰泽被后世的影响。如果复原刘璋故里，修缮刘璋兴建的水利设施，这个旅游点必然红遍神州。以刘璋故里，带动其他文物古迹、自然风光、红色旅游和农林产业旅游，完全是有可能的。

将来，章庄铺镇的旅游业发展起来了，还可以跟周边县市、周边乡镇协作，松滋市的桂花树文化遗址、湖南澧县城头山文化遗址、南平文庙、南闸、北闸等，跟章庄铺镇近在咫尺，可以相得益彰。如果再恢复郑公渡古渡口、石子滩河码头、支苏堡古驿站……那么，章庄铺镇的旅游资源就很丰富了。

近年来，章庄铺镇党委和政府正在大张旗鼓地招商引资，促进旅游开发，据说，袁宏道墓园已经划出三十亩地正准备开发，覃济川墓园已形成规模，如果把刘璋故里等资源都开发利用起来，章庄铺镇的旅游一定会迎来崭新局面，章庄铺镇一定会借助旅游，成为鄂南一颗璀璨的明珠！

日新月异章庄铺

六十多年前，章庄铺只是支苏公社管委会所在地。那时候，跟其他公社所在地一样，章庄铺小得可怜，远不如郑公区政府所在地郑公渡繁华，亦不及东河公社管委会所在地石子滩热闹。它只有一条直街，用"一泡牛尿远"来形容一点都不为过。街头在南，靠近牛浪湖石人石马那条汉子，街尾一直延伸到207国道，像一个长途跋涉的人，口渴了，想急急忙忙跑到牛浪湖汉子上去喝水。

但是，如果把章庄铺放在时空的大框架中去考虑，就很不一般。它处在中华版图的腹心地带，在铁路和高速公路还不发达的时代，它是纵贯中华大地的207国道中心的一个点，亦是古代中国腹心地带的重要驿站之一，南起琼崖、北到京城的古驿道穿过琼州海峡，经雷州半岛，跨越粤湘，从牛浪湖畔的支苏堡经过，支苏堡以北第一个驿站，就是章庄铺了。

即使贵如国家驿站，旧时的章庄铺，到20世纪60年代已经破旧不堪。街上虽然铺着青石板，经几十代人年复一年地踩踏和车轮碾压，早已磨蚀得凹凸不平，一下雨，暴泥糊满青石板。街上房屋以茅屋为主，只有公社机关、其他政府机关和镇南的章庄铺小学是瓦房。镇子西边紧邻镇街有条小河，河里遍布莲藕、篙芭和菖蒲草；小河边的柳树长得很高大，树上的小鸟比镇上的居民还阔气，居然住着二三层"高楼"。

支苏公社有位姓李的秘书，是位南下干部，他的夫人住在我们双星大队。1965年夏天，我跟他的侄儿到章庄铺小学参加升学考试，李秘书在街上面馆请我们吃过一碗肉丝面，一大碗面条上浇了半勺肉丝，怎么吃也吃不完。章庄铺街上有邮电所、百货店、匹头门市部、南货铺、铁匠铺、裁缝铺、饭铺和药铺，我的姨爹雷清炎在南街开中药铺，姨爹家斜对面好像是邮电所，邮电所横梁上挂着一只广播喇叭，每天早上和傍晚，喇叭里都要播新闻，放音乐："公安县广播站，现在开始播音……"有一天晚上，我和表弟蹲在邮电所大厅里听广播，我们特别好奇：这么小的一个木匣子，里面怎么既有人说话，又有人唱歌跳舞？趁邮电所的人不注意，我们搬把梯子爬到横梁上，撬开木匣子，见里面只有一只小喇叭……这是我关于章庄铺最初的记忆。

四十多年前，郑公区一分为二，原来的东河、支苏、韦厂三个小公社合并为章庄大公社，公社大礼堂就建在207国道边。后来，松桃、郑西管理区也合并过来，成立章庄铺镇，章庄铺日渐扩展，从此闻名遐迩。

四十多年来，章庄铺镇以现在的镇政府为中心，沿着207国道，不断向东西两端发展，原来的章庄铺老街羞涩地退居一隅。现在，镇街的西头，早就穿过脉气湾，延伸到砖桥坡附近的东红公路与207国道交会处；往东扩展至齐家山附近，从湖南沿旧207国道而来，即使开车穿过章庄铺镇街，也得花十几分钟。

而今，章庄铺镇占有卓越的区位优势，新旧207国道、254省道和荆常高速皆从章庄铺镇区域穿过，江南高速在松西河东边不远处与荆常高速相贯通，使章庄铺镇成为名副其实的"鄂南第一门户"。人们都说，要致富，先修路，路路通，财富通。过去，我们从宜昌回卷桥，常常要花两天时间，207国道崎岖蜿蜒不说，即便乘小轿车，路上的砖渣都能把胃底的食物颠出来。现在，乡村公路像毛细血管一样，通向各村各组各户，我们的车可以直接开到卷桥二组我弟弟家门口。

每当稻子成熟的季节，章庄铺镇的平原地区便呈现出千重金色稻浪，上万亩优质稻生产基地生产出来的大米集中到著名的"鄂南春米业"，经过大小十余家粮食转化企业加工，"鄂南春"牌优质大米远销省内外，成为章庄铺镇第一粮食品牌。另外，全镇种植的一万三千多亩杂交棉，年产棉花上百万公斤，"银公安"的美誉在这里得到最好的验证。

章庄铺镇有万亩橘、橙、梨、葡萄等高产果园，每年八九月份，水果次第成熟。你开着车，来到章庄铺镇，但见橘园硕果累累，橘橙飘香，鸭梨青转黄，葡萄一串串，沉甸甸，一车车飘香的果实通过207国道，源源不断地运往全国各大中城市，带去章庄铺镇水果的甜美，带回果农丰收的喜悦。今年，中央电视台专门来章庄铺镇拍摄专题片《葡萄熟了》，章庄果农培植的"阳光玫瑰""蓝宝石""浪漫红颜"等优特品种正在成功地走向市场。过去只有西域才有的"葡萄美酒夜光杯",也不必"欲饮琵琶马上催"了,你驱车从国道下来,尽管款款而行,慢慢品尝,别说葡萄酒,仅那晶莹闪亮的"浪漫红颜"的扑鼻异香,就能把你醉倒。

章庄铺镇的牛浪湖和其他河湖港汊的鱼多得数不清,想吃正宗的野鱼,到章庄铺镇来,绝对不会让你失望。沿着207国道,章庄铺镇还建有五彩缤纷的万米瓜菜长廊。"紫金剑毫"是紫金茶叶有限公司生产的四大名茶之一,曾获得中国国际食品博览会金奖。当年,我在卷桥茶场当过茶工,卷桥茶场是紫金茶场的茶叶供应链,这么说来,我也曾为"紫金剑毫"出过力,那个金光闪闪的奖杯上,是不是也有我倾注的心血和挥洒的汗水?

而今的章庄铺镇不仅有公安县农业、果业、茶叶和渔业的品牌,还在工业方面有深层次布局,公安县铜套厂被誉为"中国汽车衬套大王",它生产的汽车衬套、软轴软管等系列产品,畅销全国各地。

古语曰:无商不富。章庄铺镇在大力发展粮棉果茶和工业的同时,没忘发展商业,工农业产品只有卖出去之后,才能转化为章庄铺镇人民的财富。章庄铺镇街上那个耗资近三百万元的农贸市场,就是在镇党委书记刘成喜、镇长李平的倡导下带领全镇百姓搭建起来的荆南湘北"立交桥",也是湘鄂交界地区经济繁荣的桥头堡。

章庄铺人文历史景观荟萃,如袁宏道墓、邹文盛墓、刘璋墓、兵器堆等文物古迹,松林山覃济川革命烈士墓园和"三省桥"等爱国主义教育基地,波翻浪涌的牛浪湖和山清水秀、风光旖旎的卷桥水库风景区等等,都是章庄铺镇值得大力开发的旅游景点。

六十年前的章庄铺之所以称为"铺",与街上几家铁匠铺、裁缝铺、肉铺、饭铺、药铺紧密相关,实在只能叫个"铺子",如果不是那几家铺子,它连街都算不上。六十年后,这里已然成为集农业、工业、商业、旅游业为一体的荆楚名镇,这个"镇",大约还含有镇守、坐镇之意。坐镇在这里的是谁?——"全国小城镇综合改革试点乡镇""湖北省重点发展的口子镇""湖北省省级生态乡镇",它还有一顶桂冠,名"荆南第一镇"!

遥远的郑公渡

我的老家在207国道的湘鄂交会点上,郑公渡在我家东南方向,郑公区曾在此设区公所，其地理位置大约为北纬29.9°、东经111.9°。从我家到郑公渡，直线距离不过三十里。可是半个世纪以前，交通不发达，我们用双脚丈量到郑公渡的距离，决不少于五十里。那时候，我才十四五岁，身子单薄，一天之内往返郑公渡。哎哟，郑公渡，你是那么遥远！

郑公渡的遥远不只是空间距离，还有心理上的。那时候，我在生产队只算半个劳力，干一天活才记五分工，说起区委书记和区长，简直像古代平民与皇上，望酸脖颈也不可企及。

忽然来了机会。1967年春天，郑公区破获了一个反动会道门组织，区政府在郑公渡召开万人大会，上级要求每个生产队派十个人参加。我怀着对郑公渡的好奇心，欣然报名前往。我们天不亮就出发，到达郑公渡已经是上午11点，只见街上都是人，我们连会场在哪里都没摸清。带队的苏振海原来当过东河公社党委副书记，他提议说："先吃饭吧，吃了饭再去会场。"

苏振海把我们领到剧场附近的一家餐馆，等我们吃完饭，万人大会早已结束，满街人都朝镇子四面八方散去，我们连郑公渡街都没来得及逛，就跟在大家后面走上回家的路。唉，又得徒步五十里。回到家，腿疼了个把星期才恢复，于是，郑公渡留给我的，只是遥远的距离，遥远得如同天边。

再次去郑公渡，是1970年8月，我当上大队小学民办教师，到郑公中学参加集训。那一年，我已经十七岁，身体强壮了一些，再说，我成了民办教师，属于知识分子阶层，心情大不一样，五十里路，即使在盛夏，也身轻如燕。

当时的郑公中学很破旧，一列列平房，砖砌的方柱头，教室的门窗已千疮百孔。校园的柳树却十分高大，教室前后被柳树一遮，颇有些荫凉。学校东边一大片柳树，开大会时，柳林成为天然的会场。会后，我们学文件，读报纸，讨论相关杂志文章，接着写稿。

晚上就餐，我们把几张课桌拼在柳树下，一钵南瓜汤、一钵炒冬瓜、一钵炒豇豆，还有一钵茄子，用杉木甑蒸出来的钵钵饭香得很，大家一边说说笑笑，一边听知了不知疲倦地歌唱。有时吃着吃着，树上下起毛毛雨，抬头看天，天空晴朗如洗。

突然有人喊："哎呀，知了撒尿啦。"

几个女老师赶忙跑到一边作呕。

有个男老师说："怕什么，知了的尿，清热解毒的。"

于是，大家又说说笑笑地吃起饭来。

更让人兴奋的是，集训中我见到了当时的区委书记杨先沛。杨书记长得白白胖胖的，很英俊，给我们作起报告来口若悬河，他从国际形势说到国内形势，从县里说到区里，最后三句话不离本行：农业是根本，以粮为纲，双抢，季节不等人……杨书记号召我们到几位区领导驻队的地方去支农。东河公社的老师被安排到支苏公社三星大队，于是，我拿着双星大队的工分，为杨书记承包的三星大队当苦力。

我本来就是农民，只不过换了个地方插秧割谷。只是苦了那些公办老师，他们平时不务农，要他们成天像我们一样面朝黄土、背抵青天搞"双抢"，那种难受，不亲历怎能知道！而我，从一个基层生产队的农民一跃而成民办教师，三星大队的农民把我看作知识分子，给予额外关照，我还因而见到区委大领导。在心理上，顿时拉近我了与郑公渡的距离。

在集训班，我们也有一些自由活动，比如午休时，只要不贪睡，大家都可以去逛街。晚饭后通常不安排集体活动，我们就几个人相约，穿过郑公渡大街，到松西河边去看渡船，看河码头停泊的大帆船。傍晚，还看捕鱼的渔船，那些散落在河面的点点渔火，远远看去，像明灭的萤火虫。

在我的印象中，郑公渡街道好像呈"工"字形。从郑公中学往南有一条直路，两三百米后就是郑公渡主街，主街以西是区公所，杨书记就在那里办公。往东折去，街上有百货商店、日杂商店和新华书店。我兜里没揣几个钱，平素也不喜欢逛商店，只有新华书店，像一块巨大的磁铁时刻吸引我。

新华书店吸引我的当然是图书，即使什么书也不买，进去瞄一眼也值。小时候，我很喜欢看连环画，现在当上民办教师，看世界的眼光自然跟着变化，只可惜，那年月，无论在哪里，都买不到很值得一看的书。然而，我们还是乐此不疲，不仅是我，跟我差不多年纪的年轻老师一有空，都喜欢往新华书店跑。

其实，我们往新华书店跑，心里藏着一个心照不宣的秘密：新华书店女店员有个漂亮的女儿，那女孩有事无事总爱往书店跑，一进书店，她就一本一本新书翻着看，看得我们好眼馋。后来我发现，大家眼馋的不只是女孩看的书，还有那个看书的女孩。那女孩长得清秀白净，身材苗条，穿着时髦，却又那么矜持，那么多男生看她，她从来不朝柜台外边看。

在郑公渡集训，最大的快乐莫过于看京剧《沙家浜》，这是郑公区文艺宣传队的杰作。这部京剧，我们只在电影里看过，看演员演，还是第一次。剧中的五个角色，到现在我还清楚地记得刁德一和阿庆嫂，谁演的郭建光，谁演的沙奶奶，谁演的胡传魁，都没有什么印象了。之所以还记得刁德一和阿庆嫂，是因为饰演刁德一的是我的同学钟道林，而那位阿庆嫂，是我见到的最美的女性。

钟道林身材瘦削，脸型却生得正，黄军装一穿，黄军帽一戴，长筒皮靴一蹬，往舞台上一站，强烈的灯光下，立刻显出他的英俊潇洒来。按照中国戏剧的传统习惯，演刁德一的，不应该长得太英俊，但是，让钟道林演郭建光，身材又不够魁梧。在我的印象中，那场《沙家浜》，钟道林很是出了一把风头，郭建光都被他比得黯然失色。

说起饰演阿庆嫂的演员吴金玉，那真叫一个美，我已经记不得她在场上表演的样子了。在《沙家浜》"智斗"那场戏中，阿庆嫂无疑是最有戏份的，无论是参谋长刁德一，还是司令胡传魁，都被一个小小茶馆的老板娘玩弄于股掌之间。不过，我记得最清楚的，却是吴金玉卸妆后的模样。吴金玉是郑公渡镇上人，演阿庆嫂时二十岁左右，正值芳年。有一天上街，我见她穿一件黑色短袖衣、深蓝色长裙，坐在门前的树荫里，她那修长的腿，玉藕一般的胳膊，还有脑后飘拂的黑色长发，能迷倒一大片男生。当时她正在看一本书，也许是演出剧本，偶尔抬头瞄一眼街道，那眼波立刻顾盼生辉。

在那个年代，女性崇尚的是苗条，而吴金玉却稍显丰满，她的丰满是恰到好处的。

郑公渡四面环水，镇子东边有松西河，松西河是长江的一条叉河，从松滋老城附近由北向南，到达公安县狮子口，途径汪家汊，再流到郑公渡。郑公渡以西是牛浪湖，牛浪湖像一个结，把湖南湖北联成亲密的一家。郑公渡南边和北边，是星罗棋布的小湖泊和鱼塘。

郑公渡的得名，正是由于郑公渡到天兴、郑东的渡口。据说很久以前，有一位姓郑的老船工长年累月在此摆渡，老人以渡口为家，让所有过渡人都有宾至如归之感。下雨天，船工借给渡河人雨伞；困乏了，船工为过渡人提供干粮和茶水；有钱，老船工渡人过河；没钱，也决不把人隔在河这边。寒来暑往，两岸的人都忘记了船工的名号，只以"郑公"相称。"郑公"将挣得的摆渡钱用来修桥补路，周济穷人，这个渡口便以"郑公"的称号传下来，于是，才有了后来的郑公渡区公所。

郑公渡附近有个小湖泊，有一年暑期全区教师集训，所有教师都被派到小湖泊水利工地劳动。在这里，我邂逅了郑公渡街上的王爱华。当时，王爱华在水利工地当广播员,我采写的许多短通讯和即兴小诗,经王爱华清脆甜美的嗓音,在工地传扬。后来,王爱华从卫校毕业,分配到沙市中医院工作,从小护士干起,当上护士长、主任护理师,被评为"湖北省十佳优秀护士"。

沿着牛浪湖往西北上溯,就是我的家乡卷桥水库,卷桥水库正是截取牛浪湖两条支流建成的。因此,从我家到郑公渡,如果走捷径,可以从卷桥水库坐渡船,涉牛浪湖,途经凤凰山,再往东南方向走。果真如此,那行程将是一路迤逦的湖光山色,比起走207国道沿松西河南下,不知惬意多少倍!

1975年冬天,郑公区行政区划发生变化,东河、支苏和韦厂合并成章庄公社,郑西、松桃、郑东和天兴成立郑公公社;几年后,郑公公社把天兴和郑东划给南平,郑西、松桃和郑公镇一并划归章庄,郑公渡从此偏废,沦落为一个居委会。

在公路、铁路交通很不发达的年代,郑公渡借助松西河的水运和周围的河湖港汊,享有独特的地理优势,它南下洞庭,与沅水、澧水贯通,从湖南津市有客船直通南平,这条航线,在郑公渡设有码头,南来北往的货物在这里集散,一时间,郑公渡的经济达到繁荣顶峰。207国道从它的西南向东北穿过,而207国道,自古以来就是国家重要的交通要道,那么,郑公渡借助水陆交通大力发展,成为远近闻名的码头,也就不足为奇了。

经济的发展,必然带动文化教育卫生事业的发展。因毗邻湖南,许多湘籍学子慕名前来郑公中学求学,郑公中学的高考成绩一度辉煌。值得一提的是,郑公中学第一届高中生中,有伍法权和唐坤发两位世界级科学家。伍法权获得过俄罗斯自然科学院院士,是国际工程地质与环境协会秘书长,国际上谈起治理滑坡,他一言九鼎。上海交通大学物理系教授唐坤发通过深入研究,在固体物理领域推翻了国际上公认的定理,形成新学说,在国际上引起巨大轰动,唐坤发的研究成果被国际物理学会命名为"唐坤发定理"。据悉,中国科学家在该领域享此殊荣的,只有北大物理学家吴有训。

说郑公渡人杰地灵,一点也不过分。出版过三十多部专著的国家一级作家曾纪鑫,《阅读时代》主编潘宜钧,军旅作家杨先金,著名作家黑丰、王迅,还有公安县最会讲故事的"卢老倌子",著名版画家伍法勋等,都是从郑公渡走出去的。在其他领域,许多郑公人独领风骚,小镇郑公渡因此而蜚声中外。

郑公渡卫生院为附近湘鄂两省百姓看病,率先在全国开展用中草药治疗肿瘤……

我当民办老师六年多,好几年暑假都在郑公渡参加培训学习。从学知识、长见识、扩人脉的角度讲,是郑公渡培育了我,我是名副其实的郑公人。只是后来行政区划几经变更,大学毕业后,我到宜昌工作,有关郑公渡的人和事渐渐离我远去,便觉得郑公渡成了遥远的回忆。

因为郑公渡与我的青年时代息息相关,所以,我在撰写第二部教学专著的时候,专门为郑公渡辟出一个章节。记得著名诗人艾青写过一首诗《我爱这土地》,其中的两句诗深深打动着我:"为什么我的眼里常含泪水?因为我对这土地爱得深沉……"我对郑公渡的热爱,大抵跟艾青诗的意境相似。

在郑公渡参加暑期培训期间,我到郑公渡剧场,不止一次见到住在剧场附近姓杨的老红军。三十多年后,我以杨老为素材,创作出我的第一部长篇小说《马殇》。小说中人物的生活场景以郑公渡为中心,松西河两岸都是广阔的原野,小说的主人公马永福因得罪了地主,被迫出逃参加红军,马永福为朱老总牵过马,后来又为解放军办军马场。小说中的军马场,实际上就是以郑公渡松西河两岸为蓝本,而老红军马永福的原型便是住在郑公渡剧场一侧的杨老。

我用小说的方式为杨老立传,也是为郑公渡立传,这说明,我没有忘记郑公渡对我五六年的培养。

我真想再到郑公渡街上去走一走看一看,我还想到郑公和天兴之间的松西河渡口去看看,到杨家垱电排站去看看,到郑公渡老剧院去看看。据说,当年杨老是见了谁都敢骂的,我为他作过传,他至少要请他年轻的婆婆为我奉上一杯香茶。当年的杨老长得很壮实,在我的《马殇》里,杨老的年轻婆婆,被我写成他的第三任夫人。

郑公渡街上的新华书店早就不存在了吧?那个漂亮的少女呢,可还住在郑公渡街上?那位饰演阿庆嫂的美女,如果不是县文化馆卢馆长告诉我,我只记得她的美,记不住她名讳的。

郑公渡区公所也不存在了吧?连同我熟悉的与郑公渡相关的人和事,都成为遥远的过去。去年,我去郑公渡参加一个文化活动,心里突然产生一股强烈的责任感:如果我不为郑公渡写点什么,实在对不起它。于是,我便把有关郑公渡遥远的记忆酿成一杯浓烈的美酒,在时间上,把遥远的郑公渡一下子拉近到眼前——呵呵,那是一段很值得回忆的生活啊!

支苏堡，战乱中曾经的公安县衙

我只去过一次支苏堡，在我的印象中，支苏堡是江南丘陵乡村中的一个小镇，不，最多只能算个铺子。那是1965年冬天，那一年，我十二岁。舅父在支苏堡小学当老师。到年底了，舅父还在支苏堡小学守校，家里的年货等着他回去办，我正好去舅父家，舅妈就差我和表弟去支苏堡催舅父赶紧回家办年货。只记得，支苏堡小学有两栋平房，校舍比较破旧。大冷的冬天，院子里有积雪，从舅父的宿舍到学校厨房要下一个台阶，台阶上积雪消融后结了冰，我在台阶上滑过几次，差点摔个仰面朝天。

记忆中，支苏堡很荒凉，从镇街的规模看，它远远赶不上章庄铺和石子滩，更不能跟郑公渡相提并论，然而，在战争年代，公安县政府确曾驻留此地半年有余。

从支苏堡小学朝镇街上望去，一条直街，长不过三百米，房屋高矮参差不齐，街道也曲曲弯弯，镇街外的山冈上，一丛丛松树稀稀拉拉。街道最北边有一家铁匠铺。年底了，铁锤在铁砧上有一下无一下地锤击，我猜，那肯定不是打镰刀锄头，要打的只能是火钳和撑架子，过年烤火煮猪头用得上。镇街南端是各种小店铺，诸如饭铺、包子铺、日用杂货铺等等。

大雪过后，远山近岭白茫茫一片，天空呈灰色，远处低洼地带一线深暗，我以为是松树林，舅父告诉我，那是牛浪湖的一个汊子。一条大路穿过镇街自北向南蜿蜒而来，如果从支苏堡向北上溯，就是新田驿和章庄铺，往南则是湖南的界溪桥、顺林桥，顺林桥往南是梦溪寺，再往南，是湘北繁华小城津市，津市与当时湖北的沙市，都号称"小汉口"，商业极其繁华。

据说，从湖南津市到湖北沙市、荆州，曾有一条重要的古驿道。支苏堡北面的小地名"新田驿"可以佐证。不同的朝代，这条驿道线路时有变更，有时走湖南澧县、曾家河、复兴厂，到湖北的东岳庙、章庄铺，然后一路北去。更多时候，则从湖南津市出发，经梦溪寺、顺林桥，在支苏堡中转，驿道最北端是北京，南端则经雷州半岛到达海南岛。所以，你别小瞧支苏堡，它曾经是这条南北大驿道上的一个重要站点。

公安县号称百湖之县，从1873年开始，县城就设在虎渡河边的南平镇，那是在清朝同治年间，南平镇还叫唐家岗。从支苏堡经章庄铺到南平，只要在汪家汊过一道松西河，很方便。如果不走旱路，南平到汪家汊有河道相连，从汪家汊到郑公渡，可入牛浪湖，所以，牛浪湖边、支苏堡附近有个水码头。从县城来支苏堡，只要不嫌麻烦，完全可以直接坐船。

1938年，日寇攻占武汉，湖北大面积沦陷。日军沿江而上占领沙市、荆州，直逼宜昌，11月，公安县政府被迫迁驻狮子口，1943年3月迁驻王家厂，6月，辗转迁驻至支苏堡，历史上，这是支苏堡最辉煌的时期。一时间，支苏堡除了设县衙，还附设与之配套的各类行政机关，如警察局、邮政局、财政局、教育局等等。1944年1月，日军沿着今207国道南犯，支苏堡离国道太近，县政府迫不得已迁驻申津渡。1945年8月，日寇宣布无条件投降，10月，公安县政府才重新迁回南平。1955年，公安县与荆江县合并，县城也定在斗湖堤。

公安县衙设在支苏堡时，虽然只是被迫流亡至此，在此也只留驻半年，但是对当地的工商业起到很大的促进作用，镇南的各类店铺，都是在那一时期兴起来的，1965年底，我去支苏堡，还看见街上的几家店铺，柜台颜色保留着深红色。支苏堡附近的牛浪湖虽然只是个小汊，当县衙设在支苏堡时，湖边埠头上，渔船客船熙来攘往，络绎不绝。如果没有日军入侵，平日里，这里时常呈现出一派宁静祥和的景象。

1958年，支苏堡一带的农业合作社成立人民公社，公社名称就定为"支苏"，而公社管委会却设在章庄铺。比起1943年的县衙门，支苏公社管委会虽然低了两格，但仍属于一级政府。当时，郑公区共有东河、支苏、韦厂等七个公社。

1976年，东河、支苏、韦厂成立大公社，支苏降格为章庄公社的一个管理区；后来，郑公公社的郑西、松桃管理区合并到章庄公社；再后来，连管理区也撤了，只保留村的建制。支苏堡，这个曾经的公安县衙所在地从此杳无声息，只剩下一个联兴村，也不以"支苏堡"命名，实在让支苏堡有些难堪。

在交通运输不甚发达时期，人们出行，主要靠舟楫，支苏堡位于牛浪湖的一个汊子上，在抗日战争时期成为公安县政府所在地，是顺理成章的。而今，高铁、高速公路四通八达，支苏堡偏居一隅，就远远赶不上207国道边的章庄铺了。当然，章庄铺离支苏堡并不远。207国道南起广东省徐闻县，北到内蒙古二连浩特，如果在大同稍稍向右一拐，就能到达首都北京。在古代，中国腹地这条重要驿道通过湖南湖北交界处的支苏堡，骑马的驿使在支苏堡补充给养，再向北或向南驰骋，支苏堡功不可没。

过去，支苏堡有农业和渔业，又有朝廷设立的驿站。今天，支苏堡一带成为章庄铺镇重要的柑橘种植中心，一到秋天，金色的柑橘挂满枝头，那是一幅多么诱人的画卷哟。假若在牛浪湖边铺设一条绕湖公路，复原古代驿站、邮亭，再与西北边不远处的卷桥水库风景区联成一片，大搞旅游开发，支苏堡的重新腾飞将指日可待。

让我们记住支苏堡，记住这个南北古驿道上曾经的小站，记住在抗日战争最艰苦的日子里，它曾经是公安县对敌斗争的领导核心。而今，我们更应该记住的是从支苏堡土地上生产出来的柑橘，它们是这片土地的骄傲！

通江贯湖汪家汊

盛夏季节，站在汪家汊河岸，但见松西河浩浩汤汤，浊浪翻滚，大有摧枯拉朽之势，河水的流淌声常常盖过汽车马达的轰鸣。涨水的日子，连根拔起的大树被洪水挟裹，不停地翻着身，打着滚，时而沉到河底，时而浮上河面。大树周围，芦苇、茅草被树枝一拦，纷纷依附于大树，时而飘散，时而再次缠绕在树枝上，一些逃生的小鸟、小蛇或老鼠之类小动物攀住树枝，像抓住救命稻草似的，不过，等到新一波浪涛涌来，不少小生命再也没有机会与大树结缘。

这时候，你若抬头望一眼被汹涌波涛裹挟的刘家嘴，它披着绿色植被的河堤，像是随时都可能被冲垮，从松滋沙湾几经波折奔腾咆哮而来的长江水，与洈水水库文静流淌而来的洈水河相汇合，在刘家嘴附近的汊河口猛烈撞击，奏出震耳欲聋的交响乐……这幅画面保存在我的大脑里，即使过了半个世纪，还那样清晰，声色与情感相映成趣，历久不衰。

记得有一天，我从汪家汊附近一位朋友家出来，打算在渡口搭乘班车回东岳庙。没想到，大雨不停地下，从南平方向开来的班车受阻，迟迟过不了河，我只得在河边一个小亭前耐心避雨。小亭子是一个临时售货亭，因为下雨，没什么生意，我站在小亭的屋檐下，跟售货员有一搭没一搭地交谈。雨小时，我挪到小亭旁边的柳树下，柳树枝条茂密，万条垂下绿丝绦，雨水顺着枝条往下流，天上雨小时，柳树下反而啪嗒啪嗒地抖落一串串珍珠。那时候，我才疏学浅，连眼前这条河叫什么都不知道，听人们说起，也只叫它汪家汊河，更没有谁知道汇成汪家汊河的那两条小河叫什么名字。

在汪家汊河边遭遇暴雨之后大约十年，因为要到外省旅行，我买了一本中国分省地图册，那本地图绘制得十分精细，在湖北省地图册页上，我第一次弄明白，从松滋太平口分流而出的那条河，叫虎渡河。虎渡河流到公安县黑狗垱镇附近，与松滋河的一条支流汇合，在黄山头以东流入湖南省安乡县，之后汇入洞庭湖。另一条河叫松滋河，松滋河从长江南岸沙湾分出，往南奔泻几百里，在松滋和公安两县的平原上横冲直撞，一忽儿分出几汊，一忽儿某两个汊子又合而为一。它们十分随意，十分任性，兴致来了呈直线下泻，情绪低落时又弯弯拐拐，像一个游泳的人游累了，浮在水面，左划一下，右划一下，偶尔还在一片洼地冲出一个小湖泊……不了解虎渡河水系和松滋河水系的，如果贸然闯进时分时合的水道，即便本事再大，也走不出这些复杂的支岔河道。反之，你若是一位谙熟虎渡河和松滋河水系的船家，从汪家汊出发，驾一叶扁舟，经松西河，能轻松抵达公安县城附近虎渡河边的小镇黄金口。

松滋河有两条重要分支，它们从松滋南宫闸村附近一分为二，东向支河，人称松东河；西向支河，人称松西河。松东河流到南平附近再次一分为二，一支与虎渡河相汇，另一支与松西河一条小支流相汇……总之，它们分分合合，合合分分，在公安县境内形成扑朔迷离的水上迷宫，而在汪家汊附近刘家嘴与洈水河交汇的，正是松西河。

20世纪六七十年代，汪家汊一直隶属于郑公区，后来归属章庄公社、章庄铺镇。无论隶属于郑公区还是章庄铺镇，在陆路交通不甚发达的时代，汪家汊都是当地交通的一个结。人们无论是去旧县城南平，还是去新县城斗湖堤，都得先过汪家汊河。夏季河水猛涨时，汪家汊河道宽三百多米，小船根本不敢冒险渡河。即便后来有了机帆船，船开到河心，被洈水河和松西河水合力撞击，水下暗流涌动，稍不留意，就有可能船覆人亡。汽车过轮渡，在激流中前行，轮渡以柴油机为动力，也必须开足马力。柴油机的烟囱冒出滚滚黑烟，轮渡航行到中流，就像被施了定根法，既不能前行，也不得后退，无可奈何之际，任由轮渡漂到下游，再逆水向斜对岸开去；或者先在河这边向上游开出几百米，再掉转头往对岸开；过一次轮渡，总得折腾一个多小时。

一到冬天，两条支河汇合起来，河面尚不满一百米，水流也不急，这个季节汽车过轮渡，全靠渡船上的工人用缆绳拉。如果渡的是客车，为了快一点到达彼岸，一车旅客全都自动下车，帮船工拉缆绳，深深凹陷的河底，缓缓流动的河水，灰褐色的轮渡，轮渡一侧像葡萄串集结一般的旅客奋力拉动缆绳，构成汪家汊河上一道独特的风景。

汪家汊还属郑公区管辖时，我们到区里开会，常常搭车到汪家汊，然后沿着汪家汊河堤朝郑公渡方向步行。那是十多里路呢，河堤上，晴天黄尘滚滚，一辆汽车开过,黄色的烟尘好一阵子才消失;如果是雨天,河堤上很厚一层暴泥,路的难行程度,一点也不亚于李白笔下的"蜀道"。

参加工作后,我曾从宜昌出发,取道荆州、陡湖堤回老家卷桥水库,隔河渡水,要多不方便,就有多不方便。有时候我们从荆州出发,一天时间还到不了卷桥,因为隔着长江和虎渡河、松滋河,汪家汊渡口也从没忘记在半道上"使绊子"。改革开放以来,国家的交通运输状况渐渐改善,长江、虎渡河和松滋河主、支流上都架了桥,从荆州到卷桥水库,只需一个多小时车程。即使从宜昌出发,也不超过三小时。车过汪家汊大桥时,看见浊浪翻滚的汊河,我脑海里还不时浮现出当年人们用缆绳拉汽车轮渡过河的情景。

汪家汊附近有一个国家粮食储备基地,圆锥形的粮仓一座连一座,很气派。我清楚地记得,20世纪60年代,洈水河涨大水,石子滩河边驶来一艘艘运粮船,它们挂起白色的船帆,把石子滩粮店储存的粮食抢运出去,这些粮食的接受方就在汪家汊。汪家汊河南岸的鸳鸯湖,是汪家汊渔场的养殖场,这里繁殖的鱼苗,既供全区和全县放养,也供国家不定期向长江和松滋河投放。

有时候我傻傻地想,如果政府不修路、不建桥,当章庄铺镇果农的柑橘丰收之后,松西河几乎行不了船,他们该怎样把柑橘运出去?现在,章庄铺镇的柑橘已经在全国小有名气,产量也很可观,果农们真该感谢政府修建汪家汊大桥,政府为他们解开了这个交通运输线上的死结。

松滋河,你借长江之水,浩浩汤汤地奔向松滋公安大地,把公安大平原冲成一把大筛子,然后在汪家汊附近接纳洈水河,在杨家垱接纳牛浪湖,又在甘家厂接纳瓦窑河,之后,奔向澧县、安乡、汉寿和沅江,最后汇入洞庭湖。

宋代大文豪范仲淹写到岳阳楼时,曾深情地说:"(洞庭湖)北通巫峡,南极潇湘,迁客骚人,多会于此,览物之情,得无异乎?"今天我写汪家汊时,也禁不住发一点思古之幽情:松滋河,你从松滋沙湾出发,上通长江,下贯洞庭,经过汪家汊小镇时,与洈水河合而为一,桀骜不驯,翻腾奔涌,曾经把多少有急事的乡人拦在河边,自己却得意洋洋地唱着歌,从来不对河边的乡人流露出一丝怜悯。

可是人民政府早就把汪家汊的"险恶"看在眼里,记在心里。如今,不仅207国道上一座座跨河大桥连连飞架,江南高速、荆东高速也在洈水河和松西河上架起大桥。这些桥梁解开汪家汊"死结",把纵贯中国腹地的207国道连成一线,如果有人开着汽车,从广东省雷州半岛出发,越过湖南湖北交界线,跨过汪家汊大桥，再穿荆州、襄阳，过洛阳、太原，便可直达中蒙边界二连浩特，这一路大约不会再过一次轮渡。

若有人想重振长江黄金水道雄风，驾一条小船从汪家汊出发，西可通过葛洲坝、三峡大坝，历重庆、宜宾，直达青海省南部唐古拉山脉格拉丹东峰下；往东则顺荆江而下，经武汉、南京、上海，与东海汇合。流经湖北省公安县汪家汊的松西河，原来是长江的一条支流，难怪它具有长江的"脾气"和"秉性"。也许有一天，它会成为华中鄂南物资集散地！

销声匿迹的韦家厂

20世纪70年代初，我当民办老师，每年暑假，我们都要到区里参加集训，从东河公社到郑公渡，如果步行，韦家厂是必经之路，我们便经常与韦家厂擦肩而过。韦家厂四周是广袤的平畴，站在稻浪翻滚的原野上回望韦家厂镇街，灰黑的瓦房鳞次栉比，其中夹着一些茅草屋。炎天酷暑中，我们多么想站到韦家厂街道的背荫里歇一会儿脚，喝一口凉水！

这是韦家厂留给我最初的印象，它是一个中途可以歇脚的憩息地。

半个世纪之后，我在南方异乡安度晚年，炎热的天气里，我忽然想起那个夏日里有浓荫的小镇，便打开电脑，上网搜索"韦家厂"，结果弹出的对话框却只有甘家厂，因为甘家厂是公安县乡镇一级人民政府所在地。可是，四十多年前，韦家厂跟甘家厂平起平坐，是韦厂公社管委会所在地。1975年，韦厂公社并入章庄公社，成为章庄公社的一个管理区。我扩大搜索范围，也只搜出韦家厂小学，词条下的文字也寥寥无几，只告诉我们"韦家厂小学属于公安县章庄铺镇"。不过，它创建于1932年，已有八十多年历史，倒是很有可圈可点之处。

据我所知，四十多年前，韦家厂不但有小学，还有中学，有一段时间甚至办过高中。1974年秋，郑公区教育辅导组召开现场会，我代表东河公社，在韦厂中学讲过公开课。那时候，韦厂中学没有教学楼，教室低矮，光线黯淡，几十个学生挤在教室前面，教室后面腾出空地，坐了几十个听课的老师，课堂上一紧张，我的额头直冒冷汗，这是我对于韦家厂的深刻记忆。

那时候，韦厂中学的校长事业心很强，大抓教学不放松，否则，他不可能把全区的教学现场会吸引到韦厂中学去。

我一位现居韩国的朋友吉爱萍听我说起韦家厂，激动得不得了，爱萍告诉我，她外婆就住在韦家厂。

　　韦家厂周围多河湖港汊，河湖港汊之间是农田。爱萍的嘎公（外祖父）除了种水稻，还种荸荠、莲藕和菱角。有一年春节，下过大雪，刮东北风，爱萍馋外公种的荸荠，拖一把铁锹去田里挖了半菜篮。等爱萍洗过手，在火塘边把手烤热乎再去吃荸荠，没想到，菜篮里的荸荠被与她年龄相仿的小舅吃得没剩几个，爱萍伤心得泪流满面。1974年暑假，吉爱萍回到韦家厂，见四嘎公屋旁大堰塘种满菱角，就吵着要摘菱角吃。四嘎公是个杀猪佬，有一个大腰盆，四嘎公把腰盆放进堰塘，爱萍坐着腰盆去采菱角。腰盆轻轻地摇晃，爱萍伸出纤纤玉手，一个个深绿色的菱角被采进腰盆。回到四嘎公家，用锅煮熟，拗开菱角，玉色的菱角米面面的，一丝儿甜味，散发出淡淡的清香，味道妙不可言。晚上躺在床上，爱萍还觉得床在轻轻地摇晃，她是否沉浸到南朝乐府民歌《西洲曲》（《玉台新咏》徐陵）的意境之中："采莲南塘秋，莲花过人头。低头弄莲子，莲子清如水。"莲和菱是两种不同的水生植物，唯独在采摘上，坐在小船或者腰盆上，那情趣是十分接近的。

　　我记起韦家厂，还因为我有个表弟在韦家厂小学当炊事员，后来表弟年纪大了，改为门房值班员。表弟为人厚道、热情，多次邀请我们去做客。那时候，他住在校门内两间平房里，我们一去，他杀鸡、炖鱼，菜肴十分丰盛。酒足饭饱之后，我们在学校院子里走走看看。这个校园，就是以前的韦厂中学，当年我教公开课的那排教室早就不复存在，取而代之的是宽敞明亮的教学楼。我还到韦家厂镇街上遛了一圈。记忆中的韦家厂镇街已萎缩得很小，若是抽着烟的人，三分之一支香烟还没抽完就走到街的尽头。当年，韦厂公社管委会还设在这里，韦家厂镇街上有百货商店、杂货铺、邮局、食品公司，还有教育、税务、财政等机构，现在只剩下几家私人开的小商店。

　　我更深入地了解韦家厂，是从作家朋友卢成用发表在《中华传奇》的小说里，老卢描写抗日斗争的故事写到韦家厂，而小说中那支土匪队伍，经常在韦家厂出没。这时，我固执地再搜索韦家厂，结果还是只查到韦家厂小学。不过，当我把地图的比例尺慢慢收缩，发现韦家厂原来夹在两个湖汊子之间，两条小河从小镇旁边淙淙流过，分别流进牛浪湖的两个汊子里。韦家厂东边有个"鸳鸯汊"，其中的鸯汊做了汪家汊渔场的养鱼荡；韦家厂西边是新荡，又称上湖，上湖是牛浪湖的一个大汊子；除此之外，韦家厂周边还有不少小河、小湖泊、小沟渠，其中的一条水渠直通207国道肖家闸，从韦家厂镇街延伸出来的乡村公路就建在这条水渠堤上。

　　韦家厂东边是汪家汊街道城毕街,以欣荣村为中心辐射开去,周边是铜桥村、红桥村、白合村、三合村……原来的韦家厂小镇已归为欣荣村的一部分,现在的欣荣村村委会就设在韦家厂。

　　我把网上地图的比例尺再缩小,发现牛浪湖像一棵蓝色的老树,有四个大枝桠,几十个小枝丫,树干和树枝虬曲苍劲。而欣荣村,原来的韦家厂,就依傍在这棵蓝色老树东边的分支附近。往西穿过牛浪湖新荡,是著名的凤凰山庄,凤凰山庄往北是章庄铺镇,过去的韦厂公社、支苏公社、郑西公社和松桃公社,都环绕在这棵"老树"四周,当年的东河公社紫金大队,离老树最大的枝梢相距不到十里。如果不是现在的陆路交通发达,章庄铺镇,大可命名为牛浪湖镇,镇政府所在地亦可设在凤凰山庄附近,果真如此,韦家厂就不会悄无声息了。

　　韦家厂孤零零地坐落在牛浪湖东边的平原上,前不巴村,后不巴店,过去只有弯弯曲曲的大路和渠堤,水路通不了船,陆路行不了车,它的销声匿迹在所难免。这也是古代城市必须建在大江大河边,现代新型城市必须同高铁、高速公路和飞机场毗邻的缘故,工农商业要发达,交通运输必须畅通无阻。

　　当然,社会总是不断发展进步的,地理位置和行政中心也随之不断变化,谁敢断定,有朝一日,韦家厂就一定不会"东山再起"呢?

魂牵梦绕石子滩

石子滩美好的回忆

　　离我老家五公里的地方,有个小镇叫石子滩。这是一个河埠头,春夏之际,河水哗啦哗啦地从小镇旁流过,小河上游挟裹而来的石头子儿在这里放慢了脚步,一到秋冬,河边便形成大片平坦的河滩,河滩上满是密密麻麻大大小小的石头子儿……所以,这个地方就叫石子滩。

　　我很少到石子滩河边去玩耍,即使在秋天和冬天也少有。小时候,我家里很穷,我们得为生计而奔波,来镇上总是卖柴火、卖红薯,卖了柴火和红薯,换回居家必备的火柴煤油和做衣服的布——这些活,倒是在秋天和冬天做的。我们天不亮就起床,挑着担子,咬着牙关,走四五公里山路,等到卖了柴火和红薯,天早就大亮,咱们还得赶回生产队去上工呢。于是,我们披着霜露而来,顶着朝阳回去,每次都行色匆匆,哪里有闲心和闲工夫到河滩上去玩呢。即使这样,石子滩小镇,还是给我留下许多美好的回忆。

柴行歌唱家

最不能忘记的是柴火交易行经纪们的吆喝声,你听听:"又写——张家的——柴火86斤——"经纪人稍停片刻,弯下腰,用手扒了扒跟前的柴火担子,接着吆喝道:"等级二级——单价,二块一——"这吆喝声,抑扬顿挫,有板有眼,时而拖着长腔,时而突然打住,真像一首古朴的歌曲。

交易行称柴火的地方离河埠头不远,人们在两棵柳树之间绑一根杠子,把一杆大秤的提梁穿在木杠上,经纪人在杠子下边放一条板凳,他站在板凳上,把秤杆子搁在右肩,沉重的秤砣呢,用一根细麻绳吊在秤杆上。经纪人穿一件闪着油光的旧棉袄,戴一顶狗皮帽,狗皮帽的帽耳张开来,随着他低头抬头的动作忽悠悠忽悠悠跳跃。悬挂的秤钩子下面系一条铁扁担,这条铁扁担像半边放大的大括号,大括号两端向前延伸,弯成一个钩,像一个被拉直的"乙"字。这个"乙"字的钩钩上,正好放一条木的或者楠竹做成的扁担。

天亮了,卖柴火的乡民从四面八方朝石子滩涌来。大家涌向交易行,来到经纪人跟前,把肩上的担子往秤钩子下面的铁扁担上一放,经纪人居高临下地看着秤,把系着秤砣的细麻绳往后一拖,又往前赶一赶,再弯下腰,用手扒拉扒拉柴火捆儿,开始唱起刚刚称出的柴火斤两和成色:"又写——"经纪人低下头问卖柴火的人:"你贵姓?"

卖柴火的人回答:"胡,姓胡。"

经纪人昂起头来,唱歌一般地喊道:"胡家的,干松枝——92斤;等级一级——单价,两块八——"

经纪人一副沙嗓子,可是我们这些卖柴火的,却觉得他的吆喝比歌唱家唱得还好听,经他一唱,柜台那里有人在写账,等我们卸了柴火,到柜台上就能领到钱;我们领了钱,就可以到旁边的点心铺子去买上两个富油包子,也可以到老街的百货商店,去买一双想了好久的尼龙袜,或者一对手电筒电池——晚上出去看电影或听书,没有电筒可不行。如果再奢侈一点,就可以到河埠头的鱼行,买几条活蹦乱跳的鲜鱼,这样,今天的午餐,一家人就能吃到美味的鱼啦……

卖鱼人的音乐

在鱼行里,你又能听到如歌唱一般的吆喝。

石子滩鱼行紧挨着河埠头,那些带着乌篷的小渔船,天色微明时便陆续泊在河埠头,渔民们挑着鱼篓向河坡上走来,鱼篓里的鱼欢快地摆动着尾巴。

渔民装鱼的篓子很别致,底下像一个簸箕,簸箕周边比真正的簸箕高,用三根提梁固定,跟挑粪的筐差不多,只不过粪筐呈U字形,有缺口,而装鱼的筐却是一只高沿的簸箕,底面像一个大大的O字,鱼筐的面积也比粪筐大。你一定会问,用这样的簸箕挑鱼,不怕鱼蹦出去吗?不,不怕,冬天的鱼没多大的劲蹦达,要是在春天和夏天,就得用加盖的筐装鱼喽。

渔民把鱼挑上河坡,批发给鱼行,鱼行再一斤半斤地卖给顾客,这时候又起了吆喝声:"呃——卖鱼啦——卖鱼嘞——刚起水的新鲜鱼——卖鱼嘞——卖鱼嘞——鲫鱼、鲇鱼、黄骨鱼——家鱼、鲤鱼、鲷子鱼,还有虾子、螃蟹、鳑鲏,快来买嘞——"

鱼行里卖鱼,掌秤经纪人的吆喝是:"呃——又写——李家的——买鲫鱼两斤——单价三毛——共计六毛零分——"经纪人停一下,对买鱼的人吆喝道:"呃——篮子端起——两斤鲫鱼,是李家的啦——"经纪人抬起头来,朝鱼行外面扫一眼,接着吆喝:"呃,下一位,谁要买鱼,呃,刚起水的新鲜鱼,快来买嘞——"吆喝声时断时续,有板有眼。

鱼行和柴火交易行近在咫尺,卖鱼经纪人的吆喝声和柴火行经纪人的吆喝声相应和,再加上沿街挎着竹篮卖青菜萝卜的、卖生姜大蒜的,这些人的叫卖声,跟经纪人的吆喝声组成石子滩集市的动人乐章。交易行的经纪人喊惯了,声音抑扬顿挫,富有韵律;卖鱼的经纪人许是迎着河风的缘故吧,声音多少有些嘶哑;而卖青菜萝卜的呢,多是些姑娘媳妇,叫卖声便显得羞涩。然而,她们又不得不叫,不叫的话,她今天提来的青菜萝卜就卖不完,所以羞涩地叫了一会儿,嗓门便渐渐圆润起来,如果是年轻媳妇的叫卖声,你会觉得,那声音既清脆,又响亮,你虽然没有听惯音乐,你却以为,这就是最美妙的音乐。假若你走近前去,看见叫卖的竟然是个非常美丽的少妇,嘿,这一整天,你都会沉浸在美妙的音乐里,有什么比年轻媳妇的叫卖声更迷人呢?

归途的哼唱

　　还有一种愉快的吆喝不在街上，而是在乡民们回家的途中。这些人天还没亮就从家里动身来赶集，现在他们卸了重担，买了家里人想要的东西，肩上横着一根光扁担，他们成群结队走在回家的小路上，不知不觉便唱起来。刚开始，他们唱的是《东方红》，还唱《社员都是向阳花》，接着就唱革命现代京剧《沙家浜》和《红灯记》选段，但是唱着唱着，小伙子怕是想起了谁家的小妹妹，男子汉当然想起家里的年轻婆娘，于是，那歌词便渐渐变得诙谐浪漫甚至带点儿幻想。

　　这下，男子汉们有话可说了："狗娃，想媳妇了吧？大哥给你介绍一个，要不要？"

　　狗娃害羞地抵赖："谁想媳妇啦，谁想媳妇啦？没影儿的事儿。"

　　男子汉们说："想了就想了呗，怕什么呀，你要是不想，就说明你有毛病。"

　　大伙儿就这么一边吆喝着唱，一边逗着乐子，回家五公里路程眨眼间便到了。

　　嗨，这些都是放在心里储存了许久的吆喝声。而今的集贸市场，很少有这样的吆喝声了，卖家多，买家有选择的自由。那卖货的，自有卖货人的逻辑：我的货，又不是卖不出去，你不买，自有人来买。买家呢？我可不听你吆喝，你尽管把东西夸得天花乱坠，我只相信自己的眼睛，不相信你的吆喝。这样的话，自然就很少有卖家再那样抑扬顿挫地吆喝了。再者呢，卖东西的姑娘、媳妇、男子汉、小伙子，大都骑着摩托来，驾着摩托离去，谁还能像我们那些年似的，三五成群，一路吆喝，一路走回家去呢？

如此乡情

　　我记得，20世纪80年代初，有一年春节前夕，我随二弟去了一趟石子滩，小镇上到处是攒动的人头，狭窄的街道被挤得水泄不通。后来我去过武汉的江汉路，去过北京的王府井，还去过重庆解放碑，在那些地段，顾客的稠密度真够高的。不过我觉得，石子滩小镇早市上那一阵子，人口的稠密度，真赶得上武汉的江汉路、北京王府井和重庆解放碑，只不过石子滩小镇上的人口规模小些罢了。

我已经二十多年没去过石子滩了,经常从它旁边经过,总是来去匆匆。而且,石子滩小镇已经不像四五十年前那样热闹,那青石板街道早就铺上水泥,那些交易行、鱼行,也不再有当年的喧闹。即便如此,我还是想,下次再回家路过石子滩,我一定要到街上去走一走,看一看,我要从内心深处唤起那一阵阵悦耳的吆喝声,那些吆喝声里,蕴涵着多么浓重的乡情!

东岳庙情结

东岳庙是一个小镇,它位于湘鄂两省交界的207国道上,只有几十户人家,却属于鄂南重镇,人们在普通分省地图上都能找到它。从古至今,这个小镇做了无数历史事件的见证。

207国道是一条古驿道,往南可到雷州半岛,往北可达西安、北京,直至二连浩特,秦皇汉武从这条古道驿送过紧急公文,唐明皇由这条古道把爱妃喜欢吃的鲜荔枝从岭南运过来。东岳庙小镇,这个207国道上一个小小的点,也称得上举足轻重了。

离东岳庙小镇不到一千米,有我外公的庄园,还有庄园里的走马转角楼。也许因为长期吞吐鄂南湘北的财富,这里自古以来多财主,以至于19世纪40年代,像外公家那样规模的庄园,在东岳庙附近就有好几座。不过到外公手上,因为外公抽鸦片,把一个殷实之家败得只剩下一具空壳。

什么叫走马转角楼?言其楼房之大,沿着庄园四周修建的回廊又高大又宽敞,可以骑着马奔跑,想必外公祖上既勤劳,又会节俭盘算,要不,何以修得起这么大的庄园?可惜的是,外公是个败家子,他把祖辈聚敛起来的财富间接地送给了英国人。

东岳庙镇是个富庶之地,富人们自然要感谢上苍的眷顾,于是,雄伟的东岳庙应运而生。不过,东岳庙给我的最初印象却是它高大殿堂所做的临时舞台。那年,我才十一岁,在石子滩小学读书,放学后去了舅舅家,晚上,表哥带我到街上看戏,舞台就设在东岳庙里。那天上演的是一出古装戏,剧名叫《三看御妹》,剧团名不见经传,他们在庙里搭起临时舞台,没有座位,大家都站着看,我人小,个头矮,挤在人堆里,几乎什么都看不到,只是凑热闹。再说,十一二岁的孩子懂个啥呀,舞台上两个主角眉来眼去地调情,我只能看出,他们顾盼的眼波很明亮,仅此而已。倒是那临时搭起的舞台边上几根粗大的石柱,至今还留在我的脑海里,印象中,一个人还合抱不过来。

纵贯南北的207国道,到东岳庙小镇折了个方向,由西南而东北穿过东岳庙街道,把小小的东岳庙小镇分成两半,穿过镇街的公路在这里委屈地压缩成十来米宽的窄巷子。南来北往的汽车通过这里,都得放慢速度,汽车经过的时候,如果是晴天,会搅起漫天灰尘,倘若是雨天,则把泥巴浆子溅得人一脸一身。你还别说,这个镇子虽小,小镇的茶馆、酒馆、旅社、百货商店和邮电所应有尽有。东岳庙茶馆开在正街,它是一所老房子,青灰色的瓦屋,屋檐一直延伸到离公路不到一米的地方。屋檐下是一个木制柜台,柜台年代久了,油漆已经剥落,露出灰白色的木头;临街一面上着梭板,每天早上茶馆开门,老板卸去梭板,从马路对面望去,茶馆门面成了一个幽深的黑洞。茶馆两开间,安着两副门,每扇门足有三米高,门板也可以卸下来,茶馆里面就靠卸走这些梭板和门扇来采光。

东岳庙茶馆里喝的是盖碗茶,一个盏子,一个茶盅,一个茶盅盖子。老板提起火炉上冒着热气的茶壶,往放了茶叶的茶盅里哗啦哗啦冲水,盖上茶盅盖,一会儿,茶客揭起茶盅盖,侧着盖子掠去浮在茶水表面的芳香油,就呼啦呼啦地喝起来,于是茶馆里便开始了一天的说古论今。

我不是茶客,但是经常蹅进去,听那些戴着瓜皮帽的、蓄着长胡子的老爷爷谈天说地,由此,我便对"三国""水浒"产生了浓厚的兴趣。我之所以搜求《封神演义》《七侠五义》阅读,多亏了这些喝茶的老先生,是他们茶后的谈资勾起我对神怪英雄的向往。也是在这里,我听他们说起唐玄宗的驿马怎样风驰电掣般地经过东岳庙;还听他们说,东岳庙大门左边巨大石墩上的缺口,是当年日军轰炸东岳庙小镇的铁证。

小镇上还有肉铺和鱼行,也有牛马交易所,总之,凡一般小镇上有的这里都有,于是,小镇就成了周围十里八乡的物资集散地。有了这些店铺,小镇也就像模像样地把它的影响扩大到周边村落。多少朝多少代,小镇一直在吞吐南北,融会西东。按说,小镇坐落在国道线上,应该受到过不少骚扰,可是房子烧了,人们会再把它盖起来,铺子砸了,人们会重新立起柜台,在这里做生意,风险大,利润同样大,于是朝朝代代,东岳庙小镇总是保留在地图上,从没有被抹去。

镇子西南有一口大堰塘,堰塘紧靠着公路,堰塘边上砌着许多青色的条石。每天早上,大姑娘小媳妇们都喜欢到堰塘边上淘米、洗菜、洗衣服,棒头捶在衣服上的梆梆声此起彼伏，堰塘边上便上演出一首悦耳的交响乐。

在东岳小镇，我还耳濡目染了许多人情世故、世相百态，东河中学给我留下许多美好的回忆。

我曾经喜欢过东河中学的一个女孩，那女孩扎着两个刷刷辫，穿一件枣红色的灯心绒上衣，一条深蓝色棉绸长裤，笑起来很甜。女孩到东河中学读书的时候，我已经在大队民办小学当老师。那时候，民办老师经常到公社开会，我就有机会见到梦中的白雪公主了。往往，我们开会中途休息时，中学生也在做课间操，这时候，我就站在操场边上的大树下注视着那个女孩，在几百个中学生中，我一眼就能认出她。

除了那个女孩，东河中学还有我的几位朋友和师长。伍法义老师是我终身难忘的一个人，当时，他在东河中学教体育，给过我许多帮助。那时候，中小学之间经常搞联欢，伍老师常常是这些联欢活动的策划者，类似于现在的总导演。所谓联欢，就是两个或者三五个学校在一起开展体育比赛、文艺演出。活动开始时，东道主一方要致欢迎辞，活动进行中要现场采写一些小通讯，写一些快板诗之类以活跃气氛，活动结束还要致欢送辞。我的笔风比较灵活，伍老师总喜欢带上我，正是这些活动锻炼了我，于是，我便有了在人生舞台上大显身手的机会。

高远明，一个从师范学校毕业的语文老师，很擅长画画。平时我也喜欢涂抹几笔，在我生活的那个小圈子里，我常常自命不凡，及至看了高远明的画，才知道天外有天，人外有人。从此，我学会了谦虚。

有位苏振望老师，教数学的，我曾经自修过中学数学，常常跑去向他请教。我一去，苏老师就会放下手头的工作，耐心地给我讲题。

我更不会忘记袁老师，我的一位远房亲戚，当时是东河教育辅导组负责人，是她推荐我上了大学。她之所以推荐我上大学，不仅仅因为我是她的亲戚，更因为我自强不息的精神和勤奋自学的毅力。假如不是这些人的帮助，今天，我可能还是一个山村小学教师，我在文学及其他学术领域的追求和创造，以及对社会精神财富的贡献都是微乎其微的。

啊，我念念不忘的东河中学，我魂牵梦绕的东岳小镇！

袁桷笔下的支家口

/ 郭业友

一

袁桷是浙江鄞县人，元代学官、书院山长，号清容居士，授翰林国史院检阅官，官至翰林侍讲学士，在朝二十余年。他的文章博硕，诗亦俊逸，是很有成就的国史院编修官，著有《易说》《春秋说》《延祐四明志》《清容居士集》等。

袁桷（1266—1327）所处的元代，别说公安，就是整个江南仍然是全新世时期的长江流域地貌，虽然和现代差不太多，但末次冰期以后出现的气候变暖，雨量充沛，湖泊、沼泽、森林广布，动植物繁盛，优良的自然环境适宜人类的生存与发展，长江成为人类傍水而居的聚居地，也孕育出荆州的两期文化。因此，1992年在荆州鸡公山发现的旧石器晚期遗址，印证了人类旧石器晚期在荆州"傍水而居"的盛况。从唐代开始，沙市就成为长江流域最繁盛的码头。

到了元代，整个公安县只有南宋的孟珙在屯田时修筑的斗湖堤。其实斗湖堤也只是以二圣寺为中心围挽了一个小垸子，大部地方都是江水茫茫、浩浩荡荡。

所谓口，是具有码头设施、供船只停靠、人货上下的地方。所以，湖泊众多的公安衍生出了众多的口，如里甲口、黄金口、闸口、新口、筢箕口、麻豪口、芦荡口、中河口、狮子口、支家口等。支家口在历史上是和那些以口为埠的地方齐名的。

袁桷在撰写《修辽金宋史搜访遗书条列事状》的过程中，从大都北京乘船沿运河到长江逆流而上考察到达沙市，再乘船从沙市去湖南津市时，途经支家口码头，看到碧波荡漾的湖水，碧盘滚珠的荷花和码头上川流不息的人群以及划船、摇橹的欸乃声，触发了他的联想。热情奔放的情感和难以抑制的诗兴，于是他挥毫写下"荡底天鹅杂橹声，南乡今有几长亭。钱湖未尽沧洲兴，卧看荷花十二汀"的诗章，成为历史上官职最高、最具影响力人物笔下的《支家口》。

他的《支家口》气势磅礴，纵横捭阖，有许多穿透力很强、似水柔情的佳句。

在公安的版图上，虎渡河形成较早。形成之初，经弥陀寺、里甲口、黄金口、中河口、汇诡水后南下，经南平、杨家垱，于现在的湖南中合垸附近入洞庭湖。可见当时的虎渡河流经汪家汊、郑公渡时，还没有汪家汊和郑公渡地名，也没有黑狗垱以下的虎渡河，更没有松东河，只有一条经南平、杨家垱入洞庭湖的虎渡河。

清同治十二年（1873年），松滋黄家铺、庞家湾溃决冲成松滋河，来势汹汹的松滋河水迫使虎渡河从中河口改道顺虎西山岗和黄山东麓南下进入湖南境内。松滋河则在公安境内冲成了现在的松东河，原来汇诡水的虎渡河则被我们称为松西河。

时过境迁，松西河堤防开始形成，逐渐成为挡水的堤防。即使有了挡水堤防，但堤防仍不连贯，郑公渡附近仍有一个大穴口，穴口贯通的水道经毛虾尾到杨家垱与松西河归并。后堵穴口形成连通的堤防，衍生出永和垸和松桃垸。由于这条水道比较宽阔，成为人们口中的"大港"。

在茶余饭后的笑谈中，也曾听说郑公附近的穴口边住着几户人家以捕鱼为生，偶尔也给过往的人摆渡行方便。可能是布施恩德的摆渡者姓郑，因而形成郑公渡。这一来历口口相传，笔者没有查到比这更权威的资料。

郑公的穴口最终被挡水的大堤取代，但堵口后大堤好景不长，几年之后被汹涌的大水冲开溃口，现在郑公渡附近的一些深潭就是冲口的遗迹。溃口复堵，于是这里形成了一个物资囤积地。日后，来这里居住的人也越来越多，慢慢地形成了一个四通八达的物资集散地，也成为历史上的区、乡所在地。

新中国成立之初，修建牛浪湖低水闸时曾引发争议。郑公渡人要把低水闸建在郑公渡附近，其理由是，郑公是区政府所在地，有现存的水道可以使用；而水利专家要把闸建在杨家垱，理由是那里的地质条件好。在水利工程"愿望服从条件"的原则下，不惜代价开挖了一条新水道，称为"新港"。

郑公渡形成后,"大港"这条水道在毛虾尾拐了一个弯,经支家口通往牛浪湖口,这个"湖口"就是人们口中的"西湖口"。因此,从牛浪湖的"西湖口"与郑公渡连通的这条水道,就成为一条重要的交通水路。

二

支家口是我的故乡,我的出生地是在人们口中的"西湖"边上,离支家口三四里地。我的家住在牛浪湖边的一个高台上,高台是建国前这里的土地拥有者挑筑的。我的父亲凭着贫雇农的身份在"土改"中分得了一正一偏的两间紫瓦房。这个高台对在湖边居住的人来说,是一个避水的好地方。

我的童年是在支家口度过的。为了应变经常性的涨水,父亲在家里什么都没添置,就买了一只船。这只船可以装载两千多斤,作为一个农村人家已经足够了。就是这只船,父亲告诉我,1954年垸内涨大水搬迁就靠它了,还成为我们这个家谋生计的载体。

我刚有记忆的时候,父母亲经常起早贪黑驾船捕鱼,用的是农人口中的"赶罾子"。一个用两根竹竿交叉撑起三面布置的渔网,用竹子制作一个三角形的赶鱼工具,利用手臂的力度将那些小鱼赶入网中拉起来。别看这种看似不起眼的工具,每个晚上却能捕几斤小鱼,运气好能捕上十多斤,拿到市场去卖,可以补贴家用。

这种捕鱼需要两个人才能进行,一个站在船头赶鱼,一个站在船尾将船稳住。这种操作很费力气,船的摆动很大。如果船稳不住,就有将船头操作的人甩入水中的危险。

我五岁那年的冬天,天气很冷,父母出去捕鱼,要我在家用摇窝摇二弟睡觉,家里用劈柴生了一盆火让我取暖。由于时间太长,我睡着了,那火将摇窝底下的弧形木圈烧着了,也将房屋的壁子烧了一个大洞,幸好没有造成火灾。

我约八岁的时候,三弟出生了,驾船的工作落在我头上。每当我在寒冷的冬天拿着桨拐,在朔风的侵袭中站在船尾的时候,低温的霜冻把我冻哭。越是鼻涕眼泪一大把,越是寒冷,可我还得用单薄的身体拼尽全力地去稳住渔船。

记得有一次快过年了,我们在大港中捕鱼,早上出去,到了下午四五点我饿哭了,没有力气驾船,开始"罢工"。父亲一个人又不好操作,只得用"今天捕的鱼卖的钱全给你读书"来哄我。父亲的激励给了我很大的诱惑,不一会儿,我们捕到一条大鲤鱼，这条鲤鱼就成为我们家过年的最好菜肴。父亲高兴地把这条鱼用绳子穿起来提到我跟前，着实把我表扬了一番。

在我读小学的四年时间里，既没有像小伙伴们那样，冬天在家里烤火，也没有和小伙伴们一起在父母的呵护下尽情玩耍，而是和父亲一起，为生计奔波，度过了难耐的冬春时光。

每到卖余粮时节，家里这条小船就被韦厂、章庄沿牛浪湖边的生产队租去卖粮，船的每个仓中总要散落一些谷粒，父亲就把这些谷粒收起来藏在船尾，晚上回家用磨子磨碎，用碎米熬米糊给我们吃。在缺粮的日子里，一碗米糊，那可比山珍海味还奢侈呢。

三

我儿时的支家口，是一个很"繁荣"的地方——大队部，它不仅是全村的政治文化中心，还是这个圈中唯一的"商业中心"，一个商店成为全村人的购物场所。还有小学、缝纫店和一个篾器小店，这在我儿时的眼里已经是非常繁华的地方了。

支家口还是一个交通枢纽，除了小河成为连接九十九汊牛浪湖到郑公渡的必经水路外，还有一条陆路从郑公渡连接湖南的张家场。在湖南湖北偏僻的毗邻地区，这条道路成为唯一的交通要道。在小河上，连接这条陆路通道的是一座木桥。我的小学就是从支家口的北岸过木桥到南岸的小学读书的。

那个时候，小学分为初小和高小，在村里读完四年初小，然后参加郑公区的考试，我有幸考入马家祠小学。这是当时的一所公办小学，我们村考入的只有几个人。在马家祠小学读了两年，1966年，我考入郑公五中。当时校长是江用汉，教导主任是田元家，我的班主任是袁昌汉老师。文化大革命使得学校的动荡很大，不务正业的活动多，上课的时间少。

我不愿意参加那些所谓的"斗批改"，就回家参加生产队的劳动。当我回家个把月再返校时，家里用仅有的积蓄为我买的一床蚊帐不知被谁偷走了。我一气之下再次离开学校，从此结束了少年时期的学习生涯。

回乡后，我参加了大队的宣传队。1969年的大雨将牛浪湖塞满，大风卷起如牛一样的大浪，把那些挡水小堤撕开，整个田地都是白茫茫一片。牛浪湖水把我们队里的土地淹没，每家每户不仅失去了生活着落，也失去了劳动岗位。

有的农户只有在家打起挡水埝子浇出渗水来保住房子，而我们家因住在台子上，没有这样的忧虑。8月底，我凭着父亲的贫农成份，又因为在队里表现不错，被派到采购站做合同工，为队里做副业创收，每月工资三十五元，交队里二十元记工分，十五元作为生活费。

　　1969年8月底，十六岁的我用两根竹竿裹着一床土布蚊帐，挑着两床被子走出家门，走出支家口，开始我的人生旅途。1972年11月，我脚穿草鞋，走进县革命委员会机关，被分配到县计划委员会工作。回想当初在郑公工作的三年，我觉得那辛苦真没白费。

　　应该说，支家口是一个人杰地灵的地方，从那里走出不少优秀人才，仅我们同时代的就有二十几位，他们在不同的岗位上为故乡增光添彩。

　　大概是地理环境的原因，无论是改革开放大潮，还是实现"决胜全面小康，决战脱贫攻坚"的伟大复兴梦想，都没能让支家口显山露水，更没有出现"荡底天鹅杂橹声"和"卧看荷花十二汀"的景象。

　　支家口，在千百年的历史中书写了瑰丽的篇章后俨然销声匿迹，就连村名，也因合村被"新港"取代。

　　在我所了解的历史中，无论郑公区也好，还是现在的章庄铺镇也罢，像袁枚这样的朝廷命官以支家口地名写诗的还没有过。支家口，可谓独树一帜！因此，我特意为支家口用袁枚诗句以记之。

作者简介：

　　郭业友，公安县章庄铺镇新港村（原支家口村）人，1953年生。退休前为湖北省荆江分蓄洪区工程管理局调研员，现为中国水利作家协会理事，湖北省报告文学学会理事，湖北省水利文学协会理事。著有《荆江分蓄洪区：具有战略地位的长江防洪工程》《建设立伟业运用铸丰碑》《伟大的创举 永恒的丰碑》《荆江分蓄洪区要确保安全运用》《局长醉报》等，合著《基于GIS栅格数据的洪水风险动态模拟在荆江分洪区的运用》《荆江分蓄洪区防洪基础信息演示系统的构建和运行》《长江荆江分蓄洪区历史演变、前景和风险管理》等，2021年8月出版长篇报告文学《荆江丰碑》。

童年记忆，牛浪湖畔郑公渡

/ 谭维帖

一

一切的记忆从零开始。

这对我来说，记忆下来的新东西，每每回忆，仍然是新的而且历久弥新。也许如墙角的花，孤芳自赏时，天地便小了。

大约六岁的时候，正是国庆十七年之际，母亲在她教书的申津渡小学给我报名读一年级，读了几个星期又把我转班去读二年级，后来才知道这叫跳级。其实不是有多聪明，只不过平常在家，哥哥姐姐用他们留下来的课本不停地教我识字算数，母亲也用她读过私塾的老办法，提前搞的启蒙现在叫学前班或幼小衔接班之类所得到的一点效果。正是从读书开始，稍稍懂事，我便喜欢去母亲的老家郑公渡。如今看来，儿时的经历，好玩自然就成了一生的好酒佳酿。

不再要母亲背我了，一路走下来，就记住了路程。从申津渡到郑公渡，早上七点开始走，渡过涔水河。小时候的涔水河水，用手捧一把，喝起来是甜的。然后，经财岗大队八小队九小队弯弯曲曲的小山岗路，过申津渡和狮子口交界的顺河、碑口，到狮子口街上就接近中午。记忆里的狮子口，靠着松西河一条小街，没有申津渡的街道多，没有申津渡的老房子多，也没有申津渡街上的商铺和行人多。在狮子口歇歇脚，喝口水，那时没有饮料、矿泉水，身上也无分文，喝的是用输液用的盐水瓶装的白开水。再吃一块在申津渡买的葱香盐锅块，肚子就饱了，又来了精神。

继续赶路，穿过谷升寺。当时走这个地方还有点害怕，小手紧紧抓住母亲，还时不时地左看看，右看看，偷偷地向后看看，生怕有什么鬼东西跑出来。两米来宽的路被半人高的杂草遮了一半，四周又没有人烟，心里有了一个怕字，就不由自主地脚底加劲，翻过那三个岗子。夏天流汗就像下了一场雨，要是冬天，身上的热气像烧开的水冒出来的白烟。

好在渡过外沲水，到了汪家汊，就进了郑公的地界，感觉也轻松起来。又走了七八里直路，在郑公街头右转，再沿湖岸走不远，就到了外婆的家，那会儿叫云龙大队。有时赶到正好是吃晚饭的时候，有时还要走一段夜路。我曾把申津渡和郑公渡比了一比，老房子、街道、街上的商铺、街上的行人，两个小镇蛮像的，所以很容易置身其中，不会感到陌生。

从申津渡到郑公渡，走一趟要三四十里路。这一经历，成了我在发小儿们面前炫耀的资本，因为他们的父母都是申津渡当地人，没有亲戚在外地，也就没有机会出门。往后每年暑假或是寒假，我就和妹妹跟着母亲到郑公渡，去陪外婆，很少间断。在我读初中的时候，外婆迁居到汉口的姨妈家，去郑公的次数就少了，只是遇到住在郑公的老表家里有事就去聚聚。

听母亲说过，外婆家其实原来住在郑公渡街上，老房子有十来间。抗战胜利后的第二年，一把大火烧了个精光。临时搬到乡下的出租地上，就迎来了新中国建立，也就定居下来参与"土改"。在我眼里，外婆比母亲个子还高一点，性格一样，少言语，多善良。父亲当时就在韦家厂私立必达小学教书，相识同在必达小学教书的母亲。1950年1月，必达小学改名为韦家厂小学，父亲还担任过一段时间的校长。因而，父母经常说，只要勤奋努力，凡事必达。开始似懂非懂，知道其由来，还是在很多年以后。

二

必达，这是郑公渡司马一族的家训。

我查了一下字典的释义。必，即必定，必然，必须，一定要；达，即通，达到，通达，显达，懂得，透彻。

据传，司马兄弟二人，带兵征战得胜后，奉命驻守郑公渡，并在此定居下来。经过几百年的繁衍，家族人丁兴旺，由此建起了司马家族祠堂。祠堂兴盛时占地五十余亩，房屋青砖子瓦，明清风格。从供奉先祖，家族聚会，到兴办私塾，规模不断扩大，房屋最多时建了四十余间。母亲每次回忆，脸上总是喜笑颜开。她记忆中的祠堂，中间正堂是长老们的议事堂，后屋供奉牌位；右边是值守和库房，左边是私塾。母亲还记得，祠堂的经济来源由每家每年定捐一份财物，条件好的族人还可以再捐赠。这些收入作为祠堂管理员和私塾先生的支出，家族的后生学习不收费用，能够科考中举，还有奖励。由于时代的变迁，司马祠堂建了又毁，毁了又建，建了再毁。后来扩建公办韦家厂小学，还从已快倒闭的司马祠堂拆了一些屋架、檩子和砖瓦。

祠堂是家族祭祖联宗、议决宗族事物、办理红白喜事、上灯修谱、表彰功德、惩戒罪恶的重要活动场所，集祭祖和管理、崇拜和权力为一身，神圣而庄严。作为家族的门脸标志，祠堂往往是村落集镇中最宏大、最庄严的建筑。维系家族的是祠堂和族谱，核心是家教，也是家训，是家族的规矩，相当于约定俗成的法律。司马一族的家训也是经过历代的修订、完善，除忠孝礼义廉耻外，"必达"作为司马一族后辈个人在能力上的要求，核心内容是"三个必达"：一是学武要必达，二是学文要必达，三是学技能要必达。能够达到其中之一的优等后生，才有资格离开郑公渡外出谋生谋事，否则不准离开家族。因为没有一技之长，出去就没有生存、发展、兴旺的本事。

因此，私塾承担起了集中教育家族后代的重任。这是古代家族集中教育的一种进步形式，奉行的宗旨是"忠君尊孔"。塾馆一般供有孔子画像或牌位，学童入学须向"孔圣人"行叩拜礼。教学方法以个别传授为主，强调死记硬背。对学童的管教靠严格的学规和体罚，如果学童不能完成指定的学习任务或触犯了学规，轻则罚跪、打手心，重则笞臀（打屁股）。现在的家教培训，就有点像私塾的学习模式，只是没有私塾那般严格。

借此溯源，古代私塾类型按办学方式分有门馆（塾师在自家设馆）、聘馆（地方士绅富户聘请塾师至家教授其子弟）、义塾（利用族产或庙产兴办私塾）三种。按教学程度分，私塾有蒙馆（收授启蒙儿童）和爨馆（收授食宿在馆，开讲作文的青少年）两类。蒙馆教学内容主要有《三字经》《幼学琼林》《千字文》《千家诗》《论语》《大学》《中庸》《孟子》等，女生还要学《女儿经》《教儿经》《增广贤文》等。蒙馆学生学习一段时间后，有条件的即可进入爨馆学习。爨馆教学内容主要有《诗经》《礼记》《左氏春秋》以及《古文观止》《东莱博义》等。

据相关资料统计，公安县的私塾在清朝末年约有280所。从元明清书院与私塾并存，公安最早的书院创办于南宋，称"竹林书院"。古代还有县一级官学、县学（学宫），又称文庙、学庙。公安文庙始建于明代，其中南平文庙建于清代同治年间。清朝光绪年间开始创办新式学堂，司马私塾也在抗战胜利后改为必达小学。

2018年仲秋，我陪伴已满九十岁的母亲回郑公渡走一走。在她的记忆里，土地还是那片土地，水田里长着稻谷，旱地里种着黄豆、豌豆、麦子，菜园里还是辣椒、茄子、豆缸子，还能认识外婆的老屋场，外婆和她三个子女躲避日本鬼子的那道坎子，还有母亲老表的老屋。只是再也找不到司马家族的祠堂和母亲一起读过私塾的本家学童，以及1947年公安简师那群青春年华的同学。在韦家厂小学，除了学校的校名没变，其他都变了，亲切但又显得格外遥远。唯有流泪，可以模糊一切，冲淡一切。

三

万物有隙，那是光进来的地方。"必达，必达"，这家训就是一盏灯，不论本家或外戚，光照着人生的行程。

只是一晃就老了，而昨天的存在，如一壶陈酿。许多往事以至于今天才记下来，走笔依然不失精准和达意。在郑公渡，最亲的当属舅舅，舅舅继承了司马家的俊秀颜值和正直善良的家教，十二岁外出求学，独身一人生活在天门，如今八十多岁四代同堂，其乐融融。而我印象最深的是外婆亲哥哥的儿子，我们喊他召文伯。他给我的印象可亲可敬，不仅仅是外貌，还有从眼里溢出的真。为了躲避抓壮丁，也是为了躲避战乱，建国前他们全家就从郑公渡街上搬到牛浪湖深处，进出以划船为主。召文伯面对生活，永远充满宽容和豁达。

我第一次坐他的船走水路，第一次跟着他穿行在看不见岸的荷花荷叶莲蓬中，第一次看他划着双桨游走在荷梗间，一切都很稀奇。他的家在牛浪湖腹地，也就是独居湖中的滩涂上。在百湖之县的公安，到处都是"芦花明白迷归雁，沙渚轻风漾渔舟""月色生红浪，湖光露白莲""船窗帘卷萤火闹，沙渚露下苹花开""霜寒远时千村暗，月冷平湖一镜明"。一千多年来，只要是文人墨客吟咏公安的诗篇，无不对公安的水感慨系之，赞叹不已。从古至今，水乡容颜未衰，姿色未改的湖当数牛浪湖。

从外婆家到召文伯的家有七八里水路，白天见到的光景和晚上的感觉大不一样。夜空下,我和几个表弟如碧波、梦娃、老五,一起躺在召文伯家的竹床上,看到的月亮、星星格外闪亮。特别是牛浪湖面,闪着的光,淡黄淡黄的,柔和且清晰,此情此景仿佛还停留在昨天。后来,我在《又到月圆,我依然梦见流水》这首诗里写道:

> 光阴是真的,月亮也是真的
> 回头,这人间
> 坐着木船,召文伯的双桨
> 划向牛浪湖的深处
> 荷叶上的露珠,像童年玩的万花筒
> 当然,包括绿月亮,蓝月亮,红月亮
> 这些东西应该藏进水里
> 又到月圆,我依然梦见流水
> ……

名家张执浩谈他的诗观是这么说的:"诗歌是记忆中的尖叫和回忆时的心跳。"确实如此,每每回忆这铭刻心底的过往,瞬间就会活络起来。

谈起写诗,自己坚持业余写作,家训的警示也根植其中。这就是做好一件事,一方面要勤学勤练,多读多悟;另一方面要有恒心,要坚守,要敬畏。我的理解是,把这些因素合起来,就能够"必达"。当然做事要懂得尽力而为,不可投机取巧。从20世纪80年代末期至今,我一直把写作当成一个爱好。而年少时的生活阅历成了我能够信手拈来的素材和养分。比如,我的两个住在郑公的刘姓亲戚,一个喊他泽发叔叔,一个喊他泽彪叔叔,和我舅舅是发小,比舅舅自己的亲兄弟还要亲。有一次我去他家玩,看见他们在后门外的菜地边,随手砍了四五兜野油菜,去掉黄叶,洗干净,再把新鲜的野油菜用沸水煮几分钟,也叫焯水,边做边告诉我这一步骤不能省,不然没法入口。然后切碎了加点盐和小米辣椒炒熟,味道清爽可口,十分下饭。这一道别有风味的菜,口感我从没忘记。后来我在另一首诗《樱花和野油菜》里叙述了这件事。

> 野油菜的叶子要比垄上的尖瘦
> 能够经得住滚水和爆火
> 有点像太阳底下的小脸蛋

时不时露出牛犊子脾气

每次荤吃，火辣辣就知道来了客人要过年

自家当然是素炒，芥末的口感加冷茶泡热饭

三月天，开樱花。首先想到的是快点回到老家，那里才有根的感觉。

这些点点滴滴的经历，都在我的写作中表现出来。比如，外婆的房子就在牛浪湖的一个汊口旁，稻草盖的屋顶，墙壁是用稻草缠在一根芦苇上，再抹上稀泥，干后就裂开一些口子，夏天蜜蜂就可以去做窝。后来，我在一首诗中写道：

烈日下的思绪干涸得轻如鸿毛

像金黄的稻草

缠绕着笔直的荆棘

涂抹一层层祖传的稀泥

筑起遮风挡雨安放初恋的新巢

蜜蜂和燕子

渡过依依不舍的岁月

这是在听母亲给我们讲述郑公大垸名人邹文盛的故事后，再到现场凭吊生出的感悟。公安县的历史文化遗迹，现存规模较大的邹文盛墓就座落在牛浪湖之滨。据《明史》记载：邹文盛，公安人，弘治进士，官至户部尚书，侍奉孝宗弘治、武宗正德、世宗嘉靖三朝。一生著有《镇边六策》《黄山遗稿》等。为官清正、政绩卓著，还领兵作战，屡建战功。明朝嘉靖年间，邹文盛晋升为户部尚书，朝廷将查封奸臣严嵩的一对石狮御赐给他。随后，邹文盛上书辞官告老还乡，运狮往南平经过祝家湾时，因河滩水浅船被搁浅，当地百姓见此情景自愿结队开河运狮（据说石狮曾存于南平中学校内）。邹文盛为谢父老乡亲开河运狮的盛情，在祝家湾南岸修建一座寺庙。寺庙落成后令一个姓虞的和尚当住持，并将地名改名松西河庙湾，庙名为虞万寺，现已被毁损。邹文盛死后，嘉靖皇帝赐以御葬，赠太子少保。家乡人更是以他为荣，明公安籍广东左布政史何珊辞官返乡，每每以文盛公的品德为楷模，修身养性，"辅国功成便乞身，锡归尤荷圣皇仁。崇阶要秩邻三少，全节完名更无人"。邹文盛墓地有石碑、神道、石人、石兽，既是一处访古胜景，也为牛浪湖的自然风光增添了几分古韵。

此外，我的诗集《依依星光》中，还有几首诗作，如《石马凭吊》《卷桥漫游》《荷》等，都是对母亲故乡章庄铺镇人文风景的描绘。

一方水土养一方人。郑公、章庄，是家乡，是故乡，更是我心有所思的不可缺少的有滋有味的好地方。

作者简介：

谭帷帖，笔名石潭，祖籍公安县章庄铺镇支家口村（现新港村），1960年出生。公安县斗湖堤镇原副镇长，公安县作家协会主席，中国诗歌学会会员，湖北省作家协会会员，香港诗人联盟永久会员，《大河》签约诗人，《中华文学》地方书写论坛编委。诗歌在《绿洲》《诗选刊》《延河》《休斯顿诗苑》（美国）《流派》（香港）和《人民日报》（海外版）《扬子晚报》等报刊发表，入选《中国百年新诗经》《湖北作家作品选》等三十多部年度诗选，2016年出版个人诗集《依依星光》。

经山历水话章庄

/ 郭业友

地处鄂南边陲的公安县章庄铺镇，是湖北省重点发展的口子镇，享有"鄂南第一门"的美誉。

章庄铺镇是原郑公区置地，既有丘岗坡地，也有平原湖区。随着20世纪70年代"撤区并社"行政区划调整，这块地域跻身为辖韦厂、支苏和东河的章庄公社，在尔后的几次区划调整中，虽然地域有所变化，但章庄铺仍成为公安县16个乡镇中唯一以路建镇的乡镇。

章庄铺镇属云贵高原云雾山东延的武陵山余脉，呈西南、东北走向的武陵山把贵州、重庆、湖南、湖北四省（市）的交界地带串联起来，形成了三个分支地脉。湖南省西北部的石门县向东北延伸的这支地脉，绵延成当今石门、澧县与公安的丘陵地带。

地脉文化经常出现在文学作品中，传说两晋著名文学家、训诂学家、风水学者郭璞在《水经》中追溯武陵地脉来到此地，观其地形后说"武陵地脉止于此"，后人就把他说的"此"地叫成"脉气湾"。

"脉气湾"就是现在的章庄铺镇二广高速进出口，是巧合还是冥冥中的安排？只能由读者来解释和评说。只是那块耸立的大标牌，把"钟灵毓秀，多彩章庄""荆南橘香，灵秀章庄"的内涵展示了出来。

武陵山余脉不仅形成了章庄铺镇的地貌，也给章庄地域带来了灵性。特别是水的不尚浮华，以"敦兮其若朴，旷兮其若谷"的谦卑滋养着这里的文明，留下了"数回地脉中兴相，文动天象正奏名"的记录。

经过疏导的水流，从水库中似清泉奔向干涸的土地，滋润着大地无尽的欢悦；那些泛滥成灾的地方，又让其乖乖地翻越堤坝涌入江河，演绎出"楼台弹指顿时开，活水灵苗遍地栽；无尽苍生无尽愿，一花应现一如来"的乐事。

水土不分家，富有灵性的土地五彩缤纷。那些丘岗蜿蜒连绵，湖边的林木亭亭玉立，茶树青翠欲滴，柑橘前簇后拥……秃岗荒岭变得碧绿苍翠，镶成一幅诗意盎然的画卷。

福至心灵让章庄铺镇心至慧生，成为文人才子向往的地方；人杰地灵让这里万象更新，成为富饶美丽的热土。传统的种养经济催生出数字经济的新动能，把章庄打造成了与市场需求对接的农产品生产地。

历史上，东汉益州牧的刘璋墓、明代嘉靖年间户部尚书邹文盛墓、万历年间著名的"公安派"文学领袖袁宏道墓和张家湾古墓群，不能不说是人们对这里"灵"的追寻。

章庄铺镇秀得怎样？

这片沃土在远古时期秀出了牛浪湖，春秋秀出了石子滩，元代秀出了支家口，明代秀出了章庄铺，抗战时期的支苏堡秀出了国民政府的公安县政府所在地，新中国成立后秀出了一座卷桥水库；还有不同时期秀出的美女岛、兵器堆、龙王坡、肇妻坡、东岳庙和章阁寺等；当代更是秀出了油菜花香、茶绿碧浪、林果满岗、柑橘金黄的美丽篇章。

从大环境及石门县壶瓶山岩石的年代推断，牛浪湖成湖的时间应该在一万年前。牛浪湖地域在成湖前这里生活着一支远近闻名的部落，而且有很多建筑物。

牛浪湖自1959年始建的卷桥水库坝址将其支流拦截成库后，成为一个不通江湖的承雨湖泊，每年冬季才将囤积的湖水通过低水闸排放到松西河中。后来郑公渡建电排站后，牛浪湖围垦的农田才有了丰收的保障。在牛浪湖捕鱼的鱼翁，撒向深水的鱼网经常捞上来一些房屋建筑的瓦砾和砖块。而在周围那些山丘上，细心者还能拾到一些水中生长的贝壳，就像喜马拉雅山上能够拾到贝壳一样。

牛浪湖的得名也颇有蕴涵，大概是因为这里比较闭塞，人们也没有到外地闯荡，与之相伴的最大动物就是牛。每当湖中大浪翻滚，狂涌的巨浪如牛，于是这湖就被喊成了牛浪湖。虽然没有查到可考证的资料，但从字面的音形义来推断，还是有一定的逻辑性。

在历史的长河中，九十九个岔的牛浪湖所扮演的是一个如猛兽般的残忍角色。残暴的恶水经常把沿湖的农田、房舍卷入水中，它龇牙咧嘴、凶神恶煞地挥舞铁鞭，把沿湖的农人们抽得遍体鳞伤。20世纪70年代，人们聚集在这里，发起了逼水后退的人民战争。那些改天换地的勇士们披星戴月、风餐露宿，在湖水的淤泥中垒筑起了一道道土坝，秀出了人们口中的沉湖围堤、新挡坝、戈罗坝。就是这一道道土堤土坝，成为松桃、郑西、韦厂、支苏四个小乡几万亩农田的挡水屏障。

牛浪湖水犹如暴烈的野马被驯服后，不仅成为人们的好伙伴，还以它独特的资源优势，为章庄铺镇创出了名、特、优的物资财富。

恢复区乡建制后的1984年，东河乡复兴村农民干了一件功盖千秋的事情。他们向荆州博物馆送去三件春秋时期的鼎、盏、缶青铜器，引起了博物馆的重视，马上派人去现场调查，及时组织力量对古墓进行发掘。出土了以灰陶、红陶居多，伴有少量黑陶的文物，器种有鬲、盆、盂、豆、罐等。

石子滩走出的湖北省特级教师刘士杰，在一篇《滩河颂》中描述石子滩为"南依青山肇妻坡，北限碧水大小河；两河三街鼎足立，白墙黑瓦檐飞角"。

石子滩有着悠久的历史，从春秋遗址及墓葬出土文物推断，石子滩在河道摆动中成滩，河水携带形态各异的白、黄、红、绿、紫、灰色的卵石聚集在这里，早晚漫步滩头的人们，俯首即可拾得。采天地之灵气的石子滩商贾繁荣，故有金滩银地之说。

元代学官袁桷撰写《修辽金宋史搜访遗书条列事状》时，遍访各地来到荆州，从沙市乘船前往湖南津市，途经支家口码头时，看到碧波荡漾的湖水、碧盘滚珠的荷花和码头上川流不息的人群，泼墨写成了"荡底天鹅杂橹声，南乡今有几长亭。钱湖未尽沧洲兴，卧看荷花十二汀"的诗篇，成为史上官职最高、最具影响力人物笔下的《支家口》。

明代的章庄地带主要盛产水稻。一年一季的水稻经常出现一年一度的青黄不接，这里的老百姓非常清苦。自打这里出了富人章子焱后，他在自己的庄园西南修了一个"施粥铺"，受到接济的老百姓再也不必担心饿死。人们为了感谢这个乐善好施的章家，就把"施粥铺"与章家庄园联系在一起，这便是"章庄铺"的由来。而后，以施粥铺为中心，成为当地的农副产品集散地，逐步发展为以路设街的小集镇，榨房、染房、铁匠铺等商铺应运而生。章庄铺的称谓，也就从明代一直沿用至今。

东岳庙地处湘鄂边界,历史上名白湖山。白湖山蜿蜒伸展,故有"五龙捧圣"的美誉。明万历年间,刘姓万正公来此落籍。康熙初年,其八世孙刘应兆带头捐资并由其子主持修建庙祠。清末,东岳宫易名东岳庙。新中国成立后辟为东岳庙小学,1992年在小学西侧重建东岳庙。

抗战时期为避战火,国民政府的公安县政府移驻支苏堡。虽然只有约半年时间,但支苏堡成为从高级合作社到人民公社的行政域名——支苏高级合作社、支苏公社。

卷桥水库因当地一座古老的卷拱石桥而得名,水库始建于1959年,1972年建成受益。大坝拦截牛浪湖支流成库,总库容达1220万立方米,其中兴利库容730万立方米,防洪库容420万立方米。水库枢纽包括大坝、副坝、输水管、溢洪道、泄洪渠、滚水坝、明槽、分水闸、输水干渠等,是一座以防洪、灌溉为主,兼有农村安全饮水、生态养殖等综合效益的水利工程,成为湘鄂两省资源共享的利民项目。

在这里,留下了"三省桥"的美丽传说,滇、桂、湘考生途径此地脍炙人口的故事成为读书人追求的梦想。虽然倒映清波的"三省桥"已经被时光隐没,今天的读者不妨到那里走一走,就会触发灵感,浮想联翩。三省桥(原章兴村)还是一个在抗战时期掩埋了72具罹难同胞尸骨的地方,这是章庄在抗战时期的血泪史。

大革命时期,中共公安县委(成立之初称"支部")第一任书记覃济川,委员胡竹铭、刘煊等在湘鄂交界地带领导"秋收暴动"被叛徒出卖,牺牲在松林村的齐家峪。覃济川、胡竹铭、刘煊三人的合葬墓,成为具有鲜明时代感的教育基地。

肇妻坡、兵器堆、龙王坡观景台、牛场坝渡槽、欣荣村贞节牌坊等,散发出浓烈的乡土气息;东岳庙、章阁寺,彰显出佛宗道义;刘公祠、彭公祠、汪公祠、毛氏牌坊等,则把优良的传统习俗发扬光大。

今天,章庄铺以柑橘、水产为主,林木、茶叶及特色种植、养殖为支撑,各种农副产品齐头并进,率先成为实现生态物产理念的乡镇。

十万亩橘林随风涌动,吹走夏天的燠热,唱响新的橘颂——宫川橘、国庆橘、大浦橘、兴津橘走向全国,棚娜齐橙、柳荷尔橙、红心柚、苹果柚、葡萄柚出口俄罗斯、新加坡、越南、马来西亚。

凤凰、紫金、美灵宝茶园，散发出清醇的茶香。在享誉业界的同时已由全国走向世界。清波荡漾的水域培育出十多种养殖水产品，销售网点已跻入大江南北市场。

经过几十年的艰苦努力，章庄铺镇已经成了一个"秀岗茶绿橘黄，灵川稻菽碧浪"的美丽地方。碧水清波、琴瑟和鸣的自然风光，傍岗而卧、枕堤而眠的和谐生态，把美女岛、景姿园、蓝莓园、凤凰山庄的万般风情发挥到了极致。

章庄铺镇已经成为经济发展的一颗明珠。2019年，全镇实现工农业规模收入超10亿元；柑橘产业的持续改造升级和高标准的农田建设以及特色、特种养殖的发展，呈现出农业经济3.0的新业态，有些地方开始向4.0迈进；方兴未艾的工业经济，克服了个头小、支撑弱、带动能力不强、后劲持续不足的弱项，实现了营业收入和利税的同步增长。

浓郁的地域文化带动着这里的精神文明，成为地方文化的支撑和依托。源远流长的春节舞狮、耍龙、花灯、街会、踩龙船以及鱼鼓、说鼓、三棒鼓，娶亲嫁女的唢呐演奏、歌舞表演、歌谣对唱等，彰显出民间的喜庆和乐趣。端午的粽子，中秋的月饼，还有发糕、汤面、灯盏窝、油糍粑等小吃，透着章庄铺镇浓郁的地方特色。

新时期的章庄铺镇如何跃上新的台阶？除了生态农业升级、工业引进开发、挖潜改造外，还将围绕旅游开发做文章。镇委镇政府已开始承前启后的工作，设计出了《章庄铺镇旅游发展规划》，结合老祖宗留下的寻幽探奇胜景，综合打造"橘香小村""湖心岛游览区""石子滩美食区""邹文盛墓园风景区""袁宏道墓保护区""荆红村园林开发区""双、港果蔬采摘区"和"联兴村湿地保护区"等八个旅游区域。

目前，以万亩柑橘长廊为龙头，将卷桥园林的亭台轩榭，兵器堆的古木高冢、龙头吸水，以及三袁桥、深涧彩虹、紫金闸、夹道风清、晒金台、半岛美化堤、樟园别墅、高山石渠等一线串连起来，利用凤凰山庄新开辟的白虎嘴、团山、斗山、凤嘴、黄牛岭、鲢鱼嘴等景点和天然湖泊为衬托，秉持林间曲径通幽，四季鸟语花香的天然大氧吧生态理念，形成野生鱼蟹虾、放养鸡鹅鸭、生态野山珍为食物链，构建生态、休闲、健康的文化、养生、观光的度假旅游胜地。

"我们将不负重托、不辱使命，在中华民族伟大复兴的道路上乘势而上，使改革和开放在章庄铺镇相互促进、相得益彰，创造宜居环境，让人民生活更美好！"镇委书记刘成喜这高亢、豪迈的声音，为章庄铺镇鸾翔凤集、实现美丽乡村梦注入了一股强劲的力量。

  崛起,是章庄人的希望!腾飞,是章庄儿女的梦想!未来,我们将看到一个更加兴旺发达、繁荣美丽的新章庄!

  说明:本文在采访过程中,得到了章庄铺镇镇委书记刘成喜、原镇长李平、四级调研员刘经玉的大力支持,成稿后又多次提出宝贵的修改意见,在此表示衷心感谢!

郑东街 （外一篇）

/ 李开梅

　　郑东，原属于郑公区的一个公社，撤区并社时才划归南平镇。从郑公渡过河，上岸来翻过大堤，便是郑东街的入口。

　　郑东街最多只能算作一个集市，如果你不做任何停留，大约一刻钟的时间，便可以从街头逛到街尾。虽然是如此简陋和狭小，但在我们小孩子的眼里，却有如大上海般的繁华。

　　最让人流连忘返的，要数集市上的各色店铺了。日杂小店的柜台上，大大的玻璃罐子里装着麻花、发饼、酥果子、瓜子、花生，只望上一眼，也足以勾起我心底的馋虫。无奈那时年幼，且囊中羞涩，多数时候也只能望之兴叹。

　　我记忆最深刻的，还有日杂店里的雪花膏，没有单瓶的独立包装，也是用一个玻璃缸子装着，要多少，称多少。雪花膏算作那个年代的奢侈品，只有讲究的大姑娘、小媳妇们，才会使用这个东西，嫂嫂就经常要我给她买雪花膏。每次，她会给我一张毛票和一个空瓶子，我便会高高兴兴地去我长期光顾的那个老店，因为那个店里的新媳妇模样十分俊俏，人又和善可亲。每次看到我，她总是笑吟吟地接过瓶子，先称好空瓶子，记下斤两，再用一个塑料勺子，小心地从玻璃缸里刮出来少许雪花膏放入空瓶子里，再用一杆精致的小秤称重。称重的时候，小媳妇的兰花指会高高翘起，那姿势好看极了。称好后，小媳妇递给我瓶子的时候，还会给我几颗水果糖。

　　20世纪80年代的郑东街，几乎没有专门的成衣店，布匹店的生意便很火爆，布匹店大多有一个俗气好听的名字，"红梅布庄""彩云布店"，非常的女性化。多数的布匹店里，都会有一个裁缝，记忆中多数是年长的男人。人们在买布的当口，顺带把衣服一起做了，小孩子们的换季衣服，姑娘们的新嫁衣，都会由裁缝师傅现场量体裁衣。店里还会放几本大上海流行的服装样书，除了特别赶时髦的年轻人，没有几个人会照着样书上来裁剪衣服。

集市上所有的店铺里面，都是杂乱无章，摆放混乱，甚至是结满灰垢，但烟火气息浓郁，热闹而欢腾，亲切又纯朴。店铺的主人无论男人还是女人，多数是邋遢而懒散的，他们也不守在店里，而是喜欢坐在门口，东家端着饭碗窜进西家的店铺，西家趿拉着拖鞋坐在东家的大门口拉家常，聊得忘情时往往还会惊呼一声"哎呀，炉子上面熬着粥呢"。到了夏天的夜晚，他们会睡在躺椅上，摇着巴扇在门口纳凉，有一句没一句地神聊闲侃，等到夜晚逐渐清凉，然后打着满足的哈欠收拾店铺结束一天的生活。

最吸引我的，要数信用社那面大墙根下摆放的小人书摊了，两块大大的门板上，用橡皮筋箍着五颜六色的小人书，从《哪吒闹海》《武松打虎》到《大闹天宫》，我可以从早上看到晚上，把摊子上的连环画全部看完。

从街道向右拐一个弯，便是郑东街的菜市场。油腻的肉案上，摆放着排骨、猪油、猪肝，锃亮的挂勾上吊着肥瘦相间的猪肉，旁边的木桶里装着褐红色的血豆腐。紧挨着肉案的，摆放着一个卖豆腐千张的案几，白白的豆腐上面用一块纱布盖着。每天早晨，会有几个年长的村妇，摘了自家地里的新鲜蔬菜，碧绿的小白菜、萝卜菜、雪里蕻，或扎成小捆、或散放在菜篮子里，鲜红的西红柿和辣椒、鹅黄的土豆和奶白的豆荚等，摆放在肉案附近，你挑我选的，便有了几分人间烟火气。

渡口的河堤上，有成片的树林，密密匝匝的枝叶交错，微风吹过，如果你仔细聆听，定会觉得那沙沙的声音，如一首快乐的田园交响曲。春天的河岸是孩子们放风筝的好去处，河水退去，露出大大的沙滩，孩子们成群结队地在沙滩上奔跑，欢叫，快乐挂满他们稚嫩的脸。河的对岸，有大片大片姿意开放的油菜花，如工笔水彩画般的纯美，让人无比陶醉。

记忆，就像风吹过的蒲公英，飘散得到处都是，我不知道应该拾哪一朵。年轻时候的梦想，是能在郑东街的河边建一座房子，搭围墙，种花草，养猫狗，看流云，读闲书，写滥字，静赏时光安然，可能就是人生最大的赏心乐事了。

时过境迁，我终究与郑东街渐行渐远。

小巷口　火塘边

翻过中医院那道堤，穿过一条细窄的小巷子，过桥，便可以回家。

巷子里住着一对老夫妇，常年生着一个柴火炉子，炉子就放在巷子当口，做菜烧水，锅底的火烧得旺旺的。有时候，锅里会煎着一条鱼，有时候会炒着青菜，但总不见老两口怎么管，任凭锅里滋滋地响，他们只管在屋里忙碌着，一会儿出来添上一根柴，一会儿倒上一点盐和作料。柴火锅灶，当然比不得液化气的火猛烈，一副不急不缓的样子，只管煎着炖着，也不担心锅里会烧糊。

每次路过这里，我总会饶有兴趣地停下脚步，看锅里烧着的菜，看进进出出的老两口，特别喜欢这些生动而温馨的画面，这才是真正的烟火气。

今天回家有点晚，巷子里有点黑，老远便看到了期待中的那份亮光。今天的炉子烧得特别旺，柴火发出淡淡的清香，炉子上坐着一壶水，咕嘟地冒着热气，感觉是如此熟悉和亲切。

快过年了，小时候围着火塘烧树蔸守岁的情景一下子跳了出来。

大年三十晚上，郑东街家家户户会在火塘里烧上一个大树蔸来守岁。树蔸也许是春天挖回来的，上面糊满了湿泥，一般也不管它，堆在外面的柴火堆里日晒夜露。进入腊月，用锄头敲掉上面的泥巴，在太阳下再晒上几天，年三十的晚上，便会派上用场了。

吃过年夜饭，爸爸将树蔸抬到屋子的火塘里，四周围上干柴火，便开始点火。刚开始的时候，树蔸的湿气会熏得人眼泪直流。我们小孩子哪里坐得住，呼啦啦地跑进跑出疯玩一气，不到十点多钟不会回家。这个时候，树蔸的湿气已经去得差不多了，火也正烧得旺了起来，一家人围着火塘谈天说地，嗑着瓜子儿喝着茶，有一种其乐融融的温馨画面。

年夜饭吃得早，晚上再来点宵夜，一般会把宵夜的饭菜也搬到火塘旁边来，哥哥姐姐用铁棍和火钳架在火上，烤上香肠和糍粑，也不是真的想吃，就喜欢这个感觉和这个过程，热热闹闹欢欢喜喜的。吃过宵夜，浑身烤得热热乎乎的，我也感觉困了，便偎在妈妈的怀里睡着了。

过年走亲戚，寒暄完后便直奔火塘，一根大的树蔸可以翻转着烧上几天。还记得舅舅家里的火塘，从屋顶上垂下一根可以升降的炊钩子，钩子上吊一个罐子，罐子或半吊在火上空，或煨在火里用来烧开水。不一会儿，罐子口开始咕嘟着往外冒热气，舅舅便会用火钳夹起罐子，吹掉上面的黑灰，再将开水慢悠悠地倒进客人的杯子里，我总是十分紧张地盯着它，担心舅舅的手一松，罐子会掉下来，实际上这种情况一次也没有出现过。我还担心罐子里有灰，水会苦，实则一点儿灰也没有，水还挺甜的。这些情景，好多年都不再出现了，但这些细节我还记得清清楚楚，好像就发生在昨天。

年三十晚上，火塘的火是不能熄的，不论是否守岁，所有屋里的灯都不能关，要彻夜不灭，寓意来年前途光明。火塘的火也会持续至正月十五过后，如果火塘撤了，表示年也过完了，每次看到家里撤掉的火塘，我就会有一些惆怅，一年中最美好、可以自由疯玩的日子结束了！

我的父母早已不再烧柴火，不知道巷子里那对老夫妇的子女是否有过和我一样的童年，和我一样的感慨，总之，逝去的一切是如此让人怀念。火，无论什么时候，总是带给人温暖和向往，希望和光明，还有对美好生活的一份希冀，生生不熄，生生不灭。

老家的老房子

/ 蒋亚蒋

初秋时节,气候逐渐凉爽起来。受朋友之邀,我们去章庄铺镇赏秋。秋天的章庄铺硕果累累,浉水河哗哗流淌,风里飘荡着桂花、板栗、橘子的味道,香香甜甜的。太阳是柚子色、南瓜色、红薯色,金灿灿的。松林村在章庄铺镇西北边,与松滋及湖南澧县两省三县交界,村子地貌多为丘冈坡地。本打算去探访一处革命旧址,不承想路过一座老房子,勾起了我对老家老房子尘封已久的回忆。

小时候,我常常在春节时和爸妈一起回老家,那里既是老一辈的青春和牵挂,也是新一辈的成长和传承,一行人都很开心。一路上,爸妈会念叨那些重复了很多遍的过往的人、过往的事,我永远好奇窗外错落的田、整齐的树、新新旧旧的房子和曲曲折折的路,听得有一茬没一茬的。因为去过很多次,还是能慢慢觉察出老房子越来越近了。是的,路过热闹的集市就快到了,穿过这个小村庄就是了,再上两道坡下两道坎就更近了,从这里的大路拐进小路就对了,再绕过这几户人家就到了。终于,老房子就在一片竹林的掩映中,徐徐然出现在我们面前,清晰又亲切。

此刻,我们在松林村的橘柚林中穿行,满眼都是浓绿墨绿色叶子衬托下的黄澄澄的果实,挂在枝头令人好生欢喜。隔不远就出现的红砖民居或独栋小楼,橘子被装筐上车,到处都是丰收的欢腾和喜悦。转了几个弯,当黑色瓦片、黄土外墙的老房子出现时,周围笼罩着的古朴静谧气息,让我一下子恍惚,等回过神,就急不可耐地飞奔过去。

松林村老房子门前的泥地晒谷场被打理得平平整整,房子是大三间,南北通透、大气敞亮;左右各带一个"偏厦子",它们搭建在正房山墙上,用作厨房和杂物间,墙边整整齐齐码放着硬木柴火;左右厢房各带一个木栅栏窗户,门边还堆放了各种农具,院子里外收拾得干净利落。和村子里其他农户一样,大门敞开着。我们一招呼,从屋里走出一对八十多岁的老夫妇。两位老人是房子的主人,房子在他们六十多年前结婚时建成,当时在门口种下了两棵大樟树,如今已茂密参天。其中一棵像丈夫,粗壮伟岸;另一棵像妻子,旖旎婀娜。它们和两位主人一样,经过六十多年风风雨雨,相系相依,彼此守望。

这房子像极了我家的老房子,听长辈说,老房子曾经属于某个地主老财,不过很久前我爷爷奶奶就住在那儿了。老房子分前后几进,年长岁久,后来只剩一进。老房子外表平平无奇甚至有些寒酸,但里面是实木框架,有种低调的讲究。门前和其他人家一样作晒谷场,老家人称为"稻场"。进屋有两道门,白天一道大门打开,一道小门关上,既不影响光线视野,又能拦住鸡鸭猫狗。我每次去都会整个人挂在小门上,让哥哥姐姐把小门当成"旋转木马",推着我来回荡啊荡……

这时,松林村的爷爷奶奶搬出椅子,拿出好多果子点心,热情招呼,我们就围坐老人身旁,同他们拉家常。这情形让我想起从前回老家,刚进院子,屋里的二伯伯妈哥哥姐姐,还连同家里的猫猫狗狗会一齐迎上来。大家热闹寒暄,端茶递水搬椅子,桌子上摆满黄豆酥、米子糖、雪枣、苔皮各色地道小点心。如果是过年,老家人一定会放一挂小鞭,噼里啪啦一阵脆响。这迎接贵客的礼数,堪比"烽火台"传讯,左邻右舍立马知道这家来了客人,得空的乡亲绕远也会过来打声招呼,叙叙旧事。

至今我还清晰地记得,二伯每年都会精心布置老家的堂屋,热闹又隆重。有一回,一位打渔鼓筒的艺人进得门来,现编了词讨"打发":"外面黄土熟墙,进门金碧辉煌,发人发财又发饷。"接着他又一口气说了很多讨彩头的恭维话,满屋子亲朋听了哄堂大笑,二伯也喜笑颜开,当下给了艺人一个大赏。

站在松林村老房子前面,从门外望进去,堂屋里的陈设虽简单,但高的案几和八仙桌搭配的长条板凳,桌上铁壳子的暖水瓶、搪瓷缸,顿时让人回到20世纪七八十年代。房梁上有个燕子窝,我们老家老房子的主梁上也有两个燕子窝,可以想象,一到开春,燕子就叽叽喳喳在老房子里外来回穿梭,颇有生气。

老家的左右厢房都有高高的门槛，我每次出入都要高高迈脚，也一定会吐槽门槛这么高害我摔跤之类的话。厢房门口贴着"童言无忌"，可能专门用来对付我们这种乱说话的小孩子。左厢房里放着一副为奶奶准备的大棺木，我从小看到就吓得要死，从来都避开那间屋，害怕那副大棺木把奶奶带走，更害怕联想到其他东西。

正在打量着，一只黑身白爪的小奶猫站在门口喵叫，也许是被台阶挡住，向我发出求救信号。我轻轻抓起它的后背，拎它回到院子，拿起路上扯来的芦苇逗它，它兴奋得一下一下跳起来，急切地想抓住我手中的"玩具"。此时，院子里老樟树浓荫匝地，阳光从树叶缝里透出零星斑驳的光，比起外面初秋还有些许的炎热聒噪，院子里的一米阳光几缕清风，自是一派悠然舒畅。

我很喜欢到老家过夏天，那时的乡下，除了蚊子和厕所让人生畏，其他都让我乐不思蜀。有一年暑假，妈妈托人给老家捎去两麻袋西瓜，一回家，西瓜不见，我也不见了。原来我收拾了三两套衣服和"细软"，陪着西瓜回了老家。我跟着小堂哥和他的小伙伴在田里沟边竹林树上活动，打泥巴围栏，摸鱼捉虾，找知了壳，玩弹子车，削竹子枪，锤自行车链条，拿着弹弓到处瞄……每天不管出大太阳还是下暴雨，反正那时没有电视看，也不写作业，憨玩疯玩，好不快活。

小堂哥跟着去农忙时，我就负责拿"响嘎棍"值班。这种底端被劈成条状的竹棍，一敲就哗啦哗啦地响，待鸡鸭鹅小麻雀靠近晒场上的粮食，我就敲一敲棍子，把它们吓跑。无聊了，我就去撩猫逗狗，和小动物们玩声东击西，待它们偷吃或打盹时，出其不意地吓它们一大跳；或者拿二齿叉、钉耙在晒场上画图；或者揪树叶子、小花假装做饭；或者在蚂蚁搬家时捣乱；或者躺在树荫下的竹床上看闲书打个小盹儿，自由又散漫。家里那只老猫又懒又馋，有一次门口晒了几条鱼，我打野的当口，竟然让它偷去一条。别看老猫平日里慢慢悠悠，那天它竟然行动迅速，我赶忙追过去，它辗转腾挪跑上房梁，等我反应过来时，人已经跨进左厢房，当下心里一阵发毛，急不可耐冲着猫咪吹胡子瞪眼，它仿佛看穿了我的心思，毫不理会还炫耀地直叫唤，我可不敢久留，心跳加速逃跑似的离开了。

松林村的猫妈妈产后还没完全恢复，肚皮干瘪地耷拉着，倚靠在院子角落的石臼旁晒太阳。听见我逗猫的声音，只把眼睛张开一条小缝，旋即又迷糊过去，还把尾巴一下一下甩起来放下去，好不惬意。我把奶猫托在手臂上，想让它靠近母猫，奶猫却目标明确地跳进石臼，里面的枯樟树叶子被踩得窸窣作响。待它玩腻了出不来，又可怜兮兮望向我。我把它拎出来，一落地，它瞥见一双飞舞的蝴蝶，丢下我就同它们嬉闹去了。我顺着它们飞舞奔跑的方向朝门前望去，老房子前有个大堰塘，丘陵地势有层次，房子比堰塘高出许多，这里视野广阔，景致养眼极了。

　　小时候对于一切半自动化的工具，我都兴趣盎然。风车、石磨、草把子摇把，我总把这些当玩具，一上手就拼尽全力，大人怕我弄坏了，就敷衍我去玩别的。武汉堂哥跑过来，我们就偷跑去门口的堰塘玩水。塘边有个"鸭划子"，其实是一个大腰盆，我俩轮流跑进盆里划水，划水时平衡很不好掌握。堂哥力气用得很大，三两下就划远了，一着急又划不回来，他越急越在水面上原地打转，好不容易才划回来，我俩就再不敢去了。堰塘边有几处木头和石头做成的"水跳"，供周围人洗涮东西，我学了大人样，拿棒槌槌衣服，堂哥觉得不过瘾，等我上岸，捡了长长的棍子站在"跳"上模仿撑船，几番使劲后，木"跳"顺势倒下，"船"是撑出去了，整个人落入水中，一人激起千层浪。最后，玩水活动自然被家长禁止。

　　"叠个千纸鹤，再系个红腰带，愿善良的人们天天好运来，你勤劳生活美，你健康春常在，你一生的忙碌为了笑逐颜开……好运来，祝你好运来……"一阵高音量的手机铃声打破了宁静，松林老屋的爷爷大声接着电话，听得出是孩子们快要到家了。接完电话，爷爷奶奶张罗着留我们吃饭，我们也跟着兴高采烈起来，但还是礼貌地回绝了。奶奶交待了几句，赶忙进了厨房，我也跟了进去，热情地想给奶奶搭把手烧火，却被奶奶客气地推出了厨房。

　　我悻悻然出来，想起老家老房子的厨房，有贴着"五谷丰登"的谷仓，有堆满成捆树枝和稻草的柴仓，有带着瓮坛的大锅大灶，有放着大筲箕悬吊着的木架子，有外表被熏成了黑色的碗柜，仿佛这些都在眼前。冬天为了尽情玩火，我就和老猫一起蹲在灶门口，乖巧地配合伯妈烧柴。左手拿吹火筒，右手持大火钳，忙碌娴熟地添换各种柴火，引火用刨叶子小树棍，打底放树枝木桩，需大火时放草把，要急火时把柴草挑拨起来，持久小火撒锯末，最后有剩余的火炭就闷到罐子里。伯妈对我的操作相当满意，允许我长期驻岗，还经常对我进行物质奖励，揪一截刚煮好的香肠、舀一碗热腾腾的藕汤、用筷子插一串鸡肉块……我也乐此不疲。那个当口儿还挺忙的，我需要照看老猫，别让火星子烧到它，还会把红薯、土豆、荸荠埋到灰烬里，尝试做出一些黝黑黑的小零食。

一阵汽车的轰鸣声把我拉回现实，三辆小车前后驶进晒场，我们赶忙起身让开。是老人的孩子们到家了，一行十几人，大包小提往屋里扛，小孩子被大人抱着牵着奔向太爷爷太奶奶，小小的院落顿时喧闹起来。我们不好再打扰，谢过众人，转身离开松林老房子。这时候，院外树林扑棱棱飞出一只尾羽华丽的锦鸡，它鸣叫着在众人头顶掠过，同行人激动得脱口而出："看，凤凰！"一行人大笑不已。一时间，现实与幻想，新貌与旧景，过去与现在，交织在眼前。

这时又记起我的老家，1993年奶奶去世，那口大棺木被她老人家带走了。1998年发洪水，老房子被大水彻底冲毁。去年，爸爸离开了我们。今年，我的孩子上大学去了，他去到一个新的城市，会向我说起对家乡、对亲人的思念，也会对我谈起外乡的繁华与美好。有人说故土难离，落叶归根；也有人说，吾心安处是吾乡。走出去，世界那么大，老家那么小；再回来，老家那么真切，又那么深沉，那么美好。

过去，我对过去耿耿于怀。现在，我对现在慢慢释怀。人的一生，本就是一个不断得到又不断失去的过程，青春、容貌、金钱、荣誉、回忆、梦想、朋友、亲人、体能、健康，直至生命。

凤凰山下，松林村畔，老房子里……无论转眼，沧海变桑田。只愿归来，依旧是少年。

作者简介：

蒋亚平，笔名蒋亚蒋，1980年出生，公安县人，在孟家溪、甘家厂、章田寺长大，在斗湖堤工作，郑公渡儿媳，婚后常与长辈一同到访郑公渡和章庄铺。2017年开设个人微信公众号"蒋亚蒋"，记录工作，采集生活，赞美家乡。

故乡何日梦成真

/ 沈继勇

故乡公安县东岳庙,集庙宇和集市于一体,在相当长的历史时期,不仅庙宇香火旺盛,且集市生意兴隆,庙与市互为依托,相得益彰,在两省三县交会处一度享有盛誉。

一

公安县东岳庙建于明嘉靖年间(1522—1566),由僧宝修岫募捐修建,占地约三千平方米。庙宇坐北朝南,共三进,高大雄伟,飞檐斗拱,丹霞翠壁,气势壮观。东岳大帝为首尊,其他诸神各有其位。壁、檐、柱均镌刻倡导扶正祛邪,扬清激浊的神像、神画。其像、画内容丰富,色彩绚丽,具有极高的文化艺术价值,引来南来北往无数香客顶礼膜拜。倘逢庙会,搭台唱戏的锣鼓声,各类商贩的吆喝声此起彼伏,好不热闹。每年三月二十八日是东岳大帝诞辰。据茶馆说书人讲,这一天,善男信女三三两两从旱路水路结伴而来,古镇狭窄的青石板街道上车水马龙,庙宇里外人头攒动,在公安、松滋、澧县边界形成一道奇观。当时流行"有钱人骑马坐轿,无钱人脚上磨泡""有钱人吃甘蔗,无钱人吃麻花"等民谚。

镇南二公里外有一条三扎硫小河,货物水运可转至津市;镇北四公里外,由淝水河可抵沙市;一条大道贯通南北,故水陆兼并,物流便捷,一度成为湘鄂两省布匹、木材、食盐及药材等物资集散地。东岳庙香火旺盛，极大地推动了小镇的人流和物流。这里上百家客栈、商铺、饭馆、茶馆及牛马、木材和药材交易行生意火爆，民间谓之"小沙市"。相传清朝乾隆年间，有一位钦差大臣来湖广巡察，慕东岳庙名声，途经此地，特意下车微服私访。钦差大臣原本打算先到庙里祭拜东岳大帝后再到街上转转就走，不料被庙里诸多石碑上的楹联吸引住了，足足欣赏了两个多时辰才离去。当他在街上看到人来人往，各类店铺林立，而且生意红火，他感到非常新奇，便决意在此留宿一晚。令他不解的是，非年非节之夜，何故不少商家屋檐下还挂着灯笼？夜深，这位大员躺在客栈久久不得入睡，只好去问店老板。老板说，镇上客栈经常住着南来北往的许多客商，他们一般白天到庙里烧香拜神，观察市场行情，晚上才开始谈生意。钦差大臣这才明白，原来这里既是庙，又是市。回京城后，钦差大臣向地方官建议，将东岳古镇改为"东岳庙市"，同时拨专款重修庙宇。究竟是哪位钦差大臣于何年何月来此私访？现已无从查考，但清朝称东岳庙市，《公安县志》中有明确记载。

二

清朝末年，东岳庙市接二连三发生火灾，连年战乱和匪患，致东岳庙市满目疮痍，非庙非市，逐渐从昌盛走向衰落。

宣统即位到退位的三年间，神庙先后发生两次火灾，第二次最为惨重。当时，庙里只有六七位僧人，一位十二三岁的小和尚半夜起来上厕所，手上拿着一支点燃的蜡烛，出门时蜡烛不慎碰到门帘燃烧起来，等他大声呼救众人赶来时，火已燃烧到大殿。经众人奋力抢救，算是保住了一座空庙，两旁厢房及大殿上物品均被大火烧毁殆尽。在那个动乱时期，大家心里都明白重新修建已是奢望，只剩一位年龄大的老方丈不愿离开，其他僧人从古镇一路哭着乞讨外出。

1909年，湖南反清浪潮一浪高过一浪。驻荆州八旗军与湖南革命军在东岳庙一带多次发生交火，庙宇几乎成了兵站，所有刻着楹联的石碑均被搬走修筑工事。街头巷尾到处是散兵，这些人经常聚在一起在饭馆、商铺白吃强要，店老板们还得苦脸陪笑。据说有一个独腿士兵非常横蛮，大白天拿着一支没有子弹的枪，在一家张姓杂货店打劫，被人们教训了一顿。深夜，这个士兵居然纵火烧毁了张家商铺，由此牵连多家房屋受损。1943年，日本侵略军的飞机炸毁了这里的汽车站，纵火烧毁商铺及民房三十多栋，死伤十余人。也就是在这个混乱时期，土匪十分猖獗，抢劫事件时有发生。我父亲曾亲历了土匪抢劫的惊险一幕。一次，他与三个生意伙伴从澧县贩来十多匹白布回家，在李家铺与兵器堆不到三华里的地段，白天遇到两次从丛林中窜出来的土匪，他们有的持长枪，有的拿着大刀，脸上抹着锅灰，大喊："留下买路钱，保小命回家。"所幸第二次遇到的土匪见每人身上只剩一匹白布，三人的货物加起来也值不得几个钱，矮个子头领骂一声"倒霉"欲回林中，突然见一位客商朝他看了一眼，这个头领转身就给客商一记耳光，他恶狠狠地问："你们认识我吗？"客商齐声说："不认识，不认识。"土匪便急忙离开。快到街上时，那位挨了耳光的同伴忽然说："那个矮个子烧成灰我都认识，他是我们村子里的人，外号'矮胆大'。"此言一出，大家都为自己捏了一把冷汗。

三

新中国建立后，县人民政府决定将空庙和隔壁的刘公祠堂改建为中心小学，修建了篮球场，还购置了单杠、双杠、跷跷板等体育设施，课桌、办公用品焕然一新。从师范学校分来新中国培养的第一批年轻老师，让这座神奇的古庙学校充满了生气。这一时期，我家刚从前面的老街搬到离学校很近的公路边，当我第一次背着书包踏进一尺多高的青石门槛，看到系着铜环的红漆大门时，心里既紧张又兴奋。听大人们说，这座有着四百多年历史的神庙里有许多神奇的故事。对我来说，眼下就是一所很好的学校，给了我宝贵的文化启蒙和美好回忆。遗憾的是，这栋极具历史文化价值的古建筑在20世纪60年代被拆除。1992年，一位叫演正的比丘尼自筹资金在西侧重建东岳庙，石门坎和石狮系乾隆年间遗物，规模虽不如从前，但这毕竟是文化的传承。

今年清明节，我回东岳庙祭祖，特地拜访了曾在卷桥水库管理处担任近二十年处长的叶辉，向他了解"卷桥水库风景区"更名为"公安三袁风景区"、东岳庙古镇恢复"明朝一条街"、街道修至卷桥水库等情况。这位老处长说，因"三袁"姥姥家及袁宏道陵墓就在章庄铺镇，将风景区打造成"三袁姥家"，以此作为景区规划的文化内涵。目前，景区已修建了"三袁桥"等多个景点，重点是将东岳庙古镇恢复为明朝一条街。

我生长在东岳古镇，恢复明朝一条街的规划引发了我对孩提时代的回忆。

我依稀记得古镇的一角，门前有狭长的青石板街道，屋脊上用各类瓦片造型的鸟兽，台阶较高且宽敞的屋檐，我家对门有一位擅长书法的静安大叔总在屋檐下帮人写字。我祖父与贵爹是亲家，在屋檐下下象棋却互不退让，一次不知何故将棋盘推翻，是我趴在地上一颗一颗捡起来，还得到一颗水果糖作为奖赏。街上房屋结构似乎一样，两边是梭板，中间三合大门，前屋是做生意的，用花木格子门窗隔开是堂屋，两旁是卧室。堂屋有一个大神龛，每年重要节日用来祭拜诸神和祖宗。后一间屋中间有一个天井，下面是一个长方形丹墀，两旁是厢房，最后面还有一个封闭式的小庭院。据父母说，房子是祖祖辈辈留下来的，属于今天人们所说的明朝建筑风格吧。

东岳古镇历史悠久，地理位置很特别。镇东、镇西原各有一条小河，镇东小河上的桥是20世纪30年代用水泥钢筋修建的，取名"砖桥"；镇西的桥用圆木为柱，名曰"卷桥"。镇西有明朝将领吴三桂兵败后留下的兵器堆，镇北有刘璋墓、袁宏道墓，东南不远处的章庄铺有明朝古墓，外立石人、石马。

也许是日有所思的缘故，一天夜晚，我做了一个梦：梦见我约几位好友从高速公路驱车赶往"三袁"风景区，大家兴致勃勃地坐游船在水库游弋。卷桥水库风景独特，碧水蓝天，蜜橘、柚子、板栗树犹如一道道绿色屏障守护着水库边的山岭，满山遍野瓜果飘香，忽然山上传来"谁不说俺家乡好"的动人歌声。令人大感意外的是，游船上竟有国外游客，据导游说是一批研究"三袁"的学者，他们用流利的中文说，"三袁"风景区真是美不胜收啊！其中有位八十多岁的老先生很健谈，自称原是东岳庙古镇人，十多岁随父母到国外，一生潜心研究"三袁"，老来眷恋故土，决定叶落归根，将定居在明朝一条街。

中午，我们在农家饭庄吃了一顿用大锅、柴火烧的锅巴饭，老板特意在自家堰塘钓了几条黄板鲷，那顿美餐实在是令人吃得有滋有味。临行，老板送给每位客人一小袋自产蜜橘。我们顺着山路在高大的松树林中漫步，每一个景点都有一个动人的故事。据说兵器堆是明朝将领吴三桂兵败后掩埋兵器的土堆。当时我笑道，半个多世纪前，我常常与伙伴们在这个荒坡上砍柴爬堆，当算"古事"了。如今兵器堆上绿树环绕，石碑标志为省级文物保护单位。再往北走便是益州牧刘璋墓，看来刘备为了自己的江山，也顾不上这位本家兄长了。不过，他还是把这位蜀王安排在这个山水秀丽的宝地。

不一会儿，导游通知我们换乘大巴车去瞻仰袁宏道墓园。一路上，车上放映《大明礼部主事袁宏道》电影。满车游客都在热议"三袁文化"，尤其对袁宏道人品、官品和文品赞扬有加。

  景区风景、名胜与文化,给了我赏心悦目的感觉。傍晚,明朝一条街异常热闹,茶馆、书市和饭铺挤满了顾客。我们先到三袁书社买了几本书,然后在东岳客栈落脚,由于未预约登记,所有床位告满,老板跟我是熟人,便将最高层三楼自家卧室腾出。三楼是个仿古木屋,墙上挂着多幅字画,四面开窗。太阳西斜,我们坐在老板收藏的明代大方桌前,一边品尝用金边盖碗泡的紫金茶,一边远眺西北松滋巍巍台山,近观西南澧州田园风光,环视东南东北大片茶园中红瓦白墙新农庄,再看看眼下明代建筑街景,个个诗兴大发。

  或许是茶,也许是诗,赶走了我的美梦,醒来后依然似梦非梦,回味无穷。我做的这个梦,就像真的发生过一样,梦可能源于现实吧。虽然是梦,能有如此美好的家园梦,相信不久的将来,故乡一定会变得更美。

作者简介:

  沈继勇,生于 1950 年,退休干部,公安县作家协会会员,编著有《李向群》《人生一路歌》等书。

沉淀的历史和传说

/ 胡祖义

兵器堆与黑松林的故事

一

在卷桥水库老管理处附近，有一片黑黝黝的松树，那些高大的松树粗大得连一个棒小伙子都搂不过来。20世纪70年代末，水库管理处领导一声令下，山上的许多松树都被砍倒，栽上杉树，唯有管理处附近那一片松树被保留下来。后来，当库区的山上又都伐掉杉树种上柑橘树时，那片松树依旧挺立在山头，让一阵阵如同钢琴鸣奏出来的松涛，在库区的水面上产生悦耳的混响。你听："呜——呜——呜——"停歇一会儿，又"呜——呜——唔——唔——"起来。松涛的间歇声里，有云雀清脆的哨音，白鹭矜持的清唱，也有喜鹊和乌鸦的聒噪。

在那片粗大的松树边上，有一个神秘的兵器堆。据传说，这兵器堆是吴三桂造反时留下的遗物，也有说是李自成农民起义失败后，因为化整为零分散隐蔽，便把武器埋到地下。其实，兵器堆的真实来历与明末清初农民起义领袖周五小娘有关，周五小娘战败自刎，将士们用兵器掘土堆成坟墓，历经三百五十多年犹存。这个兵器堆高约五米，底面直径二三十米。老辈人说，这兵器堆时长时缩，太平盛世，兵器堆便高高地耸起；一遇兵荒马乱，它就塌了下去。人们都说，是一同埋在里面的冤魂拿了兵器，趁着浑水去摸鱼，找仇人报仇去了——这当然只是传说。因为这个传说，那座山也被称为兵器堆。平日里，清晨和傍晚，兵器堆一带的山上总会升起阵阵雾气，这雾气时浓时薄。雾浓时，能把兵器堆遮得看不见；雾薄时，雾气时而在树林里穿行，时而像一块巨大的帐幔围住兵器堆，只把绿色的冢顶露出来，很像是蒙古大草原上的一座蒙古包。

二

我们那地方，过去真出过不少土匪和恶霸，可是，即使是这些土匪和恶霸，谁也没敢去动一动兵器堆，连挖一下试试都没有，是忌怕埋在里面的兵器，还是忧惧被这些兵器夺去性命的冤魂？

年轻的时候，我是个无神论者，可是每当我到公社开完会，晚上七八点钟经过兵器堆，还是被吓得战战兢兢。快要走到兵器堆时，我总要收住脚步，做一次深呼吸，拍一拍胸脯，自我鼓励说："我不怕！"这样说过之后，我便昂首挺胸，大踏步地朝前走去。但是，越接近兵器堆，我心里越发慌，到了兵器堆边上，腿肚子忍不住发起抖来。我只得加快脚步，从兵器堆边上迅速离开。当我有手电筒时，我就拿着手电筒到处乱晃；没拿手电筒时，我也会点燃火柴，让火柴微弱的光瞬间照亮兵器堆附近黢黑的松林，同时，我还要大声吼几嗓子。

是的，我很快就通过兵器堆，把那片黑黝黝的松树林子甩到身后。但是我心里总觉得，那黑黝黝的松树林里真的像是有人蹲在那儿，当我的手电筒光熄灭时，我还能感觉到背后有微弱的光线。于是，我立刻加快脚步紧跑一阵，等到把兵器堆远远地甩到身后，我手心还有汗，伸手摸摸背心，汗水已经把褂子全都打湿了。

当然，我们也有胆大的时候。比如说在大晴天，几个小伙子一起经过兵器堆，我们就会爬到兵器堆上去，在冢顶大声地喊叫，我们还故意折断一根小树枝，在兵器堆顶上挖呀挖，一边挖，一边说："我要挖出一把大刀！""我要挖出一件战袍！"

三

那片黑松林，是我们看着长成大树的。在我的童年时期，那片黑松林还是些小树，但是它们一排排、一行行，一看就知道，是人工栽下的，中间夹杂些檀树和栗树。靠近老管理处的山上栽着许多板栗树，后来，板栗树长大了，像撑起的一把把巨伞，高大的板栗树上挂着一绺绺小刺猬似的果，但在我们眼里，这些刺猬似的果，怎么都比不上兵器堆周围那些黑黝黝的松树。那些松树也结果，虽然不像板栗果能吃，但是松树林子里能藏野兔，能歇候鸟，春天里还会有野鸡飞进来。白鹭常常飞到松树梢头，当它们即将落到梢头时，会张开雪白的翅膀，在梢头轻轻地扇几下，然后优雅地落在梢头，远远望去，像白色的蘑菇长到了树梢。

白鹭是不大喜欢歇在板栗树上的，大概因为板栗树林里没什么风景吧，它们阔大的叶子总是泛着黄色，树枝是疏朗的。疏朗的树下长着杂草，太阳大的时候，板栗树下被烤得灼热，像一块烙铁。可是松树林里就不一样了，松树浓密的枝叶交相遮蔽，树下便形成一大片绿荫。小鸟啊，小虫子啊，都到这林子里聚会来啦，他们在林子里唱歌跳舞，像是松树林里一场快乐的舞会。在松树脚下的灌木丛里，五颜六色的蘑菇像捉迷藏似的，有时候故意露一露，有时候藏得严严实实，这便给了野兔们很好的借口。你以为它们躲得太久了，故意不出来，它们却说，在为一张嘴巴奔波呢。不用说，那些破土而出的蘑菇，全都被野兔吃了个精光。

四

又到傍晚了，鸟儿们陆续飞回黑松林，它们在枝头翩翩起舞。野兔们回到窝里，开始用柔软的野草经营自己温馨的家。草窠里的蘑菇也在吸收松林里的氤氲之气，打算在明天早晨撑起一把把漂亮的小花伞。总之，这里的一切都充满生机和活力。你瞧，辛勤奔波了一天的鸟儿们，已经撑得肚儿溜圆，它们惬意地伫立在枝头，正准备倾听一场盛大的音乐会呢。一阵南风吹来，抚动黑松林这张巨大的古琴，奏出一段段美妙的旋律，你听："呜——呜——呜——唔——唔——唔——"停一会儿，又循环往复地奏响。松涛的间歇声里，有云雀清脆的哨音，有白鹭矜持的清唱，也有喜鹊和乌鸦的聒噪，是在为松涛伴奏吧。

我常常想，要是当初不在兵器堆一带山上栽些松树，要是那时把卷桥水库的松树换成杉树，或者把松树换成了柑橘树，那么兵器堆这里还有没有如此美妙的音乐呢？那种在高大的树林里穿行所产生的混响，怕是任何其他环境都没法复制吧？设若没有兵器堆，这座松林兴许就失去了那份神秘！

古堤荡边刘璋墓

你若从荆州出发，经过荆州长江大桥，沿207国道一直向南，来到湘鄂交界的东岳庙小镇，然后，从东岳庙往东北方向，行约一千米，站在东岳庙这边的山头上向北望去，山下一片白茫茫的水域，水域由山坳中的一座土坝拦截而成，这片水域叫古堤荡。当古堤荡周围的山头封山育林形成小环境之后，你会看到，这里山清水秀，水是碧澄的，山是润朗的，白鹭在水面翩翩飞舞，小渔船在水波中轻轻飘荡，咿呀的桨声穿过湖边的树林，传得很远很远。

不熟悉历史的人可能不知道，一千八百多年前，这里曾经居住过一位三国时期的诸侯王，这位诸侯王叫刘璋，就是《三国演义·隆中对》中诸葛亮所说的那位益州牧，诸葛亮对前来拜访他的刘备分析天下形势时说道："刘璋暗弱，张鲁在北，民殷国富而不知存恤。"

刘璋何许人也？乃东汉末年宗室、军阀、益州牧刘焉的小儿子，江夏竟陵人，竟陵即今湖北天门。刘焉去世后，刘璋继任益州牧。诸葛亮说"刘璋暗弱"，据《三国志》记载，刘璋这人的确没什么主见，又不善用人，但是说他"民殷国富而不知存恤"却有点过。当刘备谋划兴复汉室，借助诸葛亮的计策谋夺益州时，刘备大军兵临城下时，益州城里粮草尚充足，官兵皆愿为之死战。刘璋却说，此前，老百姓因为我，已经生灵涂炭久矣，我不想因为我，再使老百姓遭受战火之苦。于是刘璋出城投降，后被刘备充军到南郡，即今公安县荆红村。

刘璋被贬到公安之后，鼓励当地老百姓积极从事农业生产，古堤荡当为刘璋被贬到公安之后兴修的水利工程，这个水利工程沃灌周边几千亩良田。

小时候，我经常到东岳庙去，我的一个堂舅家住东岳庙，离古堤荡很近，堂舅他们生产队的农田就在古堤荡边，夏天干旱的时候，堂舅他们一定引古堤荡之水灌溉过庄稼。我常常跟表哥表姐到古堤荡边寻猪草，还经过古堤荡到王家大湖砍芦苇。那时候，因为1958年大炼钢铁，古堤荡周围山头上的大树都被砍得精光，没有了树林，水中的芦苇、水草也不茂盛，昔日水鸟的天堂变成一个浑水荡。偶尔有水鸟从水草丛中惊起，白亮的翅膀忽闪忽闪，一直飞到卷桥水库的山里，才不见踪影。

雨后初晴的早晨，古堤荡水汽氤氲，朝阳映在湖面，湖面上像撒下一大把碎金子，水荡的梢子上，农民扶着犁，吆着牛，那"哦起——哦起——"的吆喝声从水面上传来，有如一首别致的民歌。收水稻的季节，农民用尖担挑着捆好的稻谷，从古堤荡坝上经过，湖水里的倒影有如一幅精彩的剪影。

过去，古堤荡南边是紫金大队，北岸是指南大队，指南大队那边还有一条狭窄的山谷，人们称作"车港坳"。我以为，这条"车港坳"可能是古堤荡的配套工程，它旱涝两用，古堤荡大水漫灌时，可以通过车港坳向王家大湖排水，天旱之时，从坳底到山冈，连续架几部水车，就可以从王家大湖车水灌荡，或直接灌溉农田。要知道，刘璋在古堤荡一住几十年，其间，东吴孙权趁关羽北伐之际，派吕蒙、陆逊袭取荆州，荆州地盘尽皆归吴，刘璋也因此归顺东吴，还被孙权任命为益州牧，之后移居秭归。后来，刘璋在秭归任所得病，后归葬古堤荡，墓地在古堤荡北，而今，墓所在地属于荆红村，即原来的指南大队。

刘璋既然安葬在古堤荡附近，他的后代自然还住在古堤荡一带，后来，刘璋的儿子刘阐也任过东吴益州牧。

2019年4月初，我们一群本土作家到古堤荡采风，在荆红村党支部书记的带领下，找到了刘璋墓地。据《公安县志》记载，刘璋隐居此地后，改姓陈，以农耕为生，病死后安葬于此，墓地就在他家庄园后的山上。刘璋庄园坐北朝南，面向古堤荡，北倚青山，躺在自家屋后的树林里，从此长期与亲人相守，刘璋想必感到很欣慰吧。刘璋去世后，恢复刘姓，归葬时，置有双碑，一石一铜，石碑立于土墓之前，铜碑埋于墓内。20世纪五六十年代初，古堤荡一带的农民用人骨制作有机肥料，曾经挖掘刘璋墓，据说还看见过铜碑。石碑上刻有刘璋封号及字与名，铜碑内容不详，想必与刘璋一生业绩有关。

一位诸侯王，城破之日，军备物资和粮草充足，死守一年两年当没有问题，可是，刘璋却毅然放弃，不想让城中百姓遭受战火；隐居公安县古堤荡之后，奖励农耕，与当地百姓甚为融洽，修建水利工程，不仅为他自家，也为当地百姓谋福祉。我觉得，刘璋虽然在用人方面有点"暗弱"，在那个群雄逐鹿的年代，他不能适应那种尔虞我诈的社会环境，如若出生在和平年代，以他的仁慈之心，未必就不能成为一代明君、老百姓的福官。

我知道，而今，刘璋的籍贯地天门市有大量刘姓后裔，公安这边也有大量刘姓后裔，尤其是东岳庙一带，几乎都是刘姓人，我外公家的庄园刘家屋场离老207国道直线距离不到半里路，我不知道，外公是不是刘璋的嫡系后代。

不过，无论居庙堂之高，还是处江湖之远，一个为官者总得有点良心，总得考虑他治下的子民。刘璋贵为益州牧，当刘备率兵包围了成都，他的选择是放弃抵抗。他说：我父子在益州二十多年，没有给百姓施加恩德，却打了三年仗，许多人死在草莽野外，这都是因为我，我怎么忍心让他们继续涂炭？我觉得，刘璋能这样抉择，是非常明智而仁慈的，从他被贬到公安县古堤荡之后还能兴修水利，奖励农耕来看，他也是值得老百姓纪念的。

03

第三辑
文化章庄

古人云：万物得其本者生，
百事得其道者成

贺新年的民间艺人

/ 胡祖义

打莲花落贺新年

半个世纪以前,农村过年,热闹得不得了,有打莲花落的,有敲三棒鼓的,有拍渔鼓筒的,有唱说鼓子的,当然还有玩狮子、舞龙灯的,人们用这些喜闻乐见的民间艺术形式贺新年。我们这些半大孩子常常跟在玩狮子和舞龙灯的队伍后面,跟着走很远,等主人家放鞭炮后,专拣那些还没炸开的鞭炮放着玩,还故意把鞭炮丢到玩狮子和舞龙灯的人堆里,把他们吓一跳。

大年初一,大家都不出门,除了一个屋场的亲戚邻居间拜拜年,剩下的时间,我们就跟着那些队伍玩,我最喜欢看人家打莲花落。

你瞧,山坳里走来一个打莲花落的少年,他肩上搭一条布口袋,腰里用细麻绳拴一根打狗棍,随着他迈动的双脚,打狗棍前后直晃荡,像武侠小说中剑客的佩剑。少年往人家大门口一站,左手虎口夹两块楠竹片,竹片用红绸子一系,他颠动手掌,两片竹板立刻发出呱嗒呱嗒的响声。这时候,少年右手伸出一根有锯齿的长竹片,在左手竹板顶部用力地刮,顿时,清脆的打击乐响起来:"呱嗒呱嗒——刺刺——呱嗒呱嗒——刺刺——"

北方的莲花落有说有唱,南方的莲花落只说快板。你听,少年的新年贺词有板有眼地说开了:"叫声老板把年拜,老板新年大发财。门口栽棵摇钱树,堂屋里面搭高台。高台之上绣金匾,春风浩荡出人才……"这几句快板,说得主人家心花怒放。遇到殷实的，主人会让少年继续唱，唱的时间越长，主人的打发越多，而大多数人家的打发都是一两分钱。

大过年的，大家都图吉利，于是，许多嘴上功夫好的少年，过年打莲花落给人家送祝福，能攒到十几块钱呢。要知道，那时候农村经济条件不太好，一家人辛辛苦苦劳动一年，也才从生产队分得四五十块钱。打莲花落的少年，一个正月就能攒到十几块，抵一个正劳力干一年。

既能赚钱，又能增添一点春节的喜庆，何乐而不为？你看那山间田野，一个个少年走进这户，走出那家，手上的莲花落有节奏地敲响："呱嗒呱嗒——刺刺——呱嗒呱嗒——刺刺——"少年清脆的声音正在有节奏地说开去："去年冬天下瑞雪，今年定是丰收年；新年新春新气象，老板今年发大财！""呱嗒呱嗒——刺刺——呱嗒呱嗒——刺刺——"你听，像不像金元宝落在地上的声音？

唱说鼓子的民间艺人

一到过年，民间就有不少艺人走街串巷唱"说鼓子"。

唱说鼓子，一般得四个人合作，一个人拉琴，一个人吹唢呐，一个人唱，还有一个人提着一面小铜锣，咣当咣当地敲。来到一个村子，提小铜锣的人走在队伍前面鸣锣开道，到一家唱完说鼓子，又落在后面，他得收"打发"。唱说鼓子，必须进到人家堂屋里，唱的人先喊一声"老板拜年"，然后率领团队进到人家堂屋。你听，小铜锣敲起来："当当当，当当当，当当当当当当！"紧接着二胡拉响，那个领唱的人等二胡拉完过门，便咿咿呀呀地唱起来。过门末尾是颤音，乍一听，像嘎嘎的笑声。我们这些孩子经常跟在唱说鼓子的队伍后边看热闹，大家都能用嘴巴伴奏颤音了："拉拉拉拉拉——那那那那那——哪——"这三个音，"拉"字唱得最高，"那"字低下来，唱到"哪"，便是很低的下滑音，带着很长的拖腔。

这时候，领唱的人亮开嗓子，声音清晰而响亮："走进辉煌的金玉堂，啊啊——"

二胡拉过门："拉拉拉拉拉——那那那那那——哪——"

唢呐跟着一声："哪——"

"东家的厅堂喜洋洋，啊啊——"

二胡又奏过门:"拉拉拉拉拉——那那那那那——哪——"

唢呐跟着一声:"哪——"

"堂前五子题黄榜,啊啊——"

二胡拉过门:"拉拉拉拉拉——那那那那那——哪——"

唢呐依旧跟一声:"哪——"

"庭中飞来金凤凰——"四个人合唱,"庭中飞来呀金凤凰啊啊啊——"接下来,四个人再一连唱出几个"啊"字,那"啊"字的腔调,跟二胡奏过门的腔调一样,先是高音,再是中音,最后是低而弱的下滑音。唢呐紧跟着凑热闹,唢呐的声音十分嘹亮,盖过琴声和四个人的合唱:"拉拉拉拉拉——那那那那那——哪——"

我们这些看热闹的孩子,最喜欢跟着唱说鼓子的艺人跑,我们觉得,只有唱说鼓子才属于表演艺术。首先,他们有乐器、二胡和唢呐;其次,他们有独唱,有合唱,还有和声;加上二胡和唢呐的伴奏,其间还夹着镗镗的锣声。

说鼓子算得上民间的一种高雅艺术,它起源于湖北荆州,流行于石首、公安、松滋、监利。追溯历史,老辈人认为,"说鼓子"是由元、明"词话"衍变而来的。

2008年,湖北省公安县和松滋市联合申报"说鼓子",经国务院批准,已经列入第二批国家级非物质文化遗产名录。如此一来,唱说鼓子就不仅仅是过年凑热闹,它终于登上了中国民间艺术的大雅之堂。

贺新年的三棒鼓

过去农村过年时,能看见许多孩子走乡串户打三棒鼓。打三棒鼓要两个孩子配合,通常是一大一小两个少年。大点儿的孩子左手提一个鼓架,右手拎一面鼓。鼓很小,只有脸盆那么大,扁平的,鼓架由三根竹棍做成,中间用细麻绳系着,再系一根红布条。把鼓架呈螺旋形散开,那面鼓便稳稳地放在支开的鼓架上。

打三棒鼓的孩子一般都不进人家的屋,只把鼓架支在屋门口。那个大些的孩子一手扶着鼓架,另一只手捏着鼓锤,先在鼓边上敲几下,后在鼓面上擂几下。旁边的孩子便敲响一面小铜锣,两个人敲的调子是:"咚咚锵,咚咚锵,咚咚锵——锵令锵令锵令锵令锵——咚咚锵——"

这时候,敲鼓的孩子可就唱开了,照例是一番拜年的吉祥话:"鼓儿敲得(那个）咚咚响，堂上的老板（啊）听我讲，一送恭贺（哟）二拜年，三给您（那）们送吉祥。开门（耶）见山山有喜（哟），报子的喜帖（呀）高高挂起，令郎定会中状元（哟），祖祖辈辈（呀）幸福长。"

这些鼓词，本来都是七字句，唱起来有板有眼，唱鼓词的孩子在这些吉祥话中加上些衬字，使得这些鼓词随着鼓和锣的敲打，变得更富有韵律。

年前，打三棒鼓的孩子要做些准备，他们要在腊月二十左右就开始操练，先得写词、背词，两个人还要练配合。遇到有红白喜事的人家，主人会让他们唱整本的书，像《穆桂英挂帅》《杨六郎招亲》《三打祝家庄》等，想要唱全本的书，他们起码得准备两三个月。一般情况下，打三棒鼓的孩子唱到十来句，老板就会给赏钱，于是，这台三棒鼓的短剧就么了台。

可别小看这种曲艺形式，它居然起源于唐代，流行于湖北天门并走向全国，还随着民间艺人流传到英国、法国、意大利、新加坡和马来西亚等几十个国家。我想，是因为这种形式喜闻乐见又易于操作吧，它既有奏乐，又有演唱，尤其是过年的时候，锣和鼓一起敲响，便有了喜庆气氛，再加上唱词，那种吉祥如意的祝福，谁听了不开心呢？

半个多世纪过去了，当年在农村过年时听到的三棒鼓声仿佛还回响在耳边："咚咚锵，咚咚锵，咚咚锵——锵令锵令锵令锵令锵——咚咚锵——"那吉祥如意的说唱，即使放在新世纪，任何人听了，都会眯起眼睛笑："开门见山山有喜哟，高考的捷报高高挂起，令郎是全省的状元郎，祖祖辈辈幸福长！"听到这样的祝福，你不笑晕才怪呢！

拍渔鼓筒的老同学

据典籍记载，渔鼓又称道筒、竹琴，宋代已经出现，流行于湖北、湖南、山东、广西等地。在我们老家公安县，人们又称拍渔鼓筒叫拍道琴，我的小学同学陈贤能是个拍道琴的高手。

陈贤能做的渔鼓筒长约两尺，直径约三寸，他把中间的竹节挖去，在楠竹筒外涂上黑色或棕红色油漆，再在竹筒一头蒙上蛇皮，这才做好渔鼓筒主体。陈贤能左手攥一只铜钹，右手拿一根竹筷，怀抱渔鼓筒，在蒙了蛇皮的竹筒一端拍几声；用筷子敲几下铜钹，便咿咿呀呀地唱起来："我走进一座喜盈门勒，呃呃——呃呃——"渔鼓词唱得有板有眼，唱完"呃呃——呃呃——"陈贤能拍几下渔鼓筒，敲几下铜钹，再接着唱，"堂屋里放着个聚宝盆哪，啊啊——"拍两下渔鼓筒，再唱，"去年盖起了黄金屋啊，他今年好成个天仙配呀——"这个"呀"字，陈贤能要拖很长的音，他一边拖长音地哼，一边啪啪啪啪地拍响渔鼓筒，敲响铜钹"梆梆梆，梆梆梆，梆梆梆梆梆梆——"

　　陈贤能到我家拍渔鼓筒很少讲客套，母亲给他"打发"，他从不客气。进到我家，照例是送祝福，说唱一阵子，便收起家什，坐到火塘边来，跟我叙旧。他接过我递过去的烟，从火塘里拣一根尚未烧完的枯树根，吸几口，颇有感慨地说："小时候，你就比我们精明些，一考试，总是考到我们前头。你也比我们刻苦些，下雪冻凌，你还天天去上学，这真是小来栽根常青树，长大做得栋梁材……"说着说着，陈贤能又进入拍渔鼓筒的意境，他说的话，常常富有韵律。

　　我猜，陈贤能可能是特意安排快到饭点时，才到我家拍渔鼓筒的。也难怪，平时大家都各自忙着各自的生计，很少聚会，如果他不是拍渔鼓筒，我们还不一定找得到喝酒的机会。

　　陈贤能喝过酒，道一声"叨扰"，又抱起渔鼓筒拍起来，这会儿是叫多谢的话："我多谢祖义喝了酒呃呃——好多话堵在了喉咙口呃呃——那时候要是也吃点苦呃呃——呃呃——我也要到长安大街上去走一走！"他一边拖长音地哼唱，一边啪啪啪啪地拍响渔鼓筒，敲响铜钹"梆梆梆，梆梆梆，梆梆梆梆梆梆"之后，收了渔鼓筒，双手一合，"多谢了！"接着再唱起来："多谢你的美酒多谢你的烟，多谢你的好茶饭，多谢你的好心意，祝你连年高升迁！"这时候，陈贤能把渔鼓筒、铜钹和筷子一起拍响，声如出征的战鼓，之后戛然而止，"老同学，多谢，多谢！"

故乡的年味

/ 杨先金

年的含义

俗话说："小孩盼过年，大人盼种田。"我虽然早就过了种田的年龄，仍像小孩一样，时常沉浸在故乡的"年味"里，并对"年"的意义做了一番深入考究。

农历新年，又称春节，是中华民族的传统节日。从旧年过渡到新年，又称"过年"。到了腊月最末的一天，时针指向午夜12点，乡村响起噼里啪啦的鞭炮声，几乎一眨眼工夫，人们便迎来了新的一年。

"年"，源于我国古代农耕时代，其习俗南北有别，"年味"各异。最早关于"年"的解释是"谷物成熟"。甲骨文中的"年"字，属会意字，上"禾"下"人"，一个人头顶谷物，象征丰收的景象；金文的"年"字，是谷穗成熟的样子；尧舜时称"年"为"载"，夏代称为"岁"，商周称为"祀"，"祀"的意思是四时已过，要祭祀祖先神灵了……《诗经》中记载，每年农历新年，农民喝"寿酒"，祝"改岁"，手舞之，足蹈之，以欢庆丰收。可见"年"与庄稼的成熟息息相关，像庄稼地里长出的一株稻穗，"年"蕴含着人们的期望与幸福。随着时光的推移，"年"早已不仅仅是谷物成熟或者丰收的象征，就像稻米不仅能果腹，还能酿酒、制成建筑黏合剂等一样。

远古时候，当人们意识到自己生活在时间这条河流里的那一刻，不能不感到恐慌，因为这条河流似乎没有源头，也不知道终点，至于它有多长，更是无法知晓，让人捉摸不透。人们试图认识它，掌握它，便把它切成一段又一段，随着人们对太阳、月亮运行规律的探索和掌握，这一段一段的时光，便被赋予"年"的概念，它是一段旧时间的终结，又是一段新时间的开始。

办年货

"腊月到，年货俏。"我的家乡在湘鄂交界的牛浪湖畔，是个盛产鱼、虾、猪、羊、大米、棉花的地方。年货除了猪鸭鱼肉之外，还有用大米、芝麻、黄豆、红薯等原料加工而成的各类精致食品，再加上大人、小孩的新衣服、新鞋袜。

一进入腊月，家家户户忙着办年货，有猪的杀猪，无猪的杀鸡、宰鹅、捕鱼，这些肉鱼食品经过腌制晒干后，就变成了美味的"年货"。人们一边采办荤菜，一边爆米花，做米花糖、芝麻糖、黄豆糖、锅巴糖。我父亲做糖手艺精湛，备有一套做糖的匣子、滚子、切刀。他把锅巴糖做得厚薄均匀不粘牙，米花糖、黄豆糖切得整齐不散块，人们尊称他为"糖匠"。平常过年，父亲往往要给别人家做完糖之后才给自己家做，把我们几兄弟馋得直流口水。至于打糍粑、蒸坨子粑粑、晾粉皮、磨豆腐更是不可缺少。少时我们几兄弟力气单薄，最怕推那百十斤重的石磨。

为了使粉皮、豆腐细嫩，石磨每转一圈，奶奶只给磨眼里"喂"很少的米粒儿、豆粒儿。我们性急，有时用足力气快推以示"抗议"，奶奶"喂"不及，石磨只得空转，反倒浪费了我们的力气。往往百十斤大米和黄豆，就得磨上一个通宵，但是，我奶奶因此成了全村著名的"年货"高手。

推石磨消耗的是人的力气，磨砺的是人的耐力和意志。

那时看谁家富有，年货办得齐，就看门前卷帘上晒的粉皮、腊豆腐，还有屋檐下晾挂的腊肉、腊鱼和水缸里浸泡的糯米粑粑。

赶年

每个人回家的路可能不尽相同，但是回家过年的急切心情是一致的。无论离家百里、千里、万里，每到年末，大家都会放下手头的事情，归心似箭地赶回家，我把这个亿万人奔涌的行动称为"赶年"。这是因为，家就是根，是游子的归宿。为了这个归宿，天南地北的游子，高喊着"赶回家过年"。于是，就创造出"春运"这个温馨而又令人畏惧的词语。

游子在四方，慈母心中装。无论我们在哪里，永远走不出父母渴望的眼神，他们不在乎一年内收了多少斤棉花、多少斤稻谷，手中有没有过年的钱，但最期盼的是过年时一家人团聚。父母心灵深处发出的殷切呼唤，使得游子们回家的思绪热烈奔放。记得 20 世纪 70 年代的一个春节，我们五位战友相约，从新疆库车赶回公安过年，挤得水泄不通的火车上人挤着人，包摞着包，睡过道，躺厕所，整整走了九天，才在大年三十赶到家，满身的汗水与家人团聚兴奋的热泪溢满酒杯，为游子洗却厚积的征尘。

家是亲情的载体，是心灵的归宿，更是游子的图腾。哪怕天寒地冻，或许在天南地北，一张小小的火车票、汽车票就成了最温暖的请柬。从万里之遥赶赴一场亲情的盛宴，回家团圆，品尝母亲备好的团年饭，陪同父亲唠叨些家常旧情，人相聚，情相依，意相融。母亲的一声问候，温暖着我颠沛流离的心灵，父亲的一句鼓励，激发我守卫国土的豪情。

年夜饭

"团年饭"又称"年夜饭"。据《荆楚岁时记》记载，南北朝时期，荆楚大地就有吃团年饭的习俗，这顿饭是一年中最丰盛、最隆重的团聚之宴，所以进入腊月后，大家就开始做准备，积攒"年味"。除夕那天，一家老小人人动手，有的洗菜，有的剁肉，有的烧火，有的人贴春联、打扫卫生……午时，猪头、鸡、鸭煮熟，接着便摆开八仙桌，满桌的鸡鸭鱼肉，碗碟摆成双数。尔后请祖先入座，以示后人不忘先祖之恩。敬毕，一家老小按辈分依次入席，鸣放鞭炮，团年饭就开始了。晚辈们给长辈敬酒奉菜，除鲤鱼因"年年有余"不宜吃外，其他菜肴以多吃不剩为好。一家人在快乐的吃喝中享受年味，在愉悦地叙情中凝聚亲情。团年饭讲究家人一齐入席，一齐下席，以示亲亲热热、团团圆圆。

守岁

除夕守岁俗称"熬年"，南北朝时期就有文字记载："帘开风入帐，烛尽炭成灰。勿疑鬓钗重，为待晓光催。"团年饭后，一家人忙着收拾餐具，洗澡洗衣，把屋前屋后猪圈、鸡圈打扫干净，不留垃圾到新年。傍晚，长辈领着小辈给祖坟送灯亮，一座坟茔一盏灯，以示香火延续、后继有人。遍布原野的"灯亮"，照耀着祖先的门户，祈祷着家族的兴旺。

夜幕降临，父亲引燃一个大树蔸，一家人开始围着火塘守岁。火塘里用米升和筛子摆着自产的各种糖块、瓜子、花生，微火中烤着飘香的糍粑、红薯和荸荠。一家人品着茶，吃着糖，火盆上那只黑乎乎的陶罐发出"呼呼"的响声，长辈讲述着家族的历史，总结过去一年的收成，畅想新年的打算。那时，我们哪里知道，这就是最好的家教和"年终总结"。我对家族、家事的认识，就是在守岁中受到启蒙的。新旧年相交时刻，长辈引领全家老小"出行"，放鞭炮、敬祖宗，祈求新年的平安与好运。然后，一家人又回到火盆旁，把炭火烧得通红，听奶奶继续讲述民间的奇闻轶事。

后来在部队过年守岁，我经常替士兵站岗，还组织官兵看春节联欢晚会，举行茶话座谈会，以免官兵"守岁樽天酒，思乡泪满巾"。我们还将家乡的年文化带进西北军营，自腊月廿四过小年开始，我们就开始生麦芽熬糖，做糖，用铁皮桶和圆锹把打糍粑。两名战士翻穿着皮大衣，头部用箩筐装饰成狮子头，绑上一只活公鸡，玩起舞狮子。我们先从团机关、连队，一个单位不落地拜年舞狮，而后又给附近的乡亲舞狮拜年，把故乡的年文化播撒在军营、乡村……

拜年

初一大清早，新媳妇和小孩们忙着起床，穿上新衣、新鞋，精心妆扮自己。男人们祭拜祖宗，而后向长辈们磕头拜年。孝顺的媳妇，给公公婆婆端上一大碗红枣鸡蛋以示孝道。长辈给小孩们的压岁钱，一角一元不等。接着，村里狮子舞起，龙灯耍起，竹马赶起，旱船划起，道琴拍起，三棒鼓敲起，连柏枝二队（原柏枝大队已并入双星村）的汤哑巴也"啊啊"地拍响了渔鼓筒。各班人马，挨家挨户地给村民拜年，把村子闹腾得年味十足。大人带上孩子给村里长辈磕头拜年，之后，孩子们衣兜里装着糖块和豌豆，追随着狮子、龙灯看热闹去了……

近些年，我回老家过了几个年。遗憾的是，儿时的年景很少见了，大多数年轻人在外打工回不来，家中只剩些老幼孤寡。年轻人即便回家过年，也日夜忙于娱乐，昔日的"推磨"变成了"搓麻"，门框上没有对联，守岁时没有火塘，更没有人去舞那狮子龙灯了，村子里清静得有些沉闷。大年初一，我要带夫人和女儿去给村里人拜年，母亲劝导说："没必要，这些年，好像没有这个习惯了。"

我坚守这个习惯，不想让祖辈传承的"年文化"在我们手中失传，硬是带着妻儿挨家挨户去拜年。

我们来到村尾老支书家，他正与三个老倌子打麻将，八条腿上盖着一床棉被取暖。我问老支书："过年怎么就打打牌，没其他热闹事了？"他反问我："不打麻将还能干啥？你别看打麻将，它能扫盲哩！你看我家大媳妇，搞大集体时，连分粮分柴的字条都不认得，可麻将里的东南西北风、七万、八万认得清清楚楚。"

"过年"这种传承了几千年的民风民俗真的就要失传了吗？未来某天，"过年"或者与之相关的很多词汇，就只能在史书中去找了吗？岂不可叹！

时代真的要淘汰"过年"吗？也不尽然，中央电视台不是还有春节联欢晚会吗，各级政府部门不是还有团拜会吗？中国的春运，把多少游子带到梦里的故乡，斗湖堤、章庄铺镇、郑公渡、双星、新港、卷桥水库和牛浪湖畔，虽然不一定燃起守岁的大树蔸，人们心中那团对家乡的热爱之火，一定会百年千年燃烧，永不熄灭！

04

第四辑
章庄物产

古人云：万物得其本者生，
百事得其道者成

游子恋橘（外两篇）

/ 杨先金

前日，我逛边城乌鲁木齐水果市场，见得一种个大圆红的橘子，问及摊主橘产何方，她以荆州公安作答。

近年来，边城多见川橘、湘橘卖场，今见得故乡柑橘上市，脸面犹如橘子放光。

凡品皆有名。我逗乐摊主，他人卖川橘、湘橘，你卖的可是"荆橘"，因此橘产自中国名城荆州城南章庄铺，又因"荆橘"与"金举"同音，故称"荆橘"。祝你旺财，每天"金举"！几句话，把少妇乐得心里开了花。"我卖的是荆橘（金举），八块钱一公斤。"她用地道的新疆白客话吆喝，召来许多顾客。

我的故乡在湘鄂边界的章庄铺镇，属武陵山脉东端。高兀的地势，纳日月光照之精华；肥沃的黄土，汲东西秀水之灵气，使得这万顷沃土山水灵秀，成为种植柑橘的一方宝地。

"文革"始发之年，我在这块土地上的一所"耕读中学"就读，近处有教学实习的卷桥林场。一日，刘场长召集学生赏橘，柑橘尽管吃，橘的籽要留下。我们留下几盆橘籽之后抹嘴而去，可浸润在味蕾上的酸甜橘味，成了游子几十年抹不去的乡愁。

当年的几盆橘籽，经过半个世纪的嫁接繁殖、筛选换代，早已被国庆一号、纽荷尔橙、秭归脐橙、琯溪蜜柚等优品取代。昔日的茅草荒山，早已变成花果之山。

解甲之后，方有时间常回故乡，探亲访友，游观乡景不亦乐乎。去得最勤的是橘林，经与橘林亲密接触，深悟橘之灵性后，就加深了我恋橘的情愫。

一日，我站在庄盛肥业有限公司高塔，举目四望，只见那起伏层叠的橘林，碧绿葱翠，近看似玉树婆娑，远眺如雄师列阵，绿荫如盖地笼罩在一望无际的山冈上，与我所居的铁色戈壁形成绿黑的对照。

富含微小气孔的橘叶，利用光能吸收水分与二氧化碳，释放出大量的负氧离子。因此，橘林又是城市望尘莫及的天然氧吧。不信你在卷桥水库小憩几日，定会洗去肺尘而心旷神怡。

橘叶因饱含叶绿素而四季常绿，媲美紫金楠竹经霜浸雪冻而色泽不衰。唐朝宰相张九龄留下"江南有丹橘，经冬犹绿林。岂伊地气暖？自有岁寒心"的赞美诗句。

一棵成年橘树，开花上万朵。花朵瓣白蕊黄，清馨素雅且芳香四溢。春日里，晨曦开窗，闻得一股浓香袭人，问得家弟，方知浓香从十里之外的橘林飘溢而至。瞬时，我沉浸在南宋学者张栻"东风吹得绿成阴，积雨初收柳絮轻。记取湘中最佳处，橘花开时香满城。"的绝唱里。

在橘花盛开的时节，当你漫步橘林，犹如走进山水画卷中。山上橘林，橘花竞相怒放，蜜蜂忙着采蜜，蝴蝶双飞戏花，雀鸟追逐调情；山下湖水，春波荡漾，鱼儿产卵，鸥鸟吟哦，鹅鸭咏唱……

此时此刻，如诗如画。

此时此景，如醉如梦。

大自然的和谐带给人们的惬意快感，造就了春游休闲的天堂。

秋风萧瑟，万物凋零。树木褪去盛装，裹紧身子度寒冬。桃、李、梨诸果，早已畏寒谢幕，等待来年的重生。唯有柑橘、蜜柚，在等待霜降、寒露为它灌糖增蜜，挂红添彩。此时，在章庄一万二千多亩的橘园里，那压弯了母亲脊背的且大、且圆、且红的柑橘，似绣球、像元宝、如灯笼，染红了荆南山冈，装点出荆楚大地上的秋彩之红。

大文豪苏东坡诗云："荷尽已无擎雨盖，菊残犹有傲霜枝。一年好景君须记，最是橙黄橘绿时。"

春华秋实。果农们经过修枝、疏果、浇水、除草、施肥、灭虫等工序的精心栽培，用汗水守望春、夏、秋三季，终于盼来了丰收的季节。只见运橘的车辆长龙，满载着果农的丰收喜悦，驶向祖国的四面八方。

笔落至此，不觉心血来潮，赋出四两油来：百里平湖先知秋，万顷果园金染透。卷桥荆橘扬美名，华夏市场抛绣球。

橘树扎根沃土而坚挺不移，橘花不争艳丽、不比大小、不攀高低而独放芳香，橘叶经风吹雨打、寒冬煎熬而绿色不褪，橘果经秋寒霜浸而色泽更红。

橘之顽强、橘之圣洁、橘之高尚、橘之奉献，当今世人，尤须习之。

章庄乃丘陵冈地，气候温和且黄土肥沃，偏酸性土质宜种柑橘。先后有镇党委书记李维、吕于松、刘成喜三任接力，计划打造全国知名的柑橘强镇，加快推进柑橘产业园建设步伐，进行柑橘深加工，以产业园带动柑橘产业大发展，形成公安北有葡萄、南有荆橘的特色果业，尽快将全镇六万多村民带进小康。可见，靠柑橘致富的理念已形成全民共识。

柑橘的迅速发展，促进了橘文化的提升。于是就有了一年一度的"柑橘节""走进橘乡一日游"等系列活动。鄙人之见，乡人的胆子可再大，方法可再多，旅游设施可再全，要立足章庄，放眼全国。我国西北、东北皆不产橘，有着庞大的消费市场。

故乡秋色美，边城风雪急。正值乡人举办性灵公安柑橘节，围着橘园赏橘、采橘之时，游子也遥相呼应，在边城围着火炉品橘，于是就品出这些浸透乡思的恋橘文字。

棉暖人生

历代君王均把"衣""食"作为民生国策。百姓为感恩天朝，将君王、刺史、县令尊称为"衣食父母"，沿用至今。尊称泛滥，便将各级地方主官统称为"父母官"。

章庄镇半山半田，土地肥沃，气候温和。"高处种棉低种稻"，自古以来，成为丰衣足食的棉粮之仓。

一条大港横卧双星村，两边高地全种棉花。在我刚能拿起锄头时，便跟随大人下地薅棉花草。家里人多，家父将六把锄头磨得光亮，在锄把上刻上记号，像兵器似的挂在屋檐下。那个时代没有除草剂，除草全凭家家户户人手一把锄头。

"棉锄七遍白如银"，这是农家人口口相传的种棉秘籍。薅草不仅除去与棉苗一同疯长的杂草，还起到松土增氧的作用。俗话讲："男人怕薅草，女人怕挑担。"要给棉花锄上六七遍草，男人最讨厌干这个农活。"雨不锄草，阳不补苗。"烈日之下，上百把锄头一字摆开，男女老少挥舞银锄，在棉田演奏起"锄禾日当午，汗滴禾下土"的交响乐。乐声中，男人们耐不住性子，不是在剔"绊根草"时给棉苗剃了光头，就是薅出一堆堆的"黑鱼窝"。队长开骂，女人生气，倔犟的男人们索性锄头一扛，扬长而去，留给生气的女人们薅个日落西山。

我在弯腰、挥锄、剔草、培土中学会了薅草，相继又熟悉了间苗、施肥、中耕、打药、整枝、摘尖、拣棉花等农活。

勤劳的公安人民，在这年复一年、日复一日的薅草劳作中，将三十多万亩棉田薅得寸草不生。待到秋收之时，呈现出一望无际的洁白世界，绘制出"银公安"的壮美景色。

中国是产棉大国，历朝君王依赖棉粮维系国计民生。清乾隆三十年（1765年），直隶总督方观承以乾隆帝巡视"腰山王氏庄园"的棉花为背景，主持绘制出一套从布种、管理纺织、染色成布的十六幅全景图谱，题名为乾隆御书《棉花图》，每图附七言诗一首。其中《灌溉图》曰："土厚由来产物良，却艰致水异南方。辘轳汲井分畦溉，嗟我农民总是忙。"展现出一幅北方取水种棉景象。"横律纵经织帛同，深夜轧轧那停工。一般机杼无花样，大轱推轮自古风。"此为织布诗，南北类同。《棉花图》诗图并茂，意蕴万千，将棉花种植上升到国家战略的高度，种棉工序由此定格传承。

清末年间，凤凰县书童熊希龄在完成自选绘画作业时突发灵感，画出一株枝叶俊秀、蓓蕾初绽的棉花，题诗一句"此君一出天下暖"，因而被誉为"湘西神童"。熊希龄睥睨荷花、牡丹、桂花，独尊棉花为"君"。"君"遍天下，普世皆暖。熊希龄少小立志，胸怀博大，成为北洋政府第四任国务总理。

1929年上海竞选市花，棉花艳压群芳、独占花魁，成为市花。上海人爱花，更懂得知恩图报。此后，洁白如玉、温暖如春的棉花，成为爱侣、情人的信物。

1970年12月下旬，当我成为高原汽车兵后，松桃公社人武部给我发了皮帽子、毛皮鞋（皮大衣和皮褥子到部队后发）。婆婆（祖母）捏着透着羊膻味的皮帽子和毛皮鞋说："老大出门在外头脚都不冷了，只怕胸部受凉生病，有件棉背褡就好了。"母亲听在心里，翻箱倒柜找出一块灰布和一包棉絮，婆媳两人用一天工夫，给我缝成一件棉背褡。我将背褡试穿在身，父亲前后细看，拍着我的肩膀说："这灰色棉背褡，像古戏中的铠甲，你就穿上这件铠甲出征吧！"

无袖即背褡，又名马甲、坎肩，在布层中铺上棉絮，即棉背褡。穿着贴身舒服，是暖胸、暖背的护身之宝。"慈母手中线，游子身上衣。临行密密缝，意恐迟迟归……"我穿着婆婆与母亲缝制的棉背褡来到雪域高原，在零下三四十摄氏度的严寒中，穿着自带体温的棉背褡入睡，暖烘烘地进入梦乡……

棉花浑身是宝。棉绒纺线制衣，棉被遮风御寒；棉纤维可用作纸币原料，棉籽油可食用或用作工业用油；棉梗、桃壳除用作烧柴外，可加工成建筑用板材……所以棉无弃物。

据章庄铺镇李平镇长介绍，在市场经济调节下，村民侧重林果种植，棉田面积略有减少，但章庄人民仍在种植棉花，为国计民生做出贡献。全镇种有13300亩杂交棉，年产棉花百万公斤，每亩收益可达两千元，是村民增收致富的主要来源。

深秋回乡，来到曾经薅过草的棉花田，见得炸开的棉桃白云朵朵，半炸的棉桃露齿含笑。压弯枝头的棉桃，随着微风上下摆动，似向戍边归来的老兵点头致意。瞬间，我被团团洁白的花朵包裹，浑身涌动着一股暖流。

一个人从生命的开始至结束，都会被"棉"层层包围。棉花，用洁白昭示心灵，用身体温暖人生。

"美人蕉"的传说

一个粽子祭祀一位伟人。

一位伟人感召出国人的亲情与爱国情怀。

粽子与屈原，物质与精神的转换，唤醒国人的爱国热情。

端午节前，妹妹从吐鲁番捎来一筐"美人蕉"粽子。她在电话里讲，粽叶采自吐鲁番的艾丁湖，糯米是二哥从老家双星村寄来的自产杂交稻，是她亲手包出的我最爱吃的"美人蕉"。

放下电话，我已亲情满怀。

一个粽子，何以享受"美人蕉"的艳名？

此粽子长不过八分，高不过三寸，前尖后凸，玲珑精致，模样极像古代妇人的裹脚，乡人俗称"美人脚"。我则认为食"脚"不雅，又因"脚"与"蕉"同音，故名为"美人蕉"。

闻着清香的粽叶，嚼着黏糯的甜粽，浓浓的乡愁就涌上心头。

小时候，我们六兄妹扯着婆婆的衣襟，在长江南岸的牛浪湖畔长大。每年端午之际，提上竹篮，拿上剪刀，跟随婆婆去湖边采摘芦叶。苇秆一人多高，小孩们够不着，我们将苇秆搬弯倒伏，好让婆婆剪下那些绿嫩而又叶宽的叶子。婆婆将一匹匹芦叶重叠整齐，用蒲草捆扎成把，用箩筐和包袱包好，我们前呼后拥地帮婆婆把芦叶弄回家。回家后，将芦叶放入脚盆，用清水一片一片地清洗干净，放在锅里煮熟后浸泡待用。包粽子时先将糯米淘洗干净，沥干水后，就缠住婆婆教我们包粽子，讲故事。

婆婆出生于澧县梦溪寺的洪姓大户人家，有一双标准的"三寸金莲"。婆婆女红精细，尤以纺线、做鞋、包粽子拿手。

在我们的催促下，她拿起剪刀剪齐芦叶头尾，折成斗状后，教我们用调羹舀多少米，用筷子捣实后折叶封口，用牙咬蒲叶将粽子捆实……她一边教，一边讲述着粽子的故事。

相传很久很久以前，朝廷有位蛮有本事的大官叫屈原，因效忠楚国，喜欢百姓，看到国家衰败而生气，气不过就投江自尽了……

老百姓心疼屈原，怕他身子被鱼虾吃了，就用粽子喂鱼虾，就像你们钓鱼撒窝子一样。你们去郑公渡船码头看赛龙船时要带上几个粽子，扔进河里，扔得越远越好。

我们问婆婆，吃饭要菜，粽子中要不要掺些菜？婆婆告诫，掺了菜的粽子就不真了，白晶晶的米粒中是不能掺假的。

那为什么把粽子包得又小又尖呢？婆婆说："古人以脚小为美，就像我的脚一样，你们看美不美？"我们就起哄笑闹，婆婆的脚是粽子，粽子是婆婆的脚……

婆婆得意地微笑，"就是这'美人蕉'粽子，还救了你们伯父一命呢。民国三十四年（1945年）端午节前几天，周乡长要抓你们伯父当壮丁，你们伯父得到消息后躲到澧县大围垸去了，结果把我和爹爹（祖父）押到乡公所要人。恰好过节，周乡长要给官府送礼，逼我包了五百个'美人蕉'了事。"

我们没学会包粽子，倒是听了满脑壳的粽子故事。妹妹心灵手巧，偷偷地学会了包粽子的手艺。

婆婆包的"美人蕉"，不仅受到左邻右舍的赞美，还名扬十里乡村。1970年端午节我订婚送礼，婆婆拿出绝活，包了八十个"连心粽"。她将蒲叶从粽子内穿进，由粽尖穿出，粽尖朝上，十个一连。只见那一串串心心相连的"美人蕉"，就像芭蕾舞女披着绿色羽裳在舞蹈。

包粽子要技术，煮粽子更有窍门。1989年，我在库尔勒中心兵站当政委，端午节组织官兵包粽子，战士们将几大盆粽子倒入翻滚着水花的大锅中。霎时，只见水花把粽子冲得米叶分离，那漂浮的粽叶像松西河泛滥时洄水湾的一丛丛浪渣。那天，官兵们没有喝上雄黄酒，倒是喝了糯米汤。

端午节，食粽者众，多为饱腹。我等食粽，重在品位。每食之前，将"美人脚"置于掌心把玩欣赏，便品鉴出了"美人蕉"的内涵。

闻其粽名："美人蕉"入耳即悦，秀色可餐。

观其粽形：竖看似笔指《天问》，横看似剑指秦关。

品其粽质：洁白塑人生，糯黏藏锦绣。

回其粽味：满嘴生津，回味无穷。

一个粽子，包裹的是营养，凝聚的是精神。

乡镇企业的一颗璀璨明珠

/ 卢成用

改革开放的春风吹开了挂在东方天际的鱼肚白，金色的太阳慢慢从地平线升起，汹涌澎湃的南海春潮在江汉平原涌动，惊醒了公安县西南偏僻小镇——郑公渡。

郑公渡，原本在松西河东岸，即现在的郑东。河对岸地名曾叫高天街，只有几家小商铺和茶馆。后来马姓人看中此地有无限发展前景，于是不约而同聚集到这里，有的开店铺经营农副产品，有的建房屋搞手工制造业，有的开展副食品加工和饮食行业，人流量不断增加，市场相应扩大，因以马姓人多而改名马家嘴。1935年松西河发大水，洪峰冲破东岸，郑公渡溃口，堤破街淹，无数房屋被冲毁，乡政府及所属办事机构不得不转移到河对岸，街上居民也被迫迁址，因此郑公渡地名代替了马家嘴，沿用至今。

郑公渡以前是郑公区政府所在地，1975年成立章庄公社，辖区内有东河、支苏、韦厂、郑西、松桃五个管理区及章庄铺、郑公渡集镇。十一届三中全会以后，在以经济建设为中心的方针指引下，在扎实巩固传统农业种植的基础上，大抓乡镇企业，搞活地方经济。此时的郑公渡借东风办起了铜套厂、玻璃厂、钢藤厂、塑料厂、猪鬃厂、木业社、缝纫社、竹篾社等，民营企业如雨后春笋不断涌现。

任何事物的发展都不会一帆风顺，经过"丛林法则"的淘汰，大多企业昙花一现，成为匆匆过客。大浪淘沙波涛汹涌，炼炉之火火焰熊熊。郑公渡能经受残酷考验而生存下来，能脱胎换骨焕发勃勃生机，能成为有竞争力企业的，只剩下公安县铜套有限公司,也就是原公安县铜套厂。

一访初具规模的铜套厂

1991年5月中旬,郑公渡小学筹备庆祝"六一"儿童节活动,邀请镇上主管领导、镇直属单位负责人、镇上有关企业和知名人士参加。因联系企业属于我的职责范围,所以来到铜套厂。同行的还有学校工会主席甘果行,他是厂长卢德宏的小学启蒙老师。梅雨季节烟雨蒙蒙,泥泞路滑小心翼翼,我们打着伞,边走边聊。甘老师告诉我,卢德宏一家是郑公渡街上的老人,他们原住五居委会,就是松西河边供销社油库所在地的那个矶头。父亲是供销合作社民营职工,母亲是一个相当贤慧的女人。卢德宏姊妹八人,生活艰辛,家庭贫寒,他小时候穿的衣服鞋子大多是捡哥姐的。他在郑公渡小学读书时表现不错,聪明勤奋,成绩很好,可惜后来去了农村……走着说着,不一会儿就到了铜套厂。

我环顾厂子四周,只见铁栅栏门旁挂着两块牌子,一块是仿宋黑体字,上面写着"荆州市公安县铜套厂";另一块是仿宋红体字,上面写着"中共郑公区铜套厂支部委员会"。进门十米,三栋车间呈曲尺排列,红砖黑瓦,显得有点低矮陈旧。据介绍,这里原来是手工业联社,解体后,废弃的木器厂、竹篾厂经过修缮改造,用来做了铜套厂厂房。第一栋是铸造车间,设备简陋,压机十分繁忙,响声震耳欲聋。一打听,原来设备是由两台液压式榨油机改装而成。第二栋为锻造车间,车床买的是原郑东公社机械站旧产品,手工操作,铜屑铁屑堆积一地。第三栋是成品包装车间,只见包装工人穿着工作服,戴着工作帽、口罩、手套,在几大盆汽油中反复清洗铜套、轴瓦等产品。洗净晾干,用油纸包好装箱,然后将这些配件发往全国各地。厂房场地小,设备陈旧,但工人们的劳动热情十分高涨,大家干劲十足。哪怕外人参观,工人们也不受任何干扰,聚精会神,一丝不苟,精益求精。

不巧的是卢厂长出差了,侯家英书记接待了我们。按年龄推算,她应该快进入不惑之年,满头青丝中分一缕两缕,马尾辫不长不短,显得十分干练而充满活力。她上身穿湖蓝色暗花棉绸衫,下身穿时新流行的牛仔裤,脚穿平底无跟鞋,走起路来铿锵有力。只有两张办公桌的办公室布置得井然有序,墙上除悬挂工商执照、税务登记证外,还有各项规章制度、市县区各级党委政府颁发的锦旗奖状。我向侯书记说明来意,热情邀请她参加学校组织的庆祝活动,甘主席忙拿出请帖递到她手里。她接过请柬说："卢德宏厂长在郑公渡小学读过书，很多教过他的老师，现在又是我女儿卢亚妮的老师，我们理应表示祝贺，现捐款五千元，以表心意，祝愿学校越办越好！"然后，她向我们介绍铜套厂这些年来的发展情况："我们厂经过几次调整，现在进行了脱胎换骨的重组。在郑公区委大力支持下，我们由起初的七八个人，发展到现在七八十人；由原来几万元订单，增长到几千万元的销售合同；由免税扶持的企业，到现在向国家上缴利税二十多万元……工厂在良性发展，职工收入不断增加……"听了侯家英女士的一番话，我在心里祝愿铜套厂在国家经济建设的大潮中茁壮成长。

走出铜套厂，我与甘老师感慨万端。我们当教师的，一个月才七十八元工资，学校每学期也只收学生两元学杂费，那么五千元是什么概念？相当于六十多个教师一个月的工资，两千五百名学生一学期的学杂费，我不禁为侯书记的出手大方赞叹不已。

二访发展壮大中的铜套厂

松滋西河从长江口奔腾而下，经沙口子进入公安县境，流经胡家场、漩水潭、狮子口、汪家汊，与发源于宜昌五峰清水湾的洈水河拥抱，两股流水相汇，携手流经郑公渡，使得这里人丁兴旺，也为铜套厂注入一股强劲的活力。

之后，我调到郑公中学任工会主席。2001年10月，受卢德宏厂长邀请，我和郑公中学曾经教过他的老师甘果行、刘光宗、李陶万等八人，第二次来到公安县铜套厂，欢度重阳节。

行政体制变更，政府所在地迁移，机关事业单位全部搬走，特别是公安县郑公中学高中部停办，当时有学生一千多名，专职教师五十多名，全部被分流到第一、二、三中学和车胤中学。曾有公安县第三人民医院之称的郑公卫生院，有医护人员一百多名，病床一百多张，设备先进，科室齐全，服务区域达五十平方公里，体制变更后被分流到章庄铺镇卫生院和公安县第二人民医院，现在只是一个卫生所了。小镇人口大量流动，商品贸易顺差递减，发展前景黯淡。但铜套厂广大职工在厂长卢德宏带领下，顶逆流，固根基，鼓士气，不仅没有受到影响，反而在逆境中不断发展壮大。

旧厂位于郑公渡闹市区域，发展空间有限，特别是环境污染不好治理。铜套厂一班人积极筹备资金，争取得到政府大力支持，果断迁址，修建新厂。一方面将旧厂区改造成生活区，采取个人集资与工厂投资相结合，把红利作为职工福利，建设职工之家；一方面将郑公渡西街口农科所买断，把厂区总面积扩大到一万八千多平方米，按标准新盖厂房十九栋，每栋面积三百五十平方米，加上配套水电及生活用房，建筑总面积达八千平方米；同时又建起了一栋四层办公楼，一栋五层宿舍楼，建筑面积达两千平方米。

进入新厂，中间是一条水泥硬化大道，路旁古柏苍翠，园圃鸟语花香，长廊绿带环绕。纵观配套设施，排污处理隐蔽，管道入地深埋，废水消毒净化，空气含氧增强。线网快捷，通信畅达，水电标配，加上新添置的各种机械设备，总投资近一亿元。铜套厂的迁址、新建与发展，成为郑公渡的一处亮点。

厂长卢德宏迎过来，与我们一一握手。一阵寒暄后，他在会客厅简要地向我们介绍了近三十年的艰辛创业之路，然后带我们步入新开发的产品车间，参观流水线铝塑板装饰材料。他指着一台从韩国进口的轧花机床说，这台机器近百万元，运输安装费就有十万元，有了它就是硬实力，因为科技就是生产力。再看那些用电脑程序绘出的各种颜色、线条、图案的装饰板时，真是别具一格，令人耳目一新……

晚餐时，暮秋的夜晚寒气袭人，可卢德宏脱掉西服取下领带，露出单薄的白色衬衣，向老师们一一敬酒，足见他尊师重教，仍保持着一颗赤子之心。这个昔日的学生，让已愈花甲之年的老师们投去赞许的目光，为他感到无比的骄傲和自豪。

三访日新月异的铜套有限公司

2020年10月1日既是国庆节，又是中秋节。值此佳节双庆之日，我又回到郑公渡。我们举家在牛浪湖畔凤凰山庄聚餐时，偶遇卢德宏厂长，距上一次见面已过去二十年，这也是一种难得的缘分！虽然我们同宗同祖，家谱都属卢家祠堂，但毕竟我是四房，他是幺房，且已经过八代。卢厂长辈分高，我年长，少年叔侄弟兄辈，我们之间相谈甚欢。侯书记、卢亚妮也先后加入，一起围坐叙旧。我给这次相聚取了一个名字，叫"卢氏宗亲话双节"。他邀请我到厂里参观指导，我说参观可以，何来指导？

牛浪湖畔活跃着一群文化人，他们分散在全国各地，有军人、教师、文艺工作者、党政领导干部等。职位不分高低，执笔不论雅俗，相处不分老少，宗旨就一个，喝牛浪湖"乳汁"成长，为章庄铺镇的发展呐喊。铜套厂为郑公、章庄做出了不可磨灭的贡献，我决定拿起已经发钝的笔，向世人介绍这偏居一隅却又功勋卓著的民营企业，于是第三次来到铜套厂。

我们一行人到达郑公铜套厂大门时，卢厂长已经吩咐门卫，县里有客人来。卢德宏坐在窗明几净的会客厅，如同拉家常般，谈了他的人生经历以及办厂的坎坷历程。然后，他兴致勃勃地带领我们参观——全自动化第四代先进机械设备，二百多种衬套、轴瓦汽车配套成品，各种单品流水线生产过程等，令我们目不暇接，他还浓墨重彩地介绍了厂厂对接的销售经营模式。直到此时我才知道，为适应形势发展需要，公安县铜套厂已更名为公安县铜套有限公司。

公安县铜套厂创建于1984年10月，公安县铜套有限公司成立于2006年4月。企业执照登记为汽车零部件专业生产厂家，金属成分为铜、铁两个大类，品种有二百多个，主导产品有汽车衬套、汽车轴瓦等。面积达二万多平方米，分新旧两个厂址，房屋建筑面积达一万平方米，总资产九千多万元。

企业现有员工中，高中级工程师、技术人员，国家认定资格证书的有十二名，普通员工一百多人，以本地人为主，大多都是技校毕业生。无论管理人员还是普通员工，统一为基本工资加浮动工资，月工资少则五千元，多则几万元不等。严格实行八小时工作制，加班发加班费，职工福利包括住房、水电、通信等，在国家政策同等条件下分别享有优惠。

企业年产值跳跃型总体均衡，基点在一亿元上下浮动。2020年形势很好，完成产销一亿二千万元，利税近四百万元。企业自创办以来，累计上缴税收上亿元。

企业具有自主开发能力，有成熟的工艺和快速研发新产品队伍，并通过了2016年国际汽车工作组（IATF）管理体系认证，所属产品处于国内领先水平。

企业拥有完善的市场营销网络体系，分为三个市场：一是零销市场，产品销往全国各地以及越南、缅甸、泰国等国家；二是商用车市场，包括商用车产品，均与东风汽车公司合作，有东风德纳车桥、湖北三环锻造、东风悬架、东风二一厂等，江淮汽车有湖北车桥、安徽科普瑞、中联重科、春鹰板簧等主机厂配套；三是乘用车市场，包括乘用车产品与通用五菱、长城公司、吉利公司等主机厂配套，与之配套的连杆厂家有成都西菱公司、昆山正大公司、仝鑫公司、四会连杆厂。这些销售网络、渠道都是合同制链条关系，唇齿相依，荣辱与共。

公安县铜套有限公司是中国汽车工业协会会员、中国内燃机衬套轴瓦行业协会会员。企业曾获"荆州市文明单位""荆州市红旗党组织"等荣誉，卢德宏担任公安县铜套有限公司、荆州车桥有限公司、湖北豪盛置业有限公司高管、股东、法人，曾获"湖北省优秀共产党员"称号。

偏僻小镇的一个乡镇企业，在厂长卢德宏带领下，紧紧抓住经济发展这根主线，努力加强工人队伍建设，利用全脱产、半脱产培训，通过走出去、请进来等方式，主办各类讲座，提高职工的技术水平和技能素养。与此同时，还不忘精神文明建设，对职工进行政治思想教育，工会组织下沉到基层，了解职工生活状况，发现问题，及时解决。努力加强文化兴厂建设，经常开展各种文艺活动，鼓励职工爱厂如家，加深纯朴人性化情感纽带连接，让职工以厂为荣。

有几个和我要好的铜套厂人告诉我，他们不会离开郑公渡，不会忘记铜套厂，因为这里有他们从无到有办起来的工厂，有他们领取工资的窗口，有艰辛打拼日落而息的宿舍，有奋斗过的目标与美好的梦想。只要工厂在，希望就在，理想就能实现。作为第一代铜套厂工人，芳华已逝，青春不再，但这里留下了他们的青春与汗水，有着他们生命中不可磨灭的印记……

公安县铜套有限公司是改革开放乡镇企业的弄潮儿，是无数铜套厂人心中的一座丰碑，也是江南水乡郑公渡升起的一颗璀璨明珠。

难以忘却的乡间美食

/ 胡祖义

莲藕的盛宴

夏天来了，章庄铺镇的平原湖区，满河满荡都生长着莲藕，让我们细数一下它的"美德"吧。

说到莲，古今文学家的描写和赞美，莫过于宋代周敦颐的《爱莲说》，尤其是他独赞"莲之出淤泥而不染，濯清涟而不妖，中通外直，不蔓不枝，香远益清，亭亭净植，可远观而不可亵玩焉"这几句，千百年来传为佳话。周敦颐的《爱莲说》主要从精神层面对莲进行赞美，而普通百姓，要居家过日子，看重的常常是莲的实用性。莲也争气，浑身都是宝。莲子、莲心自不必说；莲藕做成美味佳肴，进得宫殿，上得普通人家餐桌；有些美食用荷叶包裹，其味道，非他物所能替代；莲叶荷梗，晒干后当柴烧，阵阵香气袭来，妙不可言！

对莲精神层面的赞美，古今文学家著述多矣，我不必赘言，姑且从它的实用性说起吧。

莲子

莲子是食物，又是药物，可用于食疗。新鲜莲子剥来吃，满口生香，一股清气，有清淡的甜味。在南方农村，夏天里，凡是有莲的河湖港汊，都有人摘莲蓬。

摘来莲蓬，剥了莲米，无论是吃新鲜的，还是晒干后食用，吃进去的都是宝。

我最喜欢吃新鲜莲米，不但有保健功效，还能满足口腹之欲。

新鲜莲子虽略带苦味，但细细咀嚼，又能品出其中的甜味。

中国人把莲子当药物时，基本上都是做成美食吃。比如我们家，就经常做冰糖银耳莲子羹，既当早点，也用来招待客人。

莲子心

莲子心，得单独拿出来说，放在莲子里面一起说，说不明白。因为莲子心只能算一种药物，拿它来泡茶喝，可以归到茶的大类，说到底还是药物，不好归到食物类。我们在吃新鲜莲子的时候，往往把莲子心一起吃掉，其实，这是一种浪费，应该把莲子心剥出来后再吃莲子，否则，吃起来有微微的苦涩味。

莲子心一般不跟莲子一起吃，趁新鲜莲子还没晒干，用剪刀或小刀切开莲米两端，用牙签一戳，莲子心就出来了。我们可以直接拿莲子心泡茶喝，更常见的是晒干了贮存好，像抓茶叶那样抓一撮，用来泡水喝。

莲子心单独吃口感不佳，最好跟鸡头苞米放在一起，做成芡实粥。把新鲜的鸡头苞米捣烂成糊状，如果没有新鲜的，则把干鸡头苞米磨成粉，把糯米淘洗干净，两者放在一起，煮成粥，加少量白糖，也可以加冰糖或蜂蜜。

不喜欢喝粥的人，可以直接用莲子心泡茶喝，味道稍苦。

莲藕

既然莲子和莲子心都可以入药，藕跟莲子和莲子心同根所生，其功效也应大致相同。

湖北被称为千湖之省，河湖港汊多，莲藕自然多。位于洪湖市和监利县之间的洪湖，种有大量莲藕，洪湖市的一位企业家开了一家餐饮连锁店——洪湖藕王。它的分店遍及荆楚大地，还在省外开了分店，洪湖藕王有个招牌菜就叫排骨藕汤。他们采用洪湖里的藕，加猪排骨用文火烘烂，很受食客欢迎。公安县与洪湖市地理环境相当，公安县章庄铺镇的莲藕可以跟洪湖的莲藕媲美。

章庄铺镇的藕，最大特色也是"面"，这个"面"不是名词，是形容词，跟"脆"相对。藕和排骨一起炖，肉味浸入藕内，藕味和排骨混合，因为是面藕，藕汤里杂了不少淀粉，清汤呈浅粉色，跟烘烂的藕色泽相近。

按照科学的说法，藕属于莲科植物，它微甜而脆，既可生吃，也可以做熟了吃。做熟了吃，当然不仅可以做排骨藕汤，还可以炒滑藕片和藕丁。章庄铺一带的人家，喜欢往藕孔里灌糯米蒸来吃，手巧的家庭主妇在两片藕之间夹了瘦肉末，用面粉一裹，放到油锅里一炸，称为"藕夹"，是可以上大席的佳肴。

再则，藕还可以生吃。小时候，我们就听大人说起过，"夏吃鹅拱冬吃梢"。"鹅拱"，是新藕的嫩尖，很脆，很甜，易于嚼碎。到了冬天，"鹅拱"吃起来很"木"，藕梢却脆多了，这是生吃的诀窍。而熟吃，无论夏冬，都选用中间长得粗的藕，以"面"的口感更好。

藕节

许多家庭主妇把藕节都当垃圾丢了。其实，藕节并不是垃圾，而是一味中药。小的藕节重一两左右，大的一二两重，藕节外生有藕须，还有一些黑色的叶片状东西，是嫩簪的胞衣，看起来疙疙瘩瘩，吃起来涩嘴。可是，你要是了解到它的药性，就再也不会丢掉，原来，它们都是宝贝啊！

荷叶

过去，我们只知道，荷叶晒干后，可以放到养水坛子里做隔层。母亲收的萝卜干、梅干腌菜，坛口上都隔几张干荷叶，等到把萝卜干和梅干腌菜弄出来吃时，一掀开陶器坛子，满屋子飘散开干荷叶的香气，不用说，萝卜干和梅干腌菜也沾上了荷叶香。

随着科学技术的发达，人们渐渐知道，荷叶有很强的清热解毒、凉血、止血作用，还有很好的减肥功效，可以祛暑、祛湿。把荷叶与大米一起煮，再加些薏米熬成粥，效果更好。

古代文人雅士一写起荷花，总是"接天莲叶无穷碧，映日荷花别样红""荷叶罗裙一色裁，芙蓉向脸两边开"。现代散文家朱自清描写荷叶时说："曲曲折折的荷塘上面，弥望的是田田的叶子。叶子出水很高，像亭亭的舞女的裙。"他们都只看到荷叶的外形，却不知道荷叶有这么多药用和保健功能。

藕簪

嫩荷叶刚从水中钻出来,人们称为藕簪,正所谓"小荷才露尖尖角"。在农村,真正意义上的藕簪,是指尚未长成形的嫩根,也称为"藕带"。它们扎在藕田或堰塘、湖泊的淤泥中,横向抽生出藕带,不过它绝不伸出土壤,更不出水。嫩荷簪和嫩藕带可作蔬菜食用。"簪",本来指的是一种用来绾住头发或插装饰物的妇女首饰,与莲藕的植株都没有关系,可是,因为与莲藕植株未展开的叶及藕带的形状相近,人们便活用出"藕簪"一词。

扎在泥里的藕簪跟鸡头苞米梗相似,是一种可口的水中蔬菜。

荷花和它的众姊妹

众人只知道,荷花是用来欣赏的,却很少人知道,它也可以做成美食——"软炸荷花",这是一道取材新奇、成菜美观的佳肴。它采用鲜荷花的花瓣,漂净,裹上蛋清糊,油炸后,撒上胭脂糖。成菜颜色淡雅,白里透红,食之酥软芳香,甜美爽口,多用作夏季筵席上的时鲜甜菜。

另一种做法是,将荷花花瓣跟豆沙馅、鸡蛋清、面粉、糖桂花按一定比例混合在一起,分两次,放在油锅里炸成浅黄色,撒上糖桂花再吃。这种两次油炸成型的荷花,因为添了桂花,取名"荷桂酥",特点是荷桂芳香,味甜鲜香。

藕粉

藕粉,是把藕打磨成碎末之后的沉淀物,本来应该放在藕里一起说,但藕粉在体现它的实用价值时,已经改变了形状,把它单列,也有一定道理。现在,它不仅成为江浙地区的汉族传统小吃,也成了全国各地老少咸宜的食品。公安县章庄铺镇的莲藕可以做成很好的藕粉,它的品类还分为红莲藕粉、纯藕粉、冰糖藕粉等。用半斤左右沸水,冲泡十五克左右藕粉,搅拌成半透明的糊糊,入口香滑嫩软,易于消化吸收。

从上面列举的来看,这莲藕浑身是宝。半个世纪以前,在农村,我们这些小伙子,正值长身体时期,嘴馋得不得了,又实在弄不来什么好吃的,山坡上田野里有什么,我们就弄什么吃,这莲藕便成了首选。初夏时节,我们吃藕簪,夏天吃鹅拱包,吃莲蓬;秋冬时节,尽管冻得发抖,只要发现哪里有莲藕,哪里允许挖,我们就下定决心去挖,以满足我们的口腹之需。

现在,人们的生活条件好了,完全可以用莲藕做成专门的全莲席。2005年去洪湖,我的大学同学叶再兴请我吃了一席"全水宴"。桌上近二十个菜,除了一盘粉蒸肉和一盘花生米,其余的菜都是水里生长的,鱼和虾自不必说,菱角、鸡头苞米梗和芡实粥肯定是水里生长的,更多的菜是用莲藕做成。如果哪个厨师别出心裁,用莲藕做出十个二十个菜,那不成了货真价实的全莲席?

鸡头苞米

湖北省公安县章庄铺镇四分之三面积是平原,平原河湖港汊多,一到夏天,湖里、堰塘里、小河沟里,水面上除了荷叶,就是菱角和鸡头苞米。

一般情况下,只要还能捞到其他东西吃,我们是不屑于瞧鸡头苞米的。鸡头苞米几乎被排在所有能吃的东西末尾,理由是它浑身长刺,很不好弄到手;即使弄到手,鸡头苞米也硬得像枪子儿,嫩的没有米,有米的很难弄出来。谁也没想到,到了新世纪,人们视野一开阔,这鸡头苞米居然成了一味非常好的滋补性中药,还是一种不可多得的保健食品。

莲藕大多是家种的,只有菱角和鸡头苞米多为野生,除非谁家堰塘水面宽,又有特殊的兴趣,才会在堰塘里种鸡头苞米。

在我的印象中,鸡头苞米最喜欢死水。死水堰塘微生物多,从岸上看去,塘水呈深绿色,这样的水称为肥水,只有在肥水里,鸡头苞米才长得茁壮。

夏天里,我们在外面转一大圈,一没摘到李子,二没摘到桃子,三没摘到莲蓬,四呢淤泥里的藕还没成形,怎么办?大家终于想到了鸡头苞米。我们跑到堰塘边,可是,大家一筹莫展,堰塘水域几乎被鸡头苞米叶子挤满了,散开的鸡头苞米新叶顶起旧叶,不少旧叶被新叶顶破,委屈地躺在新叶下面,而几片叶子的空隙,不少新叶探头探脑,真可谓层出不穷。

鸡头苞米叶子也有方向性,靠叶柄的地方稍稍凹陷,如果不细心看,整片叶子基本上呈圆形,从叶柄处向外辐射出一些不规则的叶脉,叶面上有许多凸起,凹下去的叶脉处生出许多小刺,呈红褐色。嫩叶探出头的水域,一朵朵紫色的花苞钻出水面,花蕊浅黄,内层花瓣呈淡紫色,再往下是毛茸茸的嫩刺和延伸到水底的茎。

别小看藏在水里的茎,只要我们不怕鸡头苞米的刺,用镰刀割断茎,刮去茎皮,就能弄到一束颇受欢迎的蔬菜。鸡头苞米的茎跟荷叶梗相似,中间许多中空的小孔,从水底一直延伸到叶柄。茎皮也跟荷梗一样,有刺。所不同的是,荷梗不能炒来吃,鸡头苞米的梗刮去表皮之后,呈淡紫色或紫绿色,切成寸把长的段,放辣椒一爆炒,是一盘不可多得的美味。

跟它的果实一样,鸡头苞米茎具有保健功能,是一剂良药。夏秋季节,还是一种进补的首选食物,吃起来微酸,绵软,有一些淡淡的黏液。可惜的是,鸡头苞米茎只有夏秋季节才能吃到,早春,它还没长出来,冬天,茎和叶都沤烂在水里。

鸡头苞米结的籽就不同,把它们收藏好,无论春夏秋冬,都可以做成美味佳肴。这一说,又要回到鸡头苞米的"刺头"上。成熟的鸡头苞米果浑身是刺,密密麻麻的,用棒槌砸开,它的子粒似莲子,被一层淡绿色果衣包着,子粒比莲子多,粒儿小,又有些像掰开的石榴,比石榴籽粒大,深黄色的颗粒外面裹着一层水唧唧的胞衣。这东西,因为像鸡头,我们那时候就叫它鸡头苞米,后来才知道,它叫芡实。真正管用的,是芡实米,得趁湿剥开,一晒硬,很难弄出来,现在用机器脱壳很容易。

芡实是很好的食物。这东西跟它的外形一样,即使用来熬粥,也很顽固,很难煮烂,但是煮得稀烂,吃起来又没有好口感,这就是考验厨艺的时候了。优秀的厨师经验丰富,做出来的芡实汤,既有丰富的营养,又有良好的口感。普通家庭美食家呢,只要多实践,也会把芡实做成一道养生健体的美食。

紫菱亦可采,试以缓愁年

说起章庄铺镇水乡的美食,莲藕真可谓谦谦君子,既好看,闻起来香气悠远,吃起来,味道更是让人垂涎三尺,而且它浑身都是宝。哪像鸡头苞米,从头到脚,浑身长刺,要吃它时,它又躲在硬壳里不肯出来。

跟鸡头苞米一样,浑身长刺的还有菱角,它们生长在湖泊港汊堰塘,都属于水生植物,既然是兄弟,性格自然相近。不过,菱角只是果实长刺,而且长的是大刺,不像鸡头苞米的刺毛茸茸的,弄得不好扎在身上,浑身痒痒的,特不舒服。菱角呢,因为长的是大刺,你只要当心点,就能够避开它的尖刺。

菱角的习性也跟鸡头苞米一样，它的植株从水底淤泥一直往上蹿。一旦蹿到水面，便横向发展，哪里的水面空阔，它们就往哪里扩张，如果没有鸡头苞米和莲藕的阻拦，要不了半个夏天，它们就可以把偌大的水面全都变为自个儿的领地。

菱角植株侵占的水域越广阔，我们采到菱角的概率越大。菱角植株也喜欢水肥的堰塘，水越肥的堰塘，它们生长得越茁壮，结出来的菱角果实越饱满。

虽然菱角长着尖刺，喜欢扎我们，我们还是争先恐后地下水去采摘，它是我们的美味呀，谁能阻止我们去接近美食呢？

后来，我上了大学，才知道古人采菱角是坐船的。过去在农村，我也见到，有人坐着腰盆去采菱。腰盆，呈椭圆形，盆沿高约半米。采菱人搬个小板凳居中一坐，后面的舱位空着，正好用来堆菱角。采菱人一边摘菱角，一边顺手往后舱丢，摘完腰盆周围的菱角，双手向前直扒拉，腰盆便继续往前划。我们这些农村的孩子，可没有这么好的工具，只好打赤膊，站到齐腰深的水里去采菱。菱角像是故意跟我们作对似的，一挨着它，就毫不留情地扎我们，扎得我们身上到处都是伤。尽管如此，我们依然乐此不疲，谁叫菱角是一种难得的美食呢！

菱角植株深绿色，带点儿紫，紫到近黑色，成熟的菱角呈紫色，有的菱角呈深绿色。

菱角有家菱角和野菱角之分，大多数野菱角都小，有四根刺，没什么吃头，只有家菱角，大的一个重半两，小的二三个一两。嫩菱角的皮一剥开，菱角米莹白如玉，一咬脆生生的，有一丝丝甜味，很爽口。老菱角则要拿回家去煮熟了吃。煮熟的菱角呈深紫色，菱角米呈乳白色，面面的，有水生植物特有的清香，那香味淡淡的，像是对我们辛勤劳动的犒赏。

菱角米比鸡头苞米好吃得多，不管生的熟的，用来充饥，很奏效。吃鸡头苞米得先砸壳，弄出里面的果肉难度大，所以，但凡有莲藕和菱角，我们都不屑于去吃鸡头苞米。

我忽然想起上大学时读到的菱角诗，以南北朝江淹所写的《采菱曲》最具情调："秋日心容与，涉水望碧莲。紫菱亦可采，试以缓愁年。"你看他，以采菱来缓解忧愁，该是那优美的曲调让人淡忘心中的忧愁吧？唐朝诗人温庭筠在长安看到有人坐船东归，居然想起故乡的菱角。这与古人采菱坐船有关，还与温庭筠家乡多菱角有关。温庭筠是太原祁县人，虽然他写的是"飘然篷艇东归客，尽日相看忆楚乡"，在古代，诗人所写的楚乡不可太当真，它不是实指，小小菱角，勾起的是诗人对故乡三晋大地的愁绪。

现代交通十分发达，长安到山西祁县，相距不到一千里，坐高铁大概只要两三个小时。不过，温庭筠即便生活在现代，他看到高铁东去，依然会勾起对家乡菱角的思念。

乡间美食雁鹅菌

雁鹅菌，这种乡间绝顶美食，早就沉睡在半个世纪前少年时的梦里了！

那时，秋天一来，天气渐渐变得凉爽，当一群群大雁成群结队地往南方飞去的时候，我们就知道，山上捡得到雁鹅菌了。早上起来，我们三五成群，挎上竹篮到松树林里去捡菌子。我们一路歌唱，一路欢笑，把路边林子里的小鸟都早早地惊起来了。不过，一走到松林里，大家就分散开，像潜伏侦察的奇兵，瞬间消失在松林里。

渐渐枯萎的草尖上挂着细小的露珠，草丛里，潮湿的泥地上长出一窝窝菌子。这些菌子跟泥巴的颜色相近，很厚的肉头，菌面上有些光滑，你一不小心，就会弄破它们的"帽子"，从断开的菌肉里渗出许多细小的紫色液珠儿，很像人们不小心弄破了皮，从肌肤里渗出来的血珠。开始是很小的珠儿，不一会儿，小珠儿渐渐变大，也跟人的伤口凝成的血珠儿相似。

雁鹅菌最好拿来炖腊肉，可是到了秋天，哪里还弄得到腊肉？只好用新鲜肉替代。

把雁鹅菌洗净，用菜油爆炒，再放到炖熟的猪肉里，那味儿要多香有多香！凡是闻到香气的人，没有不流口水的。

没有肉，清炒也可以，只要把作料准备齐全，比如先放生姜，再加辣椒片，快炒熟时加一把蒜苗，这样清炒出来的雁鹅菌也香喷喷的。

真正的美味要算老母鸡炖雁鹅菌。过去在农村，吃鸡是极奢侈的事情，老母鸡要下了蛋拿去换盐、换火柴、换煤油，不过偶尔我们也奢侈两回。先把老母鸡杀了，炖烂鸡肉，再把洗净的雁鹅菌倒进锅中。要知道，农村的老母鸡本来就是肉类中的佳品，跟山珍雁鹅菌搭配，闻到这般香气，食欲哪能不旺盛？

雁鹅菌的另一种吃法是拿来打酢糊涂，用雁鹅菌打出来的酢糊涂足以跟小鱼打出来的酢糊涂相媲美。雁鹅菌属于山珍，雁鹅菌里渗出来的红色汁液，能把酢糊涂调配得奇香无比。直到现在，如果我回到老家卷桥水库，在乡间的小路上走一走，谁家要是拿小鱼打了酢糊涂，或者用雁鹅菌打了酢糊涂，不用人指引，我顺着那香气，一定能找到那户人家。

可惜的是，几十年来，我们很少吃到雁鹅菌了。也许是气候的原因，也许是山上都种上果树的原因，现在的农村，很少见到大片的松树林了，没有松树林，到哪里去捡雁鹅菌呢？于是，这种乡间的绝顶美食，就只能存在于我们少年时的梦里了。

斑斓的五色菌

20世纪六七十年代，章庄铺镇卷桥水库和松林村一带，漫山遍野都是松树，一到夏天，我们就到松树林子里去捡菌子。我们大都在早上捡，夏天的早上，松树林里到处都是五色菌。

早上，山上有一层薄雾，薄雾里，松树林显得有几分神秘，天蒙蒙亮的时候，山腰的树林里有几座老坟，被缥缈的雾气一罩，你就得绕道走。你要是不小心走近坟地，一种恐怖感顿时袭来。但是，灌木丛四周有几棵高大的松树，松树常年罩住灌木丛，灌木丛下便湿漉漉的，那么，灌木丛里就总是藏着一窝窝菌子，这些菌子一个个色彩斑斓，让幽暗的松树林里充满诱惑。

怎么办，老坟后灌木丛里的菌子还捡不捡？当然要捡的，咱们等天大亮了，约几个人一块儿去。若是太阳升到一两竿子高，我就敢一个人去，光是那丛灌木里，我就能捡到半斤菌子呢。

这些五色菌中，最惹人爱的是绿豆菌，它们肥硕得很，像一把小巧的绿阳伞，才钻出地面的菌宝宝，像一颗颗绿色的宝石，这些宝石，大概是半夜才从土里钻出来的，头上还顶着些泥土和草屑。然而，早晨的雾气把它们头上的泥土和草屑都打湿了，那些没被泥土和草屑遮盖的宝石表面便莹润腻滑，仿佛被抹了一层油似的。

所有的菌子都一坨坨生长，跟人类的家族一样，有老的，少的；有大的，小的；有的如半老徐娘，人老珠黄；有的正青春焕发，生气蓬勃。毫无疑问，那些生气蓬勃的，正处在菌类生长的旺盛期，像人的少男少女时期，那半老徐娘，很可能是昨天或者前天就钻出地面的，已经阅尽人间春色，或者说看破红尘，也心安理得地打算回归自然了。有那垂老的，已经腐败，有一些看上去虽然还立在草丛里，可是你走近一看，它的伞柄大半腐烂，伞盖看上去完好，用手去触摸，立刻瘪进去，里面早就被一些虫子蛀空了。但是，那些昨天夜里才钻出地面的菌子，却正在蓬勃地生长。

你瞧那一群，中间的两个菌子，是一对夫妻吧，两人携手并肩，从地下一个劲儿地往上窜，伞柄已经长出一寸多。伞面半合半开的，很想看看外面的世界，却又羞羞答答，犹抱琵琶半遮面。夜里，它们经历过巫山云雨，天亮了，它们要看看外面的花花世界，要欣赏灿烂的朝霞，要嗅一嗅山坡上野花的馥郁，于是，它们便从伞柄下悄悄地探出头来。

这一看不打紧，它们的父辈——昨天早上就钻出地面的大菌子，早就撑开一把大伞。是想为孩子们遮点儿太阳吧？外面的世界太精彩啦，它们幸好钻出来了，不然，山坡上这么美丽的景色，怎么看得见哟！

才钻出地面的绿豆菌伞面呈深绿色，绿豆菌越长越大，伞面颜色越来越淡，淡到老菌子时，便只有一丝儿浅绿。有时候，你以为它们是白色的，因为沾了些泥土，那白便不洁净。所以，当我们扒开灌木丛，看见绿豆菌的一个大家族，你的面前便出现一大片深深浅浅的绿色阳伞，这些伞，有的大有的小，有的高有的低，它们不成规则地排列，错落有致。再则，你一看见这些小阳伞，马上就联想到中午火锅里喷喷香的菌子，你还不欢天喜地呀！

除了绿豆菌，我们也喜欢阳伞菌，那些菌子，像大户人家千金打的阳伞，伞柄是白色的，伞面是白色的，只在伞面向顶尖的地方带点儿浅灰色，是太阳把它晒黑的吧。这些大户人家的小姐很有风度，往草丛里一站，大有玉树临风的气派，全像是参加过瑜伽训练似的，一个比一个苗条，一个比一个文静。

另一种菌子叫黄豆菌，是为了跟绿豆菌作对比才取这个名字的吧。顾名思义，黄豆菌的伞面便是黄色的，就连伞柄也略带点儿黄色，不过不是浅黄，是茶黄，像比较淡的红茶汁。它的黄色主要体现在伞面，伞柄被抹上一层淡黄，像是哪位茶女不小心溅了一点茶汁在上面。

也不是所有的黄豆菌都是黄色，有的黄色深，有的黄色浅，那深的接近褐色，浅的呢，会让你误以为是阳伞菌，不过，阳伞菌的伞面是白色的，伞底下却是褐色的，有的伞面接近灰色。黄豆菌却刚好相反，它们的伞面呈茶黄色，伞面下却是白色的，所以，你若是分不清哪是黄豆菌哪是阳伞菌，只需看看伞面底下就行了。

黄豆菌之外还有一种松树菌，颜色如秋天落到地上的松毛，跟山坡上的黄泥巴颜色差不多。

没捡过菌子的人，绝对想不到还有一种菌子叫烧火佬菌。用烧火佬来形容菌子的颜色，不是取火焰的红色，而是取被烧黑的炭头，想必那些坐在灶门口烧火的人，脸上头上容易沾灰变黑吧。烧火佬菌子趴在草丛里，跟枯死的树叶相似，一坨一坨，黑黢黢的，也像黄豆菌一样容易被忽略。

树林里，另一种菌子很特别，它们的颜色跟火焰差不多，呈大红、鲜红色，红得耀眼，可是它们有毒，俗名叫笑菌，谁也不敢吃。不过，有人把它们晒干，放了辣椒炒着吃，也没见吃出问题来。但是，新鲜的笑菌是绝对不能吃的，谁也不敢拿自己的生命开玩笑。

说起晒菌子，我倒想起来，小时候，夏天我们每天都捡菌子，一捡就是半竹篓，一捡就是一菜篮，怎么吃也吃不完。母亲就叫我们在门前的稻场上扫出一块空地，把捡来的菌子摊在空地上。夏天太阳那样大，一天就能把菌子晒干。晒干的菌子体积变得很小，我们找个竹篓把干菌子装好，等到实在没什么菜吃的时候拿出来，放点肉丝，切一把蒜苗，再加一把辣椒丝，灶下加大火爆炒，是一道味道挺不错的下饭菜。

晒干的菌子再也分不出优劣，全都黑黢黢的，那味儿很隽永，跟茶树菌味道差不多，当然，比茶树菌味道香。不过这种吃法，是丰时储存歉时吃，只能算一种调剂，真正吃菌子，必须吃新鲜的，那才是一种无与伦比的美味。

新鲜菌子最好下到鸡火锅里吃，你别管是不是夏天，只管架个火锅炉子。当然，你得先杀鸡，把鸡肉烧熟了，再把菌子加进去。20世纪六七十年代，农村里哪有那么多鸡杀来吃，杀一次鸡，加进菌子再吃，能让你记一辈子。

我们把新鲜的五色菌捡来，用菜刀削去伞柄的篼，把大菌子掰成小块，抹去小菌子伞面上的尘土和草屑，把它们洗净就可以放到鸡火锅里了。煮一会儿，菌子的汁液渗出来，把鸡汤变得很浓，很像是加了糊粉似的。你拿调羹舀一勺汤，吹口气，喝一口，那汤黏嘴巴呢。你喝进鸡汤的同时，把五色菌的汁液也喝进去了，味道鲜得不得了。

如果没杀鸡，有几片腊肉也行。那也得先把腊肉火锅做好，再放进五色菌，煮出来的汤比鸡火锅的汤略淡，味道差不到哪里去。

那时候的农村，到了夏季，腊肉已经很稀少，平时我们一般都是只吃五色菌，味道也令人难忘。我们的吃法是把五色菌放到锅里用大火爆炒几分钟，加葱花、辣椒、大蒜，放点花椒、桂皮、生姜，然后把炒好的五色菌盛到火锅里。

火锅是一口小铁锅，把小铁锅架到炉子上，炉子也是个生铁炉子，炉子里烧着炭，门口的南风一吹，炭忽忽地蹿起火苗，火锅炖上去，锅子里立刻咕嘟咕嘟地冒起泡儿来，你走近火锅去闻闻，香得不得了。绿豆菌和黄豆菌都变成灰白色，不过，阳伞菌照样洁白如玉，烧火佬菌照样黢黑如炭，只有松树菌，黄色虽然变得浅了些，还保留着它们的本色。

  在那个缺少美味佳肴的时代，一锅喷喷香的五色菌，就是我们的美味，就是给我们打牙祭。那种含在嘴里滑溜溜的感觉，那种扑鼻的香气，哪怕今天用鸡火锅换，我也不干！

  美味的五色菌，现在已经很难找得到了。而今，我们家乡的山上几乎全部栽上柑橘树，可爱的五色菌哟，你到哪里去生长呢？再者，如今的气候不如过去，即使有树林，树林里也难得有氤氲的雾气，没有雾气，五色菌怎么生长得出来？那么，我也只能沉浸在往事里，把五色菌美好的味道留在渐渐淡忘的记忆里。

青黄不接野菜香

/ 潘宜钧

近日，去冬种的青菜吃完了，新蔬菜还没上市，田边地头的野菜就发挥了作用。

章庄铺镇的地理位置十分奇特，处在江汉平原、洞庭湖区和武陵山余脉三地的夹角地带。207国道穿镇而过，镇西卷桥水库的大堤上有块界碑，西面是湖南澧县，东面是湖北公安和松滋。日落西山时，站在我家三楼屋顶，东望江汉平原一马平川，油菜花把天都染得金辉灿烂；南瞰洞庭湖区河港纵横，湖泊星罗棋布，如银片撒遍大地熠熠生辉；西眺武陵山隐隐约约，但起伏线条轮廓清晰。在四公里范围内，东方的南平镇就是原公安县府，公安因三国时刘备曾驻守而得名，大革命时期湘鄂根据地，贺龙的司令部曾设在这里；东南方有"公安三袁"的故居，而北面牛浪湖畔不远，有"三袁"之首袁宏道墓地；西方的武陵山脚下则有全球闻名的城头山遗址，那是中国最早的城市，距今有七千年。

地貌各异，地质也不相同。中学时寒假都要参加农田水利建设，到邻村地挖灌溉渠，我们荣龙村是松软带沙的黑土，北边新堰村却是黏乎乎的黄泥巴，再往北到松滋湖南澧县，土壤则多呈红褐色。从地名也可看出端倪，东南方的村庄叫港、渡、沟、湖，西北方就是岗、岭、坡、林了。什么土地长什么苗，开什么花结什么果。水稻都是有的，但旱地就大不同了。镇南部是麦棉油菜，镇北则以茶果为主。即使是果也不相同，一方是桃李杏，另一方则是桔柑柚。树木也有杨柳桑与松槐柏之别。儿时去同学家玩觉得很稀奇，现在知道了那是因为土壤酸碱性不同，黑土是酸性，黄泥则是弱碱性了。在这么特别的地方，野菜的丰富多样就很自然。

这些日子，我家几乎每餐都有一两种野菜端上饭桌。野油菜、地米菜、黄花菜、枸杞叶、观音菜、芦笋、野葱、野芹、香椿芽、藜蒿苔子、茭白……真是数也数不清。湖区的初春不是野菜最多的时候，但春天的神奇就在于昨天去还是光秃秃的，一场夜雨，今天一看便一片绿色。野芹炒腊肉、椿树芽或野葱炒鸡蛋、芦笋烧鳝鱼当然好吃，但最让我嘴馋的是嫩蒲公英叶下火锅，那真叫香气扑鼻。吃法最多的是野油菜，切了开水汆过，用尖椒清炒，或下火锅，吃不完的晾干做咸菜，都是极好的佳味。这里最要说明的一点是，虽然现如今不少野菜在大都市偶然也能买到，但那都是人工大面积种植的，与到田边地头采摘的新鲜的带着泥土芬芳的野菜，其味道和口感有天壤之别。而这区别也只有我们农村长大的孩子才品得出。

宁静的小杨叶

/ 黑丰

  今天，我要说杨叶，而且是那种植物学意义上的小叶杨的杨叶。我没有专门坐下来推究过小杨叶，但小杨叶片进入我的空间成为我生命中的一部分已有好多年了。

  杨树是我国的传统树木。推及它的过去，一般被农人们看好。它的随处安在也曾被历史上的少数墨客称道。而我写的是我的杨和我的叶。生活节奏、工作节奏日益加快的今日，我开始思念我的小杨叶——特别是处理完一天的公务，我头部发紧、思维发枯的时候。

  童年时，我的家在一条宽阔的土公路边。这条土公路修筑于20世纪60年代初期，土公路竣工后，路两边各打了两排杨桩。当杨桩的叶蕾膨胀的时候，我也来到了人世。当我成为背着书包的学龄儿童的时候，杨树也扶摇直上，它们的青云早已高过我的头顶，已能遮天蔽日。它们的出现，使我的童年变得更有意义起来。与我喜爱收集邮票的青年时期相比，我似乎更愿意回忆琅琅读书声中飘零着小杨叶的童年生活。

  从我最初见小杨叶到我最终决定收集它们，纯属偶然。我还在小学读书，处于低小阶段，这条土公路是我回家的路，也是我念念不忘的路，尤其是秋天里的土公路更是使我难忘。为什么呢？因为小杨叶落了。是的，落着叶子的秋季更使我怀念。就是这叶子在深秋里美丽着、闪亮着。我敢说越是黄叶越是焦叶越美丽。哪怕叶子忍不住要破碎，秋阳一照就很美。是的，秋阳一照。秋阳是美丽之源。秋阳把秋空涂成暖暖的调子，看着就使人留念一年中的这段时间。其实，现在重度秋日，情况就发生了变化。就有一种喊，就有一种哭，就有一种欲望。而当时没有，只是看见落叶有无数种的美丽。无论是空中弥漫的，还是地上卷起的，各有风度。且林子里有一种名叫蟪蛄的黄绿色的小蝉在那里叫。这针尖一般的蝉鸣，使秋的风味就更足了。那天回家，我一边走着，一边踢着叶子，就说："把它们收起来吧！"——当然，也许不是我在说。

说干就干。我回到家，拿起一柄木耙便开始收拾公路两边的落叶。我把这些叶子收成一个又一个小堆，然后装进口袋，然后担回家倒在屋前的稻场上，这公路两边的叶子由于长期无人收拾，不几耙就是一个堆，不几堆就是一袋，不一会儿，就是一担。不久，小杨叶铺了整整大半个稻场……可是，不知不觉天开始黑了，叶子还有那么多，路还有那么长，我不能歇耙。我努力地操纵着木耙向前掘进。我的目光越过二十多年的时空注视着高大的黑气森森的杨树林里这幼童的背影。公正地说，我现在从回忆中像搜索一片嫩叶似的搜索到这个男孩，我没有什么喜悦，更谈不上甜蜜。然而我小心地像保存化石一样地保存它和与它同处一个空间的小杨叶，我只是生怕它与杨树叶一样易碎而不复存在。想想我当时刚好到了七岁这个年份。我的孩子在我当时这个年龄时，正满身奶气地在我面前无知地"小"着。他的眼里没有黑树林，没有杨树叶跟在他的身后飘——那么，当时的我除了看见杨树叶究竟还看见了什么呢？的确，我当时的眼前除了杨树叶别无其他，它们在林子间金子般地闪烁与着谜。而且，我投入地注视杨树叶，竟然没有听见母亲的呼唤。其实，我的母亲魏开秀大人呼唤我乳名"七斤"的声音早已清晰地有如晚钟般地洋溢在夜气上来的田野和林子间了，从四面八方包围着我，使我后来一段时光总也没走出这个极圈。我的父亲刚好收犁，正从大气磅礴的田野里走上来。我的姐姐也收工回来。她帮我收拢树叶担回家。我父亲则将我仰面抱着，又抛向空中接住，然后用他的痣胡亲我的小脸和小嘴。我最怕他的痣胡，也最爱他的痣胡。因为这是他在爱人。他的爱一般是难以得到。我姐就享受得不多。亲过之后，我会得到一把难得的花生或者白色的麻果。这些在物质极端匮乏的当时尚属上品。我就在他的怀里看夜里的云天。

回家之后，家人都夸我"乖"。

这一夜，我睡得极香。而且还做了一个奇奇怪怪的梦。我梦见自己来到土公路旁的小沟边，看见有风吹过，看见杨树叶纷纷扬扬地飘落，落在水沟里。

这些细杨叶在水上飘,像在空中飘一样,自由自在,仿佛从一种自在遁入另一种自在……正当我看得有些入迷的时候,一个涟漪,小杨叶不见了,在小杨叶存在的地方出现了一条小鲷鱼(不是海里的那种,是我家乡的一种鱼,与小杨叶相仿)。又一个涟漪,又一条小鲷鱼,又一个涟漪,无数个涟漪在同一时刻发生。来了兴致,我就提着空钩去钓鱼。这些鱼们饿极了,馋得连空钩都咬。一会儿工夫,我的手上就得到一串鱼,一律用杨树枝穿了,提到家里,我叫妈妈炸,带到学校吃。妈妈看了看说:"哪有什么鱼,明明是一些小杨叶。"我一看,果然是。这是怎么回事呢?我有些纳闷了。哦,我想起来了,我不该用杨树的枝条穿它们。这些细鱼一见了杨树枝,就害怕得显了原形……后来,我就醒了。

以后,我放学,一踏上土公路,就观察地上的小杨叶,哪里多,哪里少。乐趣是辛勤中同时生成的另一种健康的感情色调。在米红色的天空下,在黧黑的杨树林子里,我追索并收集金黄的小杨叶一直到天黑,母亲们亲切地呼唤在田畴上此起彼落的时候,才恋恋不舍地罢休。可是,已是收紧了布袋,握住了耙子,要走了的时候,我们还贪恋地回头,无限可惜地望着那些渐渐蒙上夜色、藏在黑暗中的小叶子们。

再见了,小杨叶。

再见了,我明天再来收集你们吧!

那种再见尚不存在生离死别的眼泪,只有一种难以言说的惋惜。是的,惋惜!惋惜似乎是尾随在罢收之后,是它的副产品。

我对劳动之后的憧憬归纳起来,似乎很简单。因为它们除了在我母亲手上做出杨叶饭外,便是可以帮我抵御冬季的严寒,给我带来了一个暖冬。因为那时一入冬,便注定有雪。可是,在深冬里火塘却红亮起来,在四野茫茫、白雪皑皑的茅屋里明亮的大火十分醒阔地照亮着你,并深入你的记忆。那火塘,用几块土砖临时围着一个坑。那火坑里除了一个大树蔸外,烧的正是我收集来的杨树叶子。这烟气涂染四壁的火塘,同时也是我儿时的天堂,它给我带来了美食。我们可以在火坑烤红薯、烤土豆、烤糍粑。在火坑坐上一个陶罐,炖红枣、莲子、藕、腊肉、灌肠、猪蹄。是那些吃食在闪,在吸引人,更有火坑里的民间故事,像火灰里扒出的熟薯与熟豆。我一边吃,一边听叼着铜烟杆的爷爷说古,一边往火坑里加杨叶。噼噼啪啪的小杨叶像拍掌一样炸着。

我知道,泪水是苦的,泪水的意义极多且极丰富,远远超出了泪水的内容。

我在家母的背上伏着，经历了泪水的洗礼。它是在我的腿被一条毒性很大的蛇咬伤之后。不用费神便可想见我被蛇咬伤的情景——入了秋，不光我追逐叶子，还有蛇。产生寒霜的秋季使入土较晚的蛇有了寻找叶子取暖的需要。蛇爬到一堆叶子中间盘住长长的身体便沉沉地睡了过去。所以，蛇注定咬到了我。从此，这一秋，我便伏在家母的背上。我本来是躺在家中，可是，一个活蹦乱跳的孩子被幽闭在黑魆魆的屋子里，这是多么难以忍受。不用出去，我就知道小杨叶们落下来了。它们闪着秋阳的光泽。还有那种名叫蟪蛄的小蝉，还有美术大师般的秋阳，米红的天空，醉醺醺地歪斜在天边上的云朵。是它们，是它们迷住我。那时，我是多么痛苦。怎么能不痛苦呢？——我被迫突然离开了我收集树叶的林子，儿童的生命似乎被悬搁起来。我怀念林子间的我与林子间的生活。怎么不怀念呢？整个秋天的气象化入了"人"——叶子、林子、土公路、小水沟、夜气、天空、秋阳等等，成为我"人"的一部分，怎么割舍也割舍不开。所以，童年在我看来不仅是一个时间概念，而且是一个地理空间与地理物象概念。这里还包含我童年的"做"。从某种视角来看，是我儿时生活、劳动中熟悉的景与物成为并"给"出了我的童年。正因为如此，名之"七斤"的痛苦便是他自己突然从此不再成为他自己的痛苦。苦苦思念是要索回之所以为人的不可或缺的内容。

后来，我从躺椅上折腾到家母背上，在秋阳斜照的林子间这么一走动，我的流动在血里的人性便开始一点一点地"醒"了过来。是的，林子间的气象有一种"醒"人的作用。不仅仅是眼眸在"醒"，而是全身在"醒"。细胞与毛孔一个一个地"醒"。后来，我仿佛感到自己已在母亲背上一点点消失，一点点空无。在秋阳照得空亮的林子间，我变化成了一片或二片小杨叶轻轻地无声无息地飞渡……

尤其是在节奏快得惊人的今天，现代生活迫使我远离了童年的这些叶子。我是多么希望抽空到随便的一棵树下站一站，在树们组成的林子里走一走、看一看，甚而奢侈地享受一下绿荫，享受一下风吹叶动，树影婆娑……唉，不能了，我远离了树，远离了叶。我只能书面地对小杨叶们做一下交待。在字面上精神地沉缅一下——我也很少寻得机会回故乡。其实回忆中故乡的土公路早已不存在，替代它的是一条高速公路。这条高速公路宽敞、干净、速度也很快，没有一片树叶子来干扰。可是我的情感却很难被眼前的事实感染。我固执地眷念着土公路，我怀念那个收集小杨叶的孩子。我甚至庆幸我有如此一段甜美的童年。

现在，我甚至还希望有幸被蛇咬。然后，爬到家母的背上，与她重度那段美丽的时光。有时，我在街上远远地见到一堆叶子，便下了车，走到跟前呆呆地愣上半天，我的手就开始"痒"起来。但我猛的醒来，这不是我的叶子。消失的那段时光，看来已是不可重度。我永远只可能是一个正在一点点丢失的人。我注定是丢失了我的小杨叶。它们注定是隔着我像隔着一条河，而河面还在不断地增宽。我在我尚处于清晰的中年，我望见了那些像时光的碎片一样期盼飞渡的叶子，它们最终落在小水沟里，变成鱼。在春沟水暖的时候，它们又"噌"地飞上树枝，像早就挂在那里一样。这就是我的小杨叶。它们似乎叮当地响着。

它们多美！

作者简介：

黑丰，原名丁世林，公安县章庄铺镇五首旗人，出生于20世纪60年代，1977年毕业于郑公中学，1997年至2005年在郑公中学任教。诗人、作家，现为《北京文学》资深编辑。主要著作有诗集《空孕》《灰烬之上》《猫的两个夜晚》，实验小说集《第六种昏暗》《人在半地》，随笔集《寻找一种新的地粮》《一切的底部》等。作品被译成英语、法语、西班牙语、罗马尼亚语等多种文字发表于海外。2016年6月应邀参加罗马尼亚第二十届阿尔杰什国际诗歌节，获"特别荣誉奖"；2019年5月应邀参加雅西第六届国际诗歌节，获罗马尼亚"历史首都诗人奖"。曾担任四川省"杜甫诗歌创作奖"和中国第四届青年华语作家奖评委，北京白雀奖、第三届鄂尔多斯诗歌那达慕和中国太阳诗歌节终审评委。

家乡的莲 （外一篇）

/ 伍业琼

生于水乡，我似乎天生就对莲花有一种别样的情愫，每年都能看到，每年都看不腻，每年都在寻觅不同的风情。

摄影界的好友寻到一处好地方，就在郑公渡新港村，一个美丽而静谧的村庄。

我们立刻趁兴而约，想赶在这个夏末莲子花开还未谢的时候一睹风情。

来到目的地，起初只看到密密匝匝的荷叶，不由有些意兴阑珊。虽然随风飘拂的柳丝下，如波光一样层层闪动的莲叶也别有一番动人的韵味；虽然绿伞似的叶片间仿佛带着丝丝凉意，也很能吸引人的目光，可是看着星星点点的花朵，还是难免有些扫兴。

好吧，都说"有花堪折直须折，莫待无花空折枝"，其实也不然，无花的时候欣赏一下夏日的柳树，也是不错的选择，放松心情尽情享受这夏日的时光吧。

这一溜儿柳树有着强壮的躯干，柳枝却显得幼嫩，长度刚好，拂到湖面，魁梧修长的枝干延伸到远处，极力想用细长的枝条去轻触波光潋滟的水面。而湖水是羞涩的，永远若即若离，不去回应垂柳的热情。

等穿过小路，眼前豁然一亮，这儿的荷塘可热情多啦！虽已过了繁盛时期，但面前的景致已经足够让我们欢呼雀跃了。

无论是含苞待放的还是努力绽放的，无论是若隐若现的还是奔放外露的，都让人心情飞扬,想要伸开双臂拥抱这一切。

在远方浓郁树林的衬托下,这一片铺天盖地的绿色是绿得可贵和可爱了,这碧绿要从叶面滴落下来似的,而这些白里透红的花瓣,粉面含春的模样,恰似一位俏丽的少女,让人想起徐志摩的诗:"最是那一低头的温柔,像一朵水莲花不胜凉风的娇羞。"

你看那躲在角落的两支,多像两只交颈而眠的鸳鸯。雄的微曲着修长的脖子,似乎在为自己的伴侣遮风挡雨,小美女则娇羞地低头依偎在情郎身边,花瓣又调皮地稍稍绽开。

右侧这一对则含蓄多了,只是默默地伫立,将身姿站成了永恒,即使身边有再多的纷扰都与之无关。

远处一朵盛开的莲花恰好浮在水面,就像一只荷花灯,粉白的花瓣极力张开,载着馥郁的清香,也载着不欲人知的心愿。

面前的两朵是坐拥江山的帝后,它们只管雍容地开着,并肩而立,带着睥睨天下的气势。

然则现在正是莲花盛开的时节,大部分莲花已经孕育莲实,它们肆意地敞开怀抱,露出嫩绿可爱的果实,却又分外小心地环绕着自己的孩子。

有的花瓣已半落未落,有的则只剩下一支饱满的莲蓬。它们多像一个个温柔的母亲,把自己最美丽的时光奉献给了孩子,等到孩子们茁壮成长起来,它们再静悄悄地离开。

摘一片荷叶擎在头顶,绿荫下自有一股清香沁人心脾。我静静地站在湖边,心也随着水波荡漾开来。恍惚间,我也化作湖里的一支莲,在这清风中摇曳,随着岁月的更替,开花,结实,老去……

橘乡情

我的梦里,有一弯小小的船,船上满载着的星辉斑斓,是无数个日日夜夜沉淀下来的思念。

母亲,您在岸的那边,能否看到女儿眼里的泪光,将夜幕与湖面连成一线。

可是今晚没有缠绵的月光,没有牛浪湖上多情的云烟,也没有星夜里随着清风婆娑起舞的橘园。

还记得小时候的游乐园,就在家门口的橘园里。春天伴着满园的橘花嬉戏,秋天对着挂满金黄色橘子的树林放歌。

　　夏天的夜晚如水般宁静，躺在竹床上聆听远处的蛙鸣，数着天上的繁星，在母亲蒲扇下温柔的风里入睡，悠然而至的，是橘园里才挂上枝头的果实清香。

　　还记得曾经禁不住橘香的诱惑，我偷偷地溜到橘园里，将那青涩的果实摘下，而永生难忘的，是酸到心底的滋味儿，和母亲嗔怪而宠溺的目光。

　　等到金秋凉爽的风儿吹过，我的渴盼便安宁下来，静静地守候着酝酿了一个季节的甘甜。家家屋顶的炊烟正袅娜地升起，呼唤着在外撒欢的小子、丫头们，呼唤着连脚步声都洋溢着丰收喜悦的果农们。

　　梦里的茶园，满目青翠，采茶的姑娘们十指尖尖，将一抹嫩芽揉进青山绿水间。采不完的柔情，看不厌的风景。青青茶园，绿意盎然，春风十里不如你。

　　初秋在牛浪湖上泛舟，看夕阳为湖面覆上一层金纱。千万重粼粼波光，映着船上温暖的背影，眉目间的风情，已融入这山水无言的美！

　　可是，我柔情似水美如画的故园啊，我已离开你太久太久，久得我已找不到当初离家时的小路。

　　那满园小灯笼似的橘黄橘绿呢？那牛浪湖畔多情的依依杨柳呢？那茶园里姑娘们悠扬的歌声呢？是否只能穿过千山万水走进我的梦中？是否只能存在于我文思枯竭的笔端？

　　我用心描摹过千百遍的故园啊，我听到了你对远方游子的呼唤。而今，我回来了，你是否感受到我千回百转又如鲠在喉的思念？

　　看吧，当我在这收获的季节踏上归途，万里橘红已为我点亮回家的路。

　　谁在橘园里纵情歌唱，那是果农们粗犷的歌喉在传递着丰收的喜悦；

　　谁在龙王坡上撒下串串笑语，那是天真的孩子们钻进了层层橘林；

　　谁将那熟悉的甜香刻入我心间，那是盏盏橘灯绽开嫩滑多汁的橘瓣……

　　恍然如梦，情景依旧！

　　母亲，您的女儿回来了，带着她的爱和哀愁。她将擎上半缕茶香一抹橘红，轻轻地，轻轻地簪在您早已斑白的双鬓。

十里飘香紫金茶

/ 谭兴龙　李良文

朋友，当你来到美丽富饶风景如画的章庄铺镇西部，走进享有"公安北戴河"美誉的卷桥水库，然后登上高处，向紫金闸方向望去，就会看到那坡峦叠起，犹如一排排列队士兵般披翠挂绿的层层茶山，那便是十里飘香的紫金茶园。

20世纪90年代中叶，紫金茶就已闻名华夏，它品种繁多，各具特色。主要有剑毫、绿针、龙井、翠峰等四种，其中剑毫档次最高，是湖北五大名茶之一。1996年，紫金剑毫荣获湖北省茶叶杯金奖和国际食品博览会金奖。

你若是个茶中人，请品尝一下我们的紫金剑毫，它们是用刚长出的新芽精制而成，那白绒绒的细毛让茶叶散发出一种诱人的光泽。你拈几片茶叶放进茶杯，用开水冲泡，一片片茶叶笔直地悬浮水中，如剑一般林立。片刻，你揭开杯盖，一股沁人心脾的清香就会随着热气升腾，然后徐徐飘散。再看茶汤，呈淡绿色，清亮透明，品上几口，便会精神倍增，胃口大开，回味甘甜，历久不衰。

你也可以品一下紫金翠峰，它虽是一种大众化茶叶，由两叶一芽的鲜叶制成。用开水一泡，叶片会慢慢散开，像经过摄影师处理后的慢镜头下的花朵，茶叶慢慢张开，茶汤比剑毫还绿，因为所用鲜叶片儿大，经受日照的时间长，叶绿素相对丰富，品起来味儿更显浓醇。

你若有闲情，亦可坐在仿古的书房，抓一撮绿嫩欲滴、清香四溢的绿针，绿针茶细长条直，其档次介于剑毫和翠峰之间。你冲上用铜炊壶烧好的开水，保证你立刻产生一种"一杯春露暂留客，两腋清风几欲仙"的飘飘然感觉。

我出生在地处紫金村的乡村小镇东岳庙，与紫金茶有着不解之缘。当时，镇上几十户人家还吃着国家商品粮，后来全部下放到紫金村，成了紫金村民。我的初小就是在东岳庙小学读完的，高小时则每天步行到七八里开外的石子滩小学就读。每天上学、放学，我们都要穿过紫金茶园那条土公路。走在蜿蜒的土公路上，看到两旁的层层梯田，绿油油的满是茶树，仿佛在绿色的海洋里畅游。特别是到了春天，走在那怡心悦目如翡翠绿玉般的茶园里，扑面而来的阵阵茶花芳香，让我流连忘返，久久不忍离去。

1968年秋天，我从卷桥农中辍学，村里安排我到紫金茶场劳动，有幸成了名副其实的小茶农。那年我十六岁，就像刚刚沁入水中的茶叶沉沉浮浮，懵懵懂懂，不过很多情景一辈子也难以忘却。比如阳春三月，我和伙伴们晨起采茶，我们身背竹篓，迎着朝霞走进茶园，满山满坡雾气升腾，芳香缭绕，不是神仙也成了神仙。

开始采茶了，我们摆开阵势，一人负责一垅茶树，双手在茶树梢头舞动，一叶叶细芽飞入篓中，直至绿叶装满溢出，我们才抖去身上的疲惫，在欢声笑语中满载而归。至今，我仍记得当年几个伙伴的名字：向礼成、罗享富、姚英坤、刘孝柏……其他茶场采茶都是年轻的姑娘，紫金茶场却大多是小伙子，后来我的这帮兄弟都成了紫金茶业的顶梁柱。特别是改革开放以来，他们让紫金茶走向全国，享誉华夏，甚至走向海外，功不可没。

你可别小看紫金茶，它的制作可讲究呢！要经过鲜叶选料、杀青、整形、烘烤、提香等五个环节，每个环节都相当精细。就拿剑毫茶来说，所选的料全是一厘米左右的新芽，只能手工采摘，一个人一天最多只能采上三四斤鲜芽，做成成品大约一斤。杀青和烘烤尤其关键，欠了火，茶会有青气；伤了火，茶会有糊味；只有把握好火候，才会色香俱佳。茶叶整形，也是手工操作的，茶叶技师们在炕灶上一边炕一边搓，既不能搓得太快——搓得太快，用力过大，茶会被搓烂；又不能搓得太慢——搓慢了，力用小了，茶又不成形。只有温度、速度、力度三方面恰到好处，才能达到最佳效果。至于"提香"就更不用说了，那完全是一种玄妙的技艺。这些工序，我都在紫金茶场学过，如果我一直在茶场干下去，说不定我就成为一位享誉华夏的制茶大师了呢？

紫金茶之所以闻名遐迩，还与公安县委县政府、章庄铺镇委镇政府的重视和大力支持分不开。20世纪60年代末，时任公安县委书记张明春就来紫金茶厂视察过。领导重视，群众肯下力气，科技人员不断攻关，才造就出驰名中外的紫金茶。

"把茶冷眼看红尘,借茶静心度春秋。"紫金茶,给了我少年时代的沉浮和苦乐,喝着它,总让人想起"少壮不努力,老大徒悲伤"的古训。紫金茶,让我想起了青年时期的青涩和中年时代的打拼:十八岁那年,我远离故土,几十年东奔西走,喝的大多是紫金茶;当我累了困了,不想就此沉沦,我就喝紫金茶,一喝它就提神醒脑。紫金茶,给了我老年的沉淀与思考,喝着它,让我不自觉地想起"美不美,乡中水"的俗语,还让我想到"少小离家老大回"的亲切……

人生如茶,苦如茶汁香亦茶。茶,喝的是一种心情,品的是一种情调。沏一壶清茶,任幽香冲去浮躁,沉淀了思绪,心情悠静才可长久。

人生如茶,甘苦一念。我喝过西湖龙井、君山银针、信阳毛尖等,这些名茶,虽然品质独特、甘馨可口,但当我走过千山万水,回过头来,最爱喝的还是这清香悠远、乡味浓郁的紫金茶!

作者简介:

谭兴龙,1952年8月出生于公安县东岳庙,高级讲师,曾任公安县卫校纪委书记,公安县职教中心学校副校长。在国家级、省级刊物发表科教研文章近二十篇,曾获湖北省中专科教研成果二、三等奖,1992年被编入《中国当代教育名家能人录》。

李良文,1952年出生于公安县东岳庙,中学高级教师,全国中小学素质教育研究会理事,湖南省徐特立研究院特约通讯员,荆州市美术家协会会员。发表作品数十篇,参与编写三部教学丛书,书画作品曾在央视频道展播,教学论文获国家级二等奖。

我生命中的水稻

/ 曾纪鑫

一株株茁壮的水稻，以它们纤细而柔韧的腰肢，昂然地挺举着粒粒饱满的果实，在南方蔚蓝的天空下铺展成一望无际的金黄。薰风吹拂，谷子们为自己的成熟丰硕与功德圆满相互致意祝贺，将阵阵丰收的喜悦传递给眼巴巴守望田头的农夫。

双腿稳稳地插在水田的稀泥中，左手紧紧地抓满一把茂密的谷丛，右手迅速地将一弯如同新月般的锋利镰刀向前伸去。只听得"嚓"的一声响，一把禾梗与果实相连的稻谷便齐崭崭地与母体分离了。这阵阵"嚓嚓"声连绵起伏，汇集着滚过辽阔的田野，从清晨响彻黄昏，变奏着南方农村一年中最宏伟动人的丰收交响。

那年，我高中毕业，便以一个地道的农民身份加入了这宏大的交响乐中，变成了一个不起眼的音符。

对水稻，我自有着一股独特而深沉的感情。

我的故乡新港村位于江汉平原最南端，这里，千百年来传承着由稻谷碾成的大米作为生存的主食。当我在母腹之时，便通过母亲的肠胃，吸取着稻谷丰富的营养；呱呱坠地后，吸的是母亲体内由稻米转化而成的甘甜乳汁；稍大，便捧了一碗碗堆得冒尖的稻米饭，在一片香喷喷的银白色幸福光芒中，舞动双筷，急不可待地咀嚼、吞咽……

也曾有过缺少稻米的日子，便以野菜、红薯、莲藕、荸荠、菱角、南瓜、萝卜等填充肚腹。而这样的日子，总是过得十分无奈，充满了令人不堪回首的晦暗与阴沉。唯有稻米，才使我觉得日子过得滋润而充实，生命才充满了强劲的活力、创造的激情与画一般的诗意。

是的，金黄色的稻谷就是我生命中一首永恒的诗歌。这首诗歌已被我们的祖先在茫茫宇宙中谱写成了一段绵绵不绝的辉煌历史。

水稻的原产地在我国。远古时，人类还没学会栽培作物，仅靠渔猎与采集野生植物的块根、茎叶、种子、果实为生。当然，他们也贮藏一些食物，以备不时之需。而干燥的禾本科谷粒最易于保存，自然就成了贮藏的首选之物。那时，雨水充沛、阳光充足，一些散落的谷粒便在原始居民的住所附近萌生出绿色的嫩芽，又慢慢地结出了饱满的果实。于是，他们就开始认真地观察这些谷子的生长过程，学着动手播种……

在湖南澧县南岳村，有一座著名的城头山古文化遗址，第一期城墙距今已达六千年左右，被誉为"中国最早的城市"。在遗址附近发现了距今约八千年的人工栽培水稻，还有大量的稻田，其间水坑遍布、沟渠纵横，是世界现存最早的灌溉设施完备的稻田。

城头山古文化遗址离我家乡只有五十多公里，可以想见，几千年来，郑公渡、章庄铺一带，都是盛产稻谷的鱼米之乡。

这并非个例，根据考古发掘，在浙江余姚县河姆渡、江苏无锡锡山公园、安徽肥东大陈墩、湖北京山屈家岭、江西清江营盘里、福建福清东张、广东曲江石峡马坝以及河南洛阳西高崖等三十多处新石器时代遗址都发现了相当数量的稻谷（或米）、稻壳、稻草等。这说明我国早在六七千年以前，就已发展到普遍种植水稻的阶段。

据有关资料表明，我国迟至北宋时期，水稻总产量便已超过粟稷，上升到全国粮食作物产量第一位。明代宋应星在《天工开物》中写道，现在全国的粮食，稻占十分之七，大小麦、稷、黍等共占十分之三。而今天，由于水利设施的大力兴建，双季稻与杂交稻的普遍推广，水稻在所有粮食作物总产量中所占的比重更是大大地超过了麦子、高粱、薯类。

我不仅靠了水稻的滋养而茁壮成长，而且在那为农的日子里，还掌握了水稻从育种、栽插、除草、灌溉、治虫，直到收割的全部生长、培植过程。

水稻养育了我，我时时感到我的身心充溢着一股稻谷扬花灌浆时的清洌芬芳，一股与远古、与先祖、与历史、与天地交融的光芒。在这光芒的笼罩与指引下，我怀着从未有过的虔诚与感恩，也曾培育了一株株水稻，使它们的嫩芽从金黄的谷壳中脱颖而出，长成一片生机盎然、葱笼晶莹的绿色，然后是拔节、扬花、灌浆，最终又变成一粒粒金黄的谷子。这不是简单的重复，而是一次生命的涅槃，犹如人类的生存与延续，稻谷也是通过这种方式，完成它们一次又一次伟大的神圣使命。它们经一双充满力量的大手，引导着我们人类走进一条生命与历史湍流不息的永恒长河。

面对水稻，我们无法不虔诚、不景仰、不服膺、不感恩。它的历史是那样厚重，它的金黄是那样迷人，它的奉献是那样纯粹，它的生命是那样质朴……水稻养育了人类，我们的骨骼、血肉乃至灵魂，无不刻上它的烙印。恍惚中，我觉得自己就是一株生长在南方田野中的水稻，在蔚蓝的天空下，在艳阳的照耀下，正以饱满的生命热情，唱着一曲天籁之歌。

05

第五辑
章庄人物

古人云：万物得其本者生，
百事得其道者成

梵音唱彻声清远
——袁宏道及其墓地寻访记

/ 曾纪鑫

一

任何一部中国古代文学史,在论及晚明文学时,都不得不对"公安派"大书一笔。公安派的主要代表人物为"三袁",即袁宗道、袁宏道、袁中道三兄弟,因他们是湖北荆州公安县人,所以称为"公安派"。作为一个重要的文学流派,公安派不仅开创了一代新的文风,主宰着当时的文坛,对后世也产生了深远的影响。

"三袁"中数老二袁宏道成就最大,他不仅是"公安派"领袖,中国古代十大散文家之一,作品《徐文长传》入选《古文观止》,《西湖游记》《满井游记》《虎丘记》等入选大学、中学语文教材,其佛学成就更是不可小觑——他由禅入净,禅净双修,对禅宗、净土宗皆有深入研究,创作的佛学著作有《金屑编》《珊瑚林》《西方合论》《宗镜摄录》《〈八识略说〉叙》等,净土宗九祖蕅益大师选定的佛教经典《净土十要》,他的《西方合论》不仅列入其中,还予以特别评点。从佛学角度而言,他也足以称得上是一位禅学大师。

为了创作长篇历史人物传记《晚明风骨·袁宏道传》,还原一个真实丰富、全面完整的袁宏道,只要涉及他的资料,都在我的搜求之列;与他相关的遗迹,我都尽可能地实地探访、考察。自1993年初开始准备、阅读、创作,其中两易其稿,推倒重写,最终于2011年底完篇,前后花了我十八年时间。

袁宏道字中郎，古人以字相称，其实在我心中，一直称他"中郎"，这样显得亲切随和。袁中郎生于明隆庆二年（1568年）十二月初六，卒于明万历三十八年（1610年）九月初六。要想描写这位四百年前的老乡，再现其当年丰采，除了阅读他留下的三册《袁宏道集笺校》及相关作品外，更多的时间则在寻找、感悟。寻找他在历史时空留下的蛛丝马迹，将其一一拼贴，逐次还原。寻找袁宏道的过程，有时是直面相遇，有时是间接见到他的身影；有时是主动"出击"，有时是意外相逢，这种意外与偶然，往往充满惊喜。比如文友邀我前往湖北大冶小雷山游览，山门外就有他生前经过此地留下的一首诗《大冶道中随事口占》，其中的"峰峰雪点缀，曲曲水苍寒"，堪称经典名句；为创作西塞山的文章查找资料，猛然见到了他的《戏题道士洑》（道士洑为西塞山下的一个集镇）；游览厦门市同安区梅山寺，于赠阅的佛教资料中随意翻拣，发现一册厚厚的《净土十要》，袁宏道的《西方合论》赫然在列……而当我或采风，或出差，置身于麻城、嵩山、苏州、北京等地，都依稀见到了袁宏道的身影。

即为寻找，更多的则是主动"出击"。只要与袁宏道相关的名胜、遗址，皆在我的探访之列，公安县的荷叶山、义堂寺、二圣寺，当阳市的玉泉寺等地，都留下了我的足迹，而最为曲折的则是寻找他的墓地。

1993年5月，我独自一人专程前往"三袁"的出生地孟溪镇孟溪村，见到了老大袁宗道、老幺袁中道的坟墓，唯独没有老二袁宏道的，原来他葬在了郑公渡法华寺（今章庄铺镇肖家铺村）。当时确实有点不解，国人讲究落叶归根，他为何不愿归葬故里，却要独自一人"跑"到离此几十公里外的法华寺去呢？他在沙市病逝，停柩一年后，弟弟袁中道将其遗体运回故乡，接着移往法华寺安葬。既然早就选好了长眠之地，都是走水路，为何不直接运往法华寺？而是从沙市到斗湖堤、孟溪村再到法华寺，这样绕一大圈，不知耗费多少周折！并且生前，兄弟三人情同手足，从未发生龃龉，他们开创的"公安派"文学事业也是一个有机的整体，是一出完整的"戏剧"——老大拉开序幕，老二推向高潮，老幺发扬传承。无论从哪一角度而言，袁宏道都应归葬故里，那样后人的祭拜，也会方便许多。可他死后，却像自己的文学主张一样"独抒性灵"，追求"不拘一格"，孤身一人葬身异地。

想来想去，我只能解释为郑公镇那里有一座庙宇法华寺的缘故。袁宏道尚佛，他对禅学有过深入的研究，著有《西方合论》等佛学著作，可以称得上是一代禅学大师。也许，他还觉得对禅没有参够，想死后继续参禅吧！

二

袁中道的《游居沛录》详细记载了中郎染病、加重、逝世、停柩、安葬的全部过程，可对他的生前托付，对法华寺何以情有独钟等，却语焉不详。据我的分析与推测，是他姐姐嫁给郑公人毛太初后，在看望姐姐、姐夫时，发现法华寺位于牛浪湖附近，那一带的风景实在不错，特别适合死后"隐居"——他生前最惬意的隐居之地是斗湖堤镇的柳浪湖，那么死后就选牛浪湖吧，两湖谐音，一为生前，一为死后，大有"异曲同工"之妙。而法华寺也是他生前常去的一处参禅礼佛之地，他在《侵晓见闺人礼忏》诗中写道："梵音唱彻声清远，卧阁何人梦不醒？"葬于寺前，在悠扬的晨钟、清远的梵音中，长睡不醒，胜却人间无数。

袁宏道的佛学成就常被后人及研究者忽略。

当年，公安县寺庙林立，主要有二圣寺、谷升寺、太阳寺、灵化寺、净居寺、法华寺等三十二座。这种浓厚的佛教氛围的形成，与中国第一个佛教宗派——天台宗的创始人智顗密不可分。

智顗，又称智者大师，据记载，他是河南颍川人。颍川是其祖籍，先祖在四世纪的民族大迁徙中移居荆州。关于他的出生之地，存在着"华容说""监利说""潜江说"等不同说法。这是因为介绍智顗生平的最早作品《隋天台智者大师别传》说其出生地为"荆州之华容县"，历代行政区划常随朝代的更替不断变迁，智顗出生时的华容县，即今天的公安县。

智顗创立的天台宗犹如一轮日晕，笼罩着公安上空，形成了一股神秘而奇妙的"场"。袁宏道置身这一特殊的佛教"磁场"，受其熏陶自不可免。他对家乡这位先贤十分推崇，在他眼中，智顗就是一位本土大佛。"蕞尔小邑，生此大圣。"他以有这样一位同乡深感荣耀。

公安县城斗湖堤镇东面，有一座著名的二圣寺，袁宏道去得最多。十八岁那年，就留下了组诗《初夏同惟学惟长舅尊游二圣禅林检藏有述》，从"等闲法法都如梦，眼底何劳觅化城""我亦冥心求圣果，十年梦落虎溪东"等诗句来看，袁宏道对佛教不仅热情有加，并有了较深的认识与见解。

而他长期遭受疾病的困扰，特别是十九岁那年大病三月、发落形枯，还有两次落第的打击与痛苦，都使得袁宏道不由自主地转向佛学——既是寻找解脱的逃遁之所，也是生命意义的追寻之地。

袁宏道深厚的禅学素养，对文学创作的启发与推动是多方面的，不仅是诗歌，他的游记、小品、尺牍等作品，也具有不拘一格、自由灵动、随缘任运的禅学特点，有的达到了"禅那"的美妙境界。

公安派的成员，大多都是禅学高手，他们三十多次结社活动，除诗酒之会外，更多的便是参禅论道。公安派文学汇成风气，形成潮流，荡涤前后七子复古主义的污泥浊水，是文学与哲学、思想相互推进的结果。而哲学与思想，很大程度便得益于禅学。因此，文学与禅学，实为公安派运动不可或缺的两翼。

在袁宏道交游的群体中，有很大一部分便是僧人与居士，他们来往密切，时间长久，比如无念禅师、净宗八祖莲池大师以及高僧寒灰、无迹等。隐居柳浪湖时，他长期与一二名僧侣共居，"掷十法界谱，剑负金放生"。与佛界人士交流交往，对于禅学水平的提高极有裨益。

袁宏道于佛学，大致经历了浸润天台、研习禅宗、修持净土、禅净双修、回归禅学等几个重要阶段。

万历三十八年（1610年）初，刚升任吏部验封司郎中的袁宏道告假南归，准备在故乡住上一段日子，好好调养一番。

三月十五日，袁宏道一行历经五十多天旅程，终于回到了公安县城斗湖堤镇。

这时的斗湖堤，正遭受水患，政事纷乱，盗贼出没，城中萧然。往昔之时，石浦河边，垂杨依依，人来人往，生气盎然，如今却是死寂一片。盗贼充斥，四处骚扰，他们不敢居住城内，袁宏道只好搬至城外一处新居。

过了一段时日，县城仍然混乱，无以安居，加之夏天一到，洪水侵袭，防汛任务严重，时刻受到惊扰，袁宏道有心移居沙市。他平日极喜楼居，便将城内旧宅卖掉，倾尽囊中所剩余款，在沙市的长江岸边买了一座旧楼加以修缮，名为"砚北楼"。每日早起，袁宏道第一件事便是站在高楼上，耳听澎湃的江涛之声，欣赏眼前的优美风景。但见江边垂柳成行，柔枝依依；江中轻舟点点，在奔腾的江流中起伏出没；越过波澜壮阔的江面远眺，松滋诸山，隐约可见，绵绵延延，融入远方的天际线。此等自然美景，仿佛置于几案，伸手即可触摸。与杜甫《绝句》所写，大有异曲同工之妙："两个黄鹂鸣翠柳，一行白鹭上青天。窗含西岭千秋雪，门泊东吴万里船。"

砚北楼修葺不久，袁宏道又弄了一条官船，与弟弟袁中道、八舅龚惟静、和尚死心等人一边欣赏大江景色，一边饮酒作乐。饮着饮着，袁宏道突然染病，浑身不适，腹泻不止，结果弄得什么东西也不能吃了，连筷子也不能动一下。

儿时身体就一直虚弱的袁宏道，历经几场大病之后，在柳浪湖经过六年隐居调养，似乎已经痊愈。复出之后，他所经历的秦中典试、攀登华山、考功事务等，非得有硬朗的身体支撑不可。这些，他都挺过来了。回到故乡，生活散漫，日子闲适，注重调养，依常情常理，他的身体只会越来越健壮，不知怎么旧病复发了。

这次仍是火病。袁家似乎有火病的遗传，袁中道也患上了这种病，且无药可医，甚是痛苦。

袁宏道病后，更加注重调理，起居饮食，皆有节度。每天还要学习道家的胎息养生法，收息静坐，一坐就是三炷香的工夫。一次，弟弟中道见了，好奇地问他何以如此。袁宏道说："往日未免泼散放纵，如今得一意收敛才是。四十岁以后如果还留意粉黛，放纵情欲，决不是什么好事。"

半月来，袁宏道病情时好时坏，袁中道不时前来探望。没想到八月二十二日这天，袁宏道病情突然加重。袁中道急得不行，赶紧请来一位八十多岁的李姓老郎中为他拿脉问诊。李医生一番诊断，开了一剂处方说："无病。"袁中道闻言，心头稍安，但仍不敢怠慢，准备为袁宏道彻夜守候。

第二天，袁中道亲自为他煎制中药。袁宏道说："昨天李郎中开的药里，有一味人参，我喝后感到热不可耐。大概我是一个属阳脏型的人，服不得补药。但是，又不敢喝凉药。唉，不如不吃药为好。"袁中道说："有病不吃药，有时也能痊愈，此为中策。调理饮食，方为上策。"

二十四日，袁宏道火病不退。二十五日，病情愈加沉重，他立即派人赶回老家，延请公安名医陈先生，但医药没有半点效果。

袁宏道躺在床上，全身滚烫，手脚麻木，呼吸困难，袁中道半步不离地守在他的身旁。到了晚上，他实在累得不行，便在外面的房间稍作休息。夜半时分，袁宏道突然呼叫袁中道。袁中道赶紧进到里间，袁宏道睁开眼睛，惊奇地问道："你怎么进来了？"原来是梦中呼唤，可见袁宏道有时已经神志不清了。袁中道不知所措，唯有暗暗垂泪。

自二十八日以后，袁宏道病情依旧，已完全不能下床，且饮食渐少。白天尚可，一到晚上，更加沉重，无法安眠。小便颜色初似淘米泔水，后似浓茶，还带有红色，赤艳如血；而大便中，也有不少紫血块。

九月初五，袁宏道强打精神，支撑病体，给身在公安的父亲袁士瑜写了一封信。他要老父宽心，不必为他的疾病发愁，很快就会痊愈的。是的，很快就会痊愈的！他也这样不断地宽慰自己。从小多病，不知多少次了，都能从病魔掌中逃脱。毕竟，他只有四十三岁，正值人生的黄金时期，事业的巅峰阶段，还有多少书籍要读，多少诗文要写，多少大事、小事、琐事等着他去做！正如袁中道所言，袁宏道"若尚留在世一二十年，不知为宇宙开拓多少心胸，辟多少乾坤，开多少眼目，点缀多少烟波"。

然而，现实总是那么冷酷无情！没想到袁宏道给父亲的信札，竟成为他的绝笔书。

第二天，即九月初六早晨，袁宏道病情加重，处于昏迷状态。好半天才缓过一口气，说想解手，众人七手八脚地扶他去厕所。回到病榻，袁宏道似自言自语，又似对众人说道："我略微睡睡。"不料这句话竟成临终遗言，这一睡就长睡不醒，再也没有醒来！

袁宏道病逝后，弟弟袁中道帮着一同清理遗物，家中所有积蓄，仅得三十两银子。一位重权在握的吏部郎中，众多官员争相巴结的对象，只要稍微利用一下手中职权，何至于如此寒酸？就连袁中道也不知道兄长如此贫穷。没有办法，只得借钱当物，买了一副棺材，移尸入柩。

袁宏道英年早逝的消息一经传出，"海内闻而痛哭者，不可指数"。亲戚、朋友、追随者、仰慕者，还有无数读者，纷纷前来悼念。

万历三十九年（1611年），袁宏道逝后一年，袁中道将其灵柩从沙市走水路运回公安，一直运到他的出生地孟溪村，停柩在家。

袁中道请来极负盛名的风水先生谢响泉前来占卜，确定具体的安葬地点及良辰吉日。

万历四十年（1612年）十一月十八日，宝方等僧人在袁宏道灵柩前举行拜忏仪式，行祭奠之礼。十九日深夜子时，众人收拾丧车，载着袁宏道及妻子李安人的灵柩于寅时出发，沿乡间小路艰难前行。法华寺与孟溪村，一为公安县西南，一为公安县东南，两地相距二三十公里。陆路不畅，但县域之内，沟汊河流密如蛛网，走水路十分方便。棺木十分沉重，这年公安水患，稍低的路面，到处都是积水。袁中道一路张罗照应，嗓子都喊哑了。好不容易运到孟溪河边，黎明时分上船，从小河口进入之字湖，船行一天，晚上抵达法华寺近岸。

二十日黎明，众人将袁宏道灵柩移至法华寺前面的坟茔之地，用砖稍稍封固，以备安葬。这里紧傍洃水河，旁有白鹤山，山清水秀，田畴广阔，风光明媚，幽雅宁静，是一个适于长眠的好地方。

万历四十年（1612年）十二月初二，袁宏道的葬礼正式举行。他刚满十五岁的儿子彭年以及众多亲友前来吊唁。凌晨六时左右，袁宏道与夫人李安人合葬一处。

宏道、中道姐姐嫁至郑公，家在法华寺附近，生有三子。逢年过节，会有外甥及其他亲友前来烧香、培土、祭扫。

三

创作《袁中郎传》初稿时，我一直无缘前往袁宏道墓地。推倒重写，不断修改充实，心中便生出一个念头，无论如何，得前往袁宏道的墓地考察一番。

2009年2月春节期间，我利用返乡过节之机，先往湖南石门县看过夹山寺与闯王陵，掉头再寻袁宏道墓。

早就听说其墓已毁，还在厦门没有动身之前，便给时任公安县作家协会主席的黄学农兄打了电话，他曾去过袁宏道墓地，找他问清详细地址，位于章庄铺镇肖家嘴村一组。学农兄在电话中特别强调，说那儿难找得很。我想了想，又给肖家嘴村委会打了电话，接电话的是一位妇女，问及袁宏道墓，她说不晓得。我也不太在意，心想到了那儿，总会有晓得之人的。

肖家嘴原名新桥村，属郑公渡镇管辖。乡镇合并几经变化，郑公渡镇更名为章庄铺镇，新桥则改名为肖家嘴。

在章庄铺街下车，先问法华寺，该寺虽已不存，但名气甚大，路人皆知，还有四五公里路程。我叫了一辆载客摩托，车主约三十岁，说法华寺太熟了，他经常去。

时值腊月二十八，就要过大年了，一股冷空气南下，天空阴沉沉的，刮起了飕飕冷风。摩托车驶出集镇望北前行，驶上田间阡陌。我坐在车后，风声呼呼，冻得直打哆嗦。好在不是太远，一二十分钟后，便到了淝水河码头。如今的淝水只是一条窄窄的小河，已不适于航行。遥想当年，袁宏道的灵柩就是经淝水河运到这里，也是冬天的一个日子，不过河水比今日丰盈、广阔多了。

一过轮渡，车主就说到了。登上堤岸，见到了一座水泥房，上书"法华寺闸"四个大字。再找，便是下面的水闸，闸上写有"法华寺排水闸"几个红字，红字上是一个大大的红色五角星。可以想见，此闸修于"文革"时期。

问了两个路过此地的行人，皆不知道袁宏道墓址。排水渠边住有人家，便一路问了过去。都说法华寺早就毁了，连遗迹也没有了，袁宏道墓更是不甚了了。有一农民以前听说过一个古人墓，后来平了，什么也找不到了。还有人指点说前面有一座新庙，会不会是你要找的呢？寻过去一看，原来是一座相当简陋的民居，门楣上写着"紫云庵"三字，堂屋供奉佛道神像，里屋住着庵主——一位七八十岁的老太婆。可见，紫云庵与法华寺并无半点关联。

　　无从寻找，只好怅然而返。为弥补遗憾，又让摩托车载着去了章庄镇东南的石人石马——明嘉靖户部尚书邹文盛墓。记得儿时婆婆带我走亲戚，曾路过此地，印象已然模糊，此次前去看看，也算"旧梦重温"吧！

　　第一次没有找到，我不"死心"，于是又有了2010年9月的第二次寻找。这次我做足了"功课"，先打电话给在章庄镇政府工作的高中同学戴堂鑫，请他联系安排。时任章庄镇新港村村长的同学魏运国租了一辆小车，两位女同学周常兰、马立香与我同行，颇有点"兴师动众"。

　　先在章庄镇政府与戴堂鑫会合，一同驱车前往石子滩吃过午饭，两部小车便直奔肖家嘴村一组而去。走了一程，便不知方向了，戴堂鑫打电话询问。再走一程，又不清楚了。这时，魏运国说，高中同学陈清山就住这，打电话询问，他正在家中。在路旁等了一会儿，就见一个头戴草帽，走路一瘸一拐的中年男子过来了。待他稍稍走近，众人指着我问："认识他吗？"他马上叫出了我的名字。可我却愣着了，一下没有想起来。我们高中两年，搞"开门办学"分农技班、理论班、红医班、文艺班、体育班，我与他只同过一学期的班，况且毕业三十多年从未联系。上车后在记忆的库存里拼命搜索，总算找到了他打篮球时的依稀身影。既然是打篮球的体育健将，腿脚自然要好过一般人。见我疑惑，他主动解释，原来两个月前出了一场车祸，尚在家中调养。

　　陈清山家住肖家嘴村四组，有了他带路，很顺利地就到了一组，戴堂鑫联系好的龙村长和一位七十岁的老人已在等候。袁宏道墓在一块棉田中间，一行人只好沿着窄窄的田埂步行前往。两旁是长势旺盛的水稻，沉甸甸的稻穗下垂，正由青转黄。

　　越过田埂，眼前是一块稍稍隆起的土丘，名袁天官岭；岭下有座不大的湖泊，与浣水河相通，叫袁家垱湖；不论高岭，还是湖泊，都因袁宏道而得名。岭上种植棉花，一株株伸展开来，相互交错，密不透风。一行人跟在龙村长身后，拨开齐腰高的棉花前行。到了一处地方，老人肯定地指着地下说："这里，就是这里,袁天官以前就埋在这里!"我赶紧奔过去,朝下一看,不过一块平地,与周围并无二样,只是上面的棉花长势更旺。

老人告诉我,当年这里有一座隆起的坟墓,前面立一块高大的石碑,旁边有两块小碑,小碑顶上各有一个石帽;墓前还有一个石桌,桌上供着一个香炉。1958年"破四旧"时,袁宏道坟墓被挖,石碑、石桌不知去向。当年挖墓时,十七八岁的他正给生产队放牛,出于好奇,跑到现场来看"热闹",见证了整个掘墓过程。墓挺大,封土很严,由生产队队长亲自带领,前一天就开始挖了,第二天凌晨打开棺木。

当地农民没新、旧之类的概念,只是按上面的指令行事,但也盼着挖出一些金银财宝。袁宏道生前清廉,死后买一副棺材也要借钱当物,挖掘结果可想而知,里面除了四个圆饼状的东西(上交后不知所终),什么陪葬品也没有。

老人仍清楚地记得,棺材由一根粗壮的大树挖成,里面的头骨已不完整,但腿骨、手腕骨较长,小骨零碎散落。挖墓的农民见状,不觉大失所望,当即将挖出的黄土回填墓中。于是,这里便成了一块长期栽种庄稼的平地。其实,肖家嘴原名白鹤山,这块岗地要比现在高多了,上面树木苍苍,一片绿荫,但在20世纪六七十年代"改天换地"的运动中给砍伐掉了,辟成了农田。

如果不是当地知情人的指点,外人实在无从知晓这里葬着大名鼎鼎的袁宏道先生!我上次在摩托车主的误导下过了浣水河,结果找到的是法华寺闸。此地在浣水河南,从章庄铺集镇寻来,是不必过河的。不过呢,就是找到这儿,一般人也寻不到这块农田。

于是,我不禁想到袁中道《游居沛录》中关于这块墓地的一段话:"先兄在时,甚爱此地,吉凶未知,然其素志也。"那么,此地到底是凶,还是吉?若说它凶,又是一块吉地,袁宏道静静地躺在这儿,坟前是清亮的湖水,坟后是清远的梵音,四周清幽无比,可尽享死后的清静;若说它吉,却明明又是一块凶地,法华寺被毁不说,就连坟墓也在光天化日之下遭到挖掘,高大的墓冢被铲除。熟谙生存策略与处世之道,游离于党争与是非之外的袁宏道,生前何曾遭受此等屈辱!

由此可见,此地有吉有凶,既凶也吉,吉凶参半。弟弟袁中道隐隐间似乎有种预感,所以才写下"吉凶未知"四字。可见他是极希望二哥与大哥一同埋在故乡,他们三兄弟归葬一处的。但选中法华寺作为归宿之地,是袁宏道生前素有的志愿,作为小弟,他也不好违拗啊!

袁宏道虽只活了四十三岁，但他的创作数量之多，令人惊叹不已。粗略估算，《袁宏道集笺校》（三册）一百二十多万字；未编稿三卷及佚文《西湖总评》等十多篇，约一百二十万字；历经三年编纂而成、现已失传的《公安县志》，未知的散轶文稿等，约一百二十万字；加上《花事录》两卷等其他散存文稿，字数达四百多万。此外，他还编辑、参校、参阅、评点了不少著作，如编辑《青藤书屋文集》，编选《韩欧苏三大家诗文选》《六祖坛经节录》《宗镜摄录》，为《西汉演义》题序，评点《徐文长文集》《四声猿》《虞初志》，参校《红梅记》《古事镜》《唐诗训解》，参阅《东坡诗选》《三苏文选》等。

古人著书写字，用的是毛笔，得不时停下研磨墨汁，速度远远不如今天，而天寒地冻时，效率更是大打折扣。袁宏道之刻苦勤勉，由此可见一斑。与他给世人留下的游山玩水、参禅打坐、逍遥闲适判然有别。

当然，这只是数量，而袁宏道的作品质量，更是经历了时间的淘洗与历史的考验。他的成就是多方面的，"性灵说"的文学理论横空出世，开创了一代文学新风，一扫前后七子复古之阴霾；他对通俗文学极力推崇，提高了小说、戏曲、传奇的文学地位；他于诗歌、游记、杂感、小品、传记、尺牍、疏、策、论等体裁的创作，堪称一流，而尤以散文（包括游记、尺牍、杂感、小品等）最为突出，位居中国古代十大散文家之列；他在佛学领域的贡献，至今仍未引起人们的足够重视，他由禅入净，禅净双修，对禅宗、净土宗皆有研究，其佛学造诣之深，著述之多，成果之丰，在中国古代文学家中首屈一指。

"古来圣贤皆寂寞"，信矣哉！

其实，热闹与寂寞也是袁宏道生前心中一直难解的一个情结。他在吴县辞职后到京城不久，便给故乡的两位叔叔写了一封信，其中有语道："长安沙尘中，无日不念荷叶山乔松古木也……当其在荷叶山，唯以一见京师为快。寂寞之时，既想热闹，喧嚣之场，亦思闲静……"随着人生阅历的丰富，认识程度的加深，袁宏道才渐渐地看淡了热闹，归隐山林，返回自然。

正暗自唏嘘伤感，龙支书说袁宏道墓冢前的那块高大石碑还在，当时不知被谁放到一条小水沟上当桥板，后来被玉虚阁的一位道士发现，请人搬到那儿去了。闻听此言，心中稍有宽慰。于是，站在无冢的袁宏道墓地，将四周的棉梗好一阵踩踏，弄出一块空地拍照留念。而棉花过高过密，所拍照片实在看不出多大"名堂"。心到意到，也只能是这样了。然后，与心中的中郎揖别。就那么一瞬间，我仿佛见到了他那飘逸的身影与淡定的笑容，中郎极其潇洒地挥挥手说，一蓑烟雨任平生，也无风雨也无晴，什么坟冢呀、墓碑呀，这些东西于我而言，不过一种形式罢了，不值一提……

如此说来，倒是我显得过于沉重了。可不管怎样，有时也是需要形式的，是内容得以存在、显现的载体。皮之不存，毛将焉附！

车在田间小路颠簸而行，走了一程，一旁出现了一片竹园荆棘。刚买不过一月的小车被刺丛划出条条印痕，车主心疼得不行。魏运国见状，马上下车，将根根荆棘拉扯开来，好让小车通过。

玉虚阁原属道教庙宇，如今修有佛庙，里面供奉佛像。佛道相处，相安无事，这也是中国宗教的一大特色。行到近前，但见寺宇俨然，翘角飞檐，显然经过重修。玉虚阁最有特色的建筑，是两条二十多米长的"官船"——钢筋水泥修造的船形建筑，船头为深绿色屋顶的六角亭，船尾是石灰粉刷过的一间小屋。

正是北边的官船小屋，即船舱之内，立有袁宏道墓前的那块石碑。石碑高约一点五米，宽约半米，厚约零点二米，整块石碑保存完整，但字迹漫漶，实在看不真切。我凑近前去，仔细辨认，总算认出十多个字来：明吏部验封司郎中袁公宏道……

后来，我在武汉遇到章庄铺镇文化馆原馆长杨继泉先生，终于弄清了墓碑发现的真实经过。那是1999年的事了，听说有块作为桥板的石碑，杨馆长急忙跑去辨认，用扫帚清扫，用清水冲洗，确认是袁中郎墓碑后马上向上面反映，有关领导、专家、记者前来考证确认、采访报道。然后，由玉虚阁募捐修建"官船"，立碑其中，供奉"三袁"兄弟塑像。

总算找到袁宏道墓，还见到了墓前那块一度"失踪"的最大墓碑，可我心里不仅踏实不起来，反而牵挂更多了。据说荷叶山的袁宗道、袁中道墓已由县政府投资新修墓园，占地二十多亩，门楼高耸，十分气派。于是就想，中郎之墓，何时得以"重见天日"？

2011年12月9日，公安"三袁"研究院隆重成立，我应邀与会，忝列顾问。在下午的专家座谈会上，我谈到了两次寻墓之旅，亟切希望袁宏道之墓早日重建。

最近，章庄铺镇政府出台了《章庄铺镇旅游发展规划》，准备建设八个旅游区域，"袁宏道墓保护区"便是其中之一。

俟中郎墓重新建成之日，我将带上《晚明风骨·袁宏道传》一书，以慰先生在天之灵！

最后一个手艺人走了

/ 潘宜钧

中秋节回老家,正碰上刘裁缝的葬礼。呜咽的喇叭声里,那群披麻戴孝的人渐渐消失在远方,我想,云龙一队最后一个手艺人走了,一个时代结束了。儿时温馨的图影浮现,那实在惹人留恋。

补锅佬清亮的铜片声,劁猪佬的牛角号低沉,篾匠的竹筒敲得嘎嘣脆,悦耳的小铜锣叮当一响,糖匠来了,我们便各自从家里跑出来,盯着他竹箩里香甜的姜麻糖直流口水。磨刀师傅把吆喝的尾声拉得老长,很吸引人,但最让我们心醉的还是弹花匠的弦音,悠扬婉转,忽高忽低,在炊烟袅袅的村庄环绕,飘向碧绿的湖面,回荡不息。弹花匠一般是腊月来,这预示着要过年了,哪个孩子心里不是满满的喜悦与期盼呢?那个时候只要娴于一技,皆为手艺人,都要被人高看,敬称"师傅"。我大舅就是皮匠,他是在松滋新江口学的艺,解放后公私合营进了公安县皮革厂。每次来我们家都戴手表穿皮鞋,母亲会想方设法弄点好吃的给大舅吃,临别,大舅总要塞几角钱给母亲,兄妹俩要拉扯半天母亲才收下;然后就是老话题,母亲想让我学做皮匠,大舅解释说现在不比原先了,不能私自带徒弟了。母亲很理解,频频点头,我在一旁很失望。

我们那里有种说法,"九佬十八匠",这当然不止;另一说是"三百六十行,行行出状元"。我曾见到过一本书,把三百六十行给凑齐了,各行的起源演变,祖师爷是谁,还配有插图或老照片,看了大开眼界。大概是因为供求关系吧,稀有的行当我只看到过一两次,木匠、篾匠、剃头佬则村村都有。我感觉最神奇的是锢匠，也就是补碗的。小钻在吱吱声中飞快地旋转，把薄薄的瓷片钻一排洞，居然不碎，再用铜钉钉上。"舀——水——来！"锢匠接过一瓢水倒满，滴水不漏！

  我们这里有两个师傅，一个是刘裁缝，另一个是剃头匠汪运发，两个人都很白，穿着也齐整些。刘裁缝手艺不精，架子蛮大，到谁家做工必要吃俩荷包蛋，还须放糖。他常把主家的衣服做得一个袖子长一个袖子短，那肯定要扯皮打架。刘裁缝二十年前就失业了，因不会做农活常被老婆骂，地位从天上掉到了地下。汪运发的活很漂亮，剃了头总要给人按摩一番，整套动作如舞，好看又舒服，我们几兄妹的胎发都是他剃的。这可是个高难的活儿！今年我得了孙子，满月时开车在武汉跑了好几家美发店，没一个敢做。

  世界变化真快，许多传统技艺想留都留不住。才踏进机械电子时代，人工智能又来了。幸得有"非遗"保护，还有书本文物作证，要不然，我们的子孙真就不知道祖先们是怎么生活的了。

父亲

/ 黑丰

在父亲没有过世的时候，我时常要做一个奇怪而骇怪的梦，而且梦境与情节都大同小异。总是梦见父亲坐在一把圈椅中，守着黄昏的柿林。突然，他不断地以头点地。继而是地面出现深坑，继而是父亲的额部耄然裂开。继而是父亲躺在一张席子上，一动不动。血越来越多，席子就浮动起来，从堂屋漂到厢房，漂到厨房，在堂屋转了一圈，然后漂出门去消失在茫茫的天际……每梦如此。自从父亲过世后，此梦不再，父亲却神仙般的鲜活起来。我感觉他其实像甘薯一样生存于土里，只要顺着任意的一根茂盛的蕃薯蔓便可扯出土里的父亲。我诗意的印象是，老人一直在一朵花上养生。夜里，吃着落英。他握着一柄虎头烟杆。他经常洗脸。

是的，我父亲有洁癖。过着一种简单而封闭的生活。他的一生没有七弯八拐，没有轰轰烈烈。可以一笔到底，简单扼要地叙述。

父亲有顾长的身材，宋瓷一般细致超脱的外观，行走如轻风一样扫过。坐则无声无息。他很少主动找人交流，很难接近，初来乍到，很难将气氛激活。拙于言辞而有求必应，且语言很虔诚。

开社员大会，他一般坐在旮旯里，酷似一名小学生，坐得端端正正，听得聚精会神，从不说小话，只吧嗒吧嗒吸烟叶，他很听领导的话。一个级别小、年龄小、辈分小的领导都能管住他，使他安分。所以，他经常被评为人民公社的五好社员，经常抱回一些奖状与奖品。

父亲的脾气坏极了,体会最深的要数家母。可惜她已不在人世。有时表面地看父亲是一种烟气袅绕的静态,或许是一种耐人寻味景观。可是在蓝烟层下面,是一张可怖的脸,只需一点火星,他的火便要发作。他的火是骤发性的,卷地风雷,乍起乍落。家母经常要被"狂风"刮倒,几次险些送命。家母终于熬到四十多岁离开人世,他的脾气才略有改变。

过去,青壮时期的父亲是这一带有名的茅匠。在生活水准低下,茅屋盛行的时代,他的一部分日子是在屋顶度过的。父亲去做事,极好招待。他不吃荤,妇人端出一碗收拾得有颜有色的酱菜,他就喜欢。特别好嚼那种灰榨菜根。虽有青色未褪,但那齿间发出的清音妙响,胜过一切山珍海味。那青瓷小碟,青青的榨菜,红艳艳的辣椒,他边吃边看,边看边吃。你看他吃比你自己吃更舒服。他吃饭的速度快得惊人。一双筷子三划两划,见了碗底。而且他吃饭的质量很高,不言语,像他做事一样,很投入,很仔细,砂子与谷尖能够极准又快地分离。他吃后的饭碗,像没吃一样,干干净净。

父亲不仅茅屋收拾得好,他的农活也干得滴水不漏,而农活最绝的要数他用牛。村里的牛无论脾气多乖张,到他手上总是服服帖帖,我从不见他打牛。据说那桊上有点名堂。无论多奸猾、多暴躁的牛,一套上那副特制的桊,就棉条一样服软。同时,父亲也很注意用鞭,他甩出的鞭子只悠悠在空中游弋,发出啪啪啪啪啪啪的响,却不伤牛体。只要是父亲用牛,那牛就像战马一样地奔。经他整理的田块用这么十六字形容是不会有错的:方方正正、平平展展、亮亮堂堂、融融糊糊,叽叽喳喳的村姑们走到他的田里格外精神。而壮志凌云的父亲此刻正在一片树荫里小憩,吧嗒吧嗒地吸着他的烟叶,迷醉地看着眼前的一幕。此刻,太阳升到青天,他也到达了一种新的精神境界。

在我的印象中,父亲晚年似乎住在一个遥不可及的地方。他选择在黄昏的光景里,用一根木棒摇着草腰子。他将草担到市区的一间暗淡的马厩里,换来几张花花绿绿的零角票子。一天,我带儿子驱车回家,偶遇年迈担草的父亲,我起初不见父亲,只见两团移动的青草。是父亲喊了我,我才见到父亲的。父亲从花绿人群中把自己的儿子择出,我是多么难过,尤其令我不安的是他意外地在这时候拿出两块糍粑。糍粑是从他衣袋里掏出来的。他的衣袋简直就是一块补巴。糍粑是中午别人给他吃的。他一直舍不得吃,就放在这补巴衣袋。现在他把它掏出来给我的孩子。孩子根本不理他,看也不看那灰不溜秋的瘦瘦瘦瘦的糍粑,反而拿十分陌生的甚而惊惧的目光看着一手扶担子,一手递糍粑的老人。显然，他尚不到理解爷爷这份珍贵情谊的年龄。父亲说："他们对我特别优惠……五分一斤……每天送一担……"就这样，我手里捏着瘦瘦的糍粑，目送空肠饿肚的父亲向市区马厩里那闪光的伍分硬币奔去。这种担马草奔于市区的姿态在父亲看来已是一种惯常的模式，他生活于这种模式里。当时，我只是无端地拭眼。理性地追思与内疚是在我回到书斋回到书面回到笔下之后。我感觉父亲正一寸一寸沉沦，而我与众多体面的同类立在高岸上，袖着手，木着脸。与众不同的是在目标消失的一刹那，我血脉突然地蹦跳一下，想父亲难道不该换一种生活方式，以另一种局面出现吗？

是的，父亲坚持独立，坚持索居，坚持一些信念近乎顽固。譬如，他坚持吃大蒜，坚持吃补药。他虽不是佛门信徒，但他坚持不伤生。他说他看着鸡们进出他的独门小屋，他欢喜。似乎这些生灵转化成生机给他增添了活着的信心与力量。那些鸡在他手上自由取食甚而啄食他的饭碗和他的皮屑，他只是感到好笑。他晚年的脾气竟然变得这样。一般，他发现瘟鸡与路上车裂之鸡都要葬在屋后的园子里。这在我看来是怪可惜的，责备也于事无补。父亲也吃些小鱼，但不吃大鱼与无鳞鱼。逢人给的大鱼，他便用篾穿了鱼嘴挂在厨屋的一颗钉上，直到忘却。

一天，父亲从旧屋里提来一串瘦得皮包骨的鱼让我们吃。鱼身上似乎裹着一层烟气。鱼嘴一律用篾穿了，肋骨历历。我看了看鱼，又看了看父亲。实在没有什么肉，干干的像一些纸壳，一磕空空作响，如此之瘦，还要让我们来吃。最后，实在耐不住父亲的盛情，妻还是收下，煎给孩子们吃。鱼得了水，洒上少许的红辣椒，倒也新鲜，看了舒服。妻与孩子们吃得大汗淋漓。而我没动筷子，联想那瘦瘦的糍粑，我心里很不好受。

父亲老了。

父亲实在是老了。人就是这样，说老就老，什么也抵挡不住。就像那糍粑，在火气的支撑下丰满得纹皱也没有了。没了火气，又瘦又瘪又硬。

闲来，父亲常走到人们的屋檐下，看着屋上那整齐的机压瓦发愣，他也承认这些瓦的经久性。可是他是茅匠。他身怀绝技，他是在20世纪五十至七十年代出了名。是的，一间萎靡不振的房子，经他的耙梳、翻盖、压脊、拍檐等拾掇，房子便扬眉吐气，神采照人。他至今对瓦房特别是楼房有很大的偏见。他说："要塌楼的！"他担着马草在高楼之下走，常要颤颤惊惊。他至今还完整地保藏着收拾茅屋的三大件：茅钩、茅签及茅拍，像文物。

父亲的死也很简单，没有什么病症，可说是无疾而终。父亲死的这一天早晨，大地敷上白霜。一个目击者说，他每天十点左右就看见父亲的屋顶青烟袅绕，十点前一段时间必定去了早市。这一天十点他屋顶断了炊烟，而大门紧闭，怎么也叫不开。只怕是有什么不对劲，邻居遂撞开大门，房子是空的。只见空空荡荡的房子中央放置着一只盛水的澡盆，一只不慎掉进澡盆的无名甲壳昆虫正在无望地扑腾。父亲在里间早已将大姐特制的寿衣穿上，此刻，父亲的身体已经冰凉。可以推测父亲对自己的死十分清楚，他有预感，且在充分的准备下单独完成，可以想象在死前的这天晚上，他十分认真地洗澡，费了很大的劲才从澡盆爬出，来不及倒掉脏水便顿觉倦意重重袭来。以前也曾有这类似的倦意，但这次的疲倦是空前的，吸干了体内储备的所有精神，于是他去更衣，且穿了新鞋。经过短暂的强有力而无望的挣扎过后，生命开始慢慢离开父亲的身体。可惜他的儿女一个也不在身边。他如此简单地上路一个伴也没有，一句言也没留，走得干干净净。

看见一堆土，我并没有觉察这土有什么特别，与那土有什么两样。这堆土在我内心很难变通成坟。我面前这堆土是曾经生长过玉米、稻谷、棉花的土，是活土。父亲在他终生劳动的地里躺下，怎么叫死？不好叫死。因为我没有见过他死的过程，他最后的喘息与挣扎，所以我只能固执地认为他只不过刚刚睡去。我甚至妥协地认为他也许是被大地珍藏，大地之气将他浸润，到时他会像甘薯与马铃薯一样萌芽、抽枝、展叶，水灵灵的鲜活。谁又能定论死就一定是死呢？死又何尝不是新生命的开端呢？

看见秋风吹断坟上一根枯草，几年的积淀，我内心才一点点有了坟的形象，确认父亲已然不在，内心的一个位置便自然而然地空了出来，只有家中悬置的父亲使用过的木器与铁器叮叮当当、闪闪烁烁拼凑起父亲鲜活的碎片。

一年后，又是秋风吹断坟上的败草。

遗书

/ 卢贤发

遗书，概指面对死亡之前将所托之事写成文字的书面遗嘱。

朋友，你写过遗书吗？也许你会嗔怪于我，不明事理，尽说些不吉利的话。说不定你还会反问我："卢老倌子，你写过遗书没有？"我会平静地告诉你，我写过！

我是1966年9月20日在广东省博罗县罗浮山写的。不过，不是为什么事想不通，而是想通了这件事才写的。

1964年11月，我在公安县郑公区应征入伍，当年，铁道兵二师在荆州地区十二个县和沙市招了一万名新兵。我们这些新兵在湖南邵阳经过三个月的训练后，就去修娄底到邵阳的铁路。这条铁路还没修完，1965年6月26日，我们就开拔到异国他乡，帮助"同志加兄弟"修铁路去了。我所在的铁道兵出国，要从野战部队调一批直接能参战的高射机枪手一同前往，于是我被换到广州部队42军124师高炮营四连去了。1965年"八·六海战"后，我们营驻扎在汕头市保卫麦贤得的部队——海军基地。

1966年9月15日是我难忘的日子，这天我入党了，也就是在当天接到上级命令，我营移师罗浮山休整，准备出国执行特殊任务，上前线保卫我原来的部队修建铁路。

9月20日晚8点，全连集合，点名结束后指导员说："解散后以班为单位到连部领包袱，人手一份，把暂时不用的东西包起来，写上家里的地址和收件人姓名。他说,如果我们在战场上牺牲了,这个包就由在世的战友帮我们送回去。"

当时,我是8班班长,到连部领回七块包布。回到营房,我将包布分发给战友们说:"战友们,按连里的要求,大家把不能带走的东西包好。没用完的钱包在里面,算最后一次给家里寄钱。愿意给家里留信的,写好了也包在里面,如果我们牺牲了,它就是遗书。开始准备!"

这时,我含着眼泪给家里写了一封信。

敬爱的父母大人:

当您收到我这封信和这个包的时候,我已经跟您永别了。"人总是要死的,但死的意义有不同……人固有一死,或重于泰山,或轻于鸿毛。为人民利益而死,就比泰山还重……"我是为人民利益而死的,所以死得其所。我牺牲后,您们就成了烈属。今后有什么困难和问题,可以去找当地党组织和政府,他们会照顾好您们的。教两个弟弟好好读书。

姐姐:孝顺父母的责任就由你承担了。

爹娘:我牺牲后,和李书云同志的婚约就解除了。希望您们把她当女儿看待,安慰她,我和她今生无缘,来世再做夫妻吧!

不孝的儿子:卢贤发谅别!

我在信中提到的李书云同志,就是我现在的老婆。1963年由双方父母包办,给我们订了亲,合了"八字"。老同志都知道,如果订亲发了生辰"八字",就意味着她把命交给了我,我把命交给了她。其实不然,当兵的从入伍那天开始,命就交给了祖国,交给了党,交给了军队,交给了人民!只要党和人民需要,随时都可以献出自己宝贵的生命。

1966年10月1日,我们在广州兵站观看了国庆焰火,然后就连夜赶赴前线。在执行特殊任务的十个月中,我们打了四十八仗,击落敌机十九架,无人牺牲。但是,我有两次遇险,差点丢了性命。

第一次是1967年4月22日上午,敌机分五批一共来了四十多架,轮换轰炸我们保卫的铁路大桥和阵地。我们打了一上午,我班的双管机枪换了三次枪管。有四颗两千磅的炸弹落在我们四连和二连之间,炸弹爆炸的浓烟覆盖了阵地,我们看不到天空,更看不见敌机,基本丧失了战斗力。我们以为二连遭到了袭击，指导员就喊："为二连的战友们报仇！"全连应声高呼："为二连的战友们报仇！"此时，我们听见二连的战友们也在喊："为四连的战友们报仇！"全营都在喊："为二连、四连的战友们报仇！"枪炮声、呐喊声响彻云霄。副连长和副指导员带领我连的担架队赶赴二连，途中碰到二连的担架队，方知我们两个连队都安然无恙。大家互相问明情况后，转身赶到修水库的地方去抢救老百姓。

这一仗，我们防区共击落敌机六架，目睹三个敌军跳伞。战斗结束后，营里接到上级指示，命令我们连解除战备，去捉跳伞的飞行员。全连指战员欣喜若狂，我们全副武装，在指导员和连长的带领下向崇山峻岭奔去。每个班的一二枪手留下，副指导员和副连长留守阵地。在敌机坠毁的山区，从22日下午一点钟到24日上午8点，我们寻找了两夜一天，却不见踪影。一天两夜不吃倒还熬得下去，不喝可就苦了我们。由于没有经验，出门时"三没带"——没带干粮，没带水壶，没带净水片和试水纸。饿了，由来自广西十万大山的战友采一些树叶充饥，这些树叶很像我们小时候寻来的猪菜。即使是猪菜，我们也不觉苦涩，吃得有滋有味。渴了真难受，口中生火，嘴唇干裂。我们在山脚下能找到污水，因没带试水纸不敢喝，敌军在这一带投过毒，老百姓上过当。清晨，我们爬到阔叶树上舔露水，好甜好甜，"渴食一滴如甘露"，真的像舔蜜糖。

我们虽没抓到跳伞的敌军，但捡回一些飞机残骸作为纪念。我捡了一块变了形的飞机壳，像新疆人头上戴的帽子。后来在一次庆功晚会上，我戴上它，军大衣反穿着，脚下着深筒靴，脸上贴白纸条当作白胡子，出台跳了一曲新疆舞蹈，真是亚克西！笑得战友们前俯后仰，场上掌声雷动。

晚上，我躺在床上想，要是那几枚两千磅的炸弹向南偏一点，我们连就全军覆没了，留给父母的那封信就真的成了遗书。我们战前真的不怕死，因为做好了牺牲准备；战中更不怕死，打红了眼，越打越有滋味；战后倒有点后怕。我写过一首词《浪淘沙》为证，其实是几句顺口溜，学词的格式填写：

    跨过友谊关，忡心不安。忧虑战中吃炸弹，年轻去世太遗憾，愁眉不展。
    重温"老三篇"，胸怀甚宽，"五个伟大"记心间。为民献身重泰山，怎不乐观！

第二次遇险是换防回国的那天晚上,敌机来偷袭我们。全营开到比较安全的一号公路,唯独我们班刚过铁路线,汽车就抛锚熄火了,被迫停在离铁路大桥不远的地方。换防的兄弟部队与敌机开战了,我大叫一声:"全班下车隐蔽!"

战友们迅速跳下车,分开卧倒在稻田里。只听得轰隆一声响,一颗两千磅的炸弹在离我们不远的地方爆炸。顿时,就觉得背上有大大小小的泥块落下来,大家用手一摸:"拐了,负伤了,流血了。"

不管它,反正不疼。战斗结束,我大声疾呼:"全班集合!"

战友们站在车旁,我开始点名:"一枪手。"

"到!"一枪手回答。

"二枪手。"

"到!"二枪手回答。

哈哈,全班到齐,我心里高兴极了。

"战友们,有负伤的没有?"

"不知道!"

"疼不疼?"

"不疼!"

"不疼,上车。"

"班长,你负伤没有?"

"不知道!"

战友们上车后,我安慰司机,要他不要慌,慢慢检查。不一会儿,故障就排除了。我们班开到一号公路,营长、教导员、连长、指导员都在那里等着,看见我们第一句话就问:"有没有伤亡?"

"报告营长,没有亡!"

"伤没有?"

"不知道。"

"互相检查!"

"是!"

通过检查,我们班战士都没受伤,只是人人身上沾满泥浆。

"四连八班无人受伤!"连长报告。

这时,只听营长大叫一声:"出发!"

我们跨越国境线,回到祖国。全营下车,跟在车后步行,接受国内人民的热烈欢迎。因为我们班的战士浑身是泥,与众不同,所以老百姓伸出大姆指,夸我们临危不惧。我们备感骄傲和自豪。

俗话说,人生三大喜:洞房花烛夜,金榜题名时,他乡遇故知。在战斗的岁月里,前两喜我没有尝过,最后一喜可把我乐哭了。1967年元月的一天上午,我们正在擦拭武器,只见离我们阵地只有五十多米的铁路上,几个穿蓝衣服的铁道兵正在巡查。我赶紧跑过去,问他们:"你们是二师九团的铁道兵吗?"

"是!"

"请问你们认不认识江荣基战友吗?"

"认识,是我们连队的!"

真是喜从天降。"你们等等!"我从裤子口袋里掏出一包曳边虎的香烟,撕下盒皮,借来铁道兵战友的钢笔,写道:"老江,我来了。这几个战友知道我的位置,我们不能离开阵地一百米远,你如果能来,我想见你。卢贤发,即日。"写完,递给一位铁道兵:"麻烦你交给江荣基战友。"

"好的好的!"那位铁道兵战友连连答应。

就在那个星期天上午,江荣基和两个战友一起来到我们连队。见面时,我们紧紧握着对方的双手,欣喜的泪水像断了线的珍珠洒落在异国他乡。真是他乡遇故知,江荣基是我郑公中学的学长,他大我两岁,是首届毕业生。1961年毕业后就在郑公渡供销社工作,我1963年毕业后也在郑公渡供销社工作,我们是同学,又成了同事。1964年,又一起应征入伍,成了战友。在新兵连,他还是我们的副班长。记得有一次,我犯了点小错误,他主动替我向排里做了检讨,我们真是亲如兄弟哦!当天,他们在我们连队吃中饭,我的入党介绍人朱指导员还来陪同他们。吃完饭,他们就回连队去了。此后,我的小学同学刘经常也来阵地看望我,真让我感受到了他乡遇故知的喜悦。

1967年7月底,我们凯旋罗浮山。打开留守的那个包,全连战友拿着各自的遗书高喊:"我们胜到了,这份遗书失效了!"

但是,我们营配属的沈阳部队空军高炮团牺牲了几十个战友。其中有战斗英雄赵建军,他父亲叫赵杰,母亲叫王华,都是干部。赵建军是和弟弟一起从北京坐火车来边疆的,出国前他对弟弟说:"你回去吧,如果我牺牲了,就由你来孝敬父母。"想不到这就成了他的遗嘱。

铁道兵在出国作战的五年中,仅原荆州地区和沙市的战友,就牺牲了两百多人。其中和我一起参军的李赐银战友,1968年在抢修铁路大桥时遭遇敌机投弹牺牲了，他是郑公区天兴公社东红大队的。就在部队送李赐银遗物和遗书的那天，我姐姐在郑公区公所和李赐银的母亲参加了交接仪式。他母亲哭着告诉我姐姐："他只有两个月没跟家里来信呢，就牺牲了……"后来姐姐给我规定，必须每个月给家里来信，我当然要坚决执行。

牺牲的战友们至今还长眠在异国他乡。

我们原郑公区的人民是英雄的人民，为抗日战争、解放战争、抗美援朝、援越抗美等做出了无畏的牺牲，为祖国做出了重大的贡献，在建设新中国的各条战线上更是英雄辈出。我们今天的幸福生活来之不易，让我们好好珍惜吧！

作者简介：

卢贤发，1947年出生，笔名卢老倌子，公安县章庄铺镇石子滩人。公安县文化馆原馆长，公安县新华书店原经理、党支部书记，湖北省戏剧家协会会员，湖北省歌词学会会员，荆州垄上电视台故事大王，公安县有突出贡献的文艺工作者。创作大型歌剧《李向群》、小品《迎接不暇》（获全国小品电视大奖赛曹禺戏剧奖三等奖）等，小品、快板参加2010年央视农民春晚、2011年央视网络春晚，出版《卢老倌子故事集》。

洄游郑公的"美洲鲑鱼"

/ 刘青方

一

进入 21 世纪以来,郑公渡很少被人提起,作为一个渡口或一个乡镇已名不副实。207 国道从章庄铺镇境内斜穿而过,把郑公渡甩在了南边,这里的人一波波离开故土,几十年后,又有几个人能走得回来?

终究还是有人回来了。

我并非出生在郑公,对于郑公渡小镇,既模糊又清晰。说模糊,是因为小时候,祖父带我去牛浪湖对岸他的老家走过转过,这些都是原郑公区的范围;说清晰,是二十五岁那年,单位派我去华中理工大学脱产学习,从没迈入大学校园的我,有一种光宗耀祖的成就感,在远隔二十多年后的那个年关,我与弟弟和两个姐妹专程看望了生活在牛浪湖的几个叔叔伯伯。牛浪湖,从此和我结下不解之缘。每隔几年,我都要去一次,郑公渡仿佛成了我的故乡。

近年来,公安县作家协会开展活动,我认识了几位郑公渡本土作家,先是文化站的李开梅、供销社的骆忠安、中学的伍业琼和马华,后是在外地工作的苏以吉,他们都是郑公渡人。

被人们渐渐淡忘的小镇郑公渡,最近出现一种小镇历史上从未有的自然奇观——鲑鱼回游。在北美洲,有一种鱼类叫鲑鱼,它们诞生在溪流浅滩处,在成长的过程中游向大海,当生命快要终结的时候,它们返程回游,无论道路多么艰险，即使生命一次次受到食肉动物的拦截，它们依然一往无前，直到把下一代产在原出生地，它们死而无怨。

终点，又成为起点。

你瞧，年近七旬的杨先金从新疆军区某部回到郑公渡，比他小几岁的潘宜钧从武汉回到郑公渡，年近六十岁的曾纪鑫也从厦门赶回来了，而四十多岁的王迅从南宁出发，正在回家的路上。

这些过去担任过新疆军区某部政委、文艺杂志主编和文学批评家的郑公渡人，一回来就聚集在一起，他们和公安县城的那些郑公渡人一道走进了郑公中学。

不久，郑公中学两间闲置的旧教室装饰一新，光彩照人。

于是，就有了一个"郑公作家书屋"，还组建起一个"郑公作家书屋微信群"，这些在异地他乡奋斗的"鲑鱼"，终于回到他们的故乡——松西河畔郑公渡。

二

郑公作家书屋揭牌的那一天，我荣幸地受到邀请。我和谭维帖、杨美等人，作为公安县作家协会的代表莅会；比我们来得远一点的有荆州市作家协会主席、副主席及电视台、报纸等新闻媒体负责人；更远一点的在武汉、北京、深圳的郑公渡老乡无法赶回，他们只能发来贺信；特别是远在东莞躺在病床上的封德明老人，为书屋慷慨解囊，自掏腰包捐助一万五千元。一个初级中学的文化活动搞出这么大的动静，不能不说这是一种久违的期盼！

就这样，郑公中学有了自己近万册藏书的图书室，老师和学生可以在这里借阅图书。

郑公中学从六十年前建校到现在都不曾具备的知识储备，2020年金秋十月，被裁撤了高中部分的郑公中学，刷新了公安县教育界的历史。

曾送走几多北大、清华学子的郑公中学，曾告别苦难走向幸福的外地教师，曾怀揣理想作别校园远走他乡的民办转公办的青年教师，他们一定不会想到，对郑公中学，居然有那么多人念念不忘。

一个书屋的建成，就像一座丰碑。

活动结束后，与会来宾站在书屋牌匾下照相。这里既不是一个自然景点，也不是一座历史老宅，它不过是一个书屋，一个安安静静的文化场所，它不仅仅是一个会议室和一个藏书室，更是郑公渡人的精神家园。

"秀才举事，十年不成"，这是历史的偏见。

就是这些郑公渡人，从天南海北，大老远回到家乡。因为有文学创作上的交流和共鸣，一个说，我们建一个郑公作家微信群吧，另一个说，我们为母校捐几本好书吧……就这么议论来议论去，找到了一个共同点。一件得体的事，这下终于办成了。

此刻，我好羡慕文化人的力量，我的脸上也焕发出熠熠光彩。

三

郑公作家书屋的创建，从计划到落成仅仅一年，还算一帆风顺。走进书屋的人，大有一种宾至如归的感觉，来此借阅书籍的老师和学生自不必说，外出回家的游子听说郑公中学有一个作家书屋，都想找熟人进去看看。什么是家乡的荣誉感？这就是最好的体现。

那天我们去郑公中学，郑公作家书屋微信群群主骆忠安向李雄校长和龙继海书记商谈书屋后期发展问题，几十个学生突然出现在书屋门口，他们齐齐整整地排成一个队列进来借书，那喜悦的神态和渴求的目光，让我着实惊讶，我的脑子里突然冒出一个想法，这书屋的书远远不够啊，我也要捐书。

我对骆忠安说："我虽然不是出生在郑公渡，但是我父母的老家都在这里，也算得上半个郑公人。"骆忠安告诉我，跟你一样，谭维帖也不是在郑公出生的，但他母亲是郑公人，最近已经进群。我问新疆军区某部原政委杨先金："我进来合适吗？"杨政委说："合适，太合适了！"话语是那样的恳切。

于是，我荣幸地进入郑公作家书屋群。

我是进来了，但也有从群里出去的，无论他们出于什么想法，我想，只要尽了自己的微薄之力，在不在群并不重要。

今天我走进书屋，看见书屋里摆放着一排排整齐的书柜，每一个书柜，都摆放着郑公籍作家自己出版的专辑或捐赠的其他书籍，林林总总，摆满一屋。学校为了记住这些人，在每一个书柜的上方都挂着他们的照片和简历，让世人记住他们，让郑公中学的师生们永远记住他们。

我也是郑公作家书屋群的一员，我的名字，也将写在这里。谁叫我们是郑公人呢，谁叫我们是一条在外地巡游了几十年，今天才回归故土的"美洲鲑鱼"呢！

作者简介：

刘青方，祖籍公安县郑公严家嘴村，1963年出生。现为公安县自然资源局干部，湖北省作家协会会员，公安县作家协会副主席。曾在《湘江文学》《诗人》《芳草》《湖北日报》《中国国土资源报》等报刊发表诗歌、散文等，有诗收入《荆楚风》，出版诗集《人在旅途》。

牛浪湖畔多俊杰

/ 胡祖义

遭"劫持"的院士

2017年5月20日，老朋友伍法权从北京飞到宜昌，参加国务院三峡办三峡工程验收论证会。不用说，主办方有车接送，有高档食宿安排。可是，我却跟他的姐夫胡佑祥计划半道上"劫持"了他，把他弄到宜昌高新区洪湖藕王酒店，灌了他二两高度白酒。

首先有这个念头的是伍法权的姐夫，我则"劫持"了"劫持者"。我的理由是，伍法权和他姐夫，只有四年没见面，我跟他却是四十一年没谋面，尽管我们不断有书信、电话、短信、E-mail和微信联系，但四十一年没见面，成了我"劫持""劫持者"的最站得住脚的理由。

我是1976年离开家乡的。离开家乡前，伍法权是东河公社紫金小学校长，我是卷桥小学校长；我是被推荐上大学的工农兵学员，伍法权是1977年恢复高考后考上大学的；我读的是荆州师专，后来升格为长江大学，他读的是武汉地质大学，四年后，他考上研究生，毕业后留在地质大学当了教师，我毕业分配到国营404厂子弟学校当老师。尽管我工作很努力，当到中学校长，最后调到枝江一中工作直至退休，但是，我们之间几乎没有可比性。我随便挑出他的信息披露一下，都足以在中国甚至世界范围内产生一定的轰动效应。

伍法权，湖北省公安县人，地质学家，三峡护坡专家组组长，中国科学院地质所工程地质与应用地球物理研究室主任、学术委员会委员、研究员，中国石油大学兼职教授、博导，国际工程地质与环境协会（IAEG）中国国家小组秘书长，IAEG教育委员会委员，国际滑坡学会理事，中国地质学会理事，工程地质专业委员会副秘书长，《工程地质学报》副主编，2013年当选为俄罗斯科学院院士……

"劫持"伍法权之前，我没上网搜索过，只知道他很厉害，是中国地质学方面的专家，俄罗斯科学院院士。我之所以起"劫持"他的念头，并不仅仅因为他在科学上的成就，主要因为我们是很要好的朋友。四十一年里，我为工作、生活和家庭奔波，他为学术和科学献身，我们竟然没有机会谋面。有几次可以谋面的机会，又因为彼此回老家的时间不一而失之交臂。

四十一年前，我和伍法权在家乡教书时，都属于民办教师中的佼佼者，经常被推荐到区里上公开课，公社经常到我们学校开教育现场会。上大学时，我和他也是大学的佼佼者，不然，他不会留校当老师。因为种种原因，我们之间的差距越拉越大，虽然我也有专著，作品也在全国和省里获奖，但是比起他的事业来，只能是小巫见大巫，不可同日而语。

当我们时隔四十一年后在宜昌洪湖藕王重逢时，我拥抱了他，并故意在他面前低下身子跟他开玩笑说："让我仰视一下，从公安县东河公社走出来的科学家！"这句话，把伍法权也逗笑了。

前年，我的另一个朋友马朝友约我去北京，我因为工作走不开未能成行。马朝友回来后谈及伍法权的热情接待，我很有失落感，心想如果我去了，也会受到盛情款待。所以，当得知伍法权要来宜昌时，我怎会放过仰望国际知名科学家的机会？于是就发生了"劫持"伍法权的喜剧。不管怎样，我们终于接续了四十一年前的友谊！

与雕塑家聂承兴的电话情缘

我第一次听说聂承兴，源于公安县著名故事大王卢贤发。

1968年，沙市知青聂承兴下放到公安县郑公区，他先后当过农民、榨油匠、窑匠、乡村教师，还当过矿工……生活虽然艰苦，在工作之余，聂承兴仍然坚持绘画、雕塑创作。在郑西砖瓦厂，聂承兴一年到头、一天到晚与泥巴打交道，很苦很累，然而很充实。在工作间隙，他用砖瓦厂的泥巴做雕塑，或捏个泥猴，或捏个小狗，或捏只小鸟，偶尔也捏个样板戏人物，无不栩栩如生。工友们见了，无不啧啧称赞，夸聂承兴是神笔马良。

卢贤发也是个文艺活跃分子，当时在郑公区任知青队长，十分欣赏聂承兴的才华。卢贤发是石子滩人，与他们的街坊陈昌坤十分友好。陈昌坤是湖南省卫生厅干部，琴棋书画无所不晓，更重要的是，陈昌坤的妻子王丕玲，是湖南省歌舞团歌唱演员，而王丕玲的父亲王道源，是20世纪初留学日本东京美术大学的著名画家，曾经不遗余力地从事西画东渐工作，20世纪30年代，王道源担任过上海艺专校长，与著名画家刘海粟等人是同事。新中国建立初期，王道源曾任广州美术学院、中南美专教授。1957年，陈昌坤、王丕玲被打成右派，遣回老家劳动改造，先在原东河公社双星四队当农民，后到卷桥林场当林业工人，再后来搬到三星大队务农。因为街坊和朋友关系，卢贤发经常带聂承兴到陈昌坤家玩。按现在的术语，他们的"玩"，应该称为"艺术沙龙"，在沙龙谈论的都是艺术话题。

那时候陈昌坤家里困难，经常连煤油灯都点不起。谈着谈着，煤油灯油尽灯灭，卢贤发他们把随身带的手电筒头拧开，用绳子把手电筒吊在屋中间继续先前的话题。如果用点文采性强的话来概括，他们的谈话，完全可以视为"三星夜话"。参加"三星夜话"的成员除了陈昌坤夫妇、卢贤发、聂承兴，还有王福学、彭昌武等人，这些人，不是喜欢文学，就是喜欢音乐、美术。言谈中，陈昌坤、王丕玲情不自禁地说到他们的父亲，说到广州美术学院，说到广州美术学院那些艺术大师。说者无意，听者有心。有一天，聂承兴突然对陈昌坤和王丕玲说："陈哥、王姐，请为我牵线搭桥，我要到广州美术学院拜师学艺。"

陈昌坤和王丕玲都是艺术家，又都是热心人，一听聂承兴说要到广州美术学院拜师学艺，当时就由陈昌坤执笔，王丕玲署名，写了一封信给广州美术学院的潘鹤教授。

潘鹤何许人也？中国著名雕塑家、书画家，曾从岭南派画家学国画，后在香港、澳门等地从事肖像雕塑，1949年后进入华南人民文艺学院学习，历任广州美术学院讲师、副教授、教授，被国务院授予"国家级首批有突出贡献专家"并享受政府特殊津贴，获得国家"五一"劳动奖章等。

聂承兴拿着王丕玲的亲笔签名信前往广州拜师学艺，他采取的方式竟然是徒步而行。荆州到广州约一千公里，普通人每小时行程四公里，按每天走十小时计算，马不停蹄地走，一天都不歇，也得走二十五天。况且还会遇到下雨天、走冤枉路等情况，几十天的时间里，总得吃饭、喝水、住店，是什么精神支撑聂承兴从荆州走到广州？那种对艺术的追求，真是感天动地！

聂承兴走到广州，找到广州美术学院，找到潘鹤教授。聂承兴拿出自己的作品，请潘教授指导。潘教授不看则已，一看聂承兴的作品，顿时对这位年轻人肃然起敬，这完全是无师自通嘛，没有任何人指点，塑出来的作品栩栩如生。潘鹤教授毅然决定收下这个徒弟。在课堂上教不了，在家里、院子里总能切磋技艺吧！

几年的工夫，潘鹤教授知无不言，言无不尽，聂承兴虚心求教，洗耳恭听，终于学有所成。2007年，聂承兴在北京创办中山雕塑院，成为中国雕塑学会会员、著名的城市公共艺术专家。他的作品有《叶挺将军》《朱德元帅》和《梦幻曲》等等，还塑有一组栩栩如生的十二生肖雕塑。毫无疑问，聂承兴最著名的作品当为《梦幻曲》，这是聂承兴于2010年在中国（铜陵）国际铜雕艺术园为中国著名小提琴演奏家盛中国创作的人体青铜雕塑。

盛中国，被称为"杰出的音乐表演大师""最迷人的小提琴家"，他是在国际上最早为中国争得荣誉的小提琴家之一。这尊《梦幻曲》矗立在国际铜雕艺术园一角，高二点一米，材质为铸铜。聂承兴以浪漫主义手法，刻画出盛中国沉醉于音乐中的艺术形象。

2020年深秋的一个上午，聂承兴先生突然打电话给我，问我在不在宜昌。他告诉我，要到宜昌三峡大坝园区完成一件雕塑，如果我在，他想跟我会个面。可是不巧，我于9月底来到深圳，不能不说是件憾事。

我与聂承兴先生一直只是电话联系，他听说我在为王丕玲的父亲王道源作传，深为感动。他说："这是很值得一写的艺术家，如果王道源中途不出事，这位画家应该属于中国第一流的艺术家。"我知道，如果不是王道源的关系，聂承兴远赴广州求学的道路会曲折得多，足见聂承兴不仅具有高超的艺术水平，其人品也相当出色。为艺术，他不畏艰险，勇于攀登；受人恩情，也知涌泉相报。

抗日战争时期，王道源因为娶过一位日本妻子，又当过国民党元老李烈钧的乘龙快婿，还为国民党情报系统搜集过日本高层对华情报，在20世纪中期的政治运动中，王道源受牵连被捕入狱，判刑后的他在湖北沙洋农场接受劳动改造。1960年，王道源在狱中表现突出而刑满释放。王道源被捕时，他所在的学校还是中南美专，后迁回广州，成为广州美术学院。在他出狱后，又经历了一系列事业和生活上的打击，走投无路，只得回到服刑的沙洋农场，最后以极端的方式结束了自己的生命。

20世纪80年代，组织上为王道源平反，恢复名誉。受过王道源恩惠的聂承兴，在王道源去世二十多年后独自前往沙洋农场寻找王道源遗骸。他走访了省劳改局有关领导，走访了沙洋农场有关领导，还找到王道源在沙洋农场服刑时的室友。领导和室友们都说，王道源在服刑期间没有任何过激言辞，思想改造一直很积极，所以，当王道源遇到打击返回沙洋农场时，农场领导却破例收留了他。可王道源却因遭受的种种挫折，思想上过不去这道坎，这位成就斐然的艺术家草率地结束了自己的生命。

聂承兴在农场老人的指引下追寻王道源的尸骨掩埋地，他想把王道源的骸骨接回去，或埋在常德王道源的出生地及他生活和工作过的广州、上海、武汉，可惜的是，在王道源的坟地原址，沙洋农场已经盖起一座供销大厦，聂承兴只得在大厦附近挖了一抔土，带到苏州，交给王道源的长孙王振民。王振民在苏州寻了一块墓地，埋了几件王道源的遗物，算是为他立了一个衣冠冢。

聂承兴和王振民为王道源立衣冠冢时，除了大儿子王丕经，王道源其他三个儿子、一个女儿都健在。而寻找遗骸和立衣冠冢的却是聂承兴和王振民，且聂承兴在寻找王道源遗骸时费尽周折，可见他是一个何等重情义、知恩图报的艺术家！

一个艺术家，首先应该不懈地追求艺术，否则，他顶多只能是个工匠；一个艺术家的艺术造诣再高，如果品德低下，也只能遗臭万年。宋朝宰相秦桧的字写得出神入化，可迄今为止，没有任何收藏家愿意收藏他的字画；而到过杭州岳飞墓地的游客，见到岳武穆坟前跪着的秦桧塑像，谁都忍不住吐几口唾沫。

两三年来，我跟聂承兴通过好多次电话，他为《王道源传》提过许多中肯的意见。我为章庄铺镇曾经生活过这样一位博学多才的艺术家而欣慰，为自己虽然不曾谋面却在电话里多次聆听他亲切的声音而幸运，为这位蜚声海内外的艺术家而自豪。有机会，我一定要去三峡大坝景区欣赏聂承兴先生为长江三峡创作的新作。到那时，即使不能跟聂承兴谋面，见雕塑亦如见其人，也算是与君促膝长谈过，岂不快哉！

章庄柑橘的先行者杨技术

1975年春天,《荆州报社》一位摄影记者来到公安县卷桥林场,拍了一位柑橘园中的美女。这幅照片方二寸,画面用一个年轻女孩红扑扑的脸,衬托柑橘园中的累累硕果,那黄橙橙的果实和女孩妩媚光洁的脸留给人们十分深刻的印象。

这幅照片摄自卷桥林场柑橘园,那时候,公安县境内的柑子大多是土柑子,酸涩、多核。无核蜜橘,卷桥林场算得上首创,后来章庄铺镇、邻省的复兴厂镇以及周边乡镇的柑橘,几乎都是从卷桥林场引进并扩种的。而这位最先引进柑橘种植的人,正是卷桥林场林业技术员杨明义,后来荣升为卷桥水库管理处处长。

平日里,杨技术穿一件蓝色中山装,剃着小平头,戴一顶旧草帽。那年月,生产队社员习惯戴斗壳子,只有林场职工才戴麦草帽,是林场统一发的。

地道的卷桥人都觉得杨技术讲话声音有点"撩",这个"撩",我们那里读阴平声,说他讲话撩声撩气。乡下的农民,去得最远的地方不过石子滩、东岳庙、章庄铺,杨技术是沔阳人,沔阳后来改为仙桃市。仙桃离卷桥林场几百里,说话声音肯定有差别,何况杨技术上过三年林校,在林校讲的是普通话,到卷桥林场后,他的口音不"撩"才怪呢。后来,我在大学接触到不少沔阳人,最具沔阳特征的字眼是"吃唤"(吃饭),"刮烘"(刮风),"混条"(粉条)……这些字音,杨技术却一个都没有,所以,我宁可相信他讲的是普通话,至少是带着汉腔的变调普通话。比如他说"你们",听起来像说的是"腻们""哪能",听起来像说的"娜能",总之,杨技术的口音腔调,与公安话相比,差异大得很。

第二个特点,杨技术小时候出过天花,脸上有几颗星星,可是,除了极少数他得罪过的人背地里喊他生理上的外号,当着面从来都是喊他"杨技术",再不就是"杨同志"。喊同志是一种尊重,农村人对拿工资的公家人,大都称同志。

早先,卷桥水库周围主要栽松树,连水库上游的双星大队也是。不过,卷桥林场封山严格,从来不砍树,像兵器堆和赵家坳山上的松树长得密枝密桠,应该与杨技术的指导和管理分不开。

双星大队的大部分和白云大队一个生产队合并到卷桥林场后,杨技术建议,农业队的山上都改种杉树。没过几年,卷桥库区伐了杉树,漫山遍野换上柑橘。如果说,栽杉树只是改变了卷桥的小环境,而换种柑橘,则彻底改善了卷桥人的生活。这，肯定得归功于杨技术。

卷桥水库大面积种柑橘，是从杨明义担任卷桥水库管理处副处长开始的。我知道，在卷桥大面积种柑橘，杨技术决不是一时心血来潮，他在林场试验站，早就开始试种柑橘了。

试验站过去叫总场，总场两栋办公室后面，用篱笆围了几亩地，杨技术早就在这两块地试种柑橘。杨技术在试验站种柑橘时，全县种的柑橘都不多，每到秋天柑橘成熟的季节，县水利局和林业局的头头脑脑们，就会想出各种理由到卷桥水库来检查工作，应该在县里开的会，干脆把会场搬到卷桥水库来。人家凭什么隔河渡水跑到你卷桥水库来开会？卷桥水库的橘子熟啦，卷桥水库的鱼儿肥了，卷桥林场的板栗破壳了。开会时，餐桌上摆着从水库捞上来的鱼，用现在的话来说，那真是绿色环保食品。散会时，每人还能带几斤板栗，几斤无核蜜橘回城。

听说刚开始引种柑橘时，卷桥水库领导班子意见很不统一，杨技术一定学了《三国演义》中的诸葛亮舌战群儒、鲁肃力排众议，才让领导们同意试种柑橘的吧！

毫无疑问，杨技术坚持试种柑橘，为卷桥库区的老百姓开启了致富之门。卷桥库区种柑橘不久，附近的章庄铺镇也开始种起来，就连邻省的复兴厂镇，也由刚开始的犹豫不决，到后来的大刀阔斧，把柑橘种遍了山山岭岭。当卷桥水库柑橘的名声响起来时，附近两个镇农民的柑橘想拉到外地卖个好价钱，都得打卷桥柑橘的牌子。不晓得内情的人，当然吃不出多大差别。他们哪里知道，卷桥水库的柑橘，是经杨技术几十年的技术指导种出来的，别人只是照葫芦画瓢，没下苦功夫，那柑橘的味道，怎么好得起来？

我们完全可以这样说，如果没有杨技术，卷桥库区的人民，就没有现在的幸福生活。从这个意义上讲，杨明义真是卷桥人的福星。

早先，杨技术把自家的安乐窝筑在总场附近，从总场往西下坡，有个小山坳，沿着山冈可以一直走到兵器堆。杨技术把他的家安在这座小山坳，山坳里长满高大的松树，刮风的时候，山上掀起阵阵松涛，水面漾起碧波。松林里藏着数不清的小鸟，每当清晨或傍晚，百鸟欢唱起来，就像在给杨技术奏乐，小鸟们也知道杨技术是卷桥库区的有功之臣！

后来，公安县还真有一位音乐工作者为卷桥水库写过歌，歌的名字我记不得了，歌词还记得几句："金山，银山，比不上卷桥水库的花果山……"公安县的山并不多，南闸有个黄山头；再要说，就是章庄铺镇的松林村；从松林村过来就是卷桥水库，杨技术曾在总场和兵器堆之间的山坳里住过几十年，他舍不得自己种的松树、板栗树和其他果木。我想，他在总场试验站试种柑橘前，在他所居住的山坳应该先试种过吧，做技术工作的，试验通常是通向成功的起点。

兵器堆的松树一年四季长青，卷桥水库和周边的江南丘陵、柑橘树郁郁葱葱，杨技术那颗献身卷桥、造福章庄的心永远红亮。

工人英雄陈炳德

/ 黎雨潭

　　这天，我正在北京女儿家中，远在章庄铺镇的高华姐一个电话，豁然打开我尘封三十多年的记忆……

　　"沙沙沙沙……"陈旧的日历一页一页飞速地向前翻去一万四千多页，在三十七年前倏忽凝固。那一天，我正在学校阅览室看报纸，忽然，一份报纸用大号字刊发的长篇通讯强烈地吸引了我，报纸的通栏标题中有我熟悉的名字——陈炳德，即高华姐的弟弟。标题点明，陈炳德舍己救人，献出了自己宝贵而年轻的生命。我急切地往下看去，想尽快了解陈炳德舍己救人的细节，一边往下看，泪水一边止不住溢出眼眶。

　　时间过去了三十七年，现在我大致记得，那一天，在湖北省沙市第三建筑公司工作的陈炳德已经下班，正推着一辆自行车，前往幼儿园接儿子，忽然听到附近凄厉的呼救声："救命啊，有人掉到厕所里去了，快来人啊！"

　　陈炳德把自行车往路边一丢，立刻朝呼救声跑去。他跑到出事的公共厕所，毫不犹豫地跳下化粪池，救起了在粪池中挣扎的人。自己却因跑得太急，又在粪池里扑腾了一阵子，终因体力不支，沉入池底。等其他救援人员赶来捞起陈炳德时，他已经停止了呼吸……

　　我对于陈炳德舍己救人事迹的细节记忆可能有所出入，但是，陈炳德因为救别人而牺牲自己年轻的生命，却是千真万确的，而且，他是在公共厕所救人而牺牲的。厕所这样的地方，常人如果不是内急，谁会跑到那里去呢？而我的老同学陈炳德，一听到呼喊就跑过去施救，他没想成为英雄，为了救两个素不相识的农村女青年，陈炳德献出了自己年轻的生命。

我的思绪一下子飞回少年时代的石子滩小学。

我和陈炳德是石子滩小学的同学，那时候，他叫李德炳，个头中等偏高，忠厚朴实，给人一种安全感，我不是因为陈炳德后来成了英雄现在才这样赞扬他。

少年时代，我比较顽皮，动不动就去撩同学，一会儿撩这个，一会儿撩那个。大个儿同学一般都不理我，只有撩得他们烦了，才把我按倒在地，狠狠地教训我。那时候，我肯定撩拨过李德炳，但李德炳从来没教训过我。实在撩得他不耐烦，就警告我："你再撩，小心我把你揍趴下！"可是，李德炳只打雷，不下雨。由此我得出结论，李德炳属于忠厚老实型性格。

认为陈炳德忠厚老实的不止我一人，高他一届的老同学贺孝红回忆说："在学校里，陈炳德默默无闻，做什么事情都任劳任怨。他热心帮助同学，有什么好吃的，总是与同学分享。他小小年纪，还知道照顾别人，曾经为我打过水，背过背包。那时候学雷锋、见行动的活动如火如荼，他曾经用自己不多的生活费下乡去帮助'五保户'，从来不计较名利得失……"

再次听说李德炳，大约是我们在石子滩小学毕业十年之后。那一年，我在紫金小学当民办老师，在卷桥小学任教的汪老师为儿子娶媳妇，汪老师曾在紫金小学任教，所以，我们比较关心他儿子的婚事。汪老师的儿子年龄偏大，属于下乡知青，家里成分高，这样的人家，在那个时代找媳妇相当难。汪老师在卷桥小学教书，就托人在卷桥水库范围内介绍女孩，一个叫田小菊的女孩答应嫁给汪老师的儿子。没想到举行婚礼那天，汪老师派来接亲的队伍到女方家去，田小菊却突然悔婚，让汪老师十分尴尬。当时，汪家下放到袁家场，那时袁家场叫群利大队，群利大队和卷桥水库相隔七八里路，汪老师的亲戚朋友急得不得了，从袁家场到卷桥小学之间，不断有人来回探询、做工作。在探询和做工作的队伍中，就有我的同学李德炳，这时候我才知道，李德炳已经改名跟母亲姓，大名陈炳德。

陈炳德帮汪家迎亲的事，我是听另一个同学胡祖义说的，胡祖义当时是卷桥小学负责人，陈炳德露出焦虑的神色说："祖义你看，这可怎么办呢？这可怎么办呢？我们那边，办了酒席，准备好婚房，就等新媳妇拜堂入洞房呢，现在新娘突然悔婚，叫我们怎么收场？"

胡祖义也觉得田小菊临时悔婚不地道，你要么不答应，既然答应了，想悔婚，也该早点提出，今天人家请来亲朋好友办婚礼，你突然悔婚，像什么话？

陈炳德急得不得了，自己娶媳妇也没这么急过。陈炳德跟胡祖义商量，一起去女方家做工作。胡祖义陪陈炳德一同前往，不料田小菊连面都不跟他们见，不晓得躲到哪里去了。

之后不久，胡祖义上大学离开了卷桥水库，陈炳德招工到了沙市第三建筑工司，陈炳德到沙市，应该是落实知识青年回城政策招工去的。如果那年不在学校阅览室看报纸，我永远不知道陈炳德的去向。

陈炳德舍己救人牺牲，到现在已过去三十多年，他早已在我的记忆中淡薄以至基本消失。同学聚会时，也少有人提起陈炳德，如果不是他的姐姐周高华给我打电话，说起他的弟弟，我怕是再也想不起他来了。高华姐在电话中说，三十多年过去了，大家的日子渐渐好起来，活着的兄弟姐妹想为陈炳德做点什么，高华姐想起我，请我为陈炳德写篇纪念文章。

从高华姐的电话里得知，陈炳德牺牲后，沙市市委市政府以及上级相关部门做过大量宣传工作，市委宣传部为陈炳德编印过纪念册，拍过专题片和故事片，国家级报纸进行过报道。时隔三十多年，社会物质文明已经有了飞跃进步，精神文明建设也亟待深入，这样一个英雄人物即将被人们彻底忘却，如果再不为他做点什么，我们这些活着的人实在有些对不住他！

两天后，陈炳德的弟弟陈炳权也打电话给我，打算把当年沙市市委宣传部为陈炳德出版的那本小册子寄给我，请我为陈炳德写点东西。在陈炳权的小册子没有寄到之前，我觉得有责任、有义务写一写陈炳德，今天上午从公园锻炼身体回来，我坐在电脑前敲下这段文字，算是对陈炳德的纪念。

唉，三十多年前，我们的抢救措施和抢救工具还十分落后，要是现在，把电动水泵往化粪池一丢，电路一接通，分分钟就能排尽粪水，哪里还需要陈炳德跳到化粪池去捞救误入粪池的农妇？

陈炳德，愿你安息！你舍己救人的精神，将永远活在我们心中！

06

第六辑
章庄放歌

古人云：万物得其本者生，
百事得其道者成

怀念家乡　感恩母校

/ 江荣基

松西河畔，牛浪湖滨，有一座闻名遐迩的学校——郑公渡中学（原公安县第五中学）。那是我亲爱的母校，她有大海般的包容，春风般的温暖，母亲般的慈爱……母校的大爱深情，我们学子当涌泉相报。

——作者题记

韦厂岁月

一九五八年，
是一个火红的年代，
各行各业齐头并进，
充满生机，热气腾腾。
就在这一年，
公安县第五中学，
在租借地韦家厂小学诞生。

记得那一年，
我第一次离开家人。
望子成龙的父亲，

兴高采烈地将我送入中学之门。
办完入学手续,
父亲就要返程,
临别时,
他将所剩的几角钱塞给我,
嘱我备用,
单身在外,
不能身无分文。
在校门空旷的场地前,
我噙着泪,
望着父亲渐行渐远的背影。

韦家厂——
一个比郑公渡还要小的集镇,
几家店铺,
几十户居民,
显得格外冷清寂寥。
只有昙花一现的早市,
略显生气,
夹杂着讨价还价的噪声。
学校以街为邻,
四周是待耕的田野,
垄上野草丛生。
待集市散场,
校区才回归宁静。
只有那清风传来的上课铃声,
才使人感到一丝温馨。
初来乍到的我,
心里五味杂陈。

简单的仪式后,

学校成立，
我便成了一名中学生。
一所新校，
三间教室，
同一个年级，
一百五十二人，
都是首届的学生。
七八名老师，
是新校的园丁。
没有校长，
只有一名教导主任。
一切白手起家，
样样自力更生。
师生年龄相差不大，
没有长幼之分。
上课是师长，
下课胜亲人。
食堂糠菜同餐，
宿舍连铺共寝。
教室里，
两人共一桌，
同坐一条凳，
一盏小油灯，
左右共照明。
人多书本少，
难得各一份。
你先做数学，
我另学语文。
教师人手少，
一人兼多门。
紧张又有序，

满是师生情。
我们是学子，
又是劳动军。
每逢有任务，
学生最热情，
学校令一下，
拔腿出校门。
你去卸车，
我来搬运，
齐心又合力，
任务便完成。
擦干脸上汗水，
抖掉身上灰尘。
回到教室，
又开始听课习文。
我们如延安抗大，
我们似西南联大，
胸怀理想，
不怕学习艰辛。
前辈树榜样，
后生来继承，
越是苦环境，
越能锤炼人。
我们也曾悬梁刺股，
我们也曾凿壁借灯。
我们映雪苦读，
我们萤火囊吟。
岁月流逝，
留下我们跋涉的脚印。

韦家厂借读，

艰难的经历,
繁多的运动,
使我刻骨铭心。
学校紧跟时代,
学生明确使命。
我们青春学子,
感受了惊天动地的政治风云。

大炼钢铁,
我们到乡下收废铁,
到河里淘沙金,
到山上砍大树,
为高炉添碳薪。
"钢铁是怎样炼成的"?
虽然至今也不知道,
但我们认识了保尔·柯察金。

学校种了实验田,
苗要密植,
地要深耕。
盼来秋收,
既没有创高产,
更没"放卫星"。
现在想起来,
也难笑出声。
没有科学态度,
没有袁隆平的务实,
一切都是梦想,
必将一事无成。

参与社会主义建设,

修复连接南北的 207 国道，
学生打头阵。
我们锤石渣，
我们填路坑，
我们流汗水，
我们献红心。
要让这条交通大动脉，
再次焕发青春。

建新校，
我们徒步几十里，
来到东河公社卷桥村。
兴修卷桥水库，
是一项重大的水利工程。
我们拆迁房屋，
我们协助移民，
我们拾砖捡瓦搜集木料，
为建新校节省资金。
韦家厂栉风沐雨的经历，
丰富了我们的人生。

郑公历程

"山重水复疑无路，
柳暗花明又一村。"
越过严寒，
迎来新春，
学校迁到郑公渡，
开启新的征程。
高高的校门，
宽阔的操场，

崭新的校舍，
整洁的环境，
让人眼前一亮
内心为之一振。

我们迎来了新的曙光，
我们洋溢着无穷的激情。
上级派来了校长，
他和蔼可亲、平易近人。
又增添了新的老师，
他们青春热情。
一九六一年，
全校已有三个年级十个班，
学生共计五百多人。

在那饥荒的年代，
首先解决学生的商品粮供应。
主粮由每人每月二十四斤，
增加到每人每月三十斤。
学校大抓勤工俭学，
开荒种地喂猪养禽，
南瓜飘香丝瓜牵藤，
蕃茄增色黄瓜水灵，
辣椒添味红苕养人。
学校终于有了电灯，
明亮的灯光，
照亮了课堂，
也照亮了我们的心。

操场上，
有的打球有的做操，

有的翻单杠有的举哑铃，
有的跑步有的跳绳，
有的跳高有的俯卧撑。
平素不爱运动的女生，
也跃跃欲试，
尽显自己的热情。
在校三年时间短暂，
但给予我们的情和爱，
永记终生。

一九六一年，
我们终于学业结束，
拿到初中毕业文凭。
我们和母校告别，
我们和老师合影。
在这里，
我们经历了幸福和艰辛，
留下了欢乐和泪水，
获得了丰富的知识，
懂得了处事与做人。

一九六四年，
学校向县里推荐了，
往届品学兼优的学生。
他们中有——
龚天培、郑德香、袁泽珍
刘宗嫒、曾昭兰、尹彩云……
他们不负学校所望，
成为重要岗位的骨干精英。
母校对待学子，
如同母亲对待子女，

情爱有加,
恩比海深。

师恩难忘

古人云:
一日为师,终生为父。
这是尊师良言,
也是史传古训。
"树要人栽培,花靠好园丁
学能遇良师,人生之大幸。"
我们庆幸遇上了好领导,
他们是最值得敬重的人——
江用汉校长,
田元家主任。
五中的历史,
田元家应是史册第一人,
五中的始创人与头等功臣。
他殚精竭虑,
为五中的发展,
奉献了毕生精力和宝贵青春。
他浓眉大眼,目光炯炯,
他声音洪亮,一呼百应,
他身先士卒,雷厉风行,
他谋划决断,一言九鼎。
他不是校长,不图虚名,
他不是党员,
却有一颗红亮的心。
他背着高成分的大山,
对教育事业却无限忠诚。
他既是领导者,

又是普通一兵。
建房修路，
有他的身影；
课堂授业解惑
又能入木三分。
他是良师，
又是学生的亲人。
粮食减产殃及贫困学生，
不少学生退学，
他心急如焚。
他发誓要找回这些学生！
他不怕路途遥远，
不畏风雨不怕夜深，
访街区，走乡村，
开导家长苦口婆心。
想办法，垫学费，
纾贫解困。
言行一致，心诚则灵，
退学者人人返校，
师生携手一同前行。
我至今仍记得他们的名字——
张如意、杨高珍、袁泽广、宋泽林
邓宏茂、李德金、施恢祖、雷元明……
知识改变命运，
他们有的考上大学，
有的光荣参军，
有的从事教育，
有的经商从政……
没有辜负期望，
迎来美好前程。

我们真是一群幸运的学子呵！
在这里遇到了最贴心的老师——
袁昌汉、陈才文、周永红、陈昌银、
邓林举、曾令新、蔡良柱、夏祖坤……
袁昌汉是教师中的杰出代表，
是学生心中的至尊。
我们至今怀念不已，
他温文尔雅、和蔼可亲，
他学识渊博、满腹经纶，
他因人施教、诲汝谆谆，
他吟诵经典、昂扬激情，
他解读名著、条分缕析。
他抑扬顿挫的嗓音，
就是为学生而生。
他批改作业，
一个标点符号，
一个错别字，
从不放过严谨认真。
王焕初是班上的学习标兵，
自己名字"初"的偏旁，
"衤""礻"总是分不清。
袁老师在他的作业本上，
写上一个大大的"初"字，
为他纠错指正。
王焕初同学如梦初醒，
从此更加勤奋，
不仅考上大学，
还成为一家国企的掌门人。
班上一名女生名叫李寿经，
每逢点名都会引起满堂笑声。
作为班主任，

袁昌汉决定为她改名。
他登门走访沟通,
终于用李寿玉之名取代,
这一芳名从此伴其终生。

学校迁到郑公渡,
我成了走读生。
每逢天下大雨,
街上满是泥泞。
家贫没有雨具,
只有光着赤脚任凭雨淋。
一到冬天,
双脚冻得疼痛难忍。
袁老师发现后,
立即给我打来热水,
将脚上的泥水洗净,
让我穿上带来的棉鞋,
一股热流暖遍全身。

桃李感恩

"寒窗三载永铭心,
岁久师生谊愈深。
人说君情淡似水,
回眸往事更知恩。"
几十年过去,
但对母校的情,
对老师的爱,
与日俱增。

一九八五年,

由首届毕业生发起，
历届校友响应，
庆贺恩师袁昌汉"执教四十年"。
于是公安宾馆迎来了，
来自各地的校友及贵宾。
袁老师年近花甲，
但精神矍铄分外开心。
他和弟子们握手寒暄，
他几乎叫得出每个学生的姓名。
一杯清茶一束鲜花，
一声祝福一篇贺文，
表达我们对恩师的敬慕之心。
人世间情谊无价，
我们实在选不出什么礼品，
最后合计到书店，
选了一套精装《二十四史》相赠。
庆典会上，
有的同学拿出了当年的成绩单，
朗读了恩师对他的讲评；
有的校友展示珍藏多年的作业本，
袁老师的圈点尤为稀珍；
我也亮出一本《怎样写好作文》，
此乃恩师相赠。
最为珍贵的是，
全班毕业合影，
袁老师端坐中央，
当年他风华正茂儒雅年轻。
这些珍贵的收藏，
是我们师生情谊最好的见证。
我们还先后为江用汉校长，
田元家主任、蔡良柱老师，

举办过八十寿庆。
同学们或吟诗，或诵文，
以此表达感激之情。

二〇〇八年，
学校举办成立五十周年校庆。
我作为母校的长子，
五中的首届学生，
怀着感恩的心情，
再次走进校门。
映入眼帘的是，
高耸的教学楼，
整洁温馨的学生公寓，
宽阔的体育场，
可容千人的学生食堂……
校园环境优美，
实验室器材弥新。
小径花草镶嵌，
道旁绿树成荫。
池塘鱼跃波涌，
菜地蝶飞蜂鸣。
母校啊，
我回来了，
你变得美丽又年轻，
犹如亭亭玉立的少女。
没有了当年的简陋，
没有了岁月的旧痕，
已是一座闻名遐迩的学府城。
校庆隆重热烈，
充满欢乐喜庆。
领导嘉宾，校友师生，

手捧大红请柬纷纷莅临。
贺电贺信，
送来美好的祝愿。
学校"扬帆"乐队
更添热闹气氛。
领导贺词热情洋溢，
语重心长激励奋进。
校长致辞文采飞扬，
内容丰富如数家珍。
五十年，
母校砥砺前行，
克难攻坚风雨兼程，
培桃育李立德树人，
百尺竿头更进一步。
中考名列榜首，
高考状元盈门，
勤工俭学全县闻名。

郑公福地人杰地灵，
一方水土养一方人。
郑公中学励精图治，
精英频出。
抬眼望星空，
颗颗亮晶晶——
张运贵、苏丕松、张位平、
王焕初、黄道发、周训明、
张良成、陈立贵、潘宜钧、
曾纪鑫、王迅、丁世林（黑丰）、
易继明、叶政轩、伍法银、
伍法勋、伍法权、易正林、
王先兵、卢娅妮、李明星……

他们是五中的杰出代表，
为母校增光添彩，
史册留名。

昔日恩师德才双馨，
今天的教师青春热情。
恩师田元家的《红烛颂》，
表达了他对教育事业的赤胆忠心：
"支支蜡炬裹丹心，
甘作人间指路灯。
学海长明航道直，
书山普照进程新。
天循轨迹天河转，
夜炽红灯夜暮倾。
秉性惟知捐血泪，
驱除黑暗献光明。"

"献身三尺台，
情暖学童怀。
儒子春风里，
满园桃李才。"
我们对母校永远怀念，
我们对老师永记恩情。
我们心手相连，
我们缘情相生。
如果有来世，
我仍愿做母校的长子，
依然要当母校的首届生。

作者简介：

江荣基，公安县郑公渡人，1945年出生，1961年毕业于郑公中学，系郑公中学首届毕业生。公安县人民法院原纪委书记，中华诗词学会会员，湖北省诗词学会理事，公安县诗词学会原会长。在《中华诗词》《诗刊》《诗词》等报刊发表诗词作品数十篇，部分诗作入选《当代中华诗词集成》《中国当代中华诗词精品库》《三楚禅韵》等书。

走进章庄 /（组诗）

/ 刘青方

走进章庄
走进久违了的故乡
走不出绵延起伏的翠绿屏障

是什么在召唤
在涔水河旁
在牛浪湖的水中央
在高速公路拐弯的那个村子
我的思念总在这几个地方摇晃
章庄铺是我割舍不了的家园
几十年梦里告别
一如遥远的游子
在某个偏僻的角落
真想大哭一场

越过城头山收费站
一路向北便是卷桥
水库里的波光在我心中日夜荡漾

紫金的茶树林

在我记忆里从未抹去

被橘子压弯枝头的一片金黄

就是章庄铺秋天的景象

稻子黄了，落叶黄了

黄土地一夜之间就成了

无人机收割机忙碌的地方

走进章庄，如穿梭一般的大小车辆

在街心里浩浩荡荡

探访袁宏道墓

是谁把你安放在这里

浣水河边，袁家垱旁

千百年来都是芦苇的故乡

章庄铺的黄土与它接壤

春天的油菜花在岁月里竞相开放

天边，被遍野的金黄灼伤

起伏的清香弥漫远方

风，把我的惆怅抛到这清凉的水面上

你的墓碑离你远去

寻找你就多了一层迷惘

站在高高的黄土堆上

望得见所有的小路都涌向这里

是思念，是朝拜，是遗忘

你把文章撒向四面八方

一代代的文字就沿着这窄窄的田埂

爬满你的身上

今天，我没有找到你的影子
在热心的农妇指点的坟茔旁
我什么也没有看到
油菜花可以见证
三月的太阳可以见证
谁能读懂我的忧伤
只有这浅浅的诗行
高一脚低一脚地在肖家嘴晃荡

石人石马遗址

历史把邹文盛的名字抹去
而文字却把他的故事留在了这里
是上天的眷顾
还是大地的吝惜
浩劫每次在高大的墓志铭旁绕过
守候的石人没有离去
守候的石马没有离去
章庄村，没有沦为悲剧

有一个传说生长在记忆里
石人石马踩踏着一块风水宝地
地下的古董藏满诱惑
地底的邪气散发惊悸
在不信仰宗教的年代
讽刺也将勇敢地上演着神奇
是谁把他的棺材挖去架桥
是谁把墓前石头羊抬去夯堤

这里原本是一处文化圣地
明朝的车马熙熙攘攘前拥后挤

这里原本是三进的标志性古建筑
如今被污水浸泡，断石残壁
一朝忠臣在这里颠沛流离
一代文人在这里销声匿迹
远处的渠水横躺着哗哗流去
望着荒野，我含泪无语

故乡行吟（七首）

/ 马华

卷桥橘

卷桥橘
像一个腼腆的少女
躲在绿叶下
含情脉脉
妖娆妩媚

卷桥橘
像一个顽皮的孩童
在树丛中
打闹嬉戏

卷桥橘
像一个胖娃娃
在枝丫荡起秋千
随风摇曳

卷桥橘

是橘农汗水的流淌

是人们生活的惬意

是丰收的硕果

夕阳染红它们的英姿

卷桥橘

像灯笼挂满了山岗

沉醉了田野

户户披着彩霞

岭岭缀满希翼

一筐筐歌声

一车车笑语

幸福感动了大地

卷桥橘

仰望你灿烂的笑脸

剥开你温柔的羽翼

一瓣一瓣

粉红色的裸体

我的嘴唇

吻了你的嘴唇

温馨浪漫长相思

心底甜蜜梦依偎

欣荣村的葡萄熟了

欣荣村的葡萄熟了

像少女脸上美丽的笑靥

清辉下，闪烁着诱惑的魅力

像一颗颗晶莹的宝石

垂涎欲滴

葡萄熟了
水杉树在摇曳
小屋夜晚难眠的回忆
吟唱童年的歌谣
满天星星温婉的夜曲

葡萄熟了
品味浪漫中涌动的思绪
推开窗透过黎明的晨曦
嗅闻花间芳芬
伸出手握着你勤劳的手臂

葡萄熟了
脱下你公主的金楼
洒一地长发的飘逸
水样的年华
一缕缕柔丝
一片片葱郁
一杯红酒
散发玫瑰的香气
一盏清茶
苦涩中的相逢与别离

葡萄熟了
记得绿叶对我的情谊
擦干你眼角潮湿的泪滴
畅想、抚慰你绣枕边娇羞的喘息

葡萄熟了

湖那边传来远方的消息
不是我不小心
揉碎了尘封的朦胧
字里行间
仿佛秋水中荡起的涟漪

葡萄熟了
收获着原野播种的坚毅
在苍穹雾霾间遨游天际
田埂上撒水车喷薄的瑰丽

葡萄熟了
雨打芭蕉
窗前絮语
耳边依稀
难忘月影斑驳的岸堤

葡萄熟了
那是个情窦初开的花季
不知多少次
多少年的寻觅
追逐葡萄园静静的小憩

游凤凰山庄

亭台楼宇好风光，
山花烂漫果木香。
最喜村庄今又是，
脱贫致富步康庄。

水乡春日

堤上初开柳色新，
湖如玉镜草如茵。
轻舟一过郑公渡，
摇出东风十里春。

严家嘴村秋景

葡萄梨柿满山乡，
车队长龙运送忙。
倒映琼楼牛浪美，
生产佳酿稻花香。
云横双岗翔白鹤，
浪下洞庭奔小康。
畅漾金波连碧海，
欢歌阵阵醉斜阳。

长江村生态园

旭日东升照大棚，
恒温蔬菜绿色中。
西瓜莴苣呈靓景，
生意何愁不兴隆。

鹧鸪天·牛浪湖春景

冈上桃花着彩袍，湖中景色多妖娆。穿梭白鹤无数次，戏水野鸭多少遭。岸边草，水中蒿，几回魂梦弄春潮。调头遥望紫烟处，撒网姑娘影更娇。

作者简介：

马华，公安县原郑公双河村人，1960年12月出生。中华诗词学会会员，湖北省作家协会会员，湖北省诗词学会会员，公安县诗词学会副会长。在《中华诗词》《湖北诗词》《长江丛刊》《厦门文艺》《九州诗词》《荆州日报》等报刊发表诗歌、诗评等，新诗获"中国梦·深圳杯全国华人大赛"优秀奖，律诗获"全国第二届孟浩然田园诗词大赛"优秀奖和"全国华鼎诗词大赛"金奖，出版诗集《春醉大地》（四川民族出版社2019年出版）。

歌咏章庄

/ 封德明

牛浪湖之歌

牛浪湖宽又阔,
九十九汊荡清波;
银湖跃锦鳞,
湖汊鱼虾多。
东岸帅哥笑娶西岸湖南妹,
湖北靓妹喜嫁西岸湖南哥。
两岸一家亲,
双龙凤巢落。
山水灵秀出豪杰,
宝地文风多墨客。

凤凰山云穿梭,
橘山硕果鸟唱歌。
人在画里住,
村围山脚落。
阿哥阿妹下海从商竞风流,

东岸西岸两岸同唱小康歌。
太平气象新,
章庄奏凯歌。
游子归来热泪涌,
乡音乡情暖心窝。

沁园春·美哉章庄

大美章庄,天道酬勤,村富民康。看茫茫沃野,枝头果满,楼房新建,辇路皇皇。宏道长眠,喜承文脉,颂郑公书屋畅扬。儒门圣,薪火相传递,华夏当强。

跃波锦鲤行行,叹牛浪,唯前事渺茫。死刘生陈处,刘璋弱贬,古堤一寝,都已消亡。谁叛谁忠,故言三桂,星宇相堆锁夕阳。看今日,指江山如画,盛世长昌。

霜天晓角·好景姿

景姿好驻,醉迷章庄铺。路路互通围绕,千花绽、万溪踽。
秋趣,火焰处,迤逦山行树。引领风光生态,真情味、共分付。

好时光·牛浪湖

绿竹成荫松柏,茶树障,倚丘冈。湖畔傍山农舍筑,田间漾稻香。
尽说风水处,锦绣地,有袁郎。莫负真文盛,正道美名扬。

天净沙·柑橘长廊

青山橘树缠腰,沃田红稻通潮,彩蝶随风绕飘。
盈枝累吊,有英雄笑相邀。

烛影摇红·卷桥水库

长辫幽幽,桥西侧佳人浴。荫荫绿盖掩娇身,轻漾微波渌。

遥看月山挂绿,忆前朝,埋兵冢束。萋萋芳草,翠柏苍松,骨分如玉。

作者简介:

封德明,公安县郑公五首旗村人,1946年出生,1962年毕业于郑公中学,现居广东东莞。广东省楹联学会会员,东莞市作家协会会员。创作诸多古体诗词在《长沙晚报》《今人吟公安》等书刊发表,作有歌词《共圆中国梦》《梦圆清华》等,出版《封德明诗词楹联书法集》(燕山出版社出版)。

牛浪湖吟（外一首）

/ 卢成用

牛浪涓涓乳汁绵，
是谁赠与溯千年？
寻根问祖昆仑脉，
同气连枝高峡缘。
光大文化浇水证，
继承风俗子孙传。
邻里三县为之傲，
唇齿两湖由此翩。
春岸披红波叠影，
夏菱抱绿浪缝边。
清明祭雨声声激，
白露赐锦色色鲜。
烟疏垂柳飘蓝带，
布固围堤姹紫嫣。
举目芦花生旧影，
凝神菡萏诱新燕。
鱼翔浅底蛙身跃，
鹰击长空兔脚穿。

滴翠松篁迷钓客,
抛金柑橘引篷船。
廊葩贻养茶增寿,
别墅休闲月盗泉。
短梦昭昭情未了,
长亭默默意悠然。
衷肠献梓凤凰落,
晚曲飞桑白鹤淯。
帝子已邀仙女去,
笙箫又唤故人还。
争奇鸟语连霞语,
斗艳今天胜昨天。
苦忆征途霜下叶,
常思羁旅马中鞭。
有志作家凝地气,
无边数字码窗前。
抬头星光低头写,
多少峥嵘撰成篇。

满庭芳·瞻仰共产党人覃济川烈士墓

　　黄土流觞,青山滴露,春雷怒吼荆江。复兴救国,星火点苍茫。播种艰辛求索,镰生熠,斧钺生光。怅寥廓,凄风苦雨,潮水洗悲凉。

　　英雄酬壮志,舍身取义,沥血捐疆。凭呐喊,红旗捷报炎黄。一览江山如画,东风赤,战地花香。碑鸣古,松躬竹鞠,丽日祭遗芳。

新农村（外两首）

/ 江荣基

沐浴春天景万千，
机耕机播库浇田。
老牛卸轭塘边卧，
不用农夫再举鞭。

牛浪湖

湘鄂边镶玉液珠，
天生银缎锦云浮。
青山映影荷相伴，
绿叶扮妆舟作梳。
润物无声滋大地，
扬波吐翠绘宏图。
不同江海争高下，
只愿鱼肥稻麦苏。

家乡吟

钟情牛浪水，
更喜凤凰林。
东岳柑橙秀，
卷桥鱼鳖珍。
稻香飘十里，
茶绿醉千村。
金满银丰景，
章庄四季春。

牛浪湖早春（外两首）

/ 宋良泽

故乡

经年随雁影，一夜入乡愁。
腊底烦危坐，春来即出游。

漫步牛浪湖边

仰面林梢白，低头梅萼霜。
湖边多积雪，桥上有青阳。

春气

大寒天带雨，春气地生风。
草木心遥想，山川动碧空。

春潮

竹根涵雨露,树杪润青羞。
地接春潮到,心随绿上头。

春早

风前丁点绿,雨后草生毛。
腊味悠悠远,春声步步高。

迎春

迎春柳发芽,送腊落梅花。
雨润湖边草,风熏竹外家。

立春

春从梦里归,日向冻云来。
水滴寒梅动,冰融弱柳开。

春头

腊尽潇潇雨,春来袅袅风。
清流残雪化,幽径断冰融。

春到

石桥寒未尽,山路草频生。
雨润根芽脆,风清枝叶明。

碧池倒影

隔岸湖无底，临池窗倒垂。
天宫人不识，玉树蝶先知。

环湖游

麦黄金粉地，蚕出绮罗天。
果熟湖边绿，莲开水上烟。
整冠桃李下，纳履向瓜田。
浊酒人情老，新茶世味绵。

拜谒袁宏道墓园

拜谒袁宏道墓

踏雪迎朝阳，追风醒梦乡。
环游袁氏墓，谈笑性灵扬。

再谒袁宏道墓

逍遥渔火夜，淡泊柳林间。
梦断清平志，魂归白鹤山。

边界杨家垱

从这条路进去
左脚踏着湖南的土
右脚踩着湖北的地

从这条路出来
左手抚摸着湖北的树
右手抚摸着湖南的叶

顺着水看
左边是湖北，右边是湖南
逆着水看
右边是湖北，左边是湖南

湖北湖南，山水相依
邻里乡间，骨肉相连
永远分不开

杨家垱
是湘鄂紧邻的界碑
也是南北风情
绵延的驿站

作者简介：

宋良泽，曾用名江荞，1963年出生于湖北省公安县原郑公石马村。北京市天坛诗词学会会员，中华楹联学会会员，中华诗词学会会员，荆州市作家协会会员。历任小学教师、副校长、校长、物业管理干部。先后在《荆州报》《安徽文艺》《湖北日报》《天坛报》发表多篇文章，曾获公安县诗词学会优秀作品奖、公安县作家协会优秀散文奖。

后记：有志者事竟成

— 杨先金

汉光武帝刘秀一句"有志者事竟成"的励志名言，两千年来激励天下意志坚毅者成就事业。我也以此言励志，走过四十年的军旅生涯。

2008年退休后闲了下来，但我始终在思考人生的最后价值，用什么方式去追赶夕阳的余晖。2018年秋天，乡友王福学相告，故乡郑公渡有一群出自"五中"（郑公中学原名公安县第五中学）的知名作家曾纪鑫、潘宜钧等人，拟邀我入群联谊。我与"五中"无缘，与各位作家也不熟悉，既然入群，那就要凝聚乡情，齐心协力，为家乡做点实事。几经沟通，达成共识，于是加入郑公作家微信群。

时间稍长，我对家乡的作家群体有了一定了解，对目前的情况经过一番分析，我觉得在"五中"校内建一个"作家书苑"比较合适，既符合党中央对全民阅读的要求，也可为"五中"师生的教与学助力。国家一级作家、《厦门文艺》主编曾纪鑫深表赞同，极力支持，但认为最好将"书苑"改为"书屋"，这样会接"地气"一些。于是，我便计划开来——地址在学校找，书籍靠作家捐，经费凭人脉筹……

首先得到郑公中学龙继海书记、赵宏兵校长的大力支持，很快落实了房屋；荆州市文联原主席、《阅读时代》执行主编潘宜钧落实了启动资金；我在县相关部门"化缘"，筹到四笔经费；又在章庄铺镇教育组和书屋作家封德明先生的捐助下，解决了"郑公作家书屋"维修改造、设施配备等方面所需经费。其间，骆忠安带领作家们出谋划策、现场布置，组织作家无偿捐书，从县城斗湖堤到郑公渡往返几十趟。经过一年多的精心筹备，终于建成两间藏书满柜、功能齐全、管理有序的郑公作家书屋。

2020年10月10日，郑公作家书屋由公安县副县长陈丹剪彩揭幕，面向学校和社会开放。之后，书屋作家开展相应活动，如定期对学生进行专题辅导等，以文化助力的方式回馈故乡。

郑公作家群体由十八人组成，其中有三位刊物主编，其余均是国家、省、市级作家协会会员。他们有着雄厚的创作实力，又有回报家乡的强烈愿望，在书屋正常运转后，我与曾纪鑫商议，撰写一部全面反映章庄铺镇历史与现状的文集，向建党百年献礼，随即得到书屋作家们的热烈响应。马上向章庄铺镇党委书记刘成喜汇报，刘书记积极支持，同意解决出版所需经费，并将这一活动列入党委工作日程。

春节期间，我在三亚度假，与曾纪鑫通过电话或微信联系，反复商议创作文集的具体方案，确定编辑成员。曾纪鑫根据章庄铺镇的人文特点，从六个方面拟出一个创作纲要，供大家参考，暂名《牛浪湖畔》。然后，作家们多次深入章庄乡村、工厂采访，以笔为犁，深耕细作，寻宝觅奇。2021年7月，曾纪鑫回乡参加活动，又与镇委书记刘成喜、副书记刘经玉及宣传委员郭淼讨论相关具体内容，征求意见。

经过近十个月的艰辛努力，一部几十万字的书稿终于问世！

《牛浪湖畔》分为六章，以其文学性、历史性、地域性、资料性的独有特色，系统性地展示了章庄铺镇的千年历史与文化。

文学性是作品的灵魂。郑公作家们利用散文、报告文学、诗歌等文体，融写实与虚构为一体，以其驾驭文字的深厚功力，展示出他们对故乡的文化自信、对故土的挚爱之情。这些经过牛浪湖水洗净铅华的文字，充分体现出作者的深邃思想，闪烁着文学的光芒。

不同的地域形成不同的文化，湘鄂交界的偏僻小镇章庄铺，牛浪湖横卧其间，形成西高东平的地理特点。西面冈丘高地为土著居民，东面垸乡平原多为湘北迁徙移民。《揭秘牛浪湖》《漫话牛浪湖》《经山历水话章庄》等篇章，对牛浪湖和堤垸的形成做了深入考证。《故乡新港》《氽子上的遐想》《贺新年的民间艺人》等，对牛浪湖畔的荆楚文化、湖湘文化有着生动的描写。这种以荆楚文化、湖湘文化为主体的基因元素所孕育的地域属性，折射出章庄铺镇的文化品位。

牛浪湖，成为章庄铺镇地域性的显著标志，蕴含着丰富的文化内涵，此书以《牛浪湖畔》命题，可谓恰到好处。

《牛浪湖畔》文集，涵盖文化、历史、政治、经济、军事、教育等方方面面，涉及地理学、地名学、生物学、历史人文学、气象水文学、土壤植物学等多个学科，兼及农、林、工、果、渔等多个门类，尤其对章庄的稻谷、棉花、柑橘和崛起的铜套厂、化肥厂等均有详细描述。

北起石子滩，南至杨家垱，东起石马潭，西至卷桥水库，作家们将逐渐被历史湮灭的茅草街、毛虾尾、打鼓台等上百个名不见经传的地名捞出水面；对地表上的数十种野菜如数家珍；将水中的诸多生物记录在案；把东汉末年西蜀王刘璋、明朝户部尚书邹文盛、明代重要文学流派"公安派"主将袁宏道请回历史舞台……

如此丰富的记载与描写，算得上章庄铺镇的一部百科全书。这，也是我们留给后代的一笔宝贵财富。

潘宜钧先生说："看了这些文稿，使我对家乡有了一个血肉丰满的印象，知道它的过去与今天。"

潘先生可谓一语"道破天机"，《牛浪湖畔》的价值正在于此！

创作辛苦，编稿也累。为了节省时间，曾纪鑫、胡祖义一边创作，一边收稿、改稿、编稿。其间，胡祖义撰写出二十多篇高质量文稿。四位年逾七旬的老作家江荣基、卢贤发、卢成用、封德明，他们克服年迈力衰、老眼昏花等各种困难，写出多篇值得称赞的高水平作品。

与此同时，曾纪鑫与胡祖义勇挑重担，对文稿质量严格把关，征集相关照片，联系出版单位，默默无闻地为文集出版做了大量工作。

《牛浪湖畔》的出版，是郑公作家反哺故乡的实践活动，是落实公安县委"以文化建设助力乡村振兴"的要求，是对山水章庄的一次全面记载，是解读章庄、认识章庄的一部珍贵资料，也是对郑公作家创作水平的一次检验。

建设郑公作家书屋及出版《牛浪湖畔》，得到了公安县原县长杨运春、县政协副主席刘信科、县教育局长刘士权、县委组织部副部长呙于松、民政局原局长张军、税务局局长王志刚、章庄铺镇党委书记刘成喜、镇长李平、镇中心学校校长陈章、郑公中学党支部书记龙继海、校长李雄、原校长赵宏兵等领导的鼎力相助，在此一并致谢！

感谢中国当代著名文学评论家、湖北省作家协会副主席、武汉大学教授樊星先生为本书作序，感谢湖南澧县作家杨传向先生赐稿，感谢公安县摄影家协会及谷少海、朱启宏、龙继海、万端银等提供相关照片，感谢曾纪鑫、潘宜钧、胡祖义、黑丰四位编辑审稿、编稿及骆忠安带员采访、收稿！

"有志者事竟成"，郑公作家群体白手起家，在短时间内建成书屋、出版文集，靠的是集体智慧、群体力量，为章庄的文化事业做出了贡献，也使我在晚霞中深感欣慰。

让我们为锦绣章庄放歌，拥抱故乡更加美好的明天！

2021 年 10 月 8 日于乌鲁木齐